D1468708

Sœurs de sang

Tome 1
Plier sans rompre

MICHEL BRÛLÉ

C.P. 60149, succ. Saint-Denis,
Montréal (Québec) H2J 4E1
Téléphone: 514 680-8905
Télécopieur: 514 680-8906
www.michelbrule.com

Maquette de la couverture: Jimmy Gagné, Studio C1C4
Mise en pages: Mathieu Giguère
Illustration: Rashevska Natalia, Shutterstock
Révision: Élyse-Andrée Héroux, Sylvie Martin
Correction: Élaine Parisien

Distribution: Prologue
1650, boul. Lionel-Bertrand
Boisbriand (Québec) J7H 1N7
Téléphone: 450 434-0306 / 1 800 363-2864
Télécopieur: 450 434-2627 / 1 800 361-8088

Distribution en Europe: D.N.M. (Distribution du Nouveau Monde)
30, rue Gay-Lussac
75005 Paris, France
Téléphone: 01 43 54 50 24
Télécopieur: 01 43 54 39 15
www.librairieduquebec.fr

Les éditions Michel Brûlé bénéficient du soutien financier du gouvernement du Québec – Programme de crédit d'impôt pour l'édition de livres – Gestion SODEC et sont inscrites au Programme de subvention globale du Conseil des Arts du Canada. Nous reconnaissons l'aide financière du gouvernement du Canada par l'entremise du Fonds du livre du Canada (FLC) pour des activités de développement de notre entreprise.

Bibliothèque et Archives nationales du Québec
Bibliothèque nationale du Canada
ISBN: 978-2-89485-495-2

Sœurs de sang

Paule Corriveau

Tome 1
Plier sans rompre

À mes complices du premier jour, Nicole et Renée,
Mes sœurs de sang

Prologue

Montréal, décembre

Hélène déposa sur la table de chevet une tasse de thé vert faible et une assiette de compote de pommes, décorée de quelques biscuits secs. De son lit, sa mère, Angela, suivait d'un regard noir chacun de ses gestes en détaillant avec mépris sa mise soignée.

— Alors, tu me laisses toute seule, lança Angela sur un ton accusateur. Tu sors ?

— Souviens-toi, maman, je t'ai prévenue ce matin : aujourd'hui, c'est mercredi et je vais assister à mon premier atelier d'Albatros. C'est un organisme communautaire qui soutient les malades en phase terminale. Toi qui me reproches toujours de ne pas savoir comment prendre soin de toi, ça devrait t'encourager.

« Et une petite heure loin de cette atmosphère de vitriol me fera le plus grand bien à moi aussi », pensa Hélène.

— Combien de temps est-ce que ça durera ?

— Dix semaines.

— Dix ! Je serai morte bien avant !

— Si je me rends compte que ce n'est pas utile, j'arrêterai d'y aller.

Hélène réarrangea les oreillers de sa mère pour qu'elle puisse s'asseoir et s'assura que sa tête était bien supportée. De sa belle chevelure noire d'Italienne, il ne restait plus qu'un duvet pitoyable.

— De toute façon, tu ne seras pas seule, poursuivit Hélène. Ton amie Mireille va venir te tenir compagnie pendant mon absence.

— Elle va venir me garder, tu veux dire ! Je ne suis pas une enfant !

Hélène remonta posément l'édredon sur la poitrine, maintenant flasque, dont s'enorgueillissait autrefois sa mère.

— Ce serait dangereux de te laisser seule…

— Je pourrais mourir, c'est ça ? railla Angela qui ne tolérait pas qu'un cancer la ronge alors qu'elle avait toujours mené une vie exemplaire : pourquoi Dieu lui jouait-il ce sale tour ? Pour tester sa foi ?

— Tu n'aimerais pas avoir une présence amie à tes côtés, le moment venu ? demanda doucement Hélène, étonnée.

— Je ne veux pas que Mireille me voie dans cet état. Regarde mes bras : j'ai l'air d'une vraie droguée !

Maintenant que les graisses et les muscles avaient été grugés par la maladie, sa peau fripée était drapée comme une fine soie sur ses os. Les nombreuses ecchymoses violacées trahissaient les veines fragilisées par les médicaments et par les injections de plus en plus fréquentes. Angela vilipendait avec férocité la morphine qui soulageait sa douleur, mais la rendait confuse.

— Mireille ne verra que son amie de toujours. Elle sait combien ces moments sont précieux. N'aimerais-tu pas les partager avec elle ?

— Si seulement ton père était là…

Hélène ravala un soupir. Ce refrain amer revenait quotidiennement. Son père était décédé plusieurs années auparavant. Sa patience et sa bonté avaient su tempérer les humeurs primesautières d'Angela. Hélène était forcée de reconnaître qu'elle n'avait pas son doigté. Sa mère percevait toutes ces tendres attentions comme autant de preuves de sa perte d'autonomie croissante. Elle ne voyait rien des sacrifices que la situation exigeait de sa fille : un sommeil erratique, une vie sociale accaparée par les besoins de sa mère, et une carrière en suspens. Hélène savait que le fiel qu'Angela déversait sans compter ne lui était pas directement destiné, elle n'était que son bouc émissaire. Angela haïssait ce destin qui l'arrachait à la vie alors qu'elle avait encore tant de projets. La jeune femme refoula la douleur d'être ainsi humiliée par sa propre mère et lui tendit la tasse de thé avec un sourire chancelant.

— Je l'ai infusé un peu moins longtemps que la dernière fois, comme tu me l'as demandé. Je vais profiter de ma sortie pour passer à l'épicerie. Aimerais-tu manger quelque chose de particulier ? demanda Hélène en replaçant une mèche blonde derrière son oreille.

— Je n'ai pas faim. Et ne rachète pas ces biscuits à thé. Ils ne goûtent rien.

Hélène baissa un peu le store pour que le soleil n'éblouisse pas sa mère.

— Je verrai si je peux en trouver d'une autre marque.

Hélène embrassa Angela sur le front et se demanda combien de temps encore durerait cet enfer. Sa conscience l'apostropha aussitôt : sa mère était malade et souffrait énormément ! L'enfer d'Hélène n'était rien comparé à celui d'Angela ! Son accès de culpabilité ne réussit qu'à exacerber sa lassitude et son découragement. Angela était la seule famille qu'il lui restait.

Hélène n'avait pas hésité à s'occuper de sa mère lorsque le diagnostic fatal était tombé. Au fil des semaines, des mois, l'urgence du moment avait cédé la place à une routine de plus en plus lourde. Hélène avait dû négocier des arrangements avec le patron de la petite entreprise d'import-export pour laquelle

elle travaillait. Monsieur Bérubé se reposait entièrement sur Hélène pour les tâches administratives et, surtout, pour la comptabilité, qu'il avait en horreur, mais il continuait néanmoins à lui verser un salaire de secrétaire débutante. Pourtant, malgré les manigances de Bérubé, Hélène adorait son travail. Ces dernières années, elle avait suivi plusieurs cours du soir en informatique pour se perfectionner. Bérubé lui avait accordé de mauvaise grâce, la veille, un congé sans solde. Hélène souhaitait profiter de ses temps libres pour chercher un emploi plus valorisant où elle serait estimée à sa juste valeur.

Mireille sonna à la porte et Hélène se hâta de lui ouvrir. Après les conseils d'usage, elle promit de ne pas s'absenter plus de deux heures et laissa les deux amies ensemble. Hélène enfila son manteau, ses bottes et ses gants, s'échappa de la maison et descendit rapidement l'escalier. Elle inséra la clé dans la portière de sa voiture, puis s'arrêta net.

Elle inspira profondément l'air glacé pour ne pas céder à la vague familière de découragement. Comment pourrait-elle tenir le coup une semaine, ou même un jour de plus ? se demanda-t-elle pour la millième fois en retenant ses larmes avec peine. Sa mère allait bientôt mourir et rien ne serait réglé entre elles. La relation chaleureuse dont elle avait rêvé toute son enfance ne se concrétiserait jamais. Hélène resterait une déception pour sa mère, quoi qu'elle fasse.

Elle inspira de nouveau, lentement. Il y avait parfois des moments, comme celui-ci, où elle avait l'impression que sa propre vie menaçait de la noyer.

Quand ce serait fini, se promit-elle solennellement, elle partirait. Elle s'enfuirait loin, oui, très loin de cette vie.

Chapitre 1

Montréal, janvier

Hélène alluma le téléviseur par désœuvrement, à la recherche de quelque chose pour se changer les idées. Elle en aurait bientôt fini avec les formalités légales entourant le décès de sa mère. Le comptable venait de lui confirmer que, la succession réglée, elle aurait droit à un petit héritage. Grâce à cette marge de manœuvre, elle pourrait remettre sa démission à Bérubé dès le lendemain ; sa banque lui avancerait les fonds nécessaires au besoin. Elle était plus que jamais déterminée à trouver un emploi dans une entreprise où on apprécierait ses compétences personnelles et professionnelles.

Armée de la télécommande, elle fit défiler les chaînes l'une après l'autre. Le dimanche après-midi paraissait propice au déjà-vu : le turbo-truc pour perdre quinze kilos en faisant son épicerie, zap ! La vie sexuelle des éléphants du Kalahari, zap ! Les états d'âme de l'entraîneur d'une équipe de crosse, zap ! L'art de transformer de vieilles diapositives en abat-jour inflammable — Angela aurait adoré ! —, rezap ! Le mégaprojet hydrologique au Scynao, un pays situé sur les contreforts de l'Himalaya... Les paysages montagneux étaient magnifiques. La vivacité avec laquelle le directeur régional de l'organisme humanitaire Homo Sum, Laurent Saint-Germain, décrivait le rêve et les efforts de ce petit État interpella Hélène.

Tandis qu'elle se rendait à la cuisine pour mettre de l'eau à bouillir, la journaliste décrivit brièvement la carrière de Laurent Saint-Germain : jeune soldat, il avait gravi les échelons jusqu'aux plus hauts grades dans les forces armées de l'ONU, puis il avait quitté l'armée et avait occupé plusieurs postes administratifs importants dans des compagnies privées et des ONG œuvrant auprès des plus démunis. Il avait accepté, quelques années auparavant, à l'âge de soixante et un ans, le poste de directeur d'Homo Sum Scynao, ce qui lui avait permis de découvrir et d'aimer les habitants du pays, les Naotiens.

La topographie montagneuse du Scynao se prêtait mal à l'agriculture, et le sous-sol recelait peu de ressources minérales. L'isolement géographique avait, quant à lui, obligé les Naotiens à tisser des liens serrés entre eux au fil des générations, à opter pour un style de vie écologique et à imaginer un projet d'avenir hors du commun. Aucun effort n'avait été négligé pour que chaque village soit consulté dans son élaboration.

La bouilloire siffla. Hélène infusa le thé vert dans une tasse, puis retourna s'asseoir confortablement devant la télévision.

Les Naotiens s'étaient naturellement tournés vers la seule ressource exploitable du Scynao : son immense lac, le Baïkun. D'une superficie de près de 30 000 kilomètres carrés, il traversait le pays du nord au sud et alimentait plusieurs rivières des États avoisinants. Situé en plein cœur d'une région où vivait 60 % de la population mondiale éprouvée par le manque d'eau potable, le Scynao, de concert avec les Nations Unies et certaines ONG comme Homo Sum, avait fait du Baïkun la pierre angulaire de son économie. La firme québécoise d'ingénierie Hydrologie, électricité et environnement international avait arraché le contrat de conception et de construction d'un savant système de barrages. Bien sûr, en contrôlant les fluctuations saisonnières du débit, le complexe hydraulique limiterait les inondations et l'érosion des sols. Par ailleurs, HEEI espérait surtout générer suffisamment d'électricité pour rendre le Scynao pratiquement indépendant, d'un point de vue énergétique, de ses puissants voisins. Le complexe, bientôt achevé, méritait déjà à HEEI une reconnaissance mondiale.

Homo Sum assistait les villageois qui avaient été expropriés, bon gré, mal gré, en prévision de l'inondation de leur territoire par les bassins de rétention. Reloger ces gens posait de multiples problèmes. Certains endroits n'étaient plus accessibles par voie carrossable ; d'autres avaient vu disparaître de précieuses surfaces de terre arable sous plusieurs mètres d'eau. Les populations des régions les plus montagneuses n'avaient pas encore accès à l'électricité. La nourriture, les médicaments et les soins parvenaient difficilement aux plus démunis.

Homo Sum était en pleine campagne de financement et l'occasion était belle : pour chaque dollar recueilli, le Canada s'était engagé à en verser trois pour venir en aide au Scynao. Saint-Germain soulignait le travail dévoué de centaines de bénévoles qui, ici comme là-bas, s'assuraient que l'argent amassé soit employé de la façon la plus efficace possible. Les besoins étaient grands, mais en même temps simples. Il ne s'agissait pas d'inventer un remède contre un virus mortel, mais de construire des routes, des écoles, des hôpitaux et, pour cela, il fallait trouver du personnel et former la relève. Homo Sum cherchait continuellement de nouveaux membres pour étendre son action.

Son thé oublié, Hélène nota le numéro de téléphone. Tout le projet l'emballait, ses répercussions humanitaires autant que ses percées technologiques. Comme Laurent Saint-Germain, elle avait la conviction de pouvoir aider ce peuple déterminé à vivre dans un pays libre de contraintes. C'était exactement ce qu'elle recherchait pour son prochain emploi, le genre de satisfaction profonde qu'elle aimerait connaître.

Hélène vérifia dans son agenda l'adresse de la succursale d'Homo Sum à Montréal. L'édifice plutôt terne qui abritait les bureaux de l'entreprise était situé sur une rue commerciale peu achalandée. Hélène enjamba l'ondin de neige qui bordait le trottoir et poussa la porte d'entrée. La nervosité qui la talonnait depuis quelques jours n'avait fait qu'empirer depuis le matin. Incapable d'avaler plus qu'une bouchée de toast et un peu de thé au déjeuner, elle se demandait encore si elle ne commettait pas une erreur en se présentant à cette entrevue.

De toute évidence, l'organisme humanitaire ne plaisantait pas lorsqu'il déclarait consacrer 90 % de ses revenus à la cause, pensa Hélène en atteignant l'étage du bureau d'Homo Sum Montréal où elle avait rendez-vous. L'entreprise semblait se terrer au fond d'un couloir tortueux, comme si elle craignait d'être découverte. Elle s'assit dans la salle d'accueil déserte, quelques minutes avant l'heure fixée.

— Madame Cournoyer? Bonjour! Je suis Simon Desbiens, directeur d'Homo Sum Montréal. Entrez, je vous en prie.

L'homme dans la cinquantaine invita Hélène à s'asseoir dans son bureau en lui indiquant de la main l'une des chaises droites dépareillées qui entouraient une table en formica.

— Si vous voulez bien m'excuser une minute, je vous reviens tout de suite, ajouta-t-il avant de quitter la pièce d'un pas pressé.

Le bureau aux murs beiges était de dimension très modeste. Un escalier de secours en métal obstruait son unique fenêtre. Pour toute décoration, des affiches de campagnes de financement précédentes étaient collées au mur.

Hélène s'assit sur la chaise la plus proche et posa sa mallette de cuir noir sur ses genoux, puis par terre, appuyée contre la patte de la table.

Elle souhaitait mettre derrière elle au plus vite les mois déprimants passés à soigner sa mère, mais en son for intérieur, elle savait que se jeter tête baissée dans le premier projet qui l'intéressait n'était probablement pas raisonnable. Fallait-il que le changement soit aussi drastique ? Son lieu de travail devait-il absolument se trouver dans un pays à l'autre bout du monde, un pays qui, de surcroît, n'avait accédé à son statut d'État indépendant qu'une dizaine d'années plus tôt, après une longue guerre ? La nouvelle démocratie, encore fragile, tablait sur l'initiative de son président et sur la riche expérience d'un congrès de dix sages, mais la prospérité du Scynao semblait encore bien lointaine.

— Madame Cournoyer, désolé de vous avoir fait attendre, s'excusa Simon Desbiens en rentrant d'un pas rapide dans le bureau.

Avec l'agilité d'un danseur, il manœuvra son ventre proéminent dans une sorte de valse entre les chaises droites éparses, pour s'approcher d'elle. Desbiens jaugea discrètement la jeune femme en lui tendant la main.

— Des ennuis avec l'informatique.

D'une présentation soignée et discrète, Hélène Cournoyer était jolie sans être belle, de taille moyenne, des cheveux blonds et lisses coupés au carré à la hauteur du menton, des yeux bruns très doux qui ne fuyaient pas son regard. Elle portait avec élégance une tenue classique : un pantalon et un veston noir cintré sur une chemise blanche au col agrémenté de dentelle. Son curriculum vitae indiquait qu'elle avait vingt-huit ans et détenait un diplôme en techniques administratives, complété par plusieurs cours d'informatique de niveau avancé. Son dernier patron avait refusé de lui donner une lettre de recommandation. Lorsque Desbiens lui avait téléphoné, il avait vite compris que le mécontentement de Bérubé n'était pas lié à une quelconque incompétence de la part d'Hélène, mais provenait plutôt de ce qu'elle avait dédaigné la place qu'il lui avait gardée pendant son congé sans solde. Hélène Cournoyer ne citait que des motifs personnels pour expliquer son départ, mais Bérubé ne s'était pas gêné, lui, pour dire qu'elle avait eu du mal à concilier les soins qu'elle prodiguait à sa mère mourante et son travail. Il apparaissait clairement que Bérubé avait exploité sa secrétaire autant qu'il l'avait pu. En fin psychologue, Desbiens croyait deviner comment une femme si compétente s'était retrouvée en pareille situation. Toujours soucieuse de ne déplaire à personne et trop anxieuse pour s'affirmer, elle devait cacher sous un cœur trop tendre une fragile estime d'elle-même. Il émanait d'elle une féminité assumée, une grande vulnérabilité, attribuable sans doute à la longue agonie de sa mère, mais aussi de la détermination, de la droiture… et beaucoup, beaucoup de nervosité ! Il décida de ne pas la faire languir davantage.

— Comment puis-je vous aider, madame Cournoyer ? lui demanda-t-il en s'asseyant de biais avec elle.

— J'aimerais vous proposer ma candidature pour un emploi au Scynao.

— Eh bien ! Je serais enchanté de considérer votre offre. Toutefois, je dois vous informer que nous avons pour règle de refuser des demandes d'emploi pour des régions spécifiques. Si votre candidature était retenue pour un poste dans un endroit qui ne vous convenait pas, vous seriez évidemment libre de le refuser. Puis-je vous demander pourquoi le Scynao ?

— L'entrevue de Laurent Saint-Germain à la télévision. Elle m'a beaucoup impressionnée.

— C'est en effet un homme remarquable, et un ami personnel, en plus. Homo Sum a reçu beaucoup d'appels à la suite de cette émission, mais… les gens offrent généralement des dons en argent.

Simon Desbiens la jaugea un instant avant de continuer.

— Avez-vous déjà travaillé dans des pays en voie de développement, madame Cournoyer ?

— Non, mais j'ai de l'expérience dans de nombreux domaines en administration, et la dernière compagnie qui m'a employée exportait dans plusieurs pays.

— Au Scynao ?

— Non, aux États-Unis et en Amérique du Sud.

— Avez-vous eu l'occasion de vous y rendre pour affaires ? Ou par plaisir peut-être ?

— Non, je… je n'ai jamais quitté le Canada.

— L'occasion se présentera peut-être un jour. Pour ma part, je trouve le canal de Panama magnifique. Avez-vous déjà fait du bénévolat ?

— Pas comme tel, mais je me suis occupée de ma mère durant les derniers mois de sa maladie. J'ai aussi suivi une partie de la formation d'Albatros, c'est un organisme communautaire.

— Oui, ils aident les malades en phase terminale. Perdre un être cher est une expérience éprouvante pour quiconque, compatit Desbiens, et dans votre cas, très récente de surcroît. Un emploi dans un pays du tiers-monde signifie affronter jour après jour une pauvreté étouffante, des conditions d'hygiène et de logement déplorables, parfois une langue étrangère, des coutumes déroutantes, des maladies endémiques très sérieuses, comme l'hépatite A et B, l'encéphalite japonaise ou la typhoïde. Vous devrez vous contenter du strict nécessaire, qui n'a rien à voir avec ce que nous appelons le strict nécessaire ici, et vivre comme les populations locales, sans télévision, sans cinéma, sans café au coin de la rue. Vous sentez-vous vraiment prête à relever un défi de cette envergure, surtout si tôt après ce que vous venez de vivre ?

— Oui. Les derniers mois… Les épreuves ne nous apprennent pas toujours les choses auxquelles on se serait attendu. Le temps file et on réalise tout à coup qu'on fait un travail qui ne répond ni à nos ambitions ni à nos aspirations, pour des gens qui nous démotivent, qui nous… qui ne nous inspirent pas. Laurent Saint-Germain m'inspire.

— Et c'est pourquoi vous êtes ici aujourd'hui.

— Oui.

— Il faut beaucoup de courage pour opérer un tel changement de cap, c'est tout à votre honneur. Cependant, si vous espérez fuir la douleur de votre deuil, sachez que la fuite est impossible une fois qu'on se retrouve au Scynao : la réalité, la dure réalité, est partout.

— Je… je ne veux pas fuir.

Desbiens la regarda un instant, mais ne la contredit pas.

— La durée des contrats varie de six mois à un an. Cela vous convient-il ?

— Oui.

— Passons à un autre point. La compensation financière globale est pratiquement symbolique. Votre transport est payé, vous êtes logée chez une famille et on vous alloue un montant pour les repas.

— Mon salaire n'a jamais été très élevé. Au moins, dans ce cas-ci, je comprends pourquoi il ne l'est pas ! Et ne dit-on pas qu'habiter chez un natif est la meilleure façon de connaître le pays ?

Le directeur consulta une dernière fois le CV d'Hélène. Il avait espéré que ses questions suffiraient à détourner la jeune femme de son projet. D'expérience, il savait qu'elle était loin d'être prête psychologiquement pour un travail outre-mer, mais, dans quelques mois, après un ou deux stages plus faciles sur le terrain, elle serait parfaite… Il prit les quelques feuilles, les tapota sur le bureau en évitant son regard vigilant.

Hélène sentit ses chances s'envoler : il allait reléguer sa candidature aux oubliettes ou, pire, la refuser carrément. Les questions de Desbiens lui avaient clairement montré combien elle était mal préparée au travail humanitaire. Sa nervosité se mua en énergie du désespoir : elle ferait l'impossible pour ne pas retourner à sa maison vide, à un travail routinier. Elle comprit soudain à quel point elle tenait à cet emploi.

Desbiens remarqua avec étonnement que la candidate se redressait subtilement sur son siège et semblait maintenant aux aguets.

— Écoutez, madame Cournoyer, nous allons conserve votre CV pour six mois. Nous sommes toujours intéressés p des personnes possédant vos compétences. Le problème n' pas là. C'est plutôt votre manque d'expérience dans ce dom qui m'inquiète. Quand vous serez à des milliers de kilon de chez vous, vous ne pourrez pas démissionner con Si vous voulez mettre toutes les chances de votre cô je ne vous cacherai pas que vous gagneriez à vous i dans le bénévolat, même au niveau communautaire, ʃ saisir ce que cela représente. Auprès d'une clientè ou auprès d'immigrants, par exemple.

Il regarda sa montre et Hélène sentit la pɛ dans son estomac.

— J'aurais aimé vous consacrer plus comme vous le savez, nous sommes en pl promotion pour le projet du Scynao, et cel les bogues informatiques. Alors, merci d

— Je peux vous aider ! le coupa Hé

— Pardon ?

— Je peux vous aider. Je peux vo tâches administratives. Je vous assur suis très à l'aise. Quelle meilleure façor rience en bénévolat qui me manque, e personnalité ? Je peux vous aider, ins pas donner à cette campagne toutes le

Desbiens la regarda avec une n

— Je ne sais pas… Vous conna

— Et comment ! répondit-elle er heures de formation ProGest. J'ai pas

— Nous avons de la difficulté de donateurs.

— La gestion de base de données relationnelle n'est pas évidente. Pourquoi ne pas me laisser y jeter un coup d'œil ?

Desbiens reposa son dossier sur la table avec un sourire bonhomme.

— Vous savez, j'espérais que vous diriez cela !

Chapitre 2

Junianne, capitale du Scynao, avril

Hélène descendit du petit avion de vingt sièges, directement sur le tarmac de l'aéroport de Junianne. Un vent froid balayait les champs clairsemés de neige de chaque côté de la piste d'atterrissage et vint la frapper de plein fouet. Sous l'impact, elle recula d'un pas. Avec vingt-quatre heures d'avion et douze heures de décalage dans le corps, ses jambes tremblaient de fatigue. Loin au bout de la piste, l'horizon était bloqué par les chaînes de montagnes, bleues et immenses dans la lumière matinale. Nerveuse et excitée, Hélène rejoignit les seize membres d'Homo Sum rassemblés autour de leur guide du nom de Pav Dan Miet. Hélène constata avec amusement qu'elle dépassait d'une tête le Naotien au teint cuivré. Il était chargé de les conduire en autobus jusqu'à l'hôtel Targara, situé dans le centre-ville de Junianne. Homo Sum bénéficiait d'une commandite de la firme d'ingénierie HEEI, qui prenait généreusement à sa charge les frais de transport terrestre. Quelques membres du personnel de la compagnie s'étaient joints aux bénévoles pour le voyage. Certains revenaient d'un congé au Canada ; d'autres en étaient, comme Hélène, à leur première visite.

Pour son baptême naotien, Hélène travaillerait au camp de base d'Aldjanin, un village perché dans les montagnes au nord de Junianne, alors que ses collègues plus expérimentés se rendraient, plus loin, sur les lieux mêmes à rebâtir. Tout au long de son stage de quatre mois à Montréal, en tant qu'assistante de Simon Desbiens, Hélène avait approfondi ses connaissances du fonctionnement d'Homo Sum et des organismes non gouvernementaux en général. Avec son endurance habituelle, et à force de compétence et d'un peu de créativité, elle avait remis sur pied le système informatique défaillant d'Homo Sum Montréal et affronté l'afflux de donateurs de la dernière campagne. Lorsque la requête urgente de Laurent Saint-Germain pour une nouvelle adjointe administrative leur était parvenue, Desbiens avait tenté de garder Hélène à son emploi, estimant qu'elle manquait encore d'expérience. Sous les assauts conjugués de Saint-Germain et d'Hélène, les griefs de l'un, les assurances de l'autre, Desbiens s'était résigné, avec bonhomie, à accorder le poste à Hélène, tout en lui offrant de réintégrer ses fonctions à Montréal à la fin de son contrat de six mois au Scynao, si elle le souhaitait.

Rien n'aurait pu retenir Hélène à Montréal. La demande de Saint-Germain avait à peine atterri sur le bureau de Desbiens qu'Hélène savait que le destin tournait enfin en sa faveur. Les semaines précédant son départ avaient été remplies d'effervescence. Il fallait tout parachever en très peu de temps : la formation sur les mœurs et l'histoire naotiennes dispensée aux nouveaux volontaires, les vaccins, les visas obligatoires… Ses valises ne devaient contenir que le minimum : des vêtements usagés, qui ne détonneraient pas au milieu de la grande pauvreté, et chauds, car, à cette altitude, le temps restait frais même en été, quelques produits d'hygiène de base difficiles à se procurer là-bas, et aucun bijou ou autre signe de richesse. Elle avait réussi à sous-louer son appartement pour la durée de son contrat, ce qui lui épargnerait une dépense supplémentaire. Son rêve de s'embarquer pour une aventure enivrante allait enfin se réaliser. À sa manière douce et dévouée, Hélène espérait changer le monde pour le meilleur, au moins un peu.

Les bagages furent chargés sur le toit du vieil autobus rouillé et tout le monde s'entassa sur les banquettes cordées serré. Hélène s'assit à côté du docteur Michel Moreau, qu'elle avait rencontré au cours du vol de Montréal à Junianne, via Paris et Bangkok. Pas très grand mais avec de larges épaules, il avait le sourire facile et l'œil pétillant. Ses cheveux, plus sel que poivre malgré sa jeune quarantaine, bouclaient élégamment. Moreau en était à son troisième contrat au Scynao. Il était engagé par la compagnie HEEI pour veiller sur la santé de son personnel et de celui d'Homo Sum. Lorsque le temps le lui permettait, Moreau travaillait aussi, à titre de bénévole, à la clinique communautaire de Tich, où l'on dispensait des soins gratuits.

Hélène était curieuse de découvrir le point de vue du docteur Moreau. Après plusieurs années au Scynao à fréquenter autant les étrangers que les Naotiens, Moreau aurait sûrement des conseils à lui offrir. Elle décida de profiter du voyage en autobus pour recueillir ses impressions et parfaire sa vision de ce qui l'attendait.

Le docteur Moreau se fit un plaisir de la renseigner, d'autant plus qu'il appréciait la silhouette élancée et la délicatesse des traits de la nouvelle secrétaire de Saint-Germain. Il estimait qu'il avait de bonnes chances de la séduire : il était libre, financièrement à l'aise, de belle apparence, docteur, que diable ! À soixante et un ans, Saint-Germain ne risquait pas de lui damer le pion ; de toute manière, il n'en avait que pour sa femme, France, une avocate renommée. Moreau ne ratait aucune occasion d'agrémenter ses nuits, en évitant autant que possible les natives, jolies mais peu éduquées. Bien que la fréquentation des autochtones ne soit pas encouragée par HEEI, Moreau s'en détournait surtout par conviction personnelle. À son avis, les Naotiennes qui auraient consenti à coucher avec un Occidental ne cherchaient qu'un moyen de quitter le pays.

Le médecin informa donc Hélène de tous les petits désagréments qui l'attendaient, le perpétuel manque d'eau chaude étant tout en haut de sa liste personnelle. En second, venait l'électricité intermittente, disponible à heures fixes, et ce, seulement dans certaines villes, le barrage ne générant pas encore une alimentation continue. Il lui fallait quotidiennement organiser sa pratique autour de ces cycles.

— D'un autre côté, ça oblige à prendre nos repas à la chandelle, blagua-t-il, suave.

Sa troisième doléance, d'un tout autre ordre, venait pas loin derrière : le riz, dont il ne pourrait bientôt même plus supporter la vue tant on en servait souvent ici : matin, midi et soir, et souvent sans aucun accompagnement. Au retour de chaque voyage, il rapportait des sachets de nourriture déshydratée pour varier un peu le menu ou célébrer une occasion spéciale. Après quelques années, il s'était fait construire une petite maison où, précisa-t-il à Hélène, il habitait seul.

— Vous n'aurez pas cette chance au départ, pauvre Hélène. Vous serez hébergée par un Naotien sans doute ?

— Oui, j'ai su qu'il s'agissait d'une veuve qui partage sa maison avec sa fille. Les revenus de mon loyer leur seront utiles, je pense.

— À Aldjanin même ?

— Oui.

— Comme vous travaillez avec Saint-Germain, ce sera plus pratique : les bureaux d'Homo Sum sont au cœur du village, tout près du temple, à deux pas du barrage Terre et Eau. Quant à moi, je pratique à Tich, et comme ce n'est qu'à une dizaine de kilomètres au nord d'Aldjanin, nous pourrons nous visiter souvent. Quand on est si loin de chez soi, on a parfois le vague à l'âme…

— Je ne crois pas que le Québec va me manquer. Au contraire, c'est justement le dépaysement que je recherche.

— Une expérience douloureuse à oublier ?

— Pardon ?

— Une expérience douloureuse à oublier ? Il y a trois raisons principales qui poussent les gens à s'expatrier : ils veulent réaliser un coup d'argent, comme HEEI par exemple, ils veulent sauver leur âme ou ils veulent oublier un souvenir pénible. Vous avez quelque chose dans le regard qui me fait pencher pour la troisième hypothèse. Vous trouverez quelqu'un de mieux, termina-t-il avec un sourire condescendant, en lui tapotant le genou.

— Oui, je trouverai mieux, déclara-t-elle poliment en croisant les jambes. Mais, pour le moment, je ne cherche pas.

Elle s'excusa et alla parler à l'un des ingénieurs qui lui décrivit la progression des travaux du complexe hydraulique. Le coopérant assis à ses côtés céda volontiers son siège à Hélène.

Quand le groupe arriva enfin à l'hôtel Targara après plusieurs heures de voyage à basse vitesse sur des routes cahoteuses, Pav Dan Miet s'assura que chacun avait ses bagages et la clé de sa chambre. Puis il annonça aux volontaires qu'ils étaient libres pour la soirée.

— Dans votre chambre, vous trouverez toutes les commodités auxquelles on peut s'attendre d'un hôtel cinq étoiles, déclara-t-il fièrement, dans un français impeccable.

Le docteur Moreau, planté derrière Hélène, renifla discrètement en agitant les sourcils. Hélène cacha son exaspération en se concentrant sur leur guide.

— N'oubliez pas d'ajuster l'heure et la date sur vos montres, continua Pav Dan. Nous sommes jeudi et non mercredi, et il est seize heures et quatre minutes. Par le passé, le spectacle de danse et le cotillon présentés à l'hôtel, dans la grande salle, ont capté l'intérêt de plus d'un gentilhomme. Quant aux dames, elles préféreront sans doute profiter de la nuit pour se remettre de leur éprouvant voyage.

Incertaine du sens de ces propos, Hélène se tourna vers le docteur. D'un signe de tête, il l'invita à s'asseoir à une petite table du bar, tandis qu'un porteur se chargeait de leurs bagages, sous la supervision de Pav Dan.

— C'est le « cotillon » ou le « gentilhomme » qui vous dérange ? Après la guerre d'Indochine, la France a pratiquement abandonné ce coin du monde. La culture et la langue ont suivi une tangente qui peut surprendre parfois… Dans la capitale, les gens les plus éduqués parlent encore ce français un peu… suranné ? Quant au spectacle de danse, les Naotiens croient qu'il est de nature à choquer les dames et…

— Du strip-tease ? ? ?

— Non, non, rien d'aussi vulgaire ici, ma chère. La danseuse n'est jamais totalement dénudée. Tout est laissé à l'imagination, vous comprenez. Les Naotiens sont fiers des talents de leurs danseuses pour stimuler l'énergie masculine et acceptent avec plaisir que nous les payions pour leurs services. Mais rien de plus. Les relations — amoureuses ou sexuelles, ça ne fait pas de différence — avec des Occidentaux sont vues d'un très mauvais œil. Le commerce du sexe a causé beaucoup de ravages, et de nombreuses mesures ont été prises pour protéger les jeunes Naotiens en particulier, et toutes les femmes en général, des excès d'étrangers en mal de frissons. C'est pourquoi vous ne pouvez pas assister au spectacle.

— Il a simplement suggéré que je gagne ma chambre.

Moreau sourit en hochant la tête.

— Non, non, ne vous y trompez pas : à la façon subtile et oh ! combien polie des Naotiens, il vous a prévenue que votre présence à ce spectacle ne serait pas tolérée. Mais au diable les convenances ! On y va quand même ? lui proposa-t-il, l'œil pétillant.

Hélène s'en voulut de lui avoir donné l'impression qu'elle prisait la danse érotique.

— Non, merci. Je suis vraiment épuisée et je suivrai les bons conseils de notre guide, après tout. Mon horloge interne est complètement déréglée. Je ne sais plus si je dois déjeuner, dîner ou dormir !

— Eh bien ! À titre de médecin, je vous suggère de dormir quelques heures, de manger légèrement et de vous recoucher encore quelques heures. Vous ne serez pas en pleine forme demain, mais vous récupérerez plus vite par la suite. Vous devrez également vous attendre à ressentir, au cours des prochains jours, les effets de l'altitude : maux de tête, essoufflement, nausées. Ça passera, ne vous inquiétez pas. Et si ça ne passe pas, vous savez à qui vous adresser ! termina-t-il avec un clin d'œil complice.

Fourbue, Hélène gagna lentement sa chambre. La pièce était minuscule mais propre, les draps et serviettes, d'une blancheur éclatante, et le lit, confortable. Une note affichée à côté de la douche indiquait que l'eau chaude n'était disponible qu'entre dix et onze heures le matin. Il était hors de question pour Hélène de se coucher ou même de se présenter à la réunion du lendemain matin sans s'être rafraîchie, surtout après la dernière étape du trajet. Elle entreprit donc de faire ses ablutions à l'ancienne, avec une débarbouillette, l'eau froide du lavabo et le savon parfumé au jasmin fourni par l'hôtel. Pour les cheveux, elle attendrait au lendemain, avant la réunion, si elle en avait le courage. L'idée de se plonger la tête dans un lavabo rempli d'eau glacée n'avait rien d'attirant. De plus, Hélène savait d'expérience que sa coiffure serait affreuse au matin si elle se couchait avec les cheveux mouillés. Après avoir revêtu sa modeste robe de nuit, elle s'allongea sur le lit, la tête remplie des derniers événements. Le soleil couchant filtrait à travers les rideaux de coton blanc entrouverts et dorait le lambris blanc des murs.

Un coup frappé à la porte la réveilla en sursaut. Le garçon d'étage l'informa qu'on l'attendait en bas. Avec effroi, elle remarqua le jour éclatant par la fenêtre. Un regard jeté à sa montre ne lui fut d'aucune utilité, car elle avait aussi oublié de la régler à l'heure locale. Tant pis pour ses cheveux ! Elle enfila rapidement un ensemble marine et blanc, classique et modeste.

Quand elle arriva à la salle de l'hôtel qui leur était réservée, plusieurs de ses compagnons de route profitaient déjà du buffet léger, servi sur une table, le long du mur. Le lambris de bois naturel accentuait le rose criard des chaises rembourrées, disposées en cercle autour des tables blanches laminées. Hélène choisit un bol de crème au riz, agrémentée de raisins secs et de graines de sésame, et un thé. Elle avait eu l'intention de suivre les conseils du docteur et de manger un peu au milieu de la nuit mais, épuisée, elle avait sombré si abruptement dans le sommeil qu'elle n'avait même pas eu l'occasion d'ajuster son réveil. Un rapide coup d'œil lui apprit que Michel Moreau était absent. Pav Dan Miet les invita à s'asseoir, puis présenta tour à tour les membres du comité d'accueil. Pour l'avoir vu à plusieurs reprises à la télévision, elle reconnut facilement son futur patron, Laurent Saint-Germain, en pantalon kaki et chemise blanche confortables. L'homme, grand et mince, aux tempes grisonnantes, dominait de la tête et des épaules Pav Dan, qu'il écoutait avec intérêt. Assis à ses côtés, un ingénieur de la compagnie HEEI, Maxim Leclerc, achevait d'écrire quelques notes rapides dans un dossier et releva à peine la tête quand on prononça son nom. Le dernier homme, un Asiatique dans la trentaine, en tenue militaire, se tenait debout derrière eux, un peu en retrait. Pav Dan le présenta avec la plus grande déférence sous le titre de capitaine Pra Dan Yelvatxaykarath. Mesurant environ un mètre soixante-quinze, il était grand pour un Naotien. La couleur beige de son uniforme, propre et fraîchement pressé, contrastait avec son teint cuivré et ses cheveux en brosse couleur de jais. Hélène s'attarda à la cicatrice qui traversait son sourcil gauche, avant de remarquer, embarrassée, que le militaire la transperçait du regard. Son iris était presque aussi noir que sa pupille, et Hélène eut l'impression déroutante de plonger dans un tunnel qui menait directement dans son âme. Le capitaine resta impassible, lui, et continua imperturbablement son inspection de la salle. Il alla finalement s'asseoir à la droite de Saint-Germain qui lui serra la main. Le directeur d'Homo Sum s'éclaircit discrètement la voix avant de prendre la parole.

— Tout d'abord, j'aimerais remercier monsieur Pav Dan Miet pour sa présentation. Je suis touché par ses commentaires flatteurs. Je ne voudrais pas ennuyer ce gentilhomme en l'obligeant à assister à cette réunion, et je l'invite à ne pas nous consacrer davantage de son précieux temps.

Le guide sourit et, après avoir adressé un salut à chacun des trois membres du comité, il s'excusa et quitta la salle en refermant silencieusement la porte derrière lui. C'est seulement alors que Saint-Germain reprit :

— Je préfère ménager les susceptibilités des Naotiens lors de cette première rencontre avec de nouveaux membres d'Homo Sum. C'est pourquoi j'ai demandé à votre guide de quitter la salle. On vous l'a sans doute déjà dit, mais j'en profite pour vous rappeler qu'il est perçu comme de la plus haute impolitesse, au Scynao, de refuser nettement quelque chose à son interlocuteur. Dans tous les cas, donnez-lui une chance de sauver la face en lui expliquant que c'est pour son bien, ou le vôtre, ou celui de ses enfants, s'il le faut !

Le capitaine Pra Dan nous fait l'honneur de sa présence aujourd'hui malgré un horaire chargé, ajouta-t-il. Il a été mandaté par l'administration naotienne pour superviser les ONG étrangères dans la région du lac Baïkun, où HEEI et Homo Sum concentrent leurs efforts. HEEI achève actuellement le barrage hydroélectrique Targara, entre le lac Baïkun et la rivière Targara.

— Encore un mois environ, intervint Maxim Leclerc.

— Encore un mois, pour certains d'entre vous, à vous laver entre dix et onze heures, reprit Saint-Germain en provoquant

31

le rire de la salle. Pour les autres, il faudra patienter encore plus ! Sérieusement, le rôle du capitaine Pra Dan est de faciliter notre intégration à la population locale. Il a étudié en France et parle couramment notre langue. Vous verrez que ses judicieux conseils rendront votre séjour beaucoup plus agréable. Je vous rappellerai brièvement quelques consignes que vous avez reçues avant votre départ : aucun signe de richesse ostentatoire ne sera toléré. Évidemment, cela signifie que vous ne devez porter aucun bijou. Mais soyez conscients que, dans un pays d'une grande pauvreté, une paire de chaussures neuves est un luxe que bien peu connaîtront au cours de toute leur vie. Alors, s'il vous plaît, autant que possible, portez des vêtements usagés, simples, en tout temps, et qui couvrent la majorité de votre anatomie.

L'eau est potable, mais certains estomacs peuvent être incommodés, poursuivit-il. Il en va de même de la nourriture locale, extrêmement épicée. Vos hôtes comprendront si vous leur dites que vous avez l'estomac fragile et que vous préférez, comme leur grand-mère, épicer vous-mêmes vos plats.

Nous valorisons les relations amicales avec la population locale, mais les relations amoureuses ne sont pas encouragées, les prévint-il. Vous vous rendrez compte assez vite qu'ici les mélanges raciaux sont très mal vus ou, plus simplement, inconcevables. Pour la majorité d'entre vous, de toute façon, ce contrat est de courte durée. Voudriez-vous ajouter autre chose, Maxim ?

Leclerc ne se leva pas pour prendre la parole. Son visage parfaitement ovale portait les traces d'une fatigue évidente. Ses yeux bruns soucieux s'abstenaient de tout contact avec Saint-Germain ou le public.

— Les derniers tests sur la qualité de l'eau montrent que le système de purification n'est pas encore à la hauteur de nos attentes, commença Leclerc d'un ton plutôt mal assuré, qui tranchait avec la convivialité de celui du directeur d'Homo Sum. Je regrette de vous contredire, monsieur Saint-Germain, mais je recommande d'éviter de boire l'eau, peu importe la solidité de votre estomac.

— Même en la faisant bouillir d'abord ?

— Oui.

Les deux hommes se mesurèrent silencieusement du regard quelques secondes, tandis que le capitaine les observait avec grand intérêt. Leclerc secoua énergiquement la tête.

— Ce sera donc l'eau embouteillée pour la majorité d'entre vous, ou le système de filtration privé pour ceux du camp de base. Je crois que le capitaine Pra Dan veut ajouter quelques mots pour les nouveaux d'Homo Sum ? demanda Saint-Germain, ce que le militaire lui confirma en opinant de la tête.

— Je veux rencontrer les membres de HEEI dans la salle à côté, dit Leclerc. Nous devons discuter des défis qui nous attendent pour le prochain mois. Pour les nouveaux de HEEI, le capitaine vous rencontrera en fin de journée à Aldjanin. Quant aux anciens, vous connaissez la routine : le taxi-bus vous attendra à la porte principale à neuf heures. Mesdames, messieurs, suivez-moi.

Tandis que les membres de la firme d'ingénierie et les anciens d'Homo Sum quittaient la salle derrière Leclerc, Laurent Saint-Germain invita la dizaine de personnes qui restaient à se regrouper à une table en bas du podium, puis il s'éclipsa lui aussi. Pour la première fois, le capitaine Pra Dan s'adressa aux recrues, d'une voix calme et grave, dans un français impeccable teinté d'un accent européen.

— Le gouvernement du Scynao vous souhaite, à toutes et à tous, la bienvenue. Laissez-moi d'abord vous assurer que votre présence et votre aide remplissent de joie mes compatriotes. C'est un insigne honneur qui retombe sur la famille qui vous accueillera sous son toit. Son foyer deviendra votre foyer pour la durée de votre séjour. Vos hôtes se feront un plaisir de vous accommoder. Si vous suivez les recommandations de monsieur Saint-Germain, tout devrait se passer pour le mieux. J'aimerais ajouter une dernière mise en garde cependant. Les pays voisins ont connu de graves problèmes avec la culture et le commerce de l'opium et de ses dérivés. Sachez que, depuis qu'il a acquis son indépendance, le Scynao a établi une politique extrêmement stricte à cet égard. Le gouvernement tient à ce que chaque étranger en visite sur son sol soit mis au courant de cette politique et comprenne le désir du Scynao de s'affranchir des traditions néfastes du passé. Passons maintenant aux choses plus agréables : je vais remettre à chacun d'entre vous un numéro qui correspond à votre hôte respectif. Monsieur le guide Pav Dan sera à bord du taxi-bus et se chargera de vous jumeler avec votre famille d'accueil à Aldjanin ou à Tich.

Le capitaine Pra Dan lut ensuite la liste des noms des collègues d'Hélène qui, un à un, quittèrent la salle après avoir reçu leur numéro. Hélène fut la dernière. Elle s'approcha pour recevoir à son tour son carton numéroté et tendit la main. Pra Dan la lui serra. Surprise, Hélène releva la tête vers lui. La question qu'elle voulait poser se perdit quelque part entre son cerveau et ses lèvres, lorsque les yeux noirs plongèrent dans les siens.

— Madame Cournoyer ? C'est un grand honneur de vous accueillir au Scynao. Mon foyer est votre foyer.

Chapitre 3

Hélène boucla rapidement ses bagages pour aller rejoindre le groupe à l'extérieur. L'idée de cohabiter avec le capitaine Pra Dan la perturbait. Les questions se bousculaient dans sa tête. Comment arriverait-elle à se rappeler son prénom si compliqué, elle qui n'avait aucun talent pour les langues ? Ici, on citait le nom de famille du grand-père paternel, suivi de celui du grand-père maternel, avant le prénom. Par conséquent, le guide et le capitaine pourraient-ils être parents ? Et qu'était-il advenu de cette gentille vieille dame qui devait l'héberger ? Y avait-il eu un malentendu, ou un changement de dernière minute ?

Hélène déposa sa valise près de celles de ses collègues qui attendaient déjà le taxi-bus sur le parvis de l'hôtel. Malgré le soleil, la température oscillait encore sous zéro, et le vent n'avait pas faibli depuis la veille, accentuant le refroidissement éolien. Devant eux, la circulation dense et colorée du centre-ville s'écoulait dans un tumulte sympathique et bruyant. Un Naotien, qui tirait une charrette chargée de deux cages à poulets et d'un petit cochon, passa devant eux sans s'arrêter, mais son regard s'attarda longtemps sur le visage d'Hélène. Elle lui sourit et le salua et, après un bref salut, il détourna la tête. Pour contrôler son stress croissant, Hélène respira lentement l'air froid et sec.

« Voyons, se sermonna-t-elle intérieurement, je savais qu'il faudrait que je m'adapte, que je sois flexible. Eh bien, voilà ! Ça y est ! On m'a jumelée à un militaire. Je ne vais pas tout lâcher à la première petite difficulté ! Tout va bien aller. Dans le pire des cas, ça ne devrait pas être si difficile de me reloger. Le docteur Moreau pourrait peut-être même m'héberger quelques jours. »

En un flash, elle se remémora les avances peu subtiles du médecin et elle se ravisa. Prendre soin de sa mère l'avait vidée, sur le plan émotionnel, et elle se sentait loin d'être prête pour une aventure romantique. Le défi de sa nouvelle carrière dans un pays étranger lui suffisait amplement. Pas le docteur, donc ; elle ne voulait pas risquer de lui donner de faux espoirs. De plus, ses manières condescendantes, à la limite de l'indécence, l'irritaient.

Les véhicules étaient rares ici. L'essence, très coûteuse, était d'abord destinée aux véhicules d'urgence et militaires. Quand Hélène vit la vieille fourgonnette tourner le coin de la rue principale, elle empoigna sa valise, ravie à l'idée de pouvoir enfin se mettre à l'abri du vent cinglant. Heureusement, la météo prévoyait que la température monterait vers les dix degrés Celsius en après-midi. Le taxi-bus au pare-chocs accidenté freina devant leur groupe dans un grincement peu rassurant.

Un véhicule militaire doubla la fourgonnette et s'arrêta devant Hélène. Le capitaine Pra Dan en sortit, ses lunettes fumées lui donnant un air encore plus distant qu'à la réunion.

— Madame Cournoyer, vous n'aurez pas à prendre le taxi-bus. Je me ferai un plaisir de vous conduire pour ainsi vous éviter un voyage inconfortable.

Il lui enleva la valise des mains, la posa sur la banquette arrière, ouvrit la portière du passager et invita Hélène à s'asseoir à ses côtés, à l'avant. Celle-ci jeta un regard incertain vers ses collègues. Ils lui dirent au revoir avec envie et montèrent à bord de leur véhicule qui ne payait vraiment pas de mine. Troublée, Hélène céda le passage à un paysan et sa chèvre angora, puis grimpa dans la voiture du militaire sans avoir réussi à formuler une réponse intelligente. Pra Dan démarra aussitôt.

Le silence s'installa entre eux. Pra Dan conduisait d'une manière rapide, en évitant avec adresse la multitude de piétons, de mules au pelage épais, de cyclistes, de chèvres, de véhicules de fortune pour le moins pittoresques et lourdement chargés, et de chiens errants squelettiques qui pullulaient dans les rues étroites et achalandées du centre-ville. La crainte d'un accident poussa Hélène à se caler instinctivement dans son siège. Le radiateur de la voiture fonctionnait au maximum et la réchauffa en moins de deux.

Hélène se creusa la tête pour trouver un sujet de conversation et, faute de mieux, se rabattit sur les habituelles formules de politesse.

— C'est très gentil à vous de m'accompagner, d'autant plus que vous êtes très occupé, comme le mentionnait monsieur Saint-Germain.

— L'une de mes responsabilités consiste à superviser l'installation des Occidentaux. Vous êtes une Occidentale : n'y voyez donc pas de gentillesse, comme vous dites, mais une pure formalité.

Sous la courtoisie de ces paroles, Hélène sentit une certaine sécheresse dans le ton.

— Quand même, m'emmener à Aldjanin vous cause des tracas supplémentaires, supposa-t-elle. J'aurais pu prendre le taxi-bus…

Pra Dan secoua la tête, amusé par l'idée que faire le chauffeur pour une seule personne, une femme en plus, puisse constituer un souci.

— Vous êtes blonde.

Après un moment, il devint clair que le capitaine considérait que cette remarque suffisait à expliquer sa réserve. Malheureusement, Hélène nageait dans un brouillard encore plus épais qu'avant.

— Ooouui, avança-t-elle pour meubler le silence, c'est ma couleur de cheveux naturelle.

— C'est évident. Seule la nature a le secret de ces ors chatoyants du lac au soleil couchant.

Un compliment ? Une remarque lyrique, appuyée, peut-être même… obséquieuse ? C'était sûrement un compliment. En tout cas, personne n'avait jamais décrit aussi poétiquement la couleur de ses cheveux.

— Merci, merci, c'est gentil… Monsieur Pra Dan, je ne comprends toujours pas…

— Capitaine.

— Oh ! pardon. Capitaine…

Pra Dan l'interrompit d'un souffle agacé.

— Vous n'avez rien à vous reprocher, expliqua-t-il plus posément. Mais la couleur de vos cheveux va attirer l'attention sur vous à Aldjanin, que vous le vouliez ou non, et cela pourrait vous causer des ennuis. C'est cela qui me tracasse.

Hélène reprit confiance. On l'avait prévenue que certains habitants, plus traditionnels, n'aimaient pas voir les femmes se promener tête nue. Si la femme était occidentale de surcroît, on pourrait l'accuser d'arrogance, présumer qu'elle se croit supérieure aux hommes. En se couvrant la tête, la femme occidentale faisait d'une pierre deux coups : elle se fondait plus aisément dans la foule et facilitait les premiers contacts en ne défiant pas l'autorité masculine.

— Ne vous inquiétez pas pour cela, j'ai tout prévu : j'ai des châles et un chapeau. Vous ne me remarquerez même plus dans quelque temps ! plaisanta-t-elle en souriant.

Le militaire observa sa passagère quelques secondes avant de reporter son attention vers la route. Elle pouvait cacher ses cheveux, mais comment espérait-elle masquer son teint de pêche, la délicatesse de ses traits ou le doré de ses yeux bruns ? Cette femme n'y pourrait rien ; Pra Dan devrait rester sur le qui-vive. Puisque c'était la première fois qu'elle se détendait un peu, il se contenta d'opiner simplement de la tête.

Le silence retomba dans l'habitacle. Bientôt, ils laissèrent derrière eux les constructions modernes de Junianne et les routes asphaltées, et commencèrent à gravir les montagnes par des sentiers cahoteux, de terre et de gravier, qui serpentaient dans la forêt dense. La tête d'Hélène heurtait régulièrement l'appuie-tête à cause des nids-de-poule, trop nombreux pour être évités. La ceinture de sécurité mordait si souvent dans son épaule que, malgré la chaleur qui régnait dans la voiture, elle préféra garder son manteau pour limiter son inconfort.

Le paysage captivait la jeune femme. Ici, la nature régnait en maître. La ramure des arbres, encore dénuée de feuilles en ce début de printemps, se frayait un chemin parmi les conifères d'un vert très sombre. Les montagnes se dressaient tout autour d'eux, et le sentier ondulait sur le dos de leurs reliefs, toujours plus haut, sans fin. En réalité, Hélène n'aurait pas été étonnée de voir la forêt se refermer sur la route après leur passage tant le vent, les cahots et les ondulations du terrain donnaient au paysage des allures d'océan démonté. Après un virage brusque, le ciel leur apparut soudain. Depuis le promontoire où ils se trouvaient, elle découvrit avec émoi le lac Baïkun, une cinquantaine de mètres plus bas.

Hélène eut le souffle coupé à la vue de cette mer intérieure tranquille, que le gigantesque barrage de béton d'un blanc éblouissant ne parvenait pas à déparer. D'un gris turquoise surnaturel, le lac s'étendait sur la gauche à perte de vue, comme éclairé de l'intérieur, entre des montagnes vertes et bleues. La surface à peine ridée par le vent ressemblait à la coulée paresseuse d'un métal fondu.

La réaction d'Hélène gonfla de fierté le cœur de Pra Dan et il ralentit sa course pour lui donner le temps d'admirer le paysage : le barrage Terre et Eau était la preuve tangible de la progression de son pays vers une identité propre et une visée moderne. En s'ouvrant à la technologie des pays industrialisés, le Scynao avait néanmoins choisi d'en minimiser le plus possible l'impact sur l'environnement. Parce qu'il abordait le problème à sa façon, personne ne pourrait reprocher à son pays d'être à la botte des Occidentaux.

La voiture passa sur un pont suspendu, légèrement en aval du barrage. La hauteur donnait le vertige. Pour l'instant, le débit était fort à cause de la fonte des glaces au sommet des montagnes. Au pied du barrage, à droite, le torrent s'engouffrait profondément entre des falaises taillées à la verticale dans la pierre noire striée de gris. Le capitaine tourna à droite à la sortie du pont et entra dans Aldjanin, un peu en contrebas. Les habitations avaient été érigées là où la topographie des lieux le permettait, et cela donnait une allure désordonnée et ludique au village. Les maisons carrées, très simples, construites en billots de bois et coiffées d'un toit fait de chaume et de terre battue, tranchaient avec la blancheur de la neige qui persistait par endroits.

Pra Dan s'arrêta devant une maison en rondins qu'un petit chemin de pierre des champs reliait à la route de gravier. Des boîtes à fleurs encore vides bordaient la galerie, de chaque côté de l'escalier, et des rideaux jaunes aux deux petites fenêtres complétaient un décor invitant et champêtre. Hélène était rassurée par l'allure de son futur logis, mais, à la pensée de partager ces étroits quartiers avec un homme dégageant tant d'autorité, la nervosité la reprit de plus belle.

Le capitaine sortit de la voiture et attrapa la valise sur la banquette arrière, tandis qu'Hélène descendait de son côté. Elle fut étonnée de voir un petit bout de femme dans la soixantaine sortir aussitôt de la maison et dévaler prestement l'escalier. Elle s'essuyait le visage et les mains avec une serviette de lin multicolore nouée à sa taille. Le tablier de fortune protégeait sa longue jupe noire de coton épais. Sa longue tresse de cheveux noirs généreusement striés de blanc se balançait au creux de ses reins et tranchait avec la jolie chemise blanche, ornée de broderies rouges aux poignets et au col. Son visage très cuivré était animé par des yeux bridés noirs, brillants comme du verre, et un sourire coquin auquel il manquait une incisive inférieure. Elle semblait fascinée par la blondeur de la chevelure d'Hélène. Le capitaine Pra Dan vint rejoindre Hélène, sa valise à la main.

— Vous habitez chez vos parents ? lui demanda Hélène, soulagée à la vue de cette vieille femme, mais, presque aussitôt, elle se rendit compte de ce qu'elle venait de dire et sentit le rouge lui monter aux joues.

« Mon Dieu, faites qu'il n'ait jamais entendu cette expression ! » pria-t-elle avec ferveur. Le militaire esquissa un sourire amusé, d'une blancheur éclatante dans son visage halé, et Hélène en conclut que Dieu avait des souhaits plus importants à exaucer.

— Bonjour, mère ! lança Pra Dan en retirant ses verres fumés.

Il se pencha pour l'embrasser sur le front.

— Voici ta nouvelle invitée, madame Hélène Cournoyer. Madame Cournoyer, permettez-moi de vous présenter ma mère, dame Pra Dan Mari, née Dan Seu.

— Marie ? Vous avez un prénom français ? s'enquit Hélène en lui serrant la main.

— Mon père s'intéressait au catholicisme à l'époque de ma naissance, répondit la mère dans un français cassé, et il a modifié un peu le nom de la Vierge pour l'écrire en naotien. Mari signifie « table » dans notre langue.

— Table ?

— Oui ! Mon prénom a répandu beaucoup de joie autour de moi, et je remercie mon père d'y avoir pensé. Comme nous serons entre femmes, vous pouvez m'appeler Mari. Puis-je vous appeler Cournoyer ?

— Mère, son prénom est Hélène, la reprit aussitôt Pra Dan, embarrassé. C'est ma faute, je suis désolé, j'ai oublié de te rappeler qu'au Canada on honore les ancêtres en dernier.

— Oui, oui, très bien, répondit Mari sans s'offusquer. Bienvenue dans ma demeure. Mon foyer est votre foyer.

— Merci de votre accueil, Mari, et vous pouvez m'appeler Hélène, bien entendu.

Mari ouvrit la marche, sa posture fière et droite, et hocha la tête royalement pour saluer une voisine qui les épiait de sa fenêtre. Pra Dan sourit en remarquant le stratagème de sa mère qui s'enorgueillissait d'avoir une si illustre locataire : Hélène Cournoyer travaillerait avec Laurent Saint-Germain lui-même. Mari avait même revêtu son plus beau chemisier pour l'occasion, celui qu'il lui avait offert au Nouvel An. Sa mère monta l'escalier et vacilla sur une marche pourrie. Pra Dan attrapa son bras et la guida courtoisement jusqu'à la porte. Il faudrait qu'il veille lui-même à ce que l'escalier soit réparé avant qu'un accident ne se produise. Pra Dan n'entretenait aucune illusion sur la façon dont sa mère dépenserait le revenu supplémentaire du loyer : il irait entièrement à l'orphelinat que Mari dirigeait. S'il fallait qu'Hélène Cournoyer se blesse dans cet escalier, leur déshonneur serait terrible, mais sa mère ne se souciait de ce genre de choses que lorsqu'il était trop tard, grommela-t-il intérieurement.

À l'intérieur, une vague de chaleur étouffante les frappa. Hélène eut du mal à respirer pendant un moment tant le contraste était grand avec l'air vif et frais de l'extérieur. La pièce principale occupait tout le devant de la maison et servait à la fois de cuisine, de salle à manger et de salon. Une immense table en bois, décorée d'un bouquet de branches de conifère disposées dans un vase, trônait au centre, flanquée de quatre chaises droites, et accaparait la moitié de l'espace. Sur le mur du fond en lattes de bois, un poêle à combustion lente ronflait à plein régime. Les deux chambres occupaient l'arrière de la maison et, sachant la courtoisie des Naotiens, Hélène ne fut pas surprise d'apprendre que la plus grande lui avait été attribuée. Un lit à une place en bois longeait le mur extérieur de rondins huilés, sous une petite fenêtre donnant sur la forêt. Un bel édredon blanc orné de motifs géométriques multicolores apportait couleur et confort à la pièce. Une chaise et un coffre de pin naturel, au pied du lit, complétaient le mobilier rustique.

Comme la chaleur était presque insupportable dans la petite chambre mal aérée, Hélène se hâta de transférer le contenu de sa valise dans le coffre et de suspendre sa veste au dossier de la chaise pour qu'elle ne prenne pas de faux plis. Quand elle rejoignit Mari dans la pièce principale, elle la surprit en train de s'essuyer subrepticement le visage et les mains dans son tablier. En regardant par la fenêtre, Hélène constata avec un certain soulagement que la voiture de Pra Dan n'était plus là.

— Le capitaine est parti travailler ?

— Oui, il va déjeuner chez lui.

Perplexe, Hélène se demanda si la dame avait bien compris sa question.

— Alors, le capitaine n'habite pas ici ?

— Grand ciel, non ! Le capitaine de la police d'Aldjanin, ici ! s'exclama Mari en riant de bon cœur.

Elle choisit un foulard sur un crochet à côté de la porte, et le drapa autour de son cou en dodelinant de la tête.

Hélène ne saisissait pas vraiment ce qu'avait voulu dire la vieille dame, mais le malentendu au sujet de sa logeuse avait au moins été éclairci, et elle prit le parti de sourire.

— C'est curieux, je croyais que le capitaine était dans l'armée.

— Eh bien… oui, confirma Mari, l'air étonné.

— Alors… il est également dans la police ?

— L'armée s'occupe de tous les aspects de notre sécurité, récita Mari avec beaucoup moins d'entrain.

— Bien sûr. Merci d'avoir pris le temps de m'expliquer. On mentionnait cela dans la documentation d'Homo Sum, mais je l'avais oublié.

— Ma fille se joindra à nous pour le repas du soir. Elle couchera dans la chambre avec moi. Mon plus jeune fils,

Sokad, habite un camp dans le Nord. Vous serez bien confortable dans votre chambre ? s'enquit Mari en enfilant son épais manteau noir de coton matelassé.

— Oui, ce sera parfait, merci.

— Je vais maintenant vous accompagner à votre travail.

Hélène rattacha son manteau. Pour la première fois, madame Pra Dan eut l'air embarrassée. La main sur la clenche de la solide porte de bois, elle hésitait manifestement à l'ouvrir.

— Bien ! s'écria-t-elle soudain d'un ton très enthousiaste, bien. Vous êtes prête ?

— Oui.

Madame Pra Dan n'ouvrait pourtant toujours pas la porte et jouait nerveusement avec son foulard. Hélène se rappela subitement le conseil du capitaine, s'excusa et alla chercher, dans son coffre, un châle de laine gris et bleu suffisamment ample pour lui couvrir la tête et les épaules. Elle noua le châle sous son menton. En altitude comme ici, la température dépasserait difficilement le zéro aujourd'hui. Madame Pra Dan lui sourit et s'approcha d'elle pour cacher avec soin tous les cheveux dorés sous le lainage, avant de finir de se coiffer elle-même. Elles sortirent, et Mari referma simplement la porte derrière elles, car il n'y avait pas de serrure.

Le bureau d'Homo Sum était installé dans une roulotte de chantier blanche, sur les terres les plus élevées du village. Le sigle de l'organisme, une représentation stylisée du penseur de Rodin, était peint en bleu à côté de la porte. Une antenne sur le toit de la roulotte laissait supposer qu'on pouvait communiquer avec l'extérieur par satellite. Le bâtiment modulaire détonnait dans le paysage, quand on le comparait au temple bouddhiste voisin, avec ses multiples toits biscornus, ses petites fenêtres à vitraux et ses murs en bois peint et magnifiquement ouvragé. Après avoir remercié Mari, Hélène entra dans son nouveau lieu de travail. À son arrivée, Laurent Saint-Germain, assis à un bureau en métal gris couvert de papiers, releva la tête, de petites lunettes sur le bout du nez. Il avait roulé les manches de sa chemise blanche et portait un jeans propre, mais délavé, et de vieilles espadrilles.

— Hélène Cournoyer, je présume ? demanda-t-il avec un large sourire.

— Monsieur Saint-Germain, il y a longtemps que j'espérais vous rencontrer.

— Et moi, il y a longtemps que j'espérais votre arrivée ! répliqua-t-il en se levant pour lui serrer la main. Prendrez-vous un café ?

— Volontiers, mentit-elle.

Elle préférait le thé, mais ne voulait pas paraître capricieuse à la première occasion.

— Sucre ? Lait ?

— Noir, merci.

Saint-Germain vérifia que le contenu de la cafetière, posée sur le réchaud au propane, était encore assez chaud et fouilla sur l'étagère au-dessus pour trouver une tasse, entre les pots récupérés en verre emplis de biscuits secs et du nécessaire à pause-café : café moulu, sucre, lait en poudre et sachets de thé.

— Je suis désolé de ne pas avoir eu l'occasion de vous parler à l'hôtel. Votre voyage s'est bien passé ? Le capitaine Pra Dan s'est chargé de votre transport, je crois ?

— Oui, je loge chez sa mère.

— C'est un homme instruit, d'une grande culture générale, une rareté ici, toujours calme, d'un sang-froid admirable, comme un rocher dans la tempête.

— Il est plutôt… impressionnant, en effet.

— C'est son flegme asiatique qui vous rebute. Vous vous y habituerez.

— Je l'espère. J'ai très hâte de connaître mes nouvelles tâches et de me mettre au travail.

— La réponse à mes prières ! Faites quand même attention : les premiers jours, vous allez sentir les effets du décalage horaire et de l'altitude. Pour le moment, vous carburez à l'adrénaline, comme on dit. Mais en après-midi, il est bien possible que tout ça vous rattrape. Il y a un lit pliant pour ce genre d'urgence dans la pièce du fond. N'hésitez pas à l'utiliser au besoin. L'expérience nous a enseigné que vous reviendrez plus vite à la normale si vous prenez les choses tranquillement au début.

Saint-Germain lui tendit la tasse de café, puis s'en versa une.

— Ne vous inquiétez pas pour l'eau du café. Nous avons un dispositif de filtration autonome très perfectionné, approuvé par Maxim Leclerc lui-même. Je ne serais pas étonné qu'il ait soudoyé la NASA pour l'obtenir, blagua-t-il.

D'un geste, il invita la jeune femme à s'asseoir dans l'un des deux fauteuils dépareillés, près de la porte. Une causeuse élimée et une petite table basse en mélamine complétaient le mobilier de la salle d'attente qui servait aussi de lieu de détente pour le personnel. Saint-Germain but une longue gorgée de café noir et Hélène trempa les lèvres dans le sien pour faire bonne figure.

— Simon Desbiens ne tarit pas d'éloges à votre sujet, et il n'est pas facile à impressionner. Plus il me parlait de vous et de tout l'ouvrage que vous abattiez, plus je rêvais de vous avoir ici et, si je ne m'étais pas trouvé de l'autre côté de la Terre, et si Simon n'était pas un ami de longue date, nous en serions sans doute venus aux coups ! poursuivit-il. Le contrat de mon adjointe s'est terminé abruptement il y a quelques mois lorsqu'elle est tombée malade. Le docteur Moreau a craint une hépatite : elle était très fatiguée, souffrait de nausées et de douleurs musculaires… Nous avons décidé de la retourner au pays le plus vite possible pour qu'elle puisse recevoir les meilleurs soins. Depuis, j'ai fait du mieux que j'ai pu, mais vous aurez malgré tout pas mal de travail à rattraper, j'en ai bien peur ! Du classement, évidemment, les mises à jour du personnel, toujours en rotation, et du matériel, celui qui a été utilisé et celui qui nous fait défaut. Mais, le plus urgent, ce sont les formulaires de demandes de subvention.

Il fouilla quelques instants dans des piles de papiers sur une étagère à côté du bureau et apporta à Hélène plusieurs documents et brochures.

— Vous vous y connaissez ? demanda-t-il.

Hélène les feuilleta rapidement, puis le rassura :

— J'ai eu l'occasion d'en faire le suivi à Homo Sum Montréal.

— Merveilleux ! Je n'aurai pas à vous expliquer tout ça alors. Toutefois, si vous avez des questions, n'hésitez pas. Frannie Wilcox vient quelques après-midi par semaine à titre de secrétaire temporaire si nécessaire, HEEI nous prête ses services pour me dépanner. C'est une perle ! C'est grâce à elle si je ne me suis pas noyé dans la paperasse. Mais j'ai besoin de quelqu'un à temps plein pour coordonner les différentes ressources. Pour le reste, nous verrons au fur et à mesure, si vous le voulez bien. Frannie s'installe habituellement au bureau que vous pouvez deviner sous la pile de dossiers. Si vous arriviez à mettre la main sur un bureau supplémentaire qu'on pourrait coincer entre l'étagère et ce fauteuil, par exemple, je crois que ce serait l'idéal pour vous.

— Cela me permettrait sûrement d'être plus performante, en effet.

— Sans doute, sans doute. Une dernière chose : les appels entrant sur ce cellulaire sont destinés à Homo Sum. Vous pouvez y répondre et utiliser cet appareil à votre guise. Dans ces montagnes, la réception n'est pas idéale, mais on se débrouille. Celui-là, par contre, me sert de ligne personnelle ; j'ai un service de boîte vocale, alors vous n'avez pas à vous en préoccuper. Ce tiroir, que je garde verrouillé, contient certains de mes documents personnels. Vous avez accès à tout le reste.

Vous voudrez peut-être ranger votre passeport et votre visa dans le coffre-fort, dans la pièce du fond. Les vols sont rares ici parce qu'il n'y a rien à voler, mais un passeport canadien vaut son pesant d'or sur le marché noir.

— Très bien.

— Des questions ?

— Pas pour le moment.

— Alors, au travail !

La journée passa en coup de vent. Vers l'heure du dîner, madame Pra Dan vint à la roulotte pour apporter à Hélène un repas léger de riz, de noix et de poire séchée. Hélène se rappela en souriant le commentaire du docteur Moreau. Touchée par le geste de sa logeuse, Hélène la remercia avec empressement. Le sourire lumineux de Mari anima toutes les rides de son visage. Après le départ de la Naotienne, Saint-Germain fit remarquer à sa nouvelle adjointe qu'il n'y avait pas de restaurant à des lieues à la ronde ; Mari honorait donc la coutume de nourrir les étrangers en cuisinant pour elle. Hélène n'avait pas pensé qu'elle devrait prévoir un lunch ou, sinon, risquer de devoir sauter un repas. Malgré son grand appétit, elle sentait le surmenage des derniers jours et les maux dus à l'altitude qui la rattrapaient : ce repas frugal cadrerait très bien avec les recommandations de Moreau.

Finalement, vers deux heures de l'après-midi, en remarquant que l'épuisement la gagnait, Saint-Germain lui ordonna de prendre congé et de ne revenir que le lendemain matin, après une bonne nuit de repos. Hélène était trop fatiguée pour protester.

Le temps était encore frais. Le vent doux et le soleil vibrant l'incitèrent à prendre son temps pour rentrer. Il n'y avait pas de route à proprement parler, mais plutôt un large sentier de terre battue et de cailloux qui descendait en serpentant entre les maisons et les arbres majestueux. Certains conifères, au tronc de plus d'un mètre de diamètre, devaient être centenaires. Hélène savait que chacun de ces arbres témoignait d'un événement mémorable : naissance ou mort d'un dignitaire royal de l'ancien régime, début ou fin d'une guerre, etc. Rien ne distinguait particulièrement ces arbres, sauf quelques pierres, bien lisses et rondes, à leur pied, déposées une à une et arrangées avec art par les habitants pour commémorer leurs propres événements marquants, un hommage au temps qui file entre les doigts de l'homme, mais que la nature retient.

En passant devant une maison de rondins exceptionnellement teinte en blanc et en vert, Hélène entendit des voix et des cris d'enfants. Un tout petit bonhomme d'à peine deux ans s'enfuit par la porte entrouverte. Dans son manteau matelassé beige et son large pantalon de coutil noir, il courait aussi vite que le lui permettaient ses courtes jambes. Ses bottes de caoutchouc, trop grandes pour lui, clapotaient à chaque pas. Il s'arrêta pile devant Hélène et ses yeux noirs se fixèrent sur la chevelure de la jeune femme. Sa petite bouche s'arrondit en cœur sans qu'un son en sorte, sous l'effet de la surprise. Le bambin, loin d'être désemparé, tendait son petit bras vers les cheveux d'Hélène quand la brusque arrivée de Mari à la porte de l'école le fit sursauter. L'enfant voulut filer de nouveau en gloussant de joie, mais Hélène détourna son attention en s'accroupissant devant lui. Les cheveux d'or à sa portée étaient trop tentants, et il plongea à pleines mains dedans. Hélène sourit, attendrie par son jargon admiratif. Mari les rejoignit et gronda le petit garçon dans sa langue, tout en détachant un à un ses doigts déterminés afin qu'ils lâchent les cheveux d'Hélène.

Quand celle-ci fut libérée, elle s'empressa de se recoiffer de l'écharpe qu'elle avait simplement nouée à son cou par distraction. Hélène expliqua à Mari la raison de sa présence et celle-ci l'invita à venir visiter son lieu de travail. Avec sa fille, Lehla, elle avait la charge de cet orphelinat qui faisait aussi office de service de garde et d'école primaire. Lehla couchait sur les lieux au besoin, mais, la plupart du temps, on arrivait à trouver un membre de la famille, même très éloignée, pour adopter les orphelins. Mari accompagna Hélène à l'intérieur. L'orphelinat n'était constitué que d'une seule pièce, où des tables à pique-nique en bois de différentes hauteurs servaient de pupitres et de table à dîner à une douzaine d'enfants d'âges variés. Le tableau noir accroché au mur était couvert d'idéogrammes. Une étagère contenait quelques manuels, des couvertures et des jeux bien rangés. Le poêle à bois chauffait, mais pas suffisamment pour qu'Hélène enlève son manteau. Debout au centre de la pièce, Lehla tapotait le dos d'un poupon, emmailloté dans une chaude couverture de laine rayée, tout en écoutant les récrimi-nations d'une bambine campée solidement devant elle. L'enfant portait une robe rouge par-dessus un épais pantalon noir, sans doute une concession au froid ambiant. Un garçon la héla, et la petite fille courut le rejoindre près de la fenêtre pour voir l'animal, mi-chien, mi-loup, qui errait dehors. La crise passée, Lehla vint rejoindre sa mère et Hélène. Mari les présenta l'une à l'autre, puis retourna surveiller les enfants dehors. Lehla paraissait un peu plus jeune que Pra Dan. Toute menue, elle avait la mâchoire carrée de son frère, la longue tresse et les yeux noirs et brillants de sa mère. Sa parka bleu roi matelassée couvrait en partie le traditionnel pantalon de coutil noir.

— Bienvenue dans notre école, lui dit Lehla dans un français un peu nasillard comme celui de sa mère, et merci d'avoir arrêté Miga dans sa fuite. Ce petit garnement veut toujours aller rejoindre son père qui défriche des terres dans la forêt. Nous n'arrivons à lui faire comprendre ni les raisons de l'éloignement de son père ni le danger de son projet.

— Et celui-ci ? demanda Hélène en écartant un peu la couverture pour caresser les cheveux noirs, secs et hirsutes du bébé que Lehla tenait contre sa poitrine. Il a l'air bien tranquille.

— C'est Ranyatikesot. Rany, simplifia-t-elle avec un sourire, le filleul de mon frère. Il a souvent des maux de ventre, mais quand il est dans mes bras, il arrive à dormir.

— Quel âge a-t-il ? Deux ou trois mois ?

— Il a huit mois.

Alarmée par cette révélation, Hélène n'ajouta pourtant rien en voyant l'écho de son inquiétude dans le regard de la puéricultrice. Le bébé lui paraissait bien maigre pour son âge ; son teint était terreux, sa peau, rugueuse.

— Rany a une grande sœur de quatre ans, Tena, là-bas, ajouta Lehla en pointant la fillette du doigt. Leur mère ne travaille pas, mais préfère les laisser sous nos soins, ajouta-t-elle d'un ton réservé.

En entendant son nom, Tena leva la tête et arrêta de dessiner sur son ardoise. Ses cheveux noirs, coupés au carré à la hauteur du menton, encadraient un visage moins maladif que celui de son frère, dans lequel scintillaient ses yeux noirs.

— Leur père est Gan Noc Stevanodilak ; c'est un ingénieur civil. Il travaille au barrage Terre et Eau.

— Avec HEEI ?

— Oui. Il est né au Gasbakstan, mais a épousé une Naotienne et s'est installé ici. Il y a très peu d'ingénieurs au Scynao, il a pu facilement trouver du travail.

Lehla tourna brusquement la tête en entendant un petit cri particulièrement strident, suivi de sanglots aux trémolos dignes d'une diva. Lehla sourit à Hélène, en haussant les épaules.

— Nous nous verrons au repas du soir, s'excusa-t-elle en se dirigeant vers la petite victime à la robe rouge.

— Avec plaisir ! lança Hélène.

Dehors, Mari couchait un poupon à côté d'un autre sur une grande couverture, sous le soleil du printemps. Pour ne pas la déranger, Hélène lui envoya simplement la main avant de quitter la petite école, et regagna tranquillement la maison.

Avec soulagement, elle constata que la température à l'intérieur était maintenant beaucoup plus confortable, sans doute parce que tous ses habitants étaient au travail et n'avaient pas entretenu le feu. Elle passa des vêtements plus simples, s'allongea sur son lit et s'endormit aussitôt.

Elle se réveilla quelques heures plus tard, en nage. Les cheveux lui collaient au front et son corsage était cerné de sueur. Une odeur épicée flottait dans l'air surchauffé. Sa sieste lui avait quand même fait du bien. Elle réalisa qu'elle n'avait pas vu de salle de bain dans la maison et essuya sommairement son visage et son corps. La toilette devait être dehors. Mais où les femmes se lavaient-elles ? Il faudrait qu'elle s'en informe au plus tôt, si sa logeuse préférait garder sa maison aussi chaude.

À dix-sept heures, le couvert était déjà dressé, et aussitôt qu'Hélène rejoignit Lehla dans la pièce principale, Mari commença à verser dans de larges assiettes creuses de poterie une soupe très consistante faite de chou, de riz et de poisson fétide. Lehla avait troqué son costume bleu de l'après-midi pour une veste et un pantalon ample de coton noir. Mari, le visage luisant de sueur, invita Hélène à s'asseoir à table et plaça un bol de soupe fumante devant elle, puis un autre devant sa fille, avant de se servir elle-même. Une intense odeur d'ail se dégageait de la salade au poisson, dans le grand bol de bois au milieu de la table.

Même si elle avait revêtu des vêtements plus légers, Hélène sentait déjà la sueur lui couler dans le dos. Avaler la soupe brûlante lui paraissait au-dessus de ses forces. Malheureusement, Mari et Lehla s'étaient tues et attendaient poliment qu'elle commence à manger avant d'entamer leur repas. Pour ces gens affables, refuser le plat aurait démontré un manque de courtoisie choquant. Sur le point de se résigner à manger la soupe, Hélène pensa pouvoir sauver la face avec la salade. Elle huma le plat dont l'odeur la fit larmoyer.

— Cette salade paraît bien fraîche et... épicée, dit-elle.

— Préféreriez-vous commencer par cela ? demanda Mari en s'épongeant le front avec son tablier.

— Volontiers.

— Je vais garder votre soupe au chaud.

— Non ! ne put s'empêcher de répondre Hélène.

Devant l'air contrit de Mari, Hélène se rappela qu'ici on ne devait jamais opposer un refus direct.

— Ne vous donnez pas cette peine, se rattrapa-t-elle, alors que vous vous êtes déjà chargée de tous les préparatifs du repas.

Mari accepta sa réponse sans protester, et Hélène prit conscience d'un autre aspect de la culture naotienne : les gens ne tentaient pas de confronter leur interlocuteur. Sa réponse était considérée comme sincère et ne serait pas remise en question.

Les deux hôtesses accueillirent la diversion avec bonne humeur et échangèrent un regard complice de soulagement. Hélène s'attendait au feu de la vinaigrette et, ne pouvant prendre d'eau, elle alterna chaque bouchée de salade avec une de pain. La soupe avait un peu refroidi entre-temps, et Hélène réprima un frisson en découvrant son goût très amer.

Sitôt le repas terminé, Lehla s'attela à la vaisselle en remplissant un bassin de métal avec de l'eau bouillante, chauffée sur le poêle. Le seul lavabo de la maison, sous la fenêtre de la cuisine, offrait uniquement de l'eau froide qu'on devait pomper à la main. Lehla noua une serviette de lin multicolore à sa taille et roula les manches de sa veste avant de plonger les mains dans l'eau savonneuse. Mari protesta un peu à l'idée que son invitée se charge d'essuyer, mais Hélène la convainquit que cela ne l'ennuyait pas du tout.

Après avoir balayé la pièce, Mari leur offrit des bananes pour le dessert. D'un commun accord, les femmes décidèrent de les manger à l'extérieur, dans la fraîcheur et la douce lumière du crépuscule. Elles sortirent les chaises de la cuisine et s'installèrent sur la galerie devant la maison. Puis, comme Hélène sentait la fatigue et le mal de tête la gagner de nouveau, elle alla se coucher. Elle entrouvrit la fenêtre de sa chambre pour laisser entrer un peu de fraîcheur.

Le lendemain matin, le sifflement de la bouilloire sur le poêle la réveilla. Elle se rendit dans la cuisine, où sa logeuse s'affairait déjà, et retira l'eau bouillante du rond. Mari lui offrit deux serviettes de coton tissé et le bassin servant à laver la vaisselle, pour qu'elle puisse faire sa toilette.

Le déjeuner ici se prenait vers dix heures. Au lever, traditionnellement, on ne buvait que du thé noir parfumé et très sucré. Comme Hélène ne voulait pas se risquer à boire de l'eau non traitée, elle expliqua à Mari qu'elle prendrait le sien au travail. Hélène ne voulait pas accaparer les maigres ressources de sa logeuse, elle décida d'apporter pour son dîner deux galettes de pain aromatisées à la cardamome et une pomme. Ainsi, elle ne perdrait pas un temps précieux pour revenir manger à la maison, et cela éviterait à Mari d'avoir à faire le trajet sur l'heure du midi.

Il n'y avait personne à la roulotte d'Homo Sum à l'arrivée d'Hélène. La génératrice fonctionnait : Laurent Saint-Germain avait dû passer plus tôt pour la démarrer. Elle prépara du café sur le réchaud et s'attaqua aux demandes de subvention. Lorsque son patron arriva avec Frannie Wilcox, Hélène fut étonnée de se rendre compte qu'il était déjà plus de midi. Frannie était une femme courte et ronde, aux cheveux bruns striés de gris, coiffés d'une main de fer. Elle serra la main d'Hélène énergiquement et se mit aussitôt au travail. Frannie avait un esprit vif et une longue expérience ; Hélène sut immédiatement qu'elle pouvait se fier à elle.

Hélène déjeuna tandis que Saint-Germain lui expliquait un nouveau programme qu'il pourrait mettre sur pied grâce aux récentes entrées de fonds. Plusieurs autres employés d'Homo Sum vinrent, au cours de l'après-midi, pour exposer leurs besoins, et Saint-Germain fut ravi de l'aisance avec laquelle Hélène se présenta à eux et les prit en charge. Elle quitta le travail vers dix-sept heures, heureuse et fière de sa journée. Elle était fascinée de constater qu'Homo Sum aidait la communauté naotienne dans des domaines aussi variés.

Lorsque Hélène passa devant l'école, elle croisa le docteur Moreau qui en sortait. Il troqua son air préoccupé pour un grand sourire en la voyant.

— Bonjour, Hélène ! Comment allez-vous ? Commencez-vous à vous adapter à la vie de volontaire au Scynao ?

— Petit à petit. Les choses se mettent en place. Ma logeuse et sa fille sont des femmes admirables et mon patron croit que je suis extraordinaire. Je suis comblée !

— Que pensez-vous de la bouffe ?

Hélène se mit à rire.

— Eh bien ! Cela change des hamburgers, c'est certain ! Mon estomac a de la difficulté avec le feu des épices… Le pain à la cardamome est délicieux.

Ils se mirent à marcher en direction de la voiture tout-terrain du docteur.

— Qu'est-ce qui vous amène à l'école ? demanda Hélène.

— Lehla… Vous l'avez rencontrée, n'est-ce pas ? Lehla m'a demandé d'examiner un de ses petits protégés.

— Rany ?

— Vous le connaissez, lui aussi ? Vous ne perdez pas de temps !

— Je l'ai vu hier en visitant l'école. Il m'a paru bien petit pour son âge, mais je n'ai pas osé en parler à Lehla. J'avoue que votre visite me soulage. Qu'en pensez-vous ?

— Il a quelque chose, c'est certain ; juste à l'examen, son ventre est tendu et sensible… C'est peut-être une infection ou des parasites, c'est fréquent ici avec la piètre qualité de l'eau et l'hygiène déficiente, mais certains symptômes ne concordent pas… Vous, vous veillez à ne pas boire d'eau non traitée, hein ?

— Promis !

Le docteur monta dans sa voiture en la saluant et Hélène poursuivit son chemin vers la maison. Le capitaine Pra Dan sortit peu après de l'école et la suivit du regard. Le soleil couchant faisait rougeoyer sa chevelure : son châle avait glissé sur ses épaules. Elle renoua rapidement le châle en place, et Pra Dan sourit.

Après avoir soupé d'un curry de poisson, de riz et d'une salade, Lehla et Hélène firent ensemble la vaisselle en partageant les nouvelles du jour. Mari passa le balai pour ramasser les miettes du repas ; elle évitait minutieusement d'attirer les rongeurs. La chaleur était toujours aussi suffocante à l'intérieur. Comme il restait de l'eau chaude, Hélène en profita pour se laver les cheveux dans le bassin, et Mari l'aida à les rincer à l'eau froide. Hélène se réjouit de l'effet rafraîchissant de ses cheveux mouillés, et les deux autres femmes décidèrent de suivre son exemple. Comme Mari avait les cheveux très longs, Lehla et Hélène se mirent à deux pour les laver malgré les protestations sans conviction de Mari. Finalement, elle s'abandonna à sa joie. Elle n'avait jamais été autant dorlotée.

Peu après, Hélène se retira dans sa chambre, épuisée. Elle avait hâte que son adaptation à l'altitude soit finie. Un orage se préparait : les nuages noirs étaient si bas qu'ils paraissaient s'écorcher au passage sur les sommets des montagnes avoisinantes et la cime pointue des sapins. Hélène ouvrit sa fenêtre pour profiter un peu du vent précédant la tempête et s'allongea sur son lit.

Une bourrasque fit claquer une porte et Hélène s'éveilla en sursaut, se redressant aussitôt sur son lit. Brusquement, la pluie glaciale entra en trombe par la fenêtre ouverte, trempant en quelques secondes son édredon. Un coup de tonnerre assourdissant secoua la maison et les vitres tintèrent. Au loin, les montagnes en répercutaient l'écho dans un concert retentissant. Empêtrée dans ses draps mouillés, le cœur battant la chamade, Hélène repoussa d'un geste impatient ses cheveux encore humides qui pendaient devant ses yeux. Elle finit par se libérer de ses couvertures et se dirigea à tâtons vers la fenêtre, dans l'obscurité dense du ciel d'orage. Guidée par la pluie, elle trouva le châssis de la fenêtre et réussit à la fermer, mais pas avant d'être complètement trempée. Un autre coup de tonnerre la fit sursauter. Elle tressaillit en voyant des reflets de flammes dans la vitre et se tourna, apeurée, vers l'embrasure de sa porte de chambre.

— Pardonnez-moi ! s'exclama Mari en s'approchant du coffre pour y déposer la lampe à huile. Je voulais simplement m'assurer que tout allait bien.

En levant les yeux vers Hélène, Mari ne put s'empêcher de réprimer un petit cri, suivi d'un gloussement de rire. Lehla entra peu après dans la chambre, marmonna quelque chose en voyant l'état de son occupante, puis plaqua la main sur sa bouche. Hélène se sentit obligée de leur fournir une explication.

— J'ai ouvert la fenêtre parce que j'avais trop chaud et je me suis endormie avant de la refermer. L'orage m'a surprise et, le temps de refermer la fenêtre…

Elle souleva ses bras dégoulinants, découragée. Tout était trempé.

— Je suis désolée. Je vais m'occuper de sécher tout ça. Ne vous inquiétez pas, le poêle est encore bien assez chaud. Retournez vous coucher.

Les deux femmes la fixaient maintenant dans un silence étonné. Hélène jeta un coup d'œil rapide derrière elle pour vérifier que la fenêtre était bien fermée et qu'il n'y avait pas une bête étrange à sa fenêtre. Mais non. Son pyjama de coton mouillé lui collait-il à la peau ? Hélène s'assura qu'il ne mettait pas sa poitrine outrageusement en évidence. Ou peut-être aurait-elle dû s'excuser autrement ou d'autre chose… Mais…

de quoi, au juste ? En plein milieu de la nuit, l'esprit d'Hélène, sorti du sommeil à coups de tonnerre et de trombes d'eau, refusait de lui fournir une réponse plus claire. Elle n'arrivait qu'à observer les deux autres femmes, en essuyant discrètement l'eau qui dégouttait dans ses yeux, son incertitude se reflétant sur son visage. Finalement, après un encouragement tacite de Lehla, Mari prit la parole.

— Vous aviez trop chaud ?

Et voilà ! Hélène mesura le terrible impair qu'elle avait commis en critiquant leur hospitalité. Malgré cela, aucune excuse appropriée, qui aurait permis à Mari de sauver la face, ne venait en tête à Hélène. Elle prit le parti de dire la simple vérité.

— Oui. Je suis vraiment, vraiment désolée. Dans mon pays, nous sommes habitués aux températures d'une vingtaine de degrés à l'intérieur. Mais dans quelque temps, je me serai adaptée à vos préférences ; il ne faut rien changer pour moi.

— Vous ne trouvez pas qu'il fait froid ici ?

— Je viens du Canada ! protesta Hélène, étonnée.

Devant l'intérêt muet des deux femmes, elle poursuivit.

— Il fait souvent moins dix degrés au printemps, au Québec. Il restait encore un peu de neige quand je suis partie. Il fait froid ici, mais rien à quoi je ne sois habituée…

Les femmes émirent un murmure de compréhension et Hélène fut à son tour saisie d'un doute. Elle hésitait sur la tournure à donner à sa prochaine question, car elle craignait de les blesser à nouveau.

— Avez-vous l'habitude de garder la maison aussi chaude ? hasarda-t-elle.

— Grand ciel ! Non ! Tous les voisins ont contribué pour nous fournir du bois de chauffage supplémentaire ! dit Mari.

Un violent coup de tonnerre vint ponctuer sa déclaration. C'était au tour d'Hélène maintenant de retenir son souffle, les yeux ronds, la main devant sa bouche béante. Frappée par le ridicule de la situation, Lehla se mordillait les lèvres en épongeant son front en sueur. Mari se tapa sur les cuisses et explosa de rire. Des larmes zigzaguaient sur ses joues ridées. Les épaules de Lehla étaient secouées de soubresauts. Hélène imita ses amies, riant de tout leur cœur au beau milieu de la nuit et de l'orage. Hélène venait d'acquérir ses premiers galons diplomatiques.

Le lendemain matin, après une nuit vraiment trop courte, elle crut d'abord qu'elle entendait les échos sourds du tonnerre ou la pulsation de son propre sang. Puis, les brumes du sommeil se dispersèrent et elle reconnut le bruit de coups de marteau. Une vérification rapide de sa montre dans la pénombre de sa chambre lui confirma qu'il était six heures. Avec un gémissement, elle enfonça sa tête dans l'oreiller, mais peine perdue. Son estomac, bien réveillé, criait famine, car elle n'avait pu avaler que quelques bouchées du curry de la veille, très aromatique, mais beaucoup trop épicé pour elle.

Les bruits provenant de la cuisine confirmaient que quelqu'un s'affairait déjà aux préparatifs de la journée. Hélène se rendit à l'évidence : elle ne pourrait pas se rendormir. Après toute la peine que madame Pra Dan s'était donnée pour l'aider à refaire son lit en pleine nuit, c'était la moindre des choses que de partager avec elle les tâches matinales. Elle enfila un long chandail par-dessus son pyjama et alla rejoindre Mari qui la salua joyeusement. Sa logeuse était déjà habillée d'un pantalon noir et d'un chandail de laine aux couleurs vives. Elle avait noué une serviette à sa taille et roulé ses manches pour pétrir le pain sans se salir. Pour pouvoir cuire la pâte plus tard, Hélène attisa le feu du poêle et ajouta quelques bûches, non sans lancer un sourire complice à sa nouvelle amie.

Les coups de marteau reprirent et, curieuse, Hélène ouvrit la porte pour voir qui était à l'œuvre si tôt le matin. Elle eut la surprise de constater qu'il s'agissait du capitaine Pra Dan, à genoux, en train de réparer les marches de l'escalier.

— Bonj…, commença-t-il avant d'arrêter son regard étonné plusieurs centimètres au-dessus du front d'Hélène.

Le rouge monta aux joues d'Hélène quand elle imagina l'air qu'avaient ses cheveux, après s'être battue contre les éléments et s'être tiraillée avec son oreiller pendant la plus grande partie de la nuit. Le capitaine retourna brusquement toute son attention à son marteau, et Hélène battit prestement en retraite en ravalant son salut, non sans avoir remarqué les épaules tressautantes de Pra Dan. Ne jamais, jamais s'endormir les cheveux mouillés ! Hélène avait pourtant appris cette leçon très jeune ! Adossée contre la porte, elle soupira en concluant que, de toute évidence, le ridicule ne tuait pas. Il fallait pourtant bien qu'elle aille aux toilettes, dans la petite cabane cachée par le boisé derrière la maison. Faute de mieux, elle attrapa son châle accroché à côté de la porte et le noua, bien serré, autour de sa tête. Puis elle chaussa des bottes, avant de sortir le plus dignement possible. Elle essaya bien de saluer le capitaine, mais, en détectant le large sourire qu'il arborait encore tout en s'affairant, de manière un peu trop consciencieuse, à ajuster une planche, elle y renonça.

Pra Dan releva la tête pour la regarder s'éloigner d'un pas un peu raide, se pencher pour gratter un vieux chat derrière les oreilles, puis disparaître par le sentier menant aux toilettes. En empoignant son marteau, il remarqua qu'un voisin épiait la belle blonde de sa fenêtre, tandis qu'un autre s'était arrêté sur le sentier et étirait le cou pour détailler la silhouette de l'étrangère. Un solide coup de marteau attira l'attention du passant, et le regard cuisant du militaire acheva de le convaincre de continuer son chemin. Pra Dan finit de clouer la marche en place, en ruminant qu'il aurait préféré s'être trompé dans son pronostic, mais que, malheureusement, les ennuis s'annonçaient déjà.

Le capitaine se joignit à sa famille pour le déjeuner. Tandis que sa mère lui servait du thé et un bol de riz, elle lui raconta comment Hélène s'était fait surprendre par l'orage. Pra Dan fut embarrassé par le franc-parler de Mari, qui mettait leur invitée mal à l'aise. Pourtant les trois femmes riaient de bon cœur, même Hélène, gênée par tout le tumulte qu'elle avait causé.

Pra Dan décida d'accompagner à pied la Canadienne à son travail, question de mieux jauger la situation. Si elle s'étonna lorsqu'il lui emboîta le pas, elle parut accepter volontiers sa présence. Ils empruntèrent un sentier caillouteux que l'orage n'avait pas détrempé.

— Je voulais vous présenter mes excuses à propos de ce matin, capitaine. Je n'aurais pas dû sortir dehors sans être convenablement vêtue.

— Nous voulons que notre foyer soit votre foyer. Vous nous honorez en vous y montrant à l'aise.

— Comment pourrait-il en être autrement ? Vous et votre famille faites tout pour faciliter mon adaptation et rendre mon séjour agréable. Votre mère est pleine d'attentions pour moi, elle me traite comme sa propre fille.

— Je suis désolé que l'orage vous ait surprise. Ils surviennent sans crier gare, dans nos montagnes.

— Je n'avais jamais rien entendu de tel. Les fenêtres tremblaient, le tonnerre était assourdissant ! J'ai cru sur le moment que la maison allait s'effondrer.

— La maison est solide, je vous l'assure. Comment aimez-vous votre nouveau travail ?

— Je l'adore ! En tout cas, je ne vais pas m'ennuyer. Je ne suis plus enfermée seule entre quatre murs avec mon ordinateur, comme dans mon ancien emploi. Les gens vont et viennent, chacun a ses besoins et ses demandes. En plus, il y a beaucoup de travail à rattraper parce que monsieur Saint-Germain a dû se débrouiller sans adjointe pendant plusieurs mois. Et vous ? Vous aimez votre travail de policier ?

— Oui.

— Monsieur Saint-Germain nous a dit que vous avez étudié en France. Comment vous êtes-vous retrouvé là-bas ?

— HEEI offrait une bourse d'études.

— Oh ! J'ignorais qu'ils faisaient cela. Quelle bonne idée !

— HEEI est une compagnie soucieuse de son image. Rafler un contrat de plusieurs milliards de dollars dans un pays sous-développé sans réinjecter un peu d'argent dans l'économie, cela friserait l'exploitation.

— Vous n'êtes pas un peu dur ?

— Seulement réaliste. Cela dit, j'ai bien profité de sa générosité.

— Vous avez étudié dans quel domaine ?

— J'ai obtenu une majeure en administration et une mineure en langues.

— Eh bien ! C'est un parcours plutôt inhabituel pour un capitaine naotien, non ? Avez-vous appris d'autres langues que le français ?

— Un peu d'anglais aussi.

— Alors, vous parlez trois langues !

— Et deux dialectes naotiens. Nous ne sommes pas tous analphabètes, madame Cournoyer.

— Vous en êtes une preuve impressionnante. Vous parlez cinq langues ! C'est tout juste si j'arrive à baragouiner l'anglais !

Le véhicule du docteur Moreau déboucha du pont et, sans surprise, Pra Dan le vit bifurquer de sa route pour venir à leur rencontre, comme un loup alléché par la chair tendre. Le médecin le salua sommairement par la fenêtre ouverte de sa portière, avant d'adresser un large sourire à Hélène.

— Bonjour, la belle Hélène ! Tu permets que je t'appelle Hélène ? Ici, on ne fait pas de cérémonie. Après tes commentaires d'hier sur la nourriture, je me suis dit que tu aimerais peut-être dîner avec moi à l'occidentale ?

Quel malappris ! pensa-t-elle. Le raidissement soudain de la posture de Pra Dan lui confirmait le pire. Était-il envisageable qu'elle cesse un jour d'être humiliée devant le capitaine en toute occasion ?

— Vous n'appréciez pas la cuisine de ma mère, madame Cournoyer ? lui demanda Pra Dan en la fixant d'un regard neutre. Peut-être a-t-elle commis une autre maladresse ?

— Une autre ! Quelle autre maladresse a-t-elle commise ? s'enquit le docteur avec une curiosité amusée.

Hélène décida qu'il fallait réagir vite avant que les choses n'empirent, si c'était possible !

— Tu... C'est très gentil de m'inviter, docteur...

— Excusez-moi, fit Pra Dan en les saluant avec raideur.

— Non, capitaine, vous ne comprenez pas !

— J'ai du travail, j'ai déjà trop tardé. Et puis, vous aurez ainsi plus de temps pour bavarder avec le docteur Moreau.

Pra Dan tourna les talons et Hélène soupira en remettant en doute ses toutes nouvelles aptitudes diplomatiques.

— Docteur Moreau, vous êtes très gentil de m'inviter, dit-elle en replaçant son châle, mais, franchement, entre le travail, le décalage horaire et l'adaptation à mon nouvel environnement, je serais de bien piètre compagnie...

— Mais justement ! Entre nous, il n'y aurait pas de gêne ; aucune de ces susceptibilités ! insista-t-il en indiquant de la tête Pra Dan qui s'éloignait. Nous mangerons à l'heure qui nous convient, et commanderons les mets dont nous aurons envie. Je viendrai vous chercher et je vous ramènerai quand vous voudrez. Rien de plus simple.

— Merci, non. C'est très gentil de votre part, mais je suis tout simplement débordée ces temps-ci.

— Bon, bon, je capitule pour cette fois. Mais ce n'est que partie remise ! Montez, je vous dépose à la roulotte.

— Non, merci, je vais marcher.

Moreau lui ouvrit la portière.

— Après l'orage d'hier, vos chaussures n'y survivraient pas, insista-t-il encore en tapotant le siège du passager.

Hélène se résigna en notant les profondes ornières laissées par la voiture dans la route boueuse. Elle se promit de passer par l'école pour arranger les choses avec Mari avant que le capitaine n'intervienne. Pourvu qu'aucune autre tuile ne lui tombe sur la tête !

À la fin de sa journée de travail, Hélène se demandait encore comment elle devait régler cette histoire de nourriture, quand Maxim Leclerc entra dans le bureau. Il venait déposer un bilan alarmant des dernières analyses de la qualité de l'eau. Les taux de métaux lourds étaient anormalement élevés en amont du barrage, et ceux d'autres contaminants étaient bien au-dessus des normes admises. Plusieurs facteurs pouvaient être en cause. Le brassage des sédiments du lit des rivières lors de la construction du barrage et des crues printanières, ainsi que la pollution des sols riverains ou d'un affluent du lac étaient les plus probables. Mais il était encore trop tôt pour se prononcer. Les tests et prélèvements se poursuivaient et Leclerc tiendrait Homo Sum au courant. Préoccupée par ces nouvelles informations, Hélène opta pour la prudence. Elle remplit un bidon d'eau filtrée qu'elle emporta avec elle en quittant le bureau.

Tandis qu'Hélène se dirigeait vers l'école, un indescriptible tumulte y éclata soudain, l'obligeant à renoncer à sa discussion avec Mari. Miga et la bambine à la robe rouge étaient encore une fois au cœur du problème. Le garçon avait poussé la petite fille pour l'aider à grimper dans un arbre. Celle-ci avait perdu l'équilibre et était tombée dans la boue. Peu lui importait d'avoir les mains et les jambes sales, mais à cause des taches sur sa robe préférée, elle réclamait vengeance ! Elle lança des poignées de boue à Miga qui éclata de rire en les esquivant. D'autres enfants trouvèrent l'idée excellente et se mirent de la partie. Mari et Lehla avaient du pain sur la planche. Hélène décida donc de continuer son chemin sans les déranger.

Comme elle arriverait la première à la maison, elle décida de s'attaquer au souper. Elle pensait pouvoir utiliser ce prétexte pour aborder le sujet qui la tracassait. Elle s'arrêta chez des voisins pour acheter des œufs et de l'omoul frais, un poisson cousin de la truite. À la maison, elle prépara du riz et des croquettes de poisson. Même si le poêle avait chauffé pour la cuisson, la maison était quand même confortable. Quand madame Pra Dan entra après une fin de journée épique, elle fut soulagée de voir la préparation du repas bien avancée et commença à faire la salade. Elle se plia volontiers à la requête d'Hélène, qui lui suggéra de servir la vinaigrette d'anchois à part. Lehla arriva un peu plus tard, et toutes se mirent à table. Les Naotiennes trouvèrent les croquettes bien insipides, mais comme Hélène avait disposé les piments séchés et le curcuma sur la table, elles les assaisonnèrent à leur goût.

La conversation allait bon train. Hélène leur expliqua pourquoi elle avait rapporté de l'eau traitée et, même si les deux femmes croyaient l'eau de leur puits potable, elles furent touchées par sa prévenance et convinrent d'utiliser l'eau filtrée pour l'alimentation. Les deux enseignantes racontèrent ensuite à Hélène quelques-unes des frasques mémorables du célèbre et terrible duo Miga-Loutie, la fillette à la robe rouge. Hélène, fille unique, écoutait avec un brin d'envie les escapades de ces deux enfants attachants qui pimentaient régulièrement le travail de ses hôtesses.

Quand Pra Dan descendit de voiture, il fut surpris d'entendre les éclats de rire qui fusaient. Il entra et son apparition eut des effets opposés sur Hélène et Mari. Le rire d'Hélène s'éteignit, étouffé par l'incertitude, et Pra Dan s'en voulut de l'avoir quittée aussi abruptement le matin. La mère de Pra Dan, par contre, vint l'enlacer affectueusement. Il déposa sur son front un tendre baiser. Elle l'invita à partager leur repas. Pra Dan accepta avec plaisir, car l'idée de manger seul au poste de police ne l'enchantait pas, et prit place au bout de la table. Mari lui servit plusieurs croquettes et de la salade qu'elle arrosa généreusement de vinaigrette.

Le capitaine goûta avec délice la salade. Cela confirmait ce qu'il savait déjà : la renommée culinaire de sa mère était bien méritée. Puis il mordit à belles dents dans une croquette et manqua de la recracher. Peut-être leur invitée avait-elle raison de se plaindre, après tout !

Mari avait son fils à l'œil. Elle plaça d'un geste raide les pots à épice en terre cuite devant lui et répondit avec un regard appuyé à son air étonné.

— Hélène a eu la gentillesse de préparer le plat principal aujourd'hui, Yelvat.

Mari ne tolérerait pas que son fils humilie Hélène en refusant de manger le premier plat qu'elle cuisinait. Elle pianota des doigts sur la table en le dévisageant.

— Oh ! Je… Quelle charmante attention.

— Ce n'est rien, dit Hélène avec plaisir.

Satisfaite, Mari s'attaqua avec détermination à sa deuxième croquette. La jeune femme n'était clairement pas douée en cuisine, mais elle avait voulu bien faire. Pourtant, Hélène avait mangé de bon appétit pour une fois, et Mari en avait conclu qu'elle préférait la cuisine fade réservée aux petits enfants. Elle en avait pris bonne note, c'était réglé. Elle ne voulait pas que son fils embrouille tout !

Dans le même esprit, Lehla s'adressa à son frère pour changer le sujet de conversation.

— As-tu su ce qui est arrivé à ton pauvre filleul ?

— Rany ? Non, je ne suis au courant de rien.

— Le docteur Moreau est venu l'examiner hier à notre demande et il nous a annoncé ce matin qu'il vaudrait mieux l'hospitaliser. Gan Noc est parti pour l'hôpital de Junianne avec lui. Saurais-tu s'ils en sont revenus ?

— Avec l'état dans lequel les orages ont laissé les chemins, ce serait étonnant. Beaucoup d'accidents ont été recensés aujourd'hui, des segments entiers de route ont été emportés par des glissements de terrain. De quoi souffre le bébé ?

— Il dort beaucoup, prend peu de poids…

Mari écoutait le récit de Lehla et soupirait en secouant la tête, les lèvres pincées. Même si les symptômes paraissaient bénins à Pra Dan, il se fiait à l'instinct et à la grande expérience de sa mère. Il serra la main de Mari entre les siennes.

— Steva est un bon père. Il fera ce qui est nécessaire pour la santé de son fils, affirma-t-il pour les rassurer.

Mari lui sourit avec soulagement.

— Tu as raison, Yelvat, il adore ses enfants. Tena est une vraie demoiselle maintenant. Je crois qu'elle a un véritable talent pour le dessin. Elle aime y passer des heures, en tout cas.

— C'est une passionnée, comme son père.

Le capitaine termina son assiette en acceptant tacitement les changements survenus dans la maisonnée : la vinaigrette servie à part, les croquettes sans épices dont sa mère semblait ne pas vouloir faire de cas. Soudain, autre chose le frappa : la maison était beaucoup trop fraîche pour leur délicate invitée. Peut-être les réserves de bois de sa mère étaient-elles déjà épuisées ? Il se réprimanda silencieusement de ne pas s'être soucié de la réapprovisionner. C'était son travail après tout. Mais il avait eu le temps, ce jour-là, de s'attaquer à un autre problème et il sourit en pensant à la joie qu'il donnerait à sa mère.

— Je me suis informé, aujourd'hui, et je pourrai installer ici une toilette moderne avec fosse septique.

Une incrédulité teintée de ravissement se peignit sur le visage de sa mère.

— À l'intérieur de la maison ?

— Oui. Comme dans les plus grands hôtels !

— Vraiment ?

— Oui !

Mari et Lehla lancèrent des exclamations de joie et applaudirent. Plus besoin de courir à travers la neige et le froid jusqu'au fond de la cour ! Quelle merveilleuse attention ! Une question tracassait Mari pourtant.

— En avons-nous les moyens, Yelvat ?

Le capitaine jeta un regard embarrassé à Hélène.

— Comme tu as une invitée spéciale, des arrangements particuliers ont été pris. L'employeur de madame Cournoyer se soucie de son confort et a offert de rembourser personnellement une partie des coûts.

— Comme c'est gentil de la part de monsieur Saint-Germain ! s'exclama Hélène. Je suis contente que ma présence vous apporte des avantages.

— Ce ne sera pas le seul : Hélène nous a offert de l'eau filtrée qu'elle a rapportée de la roulotte d'Homo Sum, annonça Mari.

— L'eau de source ne vous conviendrait-elle pas, madame Cournoyer ? demanda Pra Dan d'un ton neutre.

— On l'a prévenue que la qualité de l'eau laisse à désirer, expliqua aussitôt Mari en se portant à la défense d'Hélène.

— Oui, j'en ai été avisé. Pourtant, à ce que je sache, l'avertissement ne s'applique qu'à ceux qui puisent leur eau directement du lac. Les pluies torrentielles n'ont pu qu'empirer les choses. Steva m'a confirmé que nous n'avons pas à nous inquiéter, car, tout comme chez lui, notre eau provient d'un puits : elle est naturellement filtrée. Cependant, vous avez raison d'être plus prudente, madame Cournoyer, et de suivre les recommandations de votre agence. Merci pour le repas, mère. Madame Cournoyer, pourrais-je discuter quelques minutes avec vous, s'il vous plaît ?

Le capitaine lui indiqua de la main la porte d'entrée. Les nerfs aussitôt à fleur de peau, elle enfila son châle avant de se rendre sur la petite galerie.

— Vous trouvez notre nourriture trop épicée, lança Pra Dan sans ambages.

— En effet. Je suis désolée, mais la bouche me brûle et mon estomac...

— Ma mère croyait qu'en mettant la moitié moins de piment, les plats seraient suffisamment doux pour vous.

La moitié moins ! s'étonna Hélène. Le capitaine fixa sa bouche, comme pour évaluer les dommages. Hélène avait eu beau se tourmenter tout l'après-midi, toutes les excuses qu'elle avait mises au point s'envolèrent.

— Vous avez parlé avec le docteur Moreau, dit Pra Dan. Vous aurait-il mentionné quelque chose à propos de mon filleul ?

— Seulement qu'il était inquiet de son état. Il ignore de quoi il souffre, mais il croit que cela pourrait être dû... à l'eau.

Pra Dan opina de la tête.

— Je vous en prie, madame Cournoyer, si vous avez un problème, un désagrément, n'hésitez pas à m'en parler. Vous êtes notre invitée et, de plus, c'est mon travail de superviser les étrangers. Ne craignez pas de blesser ma sensibilité : votre ignorance de nos us et coutumes ne m'affectera pas.

Le capitaine la salua et monta dans sa voiture. Hélène le suivit du regard. Elle songea au soin qu'il mettait à la « superviser » : ses commentaires à propos de son voile, de la nourriture, de l'eau. Même la nouvelle toilette serait installée en partie pour elle. Sa réaction lorsqu'il avait cru qu'elle critiquait la cuisine de sa mère témoignait de tout sauf de l'indifférence. Il était certainement plein d'égards envers elle... malgré ce qu'il voulait lui laisser croire, pensa-t-elle en souriant.

Le lendemain, la journée de travail fut éreintante. La pluie torrentielle avait causé beaucoup de dégâts sur les nouvelles routes de gravier, et l'accès à plusieurs villages était de nouveau coupé. Laurent Saint-Germain s'était absenté pour la journée afin de mesurer l'ampleur des dommages au nord du pays, et sa ligne privée ne dérougissait pas. Les sonneries fréquentes agaçaient Hélène, d'autant plus que Saint-Germain lui avait expressément demandé de ne pas répondre à ce téléphone. Les volontaires avaient besoin de soutien technique routier. Les dépenses imprévues devaient être approuvées et comptabilisées, la liste du matériel nécessaire, dressée. Hélène était fière des petits miracles qu'elle avait accomplis à force de cajoleries, de recherches et d'échanges de services avec d'autres agences. Quand Maxim Leclerc entra dans son bureau en fin d'après-midi, elle devina tout de suite à son air morose que la situation s'aggravait.

— Saint-Germain n'est pas là ? demanda Leclerc en balayant le local du regard.

— Monsieur Saint-Germain s'est rendu dans le Nord aujourd'hui. Puis-je vous aider ?

— J'ai reçu les résultats des derniers contrôles. Nous avons identifié une source majeure de polluants.

L'air lugubre de Leclerc décontenança Hélène.

— Mais… c'est une bonne nouvelle, n'est-ce pas ? Un pas dans la bonne direction ?

— Ça le serait si on y pouvait quelque chose ; mais on n'y peut rien ! ragea Leclerc en jetant l'enveloppe de résultats sur le bureau de Saint-Germain. Dites-lui de m'appeler.

Son accès de colère aussitôt passé, il repartit, soucieux, sans ajouter un mot.

Quand Hélène arriva enfin à la maison, elle fut à peine surprise d'y voir le capitaine Pra Dan. Il avait délaissé son uniforme militaire beige pour un pantalon noir et une veste noire et bleue qui accentuait les reflets de jais de ses cheveux. Un Naotien dans la vingtaine, mince et musclé, l'accompagnait et portait des bûches derrière la maison. Pra Dan se dirigeait vers sa voiture pour y prendre une brassée de bois lorsqu'il la remarqua. Il nota tout de suite ses traits tirés et conclut que sa journée avait dû être aussi difficile que la sienne.

— Bonsoir, madame Cournoyer. J'aimerais vous présenter mon frère cadet, Sokad. Il m'aide à transporter des bûches pour le poêle, précisa-t-il inutilement.

— Je suis heureuse de vous rencontrer, Sokad. Votre mère m'a déjà parlé de vous.

Sans un mot ni un salut, Sokad saisit une charge de bûches et disparut vers l'arrière de la maison. Hélène s'étonna de son attitude hostile, d'autant plus que la politesse était une vertu profondément ancrée dans la culture naotienne. Elle interrogea silencieusement le militaire du regard pour savoir si elle était responsable, d'une quelconque façon, de cet affront. À voir Pra Dan, la mâchoire crispée, suivre Sokad des yeux, elle devina qu'il n'en était rien.

— Mon frère a des idées bien arrêtées sur la façon dont le Scynao devrait assurer son statut d'État souverain ; l'aide étrangère, qu'elle soit humanitaire ou technologique, n'en fait pas partie. Son attitude n'a rien de personnel. J'ai espoir que lorsqu'il saisira à quel point ces barrages amélioreront notre qualité de vie, il changera d'opinion.

Hélène en doutait, mais elle lui laissa le bénéfice du doute. Elle décida d'aborder un autre sujet qui l'intriguait depuis la veille.

— C'est gentil à vous de nous fournir le bois.

Elle ajouta, en le regardant droit dans les yeux :

— Vous prenez bien soin de nous.

Mal à l'aise, Pra Dan se demanda si effectivement il ne prenait pas trop bien soin des femmes de la maison, et d'Hélène en particulier. Il se détourna de celle-ci et commença à empiler des bûches par gestes saccadés.

Hélène pensa que le militaire avait jugé sa taquinerie trop impudente. Sokad revint et informa son frère d'un signe de tête qu'il rentrait dans la maison.

— Je ne voulais pas que ma mère manque de bois, expliqua Pra Dan, mais je ne voyais pas quand je pourrais m'en occuper. L'arrivée inattendue de mon frère aujourd'hui était un cadeau inespéré, et son aide m'a permis de régler ce petit souci rapidement. Maintenant, vous voudrez sûrement rentrer. Ma mère et ma sœur vous attendent.

Il tourna les talons et contourna la maison, les bras chargés.

Hélène se raidit. Elle n'aimait pas qu'on lui dicte ses actes, même de façon détournée.

— Vous joindrez-vous à nous pour le souper ? le héla-t-elle.

— Impossible !

Consterné par la brusquerie de sa propre réponse, Pra Dan soupira. Il se retourna vers elle pour ajouter poliment avant de continuer son chemin :

— Mais mon frère sera des vôtres.

Autour de la table à dîner, Mari et Lehla discutaient avec Sokad dans leur langue. Elles s'interrompirent lorsque Hélène entra, fourbue, et décontenancée par l'attitude de Pra Dan. Sokad se régalait déjà de la traditionnelle salade aux anchois. Hélène se dévêtit sans hâte, rassemblant en elle-même la bonne volonté qui lui permettrait de se montrer affable à l'égard du jeune homme. Après tout, ils devaient être presque du même âge. Son plus beau sourire bien en place, elle se tourna vers eux et les salua d'un ton enjoué.

Étendue sur son lit, à bout de forces, Hélène repensa avec consternation au souper qu'elle venait d'endurer. Sokad était un jeune homme passionné : passionné par son travail d'aménagement forestier au nord du lac Baïkun ; passionné de politique, et passionnément épris d'une jeune Naotienne, aussi. Les femmes avaient tant bien que mal entretenu la conversation mais, chaque fois, Sokad leur avait coupé la parole pour dicter ses opinions. Il était clairement opposé à ce qu'il appelait l'ingérence d'Homo Sum au Scynao. La compagnie HEEI, selon lui, n'était là que pour s'emplir les poches et ne se souciait ni d'eux ni de leur culture. Il citait souvent les dires de Gan Noc, et Hélène en avait déduit qu'il tenait l'ingénieur en haute estime. Elle s'était efforcée de comprendre son point de vue, mais c'était presque impossible de rester sereine devant tant de rigidité et d'agressivité.

Mari cogna discrètement à la porte de sa chambre et attendit l'invitation d'Hélène pour entrer. La vieille femme avait enfilé une épaisse robe de nuit de coton blanc et des bas de laine écrus. Elle aussi paraissait soucieuse et vint s'asseoir sur le coffre, puis déposa sa lampe à huile à côté d'elle.

— Je vous prie d'excuser la conduite de mon fils Sokad. Il y a beaucoup de... frustration dans son cœur, expliqua-t-elle en mesurant ses mots.

— Vous n'avez pas à vous excuser pour lui. J'ai été stupide de m'imaginer que tous les Naotiens voyaient du même œil bienveillant l'intervention d'organismes étrangers. Votre pays a connu l'oppression pendant si longtemps, il est normal que certains d'entre vous soient méfiants. En fait, c'est plutôt votre propre confiance en l'avenir qui m'étonne et que j'admire.

— Vous êtes venue de si loin. Sans connaître grand-chose de mon pays, il est vrai, tempéra-t-elle avec son franc-parler habituel, et pourtant vous avez tout quitté, un bon foyer, un pays en paix, votre famille, pour un peu d'argent et, surtout, pour nous aider. Vous vivez dans ma maison, et je vois bien que vous travaillez dur, peut-être trop, et que vous avez bon cœur. Voilà ce qui me donne confiance en l'avenir. Peut-être qu'à travailler avec les enfants, on entreprend chaque jour comme une nouvelle aventure. Mais, Sokad... il n'a plus de patience. Il veut renoncer au passé et que tout soit comme il l'a toujours rêvé, tout de suite. En vérité, il lui faudrait une femme comme vous...

— Oh! non, la coupa Hélène avec effroi, il n'en est pas question !

Devant l'air estomaqué de Mari, Hélène essaya de rattraper son commentaire.

— Pardon. Votre fils a déjà quelqu'un dans sa vie, je crois.

— Oui. Je n'ai pas dit qu'il avait besoin de vous, mais de quelqu'un qui vous ressemble. Vous êtes une Occidentale : une union entre vous serait inimaginable, j'en conviens.

Le mélange de racisme et de complaisance de cette affirmation surprit Hélène, et elle faillit pouffer de rire. De toutes les raisons pour lesquelles elle aurait refusé de fréquenter Sokad, sa nationalité ne l'avait jamais même effleurée. Son tempérament fougueux l'effrayait ; ses idées préconçues lui paraissaient puériles et irréalisables ; ses airs bouders l'impatientaient à la longue. Même si les motivations de Mari et les siennes étaient bien différentes, elles s'entendaient au moins sur le fait que Sokad ne lui convenait pas.

— Gan Noc et lui semblent être amis, dit Hélène pour changer de sujet.

— Oui, depuis plusieurs années. Gan Noc a lui aussi un caractère bouillant, mais sa femme est d'une telle douceur... et ses enfants ont illuminé sa vie. Je me suis souvent demandé pourquoi c'est à Yelvat qu'il a demandé d'être le parrain de son premier fils, plutôt qu'à Sokad. C'est un grand honneur qu'il lui a fait, expliqua la vieille dame, une marque de reconnaissance pour toujours. Mais mes fils sont des hommes à présent ! Ils ne me racontent pas tout de leur vie. Cependant, j'avoue qu'il me tarde d'être grand-mère.

— Vos fils ont beaucoup de force de caractère, ils trouveront leur voie. Ne vous inquiétez pas. Et Lehla ? A-t-elle quelqu'un dans sa vie ?

Mari secoua la tête en souriant tristement. Sa lampe à huile à la main, elle quitta la chambre en fermant la porte doucement derrière elle. L'obscurité submergea aussitôt la chambre. Hélène regarda par la fenêtre le ciel d'un noir parfait, constellé d'étoiles. Elle n'en avait jamais vu d'aussi brillantes. Dommage qu'elle ne puisse les retenir : au lever du jour, elles auraient toutes disparu. Hélène ne pouvait même pas les immortaliser. Elle n'avait pas pu apporter d'appareil photo, un objet jugé ostentatoire par Saint-Germain. La jeune femme glissa lentement vers le sommeil en songeant combien les cieux noirs pleins de mystère l'attiraient...

Le lendemain matin, le soleil se faufila par la fenêtre, doucement filtré par les touffes d'aiguilles vert clair d'un mélèze. Une odeur de pain chaud, tout juste sorti du four, chatouilla agréablement l'odorat d'Hélène. Elle entendit le bruit de plusieurs planches de bois qui s'entrechoquaient en frappant le sol et finalement... elle s'aperçut qu'elle étouffait dans la chaleur infernale de sa chambre ! Elle ne put retenir un râle. Encore une fois, elle sortirait du lit toute en sueur, sa robe de nuit collée à la peau.

Mari avait sans doute eu besoin d'attiser le feu du poêle pour la cuisson du pain ou pour chauffer l'eau de la lessive. La chaleur du poêle, adossé au mur de lattes de bois de sa chambre, irradiait dans toute la pièce. Hélène avait pris l'habitude d'emplir d'eau un petit seau de plastique le soir et de le laisser sur le coffre près de son lit, pour pouvoir faire une toilette rapide à son réveil, dans l'intimité de sa chambre. Elle aurait volontiers dormi encore un peu et elle ne se pressa pas cette fois, les mouvements lents lui procurant détente et fraîcheur.

Dehors, Pra Dan maudissait chaque fibre de son corps qui demeurait figé devant la petite fenêtre à observer Hélène de dos, le haut de sa robe de nuit de flanelle drapé autour de ses reins. D'une main, elle relevait ses cheveux tandis que de l'autre, elle passait lentement une débarbouillette mouillée sur sa nuque. Des filets d'eau s'en écoulaient, glissaient lentement sur la peau blanche de son dos, comme une caresse, puis s'incurvaient vers le milieu, à la naissance de ses fesses.

Pra Dan entendit Sokad arriver avec des planches pour la nouvelle salle de toilette et s'arracha à cette vision. Il marcha avec aplomb vers son frère et lui prit le chargement des mains.

Sokad retint les planches un instant avant de les lui laisser. Le sourire cynique qu'il lui lança confirma à son aîné qu'il l'avait vu en train de se rincer l'œil. Pra Dan se rendit au bout de la maison où il construirait la petite rallonge et, dans un rare élan de colère, il lança le bois à bout de bras. Tout ce qu'il tentait pour éviter d'avoir des problèmes avec cette fille finissait par lui en créer d'autres. Il revint par l'avant de la maison, même si le potager le forçait à faire un détour. Il demanderait — exigerait ! — que sa mère mette un rideau à cette fenêtre.

Auparavant, la chambre servait de débarras et de petit bureau pour sa sœur. Il ne s'était jamais inquiété du manque d'intimité, d'autant plus qu'il y avait un boisé à l'arrière ! Il faudrait sans doute qu'il se charge d'acheter le tissu en allant en ville, un tissu fleuri, comme l'aimait Mari. Il jura entre ses dents en s'imaginant au magasin Les doigts de fée, lui, un homme, et capitaine d'armée en plus, en train d'acheter du tissu à fleurs ! Il serait la risée du village ! Cette femme ne lui apportait que des soucis, grommela-t-il. Il devrait expliquer à la vendeuse que c'était pour sa mère, voilà tout ! Tous ces petits désagréments ne viendraient pas à bout de lui, se promit-il en allant chercher, d'un pas déterminé, les dernières planches dans le camion. Il mènerait à bien cette mission en affrontant le ridicule et l'humiliation, avec le sang-froid que ses supérieurs attendaient de lui.

Pendant ce temps, Hélène avait revêtu une longue jupe marine en épais coton et un tricot blanc brodé de fleurs, rendu souple par l'usure.

— Pardonnez-nous, Hélène ! s'exclama Mari en se tordant les mains, aussitôt qu'elle la vit. Yelvat a voulu bien faire : il a rempli le poêle de bûches avant même mon réveil pour m'éviter cette corvée, et je n'ai pas eu l'occasion de lui expliquer que nous nous étions mépris...

Hélène se mit à rire.

— Ne vous inquiétez pas. J'ai cru que vous chauffiez de l'eau pour la lessive.

— Eh bien, il le faudrait. Mais Steva m'a demandé de le relayer au chevet de Rany à l'hôpital, à Junianne. Il ne peut pas s'absenter du travail plus longtemps. Yelvat va me conduire et Lehla s'occupera de vous.

— Nous nous occuperons l'une de l'autre, la corrigea Hélène, et je commencerai la lessive en votre absence.

Mari prit un air dubitatif, mais n'osa pas la contrarier. Pourvu qu'elle soit plus douée en lessive qu'en cuisine.

— Je suis désolée que Rany soit si malade, reprit Hélène. Sait-on maintenant de quoi il souffre ?

— Moi, je l'ignore, mais il est possible que Steva vienne ce soir aider mes fils à construire la structure du cabinet d'aisance… Oh ! Un cabinet d'aisance ! s'enthousiasma encore une fois Mari, les mains sur les joues, toujours aussi ravie et incrédule à l'idée d'un cadeau si extravagant.

Elle secoua la tête.

— Oui, oui, Gan Noc doit venir ce soir et il vous donnera les dernières nouvelles.

Le capitaine vint chercher sa mère un peu plus tard. Sokad était déjà reparti au travail. Hélène profita de l'accalmie pour laver un peu de linge avant de partir elle aussi. Lehla l'aida à étendre les vêtements sur la corde tendue entre des arbres, à l'arrière de la maison. Le beau soleil du printemps et une petite brise auraient tôt fait de les sécher. Elle aurait peut-être le temps de continuer sa lessive à l'heure du dîner.

Hélène était arrivée un peu en avance au travail, mais Laurent Saint-Germain l'avait quand même devancée depuis un bon moment déjà, à en juger par les papiers éparpillés sur le bureau et le reste de café froid dans sa tasse. Comme il était au téléphone sur la ligne privée, Hélène vida simplement la tasse et prépara une nouvelle carafe de café. L'enveloppe qu'avait laissée Leclerc était ouverte, et la note qu'elle y avait collée était maintenant couverte d'écritures serrées. Elle retourna à son bureau, prit connaissance du courrier qu'une autre ONG avait ramassé pour eux à Junianne et était venue déposer en son absence et passa quelques appels.

Quand Saint-Germain eut terminé son coup de fil, il versa deux tasses de café et en tendit une à son adjointe.

— Vous avez l'air fatiguée. Dure journée, hier ?

— C'était plutôt mouvementé, en effet. Et ce matin, le capitaine Pra Dan a entrepris très tôt la construction d'une rallonge pour une toilette.

— Une toilette ! s'exclama Saint-Germain en agitant le sourcil.

— Il paraîtrait que vous y êtes pour quelque chose ?

— C'est bien peu !

— Le progrès, c'est une foule de petites choses, comme le répétait ma mère. Merci, en tout cas, vous allez faire le bonheur de trois femmes. Et vous, comment s'est passée votre journée ?

— Il y a beaucoup d'érosion au nord. La fonte des neiges, le déboisement pour les nouveaux villages, le transport accru sur les routes de terre, les orages des derniers jours, énuméra Saint-Germain sur ses doigts. Le gonflement d'un affluent de la montagne a emporté une partie d'une route qu'il va falloir reconstruire en repensant le système de drainage.

Hélène voulut prendre son cahier de notes, mais Saint-Germain l'arrêta de la main et l'invita plutôt à s'asseoir avec lui dans la salle d'attente. Dans un geste vraiment hors de l'ordinaire, il verrouilla la porte, au grand étonnement d'Hélène.

— Je ne veux pas que nous soyons dérangés, expliqua-t-il.

Il s'assit dans l'un des fauteuils, de biais avec elle. Il se perdit quelque temps dans la contemplation de son café, rassemblant ses idées, avant de déposer sa tasse sur la table basse. Il regarda Hélène droit dans les yeux.

— J'ai de mauvaises nouvelles et je tiens à vous mettre au courant parce que la situation risque de dégénérer et votre sécurité, la sécurité de tous les membres d'Homo Sum, risque d'en être affectée. Que savez-vous du contenu de cette enveloppe qu'a laissée Leclerc ?

— Il m'a dit qu'il s'agissait des résultats de tests qui avaient permis d'identifier une source de contaminants.

— Effectivement. Pour que vous compreniez bien la situation, je vais prendre quelques minutes pour vous donner une petite leçon d'histoire. Il y a une cinquantaine d'années, dans un effort humanitaire intéressé, les États-Unis ont aidé le Gasbakstan à se doter d'usines de transformation géologique. Le but officiel était de renflouer les coffres d'un pays allié. Malheureusement, ces usines produisent des déchets riches en métaux lourds et en substances chimiques toxiques. Le contrôle et la disposition sécuritaire des déchets ainsi que le traitement des eaux usées étaient entièrement du ressort du Gasbakstan, et ces procédés, à la longue, se sont avérés trop coûteux pour ce petit pays. La machinerie est tellement vétuste maintenant qu'il est devenu problématique, voire impossible, de la réparer. Les Gasbaks aimeraient acheter des machines plus modernes et moins polluantes, mais pour y arriver, ils ont besoin des revenus de ces usines. Au fil des ans, les normes se sont relâchées. Au lieu de disposer des déchets de manière sécuritaire, les Gasbaks se sont mis à les stocker dans des dépotoirs clandestins près de la frontière naotienne. La construction du barrage Terre et Eau a révélé un sérieux problème et en a causé d'autres. Un de ces dépotoirs est maintenant submergé. En retenant les eaux du lac, le barrage permet aux polluants des dépotoirs gasbaks qui y parviennent de se concentrer. Le brassage des boues au fond du lac a aussi remis en suspension les sédiments toxiques qui s'y étaient déposés durant les cinquante dernières années. Et finalement, le barrage, en élevant le niveau du lac, pourrait aussi entraîner la contamination de la nappe phréatique, donc celle des puits des villages environnants.

— Les puits aussi ? Mon Dieu ! sécria Hélène, abasourdie par l'ampleur du problème. Est-ce que tous les puits sont à risque ?

— Ceux en amont du barrage seront obligatoirement testés. Mais le ruissellement des eaux pourrait avoir pollué tous les puits de surface du côté est du lac, même ceux en aval, selon les premières estimations de HEEI. C'est le pire scénario qu'on aurait pu imaginer, soupira Saint-Germain. Pas seulement d'un point de vue écologique et humain, mais aussi politique. Le projet hydroélectrique peut continuer, mais comme ce sont en partie les barrages qui sont responsables du problème, il y aura certainement des réactions de la part de la population. Les Naotiens préféreront peut-être essayer de revenir en arrière, en espérant ravoir ainsi une eau de meilleure qualité.

— Revenir en arrière ! Mais comment ? En ouvrant les vannes ?

— Il y a un danger réel que des factions extrémistes s'organisent pour faire sauter les barrages.

Le choc laissa Hélène sans voix. Jamais elle n'aurait pu imaginer pareille éventualité. Comme un film en accéléré, elle vit l'effet qu'aurait le déversement brutal de centaines de millions de mètres cubes d'eau sur les villages en aval du barrage, et ce, même à des milliers de kilomètres de là. Mais bien avant d'hypothétiques catastrophes, la pénurie d'eau potable devait être envisagée, immédiatement même.

— Par quoi commencer ? demanda Hélène, bouleversée et dépassée par ces révélations.

— Eh bien ! Moi, ce que je veux d'abord savoir, c'est si vous voulez toujours vous impliquer ici. La donne a changé. Les risques pour votre santé sont bien réels. Le risque d'un soulèvement populaire aussi. Les pays voisins pourraient saisir l'occasion pour reprendre possession du Scynao. Je veux que vous compreniez bien que le danger n'est plus du même ordre et que cette affaire a toutes les chances de s'envenimer rapidement. Est-ce bien clair pour vous ?

— Je comprends.

Saint-Germain l'observa silencieusement et, voyant que la jeune femme recouvrait la maîtrise de ses émotions, il se leva et se dirigea vers la fenêtre. De dos à Hélène, il poursuivit :

— Vous m'êtes d'une aide précieuse, mais maintenant que vous savez tout cela, je veux vous donner l'occasion de décider librement si vous voulez repartir au Canada.

— Je me suis engagée pour six mois auprès de vous.

— D'abord, vous vous êtes portée volontaire en mission de paix. Rien, dans vos expériences passées, ne vous a préparée à ce genre de situation sur le terrain. Si cela devient trop dangereux, je n'hésiterai pas une seconde à nous faire évacuer aussitôt. Nous ne sommes pas des soldats. En temps de crise, notre place n'est pas ici. Nous risquerions d'empirer les choses en devenant autant d'otages potentiels.

Saint-Germain se retourna vers Hélène.

— Si vous le souhaitez, je vous libère de votre contrat. Je comprendrais tout à fait votre décision. Je ne vous en tiendrais pas rigueur. Si vous le désirez toujours, je vous réengagerai avec plaisir lorsque tout sera rentré dans l'ordre. Mais il est important pour moi de savoir si je peux, oui ou non, compter sur vous maintenant.

La jeune femme s'accorda un moment pour réfléchir. Elle appréciait le fait que son patron ne tente pas d'influencer sa décision. Avec l'afflux d'adrénaline provoqué par cette nouvelle, sa lassitude matinale s'était évaporée. Les images se bousculaient dans sa tête : le magnifique barrage Terre et Eau, visible depuis Aldjanin, les villageois dont la vie serait bientôt bouleversée à nouveau, après toutes les épreuves des dernières années, Mari, Lehla, le capitaine, le petit Rany...

— Rany !

— Pardon ?

— C'est un bébé dont ma logeuse a la garde. Il est très malade, le docteur Moreau l'a fait hospitaliser. Son père croyait l'eau de son puits à l'abri des contaminations. Mon Dieu ! Est-ce qu'il pourrait déjà être affecté ?

— Je ne sais pas. Le docteur Moreau a été mis au courant de la situation, lui aussi. Il est plausible que les problèmes de santé apparaissent chez les plus vulnérables en premier. Il faudra aussi tester les insectes, les poissons, les potagers…

Saint-Germain se passa la main dans les cheveux, soupira, puis ajouta :

— Et ceux qui s'en nourrissent.

— Il n'est pas question que j'abandonne les villageois quand les choses se corsent, décida Hélène.

Son patron sourit. Quelqu'un essaya d'ouvrir la porte, puis cogna, mais il n'y prêta aucune attention.

— Tout le monde comprendrait si vous ne…

— Moi, je ne comprendrais pas, l'interrompit Hélène. Entendons-nous : je ne suis pas prête à mourir pour le Scynao, mais nous avons le temps d'abattre encore beaucoup de boulot avant d'en arriver là. Notre système de filtration est-il toujours adéquat ? demanda-t-elle soudain, frappée par ce nouvel aspect.

— Maxim Leclerc me l'a confirmé dans ce rapport.

On frappa de nouveau avec plus d'insistance.

— Un instant ! cria sèchement Saint-Germain. Alors ?

Hélène déposa sa tasse de café toujours pleine et alla à la porte.

— Vous pouvez compter sur moi.

Elle attendit l'accord de son patron, puis déverrouilla pour laisser entrer l'homme qui s'impatientait. Elle avait l'impression d'avoir tourné une page importante de l'histoire de sa vie. Encore sous le choc, il lui fallut quelques secondes avant de pouvoir répondre adéquatement aux demandes du bénévole. Puis, l'urgence de la situation affermit sa détermination.

Chapitre 4

Quelques heures plus tard

Après une longue journée de travail, Hélène ferma à clé la roulotte d'Homo Sum. La lumière des cierges du temple voisin attira son attention. À la faveur de l'obscurité, les flammes paraissaient plus brillantes dans les petits vitraux. Elles semblaient repousser la nuit dense qui les assaillait de toutes parts. Hélène empoigna un bidon d'eau traitée et marcha vers le sentier qu'elle devinait entre la silhouette des arbres. La journée avait été un feu roulant de coups de téléphone, de réunions, de requêtes à remplir, de risques à évaluer ou à réévaluer. La tête lui en tournait encore et, dans le calme du village endormi, elle sentait la fatigue la rattraper soudain comme une puissante lame de fond.

Un crissement, tout près sur sa gauche, l'effraya. Elle étouffa un cri. Une haute silhouette opaque émergea du boisé et vint dans sa direction. Les menaces de rébellion et de prises d'otages rugirent à ses oreilles. Le réflexe de s'enfuir la terrassa.

— Vous terminez votre travail bien tard ce soir, madame Cournoyer.

Tremblante de soulagement, Hélène relâcha lentement son souffle.

— Je ne m'attendais pas à vous voir, capitaine Pra Dan, avoua-t-elle d'une voix presque normale.

Pour cacher son trouble, elle marcha vers la maison sur le sentier qu'on devinait à peine dans le noir. Pra Dan lui emboîta le pas et lui soutira le bidon d'eau des mains.

— Vous aussi, capitaine, vous travaillez tard, on dirait.

— Ma sœur s'inquiétait de votre absence au souper.

Honteuse, Hélène réalisa qu'elle avait oublié de la prévenir de son retard.

— Je suis désolée… Oh non ! La lessive ! Je…

D'un geste las, elle repoussa une mèche de cheveux de son front.

— Je pensais avoir le temps de faire un peu de lessive pendant ma pause du midi, mais… je n'ai pas eu de pause ! Pauvre Lehla, je lui ai laissé tout le travail. Qu'est-ce qu'elle va penser de moi ?

— Elle pense, comme moi, que vous travaillez trop. Attention !

Le capitaine releva une branche cassée qui pendait d'un arbre. Il retint Hélène par le coude puis porta la main à sa taille, juste le temps de la détourner un peu du sentier, encore boueux à cet endroit. Le cœur d'Hélène bondit lorsqu'elle sentit la pression de sa main au creux de ses reins. Elle se reprocha ce moment de faiblesse et mit ses émotions à fleur de peau sur le compte de l'énervement de la journée et de l'intimité feutrée de la nuit.

Pra Dan avait imaginé, lui, l'espace d'un instant, une goutte d'eau glissant sur un dos doux et blanc comme de la crème, jusque sous sa main. Il déglutit et s'efforça de reprendre le fil de la conversation.

— Sou, la femme de Gan Noc, est venue prêter main-forte à Lehla. La lessive est terminée. N'y pensez plus.

Hélène sourit. Le militaire considérait sans doute que la propreté du linge était une préoccupation toute féminine.

C'était plutôt l'idée que Lehla avait eu à chauffer le poêle, transporter les chaudrons d'eau bouillante, frotter le linge, l'essorer et le suspendre toute seule qui la mettait mal à l'aise.

— Je suis contente que Lehla ait eu de l'aide.

— Ma mère s'occupe de son fils Rany. Il est normal que Sou fasse ce qu'elle peut en retour, déclara-t-il d'un ton sec.

Dans l'obscurité, Hélène ne voyait pas son visage assez nettement pour deviner la raison de sa dureté.

— Quand même, je voudrais rendre la pareille à Lehla. Je pourrais chauffer le poêle demain matin ?

— Il n'en est pas question. Je chaufferai le poêle, et vous profiterez d'un repos bien mérité.

— Hum, à propos de chauffer le poêle, ce serait mieux…

Le capitaine expira bruyamment.

— Je suis désolé pour votre inconfort de ce matin. C'était entièrement ma faute. Lehla a corrigé mes présomptions maladroites.

Hélène vit la silhouette de Pra Dan se redresser dans une posture rigide.

— Rien de ce qui s'est passé ce matin ne se reproduira plus, ajouta-t-il en écrasant fermement dans sa mémoire une autre vision d'un dos gracieux et ruisselant. Acceptez mes excuses, je vous prie.

— Bien sûr, bien sûr. Il n'y a pas eu de mal, assura-t-elle, amusée qu'il s'exprime avec autant de solennité pour un malentendu aussi anodin. Cela nous aura permis de faire un peu de lavage, après tout.

Le capitaine se rappelait trop bien ce qu'Hélène avait lavé, sa robe de nuit sur les reins, la délicatesse de sa peau dans la lumière du matin, le galbe de son sein. Pra Dan émit un drôle de bruit, comme s'il s'étranglait. Il devait extirper cette vision de son esprit !

— Vous allez bien ? demanda Hélène en s'arrêtant.

Elle regrettait de ne pas avoir de lampe de poche. Elle tenta vainement de percer les ténèbres pour découvrir ce qui affectait Pra Dan. Son silence l'inquiéta. Elle sentait la tension qui irradiait de lui. Elle posa la main sur le torse du capitaine. Le rythme régulier de sa respiration la rassura. Au travers du coton épais du blouson, elle sentit la chaleur de son corps, la solidité de sa poitrine. Un trouble délicieux se répandit en elle.

Pra Dan priait pour trouver la force de contrôler son désir afin qu'Hélène ignore tout de ses démons intérieurs. Elle ne portait pas son châle. Il le savait parce que la blondeur de ses cheveux peignait un halo subtil autour de son visage plongé dans la pénombre. Il leva une main, au ralenti, comme si cette main ne lui appartenait plus et agissait hors de sa volonté, et enroula une mèche blonde, lumineuse, au bout de ses doigts.

Hélène eut l'impression que le temps s'était suspendu, que quelque chose de magique était en train de se produire dans ce boisé enchanté. La voix du capitaine lui parvint dans l'air, comme une caresse.

— Toute ma famille s'adresse à vous par votre prénom. Me permettrez-vous aussi de vous appeler Hélène ?

Elle hocha la tête, craignant qu'une seule parole puisse briser l'envoûtement.

— M'appellerez-vous aussi par mon prénom ? reprit-il.

Hélène baissa la tête pour cacher un sourire. Son front heurta la poitrine du militaire.

— J'en serais bien incapable.

Il voulut s'écarter d'elle, mais elle le retint.

— Votre prénom est trop compliqué à prononcer pour moi ; je n'ai aucun talent pour les langues, j'en ai bien peur !

Il replaça la mèche blonde derrière l'oreille, puis reprit sa marche vers la maison. Les aiguilles de pin étouffaient le bruit de ses pas et libéraient une odeur fraîche de sapinage. Hélène entendit, comme un souffle dans la nuit porté par le vent :

— Vous me trouverez un surnom.

Avant de le perdre complètement de vue, elle se remit à marcher elle aussi. La lumière des lampes à huile qui brillait aux carreaux des fenêtres de la cuisine les guidait maintenant. Elle vit que Lehla était assise à la table, occupée à discuter avec un couple. Deux voitures tout-terrain, dont l'une était celle du capitaine, étaient garées sur le côté de la maison.

Quand elle vit entrer Hélène et son frère, Lehla poussa une exclamation de soulagement. Elle vint rapidement vers Hélène, l'aida à enlever son manteau et lui présenta le père et la mère de Rany. Bien qu'Hélène fût fourbue, elle se prêta aux politesses d'usage. Gan Noc la détailla de la tête aux pieds avec nonchalance et s'attarda à ses cheveux qui lui rappelaient la couleur de l'or brut. C'était un homme mince, aux traits asiatiques marqués. Son pantalon et son blouson noirs, quoique traditionnels, étaient d'excellente qualité. Il parlait couramment le français, appris durant ses études en génie civil en France. Sa femme, Sou, d'origine naotienne, avait des traits et un teint très délicats. Ses cheveux noirs, longs et lisses, étaient simplement noués dans son dos et faisaient ressortir la pureté de son visage. Sa robe bleue en lainage fin lui seyait à merveille. De toute évidence, Gan Noc était très attaché à Sou : il lui montrait souvent son affection par un geste, un sourire, ou quand il traduisait pour elle la conversation, car Sou ne parlait pas le français. Depuis l'arrivée d'Hélène et de Pra Dan, elle était restée assise bien droite, affichant un sourire serein, mais réservé, et un regard un peu vague, comme si elle préférait maintenir une distance malgré la nature amicale de la rencontre.

Avant de saluer le couple, Pra Dan rangea discrètement le bidon d'eau dans une armoire. Puis, il prépara une assiette pour Hélène, au grand étonnement de Gan Noc. Lehla vint l'aider, réalisant qu'Hélène n'avait rien avalé depuis le matin. Mari apporta la chaise de la chambre d'Hélène près de la table et invita la jeune femme à s'asseoir face à Gan Noc. Bientôt, du riz et un curry tiède de tomates parfumé d'ail et de pâte d'anchois ainsi qu'une salade de concombre et d'oignon furent placés devant Hélène, dans des bols de bois. Lehla avait pris soin de ne pas trop épicer le tout, comme Mari le lui avait recommandé quelques jours plus tôt. Gan Noc observa étroitement Pra Dan pour voir s'il témoignerait d'autres marques d'intérêt envers l'étrangère ou envers Sou, mais tout le reste lui parut respecter les traditions d'hospitalité.

Pra Dan alla chercher un tabouret dans la chambre de sa mère. Il s'assit à un bout de la table, entre sa sœur et sa mère, et ne prêta attention ni à Hélène ni à Sou, assise face à lui à l'autre extrémité de la table. Le contraste de ses vêtements militaires beiges défraîchis par une longue journée de travail avec l'élégance de leurs visiteurs ne paraissait nullement le gêner. Hélène hésitait à assombrir l'humeur de la soirée en s'enquérant de la santé de Rany.

— Comment avancent les travaux ? demanda Pra Dan à Gan Noc.

Celui-ci se lança dans une explication détaillée des problèmes que posait la géologie des sols. Le projet nécessiterait sans doute du dynamitage dans les prochains jours, pour venir à bout d'un massif rocheux gênant. Cet aspect du travail intéressait particulièrement Gan Noc.

— Et toi, Yelvat ? demanda-t-il. Nous n'avons pas souvent eu de tes nouvelles ces derniers temps.

— Je supervise le travail des coopérants, comme l'an dernier. Récemment, la crue des eaux et les orages ont causé beaucoup de problèmes sur les routes, des accidents, et cela a compliqué ma tâche et celle des volontaires qui acheminent les denrées, les matériaux et les médicaments.

— Tu n'es pas trop occupé pour installer une toilette, pourtant ! rétorqua Gan Noc. Nous apprécions beaucoup la nôtre, surtout maintenant que Sou et moi avons deux enfants.

Pra Dan ne réagit pas à la pique, qui visait à souligner que lui-même n'avait encore ni femme ni enfant à trente-trois ans.

— Et vous, madame Cournoyer, en quoi consiste votre travail ? continua Gan Noc.

— Je suis l'adjointe administrative du directeur d'Homo Sum. Ces temps-ci, je fais le lien entre les divers intervenants et je remplis des tonnes de formulaires. Il y a toujours de la comptabilité. On ne s'en sauve pas !

Hélène se versa de l'eau traitée du contenant qu'elle avait rapporté la veille.

— Vous n'utilisez pas l'eau du puits ? demanda Gan Noc, soudainement offusqué.

Hélène but une gorgée d'eau pour se donner contenance. Elle jeta un coup d'œil à Lehla qui, mal à l'aise, serra la main de son frère. Le capitaine garda un air serein et posa brièvement une main rassurante par-dessus celle de sa sœur.

— C'est une consigne de la direction d'Homo Sum, expliqua Hélène en affectant de paraître calme et posée. Mon organisme d'Occidentale n'est pas encore adapté à votre environnement. Cette simple précaution peut m'éviter beaucoup de désagréments.

— L'eau de ce puits provient d'une source qui existe depuis des centaines d'années. Nos ancêtres et leurs ancêtres avant eux s'y sont désaltérés. Cette eau a toujours été réputée pour donner de la vigueur et améliorer la santé. Vous ne devriez pas vous en priver.

— L'eau que nous utilisons provient de la même source. Elle est simplement filtrée pour éliminer toute substance qui pourrait m'être nuisible.

— L'eau est déjà filtrée naturellement par les plus hautes montagnes de la Terre. Il est inutile de vous inquiéter. Je suis ingénieur, et ma famille boit l'eau de notre puits. Croyez-vous que je mettrais leur santé en danger s'il y avait le moindre risque ?

— Justement, comment savez-vous ?…

— J'ai une bonne anecdote à te raconter, Steva, l'interrompit en souriant Pra Dan, avec un rare manque de politesse.

C'est un collègue qui m'en a parlé ; il surveille la contrebande de drogue à la frontière est.

Pra Dan pouffa d'un rire sonore en fixant Gan Noc. Il voulait obliger son ami à détourner son attention d'Hélène. Gan Noc dévisageait la jeune femme, espérant qu'elle continuerait sa phrase.

Hélène profita de l'interruption pour aller rincer ses bols et sa fourchette dans le bassin où refroidissait l'eau de vaisselle. Elle regrettait déjà sa réplique impulsive : confronter l'invité des Pra Dan aurait pu placer ceux-ci dans une position gênante et ruiner l'atmosphère de la soirée avec des alertes de contamination généralisée. Mieux valait ravaler ses doutes et s'en tenir à un silence poli.

Pra Dan entama son histoire d'un ton jovial.

— Un homme qui voulait passer la frontière a paru suspect à mon collègue parce qu'il n'arrêtait pas de se gratter… le bas du ventre, dit-il avec un clin d'œil complice. Il souffrait de violentes démangeaisons. Quand mon collègue l'a obligé à baisser son pantalon, il a vu que l'homme avait le bas de l'abdomen couvert d'urticaire. Le paysan a dit qu'il s'était allongé dans de mauvaises herbes. Mais il avait aussi une vilaine coupure, fraîchement suturée ! Pour expliquer la cicatrice, le paysan a alors ajouté que, dans les mauvaises herbes, il y avait aussi une femme de mauvaise vie particulièrement vorace.

— Alors ? pouffa Gan Noc, curieux.

— Il avait caché ses sachets d'héroïne sous la peau de son… entrejambe, mais faisait une réaction allergique de tous les diables au latex !

Gan Noc éclata d'un grand rire, puis traduisit pour sa femme. Elle rit à son tour, en cachant son visage derrière ses mains soigneusement manucurées. La conversation glissa vers les problèmes que la contrebande de drogue posait au Scynao. Puis, comme la soirée s'achevait, Pra Dan et Gan Noc s'entendirent pour remettre la construction de la salle de toilette au lendemain. Gan Noc et sa femme les quittèrent peu après, et Lehla se retira dans sa chambre, soulagée que son invitée n'eût pas été importunée davantage. Pra Dan sortit lui aussi et Hélène le suivit dehors, songeuse.

— Êtes-vous au courant des derniers rapports sur la qualité de l'eau du Baïkun ? hasarda-t-elle.

— Je suis informé de tout ce qui affecte la sécurité des étrangers dans mon pays. Le gouvernement a transmis à tous les responsables un communiqué plutôt alarmant cet après-midi. La population en général ignore ce qui se prépare. Je vous saurais gré de laisser le soin au gouvernement naotien de le leur annoncer au moment opportun.

— Bien sûr, il faut éviter la panique. Mais comment expliquer que Gan Noc ne soit pas au courant, lui, un ingénieur ?

— Il a passé la journée à l'hôpital avec Rany et n'est revenu que tard en soirée. Il l'apprendra demain matin et ce sera bien assez tôt, répondit Pra Dan, soucieux.

— Quelles sont les nouvelles à propos de votre filleul ?

— Les médecins veulent passer d'autres tests. Ils espèrent que le problème n'est dû qu'à la malnutrition.

Hélène acquiesça de la tête, en soupirant.

— Vous avez raison. Gan Noc a eu bien assez d'inquiétudes ces derniers jours. Si je lui avais annoncé les derniers résultats, j'aurais gâché le souper. Je ne pensais qu'au bébé qui est peut-être en train de s'empoisonner.

— Maintenant que la situation est claire, je veillerai sur mon filleul. Steva agira aussi pour le mieux, même s'il doit pour cela ravaler son orgueil. Ce sera bon pour son âme. Par contre, vous vous trompez sur mes motivations ; je ne cherchais pas à préserver l'harmonie de la soirée, mais à vous protéger, vous. Steva aurait pu découvrir ce soir que l'eau de son puits pourrait être dangereusement contaminée ; il aurait été inquiet, furieux probablement. Nous en avons vu d'autres. Mais laisser une femme, et qui plus est, une Occidentale, le lui apprendre et mettre en doute ses compétences, cela, je ne pouvais le permettre. Vous vous en seriez fait un ennemi redoutable, sa fierté ne l'aurait pas toléré.

Pra Dan appuya le dos contre sa voiture tout-terrain et se croisa les bras.

— J'ai fait la connaissance de Steva il y a bien longtemps, du temps où nous étions tous deux de jeunes étalons. Steva aimait une jeune fille, et j'ai honte d'avouer que je la lui ai ravie. Il était fou de rage, mais n'en laissait rien paraître. Je le connaissais mal à cette époque, et j'étais trop imbu de moi-même pour me soucier de sa réaction. J'ai rencontré Sou quelques années plus tard. Sa beauté, sa sérénité, son attitude respectueuse m'ont séduit et je me suis cru amoureux pour la première fois. Steva s'est vengé ; il m'a remis la monnaie de ma pièce, et doublement. Je ne vous préciserai pas comment mais… je ne l'ai plus jamais sous-estimé. Tout est pour le mieux, finalement, parce que Sou et Steva se complètent parfaitement. Je ne l'ai jamais avoué à Steva pour ne pas ternir sa victoire, mais je me suis rendu compte assez rapidement que ce que j'éprouvais pour Sou était de l'admiration, pas de l'amour.

— Il vous a choisi comme parrain pourtant.

— Hé ! C'est grâce à moi s'il a rencontré sa femme ! rétorqua-t-il, moqueur, en montant dans sa voiture. Steva est de ceux qui n'ont de repos que lorsqu'ils ont vengé le tort qu'on leur a causé. Je ne l'ai jamais oublié, et vous seriez bien avisée d'en tenir compte.

— Je serai prudente.

— Je vous ai trouvé des bottes de caoutchouc, je les ai laissées près de l'entrée. Elles ont de l'usure, mais vous les trouverez plus pratiques au printemps que vos chaussures de marche.

— Merci. Je n'avais pas prévu que les chemins seraient aussi boueux.

— Bonne nuit… Hélène, lui dit-il avant de s'éloigner.

La journée du lendemain passa dans un tourbillon. Le président du Scynao, Gao Tan, avait convoqué le Congrès des sages pour discuter de la politique à adopter face au Gasbakstan. Il fallait aussi décider de la meilleure façon de pallier le manque d'eau potable jusqu'à ce qu'un système de traitement approprié soit mis en place, et trouver les fonds pour financer le tout. Surtout, il fallait que chaque village soit alerté malgré les routes impraticables, que chaque villageois soit prévenu et que chaque puits soit testé. La tâche était gigantesque. Il était raisonnable de penser que le Congrès solliciterait l'expertise d'Homo Sum.

À la fin de la journée, Saint-Germain prenait une pause-café bien méritée avec son adjointe quand son téléphone cellulaire personnel sonna. Sur l'écran, dont l'horloge indiquait dix-sept heures trente, s'afficha le nom de sa fille.

— Allô?

— Papa! Enfin, j'arrive à te joindre! J'ai vu les nouvelles à la télé. Est-ce que tout va bien?

— Claudia! Bonjour, je suis content d'entendre ta voix, ma fille chérie. Je vais bien. Qu'est-ce qu'on annonce à la télé?

Hélène aussi était intriguée par ce que les médias du Canada rapportaient des événements qui se déroulaient ici. À Aldjanin, personne n'avait de télévision, et les ondes radio se rendaient difficilement.

— Noëlle Beaurivage à RDN parle d'une catastrophe écologique sans précédent, d'empoisonnement possible au mercure, à l'arsenic et au tri... phénylcarbo...

Claudia Saint-Germain s'arrêta, paniquée. Tous ces détails lui paraissaient futiles à cet instant précis. Une seule chose l'obnubilait.

— Papa, est-ce que tu vas bien?

— Comme je te l'ai dit, je vais bien, chérie. Je... vais... bien, insista-t-il en détachant chaque mot. La situation est sérieuse et nous manquons de ressources pour le moment, je ne te le cacherai pas. Mais je t'assure que nous ne sommes pas en danger, d'aucune façon. Nous ne buvions que de l'eau purifiée bien avant qu'on ait relevé des concentrations toxiques de ces polluants.

— Alors, tu ne reviens pas ? demanda-t-elle, incrédule et résignée à la fois.

— Si la situation se corse, nous pourrions être forcés de quitter le pays, mais pour le moment le Scynao a besoin de nous plus que jamais.

— Est-ce que tu prends le temps de te reposer un peu, au moins ?

Laurent Saint-Germain gloussa : sa fille, graphiste publicitaire à son compte, était un véritable bourreau de travail.

— D'où m'appelles-tu ? Du bureau ?

— Oui, pourquoi ?

Il était cinq heures et demie du matin pour elle. La couverture sensationnaliste des médias l'avait drôlement bouleversée.

— Pour rien. Tu te souviens de Simon Desbiens ? Il a recruté pour moi une adjointe administrative hors pair ; elle s'appelle Hélène Cournoyer, dit-il en souriant à cette dernière. Vous êtes à peu près du même âge. Elle abat le travail de dix hommes. Je crois que vous vous entendriez très bien, ajouta-t-il avec ironie. Elle m'enlève une énorme charge de sur les épaules, je remercie ma bonne étoile de l'avoir à mes côtés, surtout dans les circonstances actuelles. Et toi ? Comment vas-tu ?

— Oh ! Ça va, répondit Claudia, distraitement. Je suis toujours sur le contrat des nouilles Gusto. Le client voudrait juste que je rafraîchisse sa campagne publicitaire d'il y a deux ans pour que ça coûte moins cher.

Le ton de Claudia recommença à monter sous l'effet de l'agacement.

— Je suis certaine que je pourrais concocter quelque chose de super, mais ils agissent comme s'ils voulaient que les produits restent sur les tablettes !

Elle soupira bruyamment, puis termina en grommelant :

— En plus, je n'arrive pas à retrouver le dossier informatique de sa vieille pub. Écoute, il faut que je me remette au travail. Je voulais juste m'assurer que tu allais bien… Et tu vas bien, hein ?

— Je. Vais. Bien, scanda-t-il. Je t'embrasse, et embrasse ta mère pour moi.

Saint-Germain ferma son cellulaire et résuma pour Hélène.

— RDN parle de catastrophe écologique sans précédent. Cette histoire est un bel os pour les médias. Les correspondants ne vont pas tarder à nous tomber dessus.

— J'espère qu'ils apporteront leur eau !

Ce soir-là, le capitaine soupa avec Hélène et Lehla. Gan Noc arriva sur ces entrefaites, mais prétexta qu'il avait déjà mangé et commença les travaux sans attendre. Contrairement aux usages, Pra Dan se hâta de finir son repas pour le rejoindre. Il voulait profiter au maximum des dernières heures de clarté.

Tout en lavant la vaisselle et en mettant de l'ordre à la cuisine, Hélène et Lehla discutèrent des déclarations du Congrès des sages, qui avaient été rendues publiques au cours de la journée.

Hélène avait convenu avec Lehla qu'elle échantillonnerait elle-même l'eau du puits le lendemain pour la faire tester par Homo Sum. Ainsi, elles en auraient le cœur net et Hélène saurait si elle devait ou non continuer à apporter de l'eau traitée pour tout le monde.

Lehla s'inquiétait surtout pour les enfants de la petite école. Certains étaient déjà si fragiles à cause de la malnutrition ! Mari passerait encore la nuit à l'hôpital avec Rany, et son absence commençait à peser à l'orphelinat. Lehla avait dû remettre à plus tard plusieurs activités parce qu'elle était trop accaparée par les tâches de Mari. Elle avait avoué à Hélène qu'elle regrettait de devoir couper dans l'enseignement des pratiques d'hygiène, surtout dans les circonstances actuelles, mais les soins aux tout-petits occupaient tout son temps. Hélène lui offrit de transcrire pour elle les nouvelles règles implantées par Homo Sum à la lumière des dernières découvertes. Lehla accepta avec joie. Le Congrès des sages émettrait son propre protocole, mais avant qu'il ne parvienne à Aldjanin, il pouvait s'écouler plusieurs semaines. Leur priorité était la capitale, bien entendu.

— Gan Noc m'a paru soucieux ce soir, commenta Hélène en passant le balai sur les lattes du plancher.

Elle approuvait de tout cœur l'habitude que Mari avait de ramasser systématiquement les miettes pour ne pas attirer insectes et rongeurs.

— Il ne m'a même pas saluée.

— Comment pourrait-il en être autrement ? Son premier fils est gravement malade ; son travail est en étroite relation avec le malheur qui s'abat sur le pays et, par orgueil et par manque de clairvoyance, il pourrait être responsable de la maladie de toute sa famille !

— L'étendue des dommages était difficile à prévoir, il faut bien l'admettre, tempéra Hélène, surprise par l'amertume de Lehla.

— Il y avait à peine deux jours que vous travailliez ici et vous nous avez apporté de l'eau traitée. Steva travaille pour HEEI et c'est un ingénieur ; je ne peux pas croire qu'il n'était pas au courant des dangers auxquels il exposait sa famille, et particulièrement son bébé, gronda la puéricultrice.

— Je suis certaine qu'il est maintenant conscient des risques et qu'il regrette de ne pas avoir pris plus de précautions. Ce n'est qu'avec le recul qu'on peut en juger. Qui aurait pu même imaginer ?…

— Vous êtes trop compréhensive, coupa Lehla en posant la main sur l'épaule d'Hélène.

Mais son emportement disparut aussi vite qu'il était venu, ne laissant place qu'à l'inquiétude. Elle laissa sa main glisser le long du bras d'Hélène, puis nettoya la table avec lassitude.

— J'espère simplement que Rany n'aura pas à payer un prix trop élevé pour l'aveuglement de son père.

Un peu plus tard, elles entendirent la voiture de Gan Noc s'éloigner, et le capitaine entra. Il leur apprit que Gan Noc irait en ville le lendemain, pour voir son fils qui allait un peu mieux depuis la veille. Il était fort probable qu'il ramènerait Mari et Rany en même temps. Lehla poussa un soupir de soulagement : elle n'avait pas osé espérer un dénouement aussi favorable. Elle leur souhaita le bonsoir et se retira dans sa chambre.

Comme la veille, Hélène raccompagna le capitaine jusqu'à sa voiture, puis regarda le véhicule s'éloigner. Elle resta longtemps dehors sur la galerie, enveloppée par la douceur de la nuit.

Chapitre 5

Aldjanin, mai

Au cours des semaines suivantes, les Naotiens s'étaient unis pour une même cause, comme ils l'avaient déjà fait par le passé. Cette fois, il s'agissait d'évaluer la contamination de l'eau potable. Des groupes de citoyens avaient été formés pour communiquer la marche à suivre au reste de la population, car le taux d'analphabètes était encore très élevé. Dans les villages, on réunissait les habitants sur la place publique ou dans une grande salle, s'il y en avait une, et on leur expliquait la situation. Chacun était prié d'apporter le lendemain un échantillon d'eau, dans un pot de plastique fourni gracieusement par HEEI. Des bénévoles étaient ensuite chargés d'identifier eux-mêmes les contenants en y inscrivant le nom du propriétaire et un numéro, puisque de nombreux terrains n'avaient jamais été arpentés.

Après ce travail gigantesque, une carte de la pollution avait pu être dressée et on savait mieux d'où les polluants provenaient, comment ils étaient transportés et quels facteurs influençaient leur concentration. En amont du barrage, le lac Baïkun alimentait la nappe phréatique de plusieurs villages, et les puits de ces derniers avaient dû être condamnés. Tant bien que mal, on s'efforçait de faire en sorte qu'un minimum d'eau potable y soit livré quotidiennement. Pour les plus chanceux, la modification de l'usine de traitement des eaux finirait par régler le problème tôt ou tard, mais les coûts importants freinaient le processus.

Heureusement, Aldjanin, en aval et en contrebas du barrage, était encore peu touchée. Les puits contenaient des traces de polluants, mais la concentration de ceux-ci était encore dans les limites acceptables. Certaines mesures pour ralentir la progression de la contamination avaient été prises, afin d'éviter que l'eau de ruissellement polluée ne s'y infiltre.

Le puits où s'approvisionnait la famille de Gan Noc s'avéra contaminé. Rany souffrait d'empoisonnements multiples. Toute la famille était atteinte à différents degrés et devait subir régulièrement des tests sanguins et urinaires pour évaluer l'efficacité du traitement de chélation. L'analyse de mèches de cheveux de Rany avait révélé une exposition précoce, peut-être même utérine, et d'autant plus forte que le lait de sa mère était lui aussi contaminé. Sou était inconsolable, profondément blessée dans sa compétence de femme et de mère. Malgré l'esprit d'entraide qui animait ses amis et tous les gens de son village, Gan Noc devait s'absenter régulièrement de son emploi pour aller, avec les autres membres de sa famille, passer des tests à l'hôpital de Junianne, où il préférait se rendre. Là comme ailleurs, les médicaments manquaient cruellement à cause de la soudaineté et de l'importance de la demande, et il devenait difficile d'en trouver encore à prix raisonnable. Pris entre l'inquiétude pour les siens, sa santé chancelante et les heures supplémentaires, Gan Noc dépérissait à vue d'œil. Au début, il s'était entêté à continuer à aider Pra Dan dans la construction de la salle de toilette, mais celui-ci l'avait finalement remercié en expliquant que Sokad se trouvait temporairement sans ouvrage et, donc, était plus disponible que lui.

Une routine s'établit dans la vie d'Hélène. Elle prit l'habitude de porter un châle en tout temps, même à l'intérieur. Hélène s'assurait ainsi de ne pas l'oublier avant de sortir et, également, de moins devoir se tracasser de la propreté de ses cheveux. Ç'avait été difficile pour elle de s'y résigner, mais, entre la surcharge de travail à Homo Sum, la qualité douteuse de l'eau, l'embarras de chauffer le poêle pour avoir de l'eau chaude et pour se sécher, et la règle selon laquelle aucun homme ne devait être présent au moment où une femme se lavait, ne serait-ce que les cheveux, elle avait décidé de choisir ses batailles !

Après sa journée au bureau, elle se rendait à la petite école et rentrait avec Mari à la maison. Elles préparaient le repas et, peu après, le capitaine arrivait avec Sokad et Lehla pour souper. Tous échangeaient sur les événements de la journée, puis Pra Dan et Sokad allaient travailler une heure ou deux à la salle de toilette, jusqu'au coucher du soleil. La construction avançait très lentement. Le militaire avait déjà fort à faire avec tous les étrangers qui avaient débarqué récemment dans la région : ingénieurs, géologues et biologistes, bénévoles de plusieurs organismes humanitaires, sans compter les journalistes qui les traquaient tous et partout.

Les trois femmes avaient été surprises que Pra Dan continue le projet avec Sokad alors qu'il en avait écarté Gan Noc. Si cela donnait l'occasion à Mari de voir plus souvent son benjamin, il était indéniable que sa présence engendrait une certaine tension au foyer. Les derniers événements ne pouvaient que renforcer les convictions de Sokad. Les déboires écologiques qu'il mettait sur le compte du barrage — en passant sous silence la part de responsabilité du Gasbakstan —, la présence accrue d'étrangers et la situation plus précaire que jamais des Naotiens, tout le confortait dans son opinion selon laquelle le Congrès des sages faisait fausse route.

Pra Dan refusait de se laisser entraîner dans des discussions stériles avec Sokad. Son frère était énergique et dynamique : le militaire admirait son imagination et les rêves immenses qu'il nourrissait pour leur pays. Pra Dan espérait qu'en travaillant ensemble, il apprendrait à son frère à tempérer sa colère. Tant que

Sokad gardait ses opinions pour sa famille, Pra Dan ne dédaignait pas de l'écouter, parfois, il est vrai, avec toute la condescendance d'un frère aîné. Mais si Sokad décidait de rallier les manifestants mécontents, de plus en plus nombreux à mesure que les épreuves s'accumulaient, Pra Dan se retrouverait dans une situation très difficile. En tant que militaire, il se devait de défendre la position du gouvernement. Il ne doutait pas que l'attitude de son frère serait mal vue par ses supérieurs, mais certainement pas autant que le déshonneur de sa propre inaptitude, en tant qu'aîné et officier, à contrôler les éléments de son foyer.

Les samedis se déroulaient un peu différemment. Quand Pra Dan pouvait se libérer, il avait pris l'habitude de venir seul, pour le déjeuner. Ensuite, les trois femmes l'expulsaient et monopolisaient la cuisine pour procéder à leur toilette. Cette matinée, c'était comme une oasis de luxe pour elles, une célébration de leur féminité. Pendant quelques précieux instants, l'arôme de fleurs ou d'herbes que Mari ajoutait à une crème ou à un savon les délivrait de la rigueur de leur quotidien. Souvent, Lehla chantait pour elles, et Hélène ne manquait pas une occasion de la faire rougir de plaisir en la complimentant sur sa voix céleste. Hélène découvrait un tout nouvel aspect de la vie de ces femmes et elle chérissait ces moments privilégiés, d'autant plus que le nombre d'heures de travail que lui demandait Homo Sum ne cessait de s'accroître.

Pra Dan traînait autour de la maison tandis que leurs rires résonnaient. Il travaillait sans se presser, car il aimait l'atmosphère gaie qui planait depuis qu'Hélène habitait ici. Les chants traditionnels que Lehla interprétait avec candeur célébraient la grandeur de leurs montagnes, la richesse de leurs forêts et la majesté de leur lac, et ils emplissaient le cœur de Pra Dan de joie et d'espoir. Il se rappelait encore le jour où sa mère et sa sœur avaient réussi à convaincre Hélène de partager avec elles un chant de son enfance. Son marteau s'était immobilisé dans les airs en reconnaissant la voix d'Hélène chantant de tout son cœur et atrocement faux. Les sons stridents qui s'enchaînaient les uns aux autres faisaient se dresser les poils sur ses bras. Il avait même craint pour les vitres, lorsqu'elle avait poussé une note particulièrement aiguë.

Il s'était approché prudemment de la fenêtre de la cuisine. Face à lui, sa mère s'affairait à frotter des taches sur un vêtement dans le petit évier de porcelaine. Quand Mari avait relevé la tête et vu l'air sidéré de son fils, elle avait gloussé et s'était retenue à grand-peine d'éclater de rire. D'une main savonneuse, elle lui avait fait signe de se remettre au travail.

Mari était heureuse qu'Hélène se sente suffisamment en confiance dans son foyer d'adoption pour enfin surmonter sa réserve naturelle. Ç'avait été la première fois que la jeune femme s'aventurait à interpréter une chanson en italien qu'Angela aimait particulièrement, et Mari avait regretté, non pas de l'y avoir encouragée… mais d'avoir eu à l'entendre ! Pra Dan avait attrapé un marteau et s'était mis à en jouer avec une vigueur décuplée pour enterrer un peu le chant discordant. Lehla, ayant moins d'endurance que Mari, s'était réfugiée dans sa chambre sous un prétexte marmonné à la hâte. Mari avait dû rester dans la cuisine avec Hélène jusqu'à la fin pour éviter que ce manque à l'étiquette ne soit trop évident.

Ce samedi-là, au déjeuner, Pra Dan observa discrètement Hélène tandis qu'elle commençait la vaisselle avec Lehla. Ses cheveux blonds étaient entièrement couverts par un foulard de coton, noué sur sa nuque, et il s'en voulait d'en être contrarié. Elle respectait à la lettre ses recommandations, mais le plaisir de contempler sa chevelure d'or lui manquait. Pra Dan termina son bol de riz et de noix, puis sortit. Il espérait que le sol serait suffisamment dégelé pour qu'il puisse commencer à creuser la fosse septique.

Hélène se lava les cheveux puis ceux de Mari. Ensuite, cette dernière s'assit sur une chaise près du poêle et Hélène brossa sa longue chevelure pour la démêler et pour la faire sécher plus vite. Pendant ce temps, Lehla en profitait elle aussi pour se laver ; il était plus simple de chauffer l'eau, de dégager le comptoir et de sortir le bassin, les serviettes et le pichet pour rincer, en une seule occasion.

Les soins terminés, Hélène se retira dans sa chambre pour s'habiller. Mari lui avait cousu de jolis rideaux à fleurs aux couleurs pimpantes, qu'elle avait suspendus à une tringle faite d'une branche écorcée. Ils mettaient une touche de gaieté dans la petite pièce. Hélène les écarta pour épier le capitaine qui, sur le côté de la maison, creusait le trou pour la fosse septique. Il avait retiré sa chemise de toile épaisse et se promenait torse nu. À marteler pesamment comme un peu plus tôt, il n'y avait rien d'étonnant à ce qu'il ait chaud malgré la fraîcheur de l'air. Plusieurs cicatrices marquaient sa peau, sur le bras gauche et dans le dos, dont l'une, ronde et étoilée, avait dû être causée par la sortie d'une balle. Chacune de ces marques était la preuve de son courage au combat. Hélène laissa retomber le rideau, troublée. Elle n'avait jamais vu cet homme en colère, pourtant il connaissait intimement la violence. Avec le soleil qui devenait plus ardent au fil des jours, sa peau bronzerait et les cicatrices deviendraient moins apparentes, mais Pra Dan resterait le même. Il ne reculerait devant rien pour son pays. Pas même devant la mort.

Hélène enfila un chandail et retourna dans la cuisine chercher un verre d'eau, qu'elle porta à Pra Dan.

— Nous sommes là à jouer les coquettes pendant que vous suez à grosses gouttes, blagua-t-elle en lui tendant le verre.

— Je ne me plains pas.

Pra Dan but l'eau d'un trait et lui rendit le verre. Son regard s'arrêta sur la chevelure d'Hélène, dorée dans le soleil de fin d'après-midi.

— Oh ! J'ai oublié mon châle. Mes cheveux ne sont pas encore secs.

— Nous sommes seuls. Il n'y a pas de mal, la rassura-t-il aussitôt.

— Voulez-vous un coup de main pour creuser?

— C'est un travail d'homme. Si vous m'aidez, je devrai trouver autre chose pour vous impressionner, expliqua-t-il avec un sourire.

Hélène essaya de ne pas porter attention à son torse large et musclé, parfaitement glabre.

— Je suis déjà impressionnée. Malgré vos longues journées de travail, vous trouvez le temps de rénover la maison, de vous soucier de votre filleul. Vous veillez sur Mari.

— Vous aimez que je m'occupe de ma mère?

Un voile passa dans le regard d'Hélène.

— C'est important, je crois. Elle vous en est reconnaissante, en tout cas.

— Votre mère doit beaucoup apprécier votre obligeance.

— Elle est décédée l'an dernier d'un cancer. Notre relation était… loin d'être aussi harmonieuse que la vôtre.

— J'en suis désolé. Permettez-moi de vous offrir mes condoléances.

— Merci. Mari est plus une mère pour moi qu'Angela ne l'a jamais été. Jusqu'à la fin, elle est restée une petite fille dans le corps d'une femme.

— Est-ce pour cela que vous êtes si fiable et prévenante? demanda-t-il avec un sourire.

— Peut-être bien!

— Au Scynao, on dirait que votre mère s'est trouvée sur votre route pour faire de vous une meilleure personne.

— Elle m'aura au moins conduite ici.

— Comment cela?

— Après sa mort, j'ai eu besoin de vivre de nouvelles choses, de me ressourcer, d'une certaine manière.

— La voie de la compassion est une route exigeante, votre bon cœur aura voulu la parcourir trop vite.

— Le Terre et Eau est un projet tellement emballant, j'ai tout de suite su que c'était le défi que je recherchais.

— Il n'y a rien à votre épreuve. Les anciens locataires de ma mère se croyaient à l'hôtel, mais vous, à peine arrivée, vous agissiez comme si vous étiez un membre de la famille.

— Je me conduis peut-être de manière trop familière…

— Ma mère ne vous traite pas comme eux. Vous occupez une place spéciale dans son cœur.

— Je l'adore. Elle est charmante et drôle.

— Et Lehla ?

— Je l'aime aussi, mais je m'inquiète pour elle. Elle travaille tellement que ça ne lui laisse pas de temps pour se divertir ou rencontrer quelqu'un.

Pra Dan eut envie de lui demander ce qu'elle pensait de lui, mais y renonça.

— Le choix est le sien. Il y a longtemps que j'ai vu Lehla aussi heureuse. Merci pour l'eau.

Il se remit à travailler, et elle rentra pour commencer à préparer le souper.

Le lendemain, en quittant la maison, Hélène fit un détour par le bureau de Maxim Leclerc, près du pont longeant le Terre et Eau, pour y déposer des papiers. Des nuages vaporeux s'accrochaient au flanc des montagnes et diffusaient un crachin monotone et froid. Les chemins boueux rendaient le trajet plus difficile qu'Hélène ne l'avait escompté. À chaque pas, ses bottes de caoutchouc produisaient un son de succion dégoûtant et la faisaient tituber. En revenant vers le site d'Homo Sum, Hélène nota, sans s'arrêter pour autant, l'impressionnant panorama qu'offrait le site du barrage. Si son admiration pour le Terre et Eau était toujours aussi grande, elle se teintait maintenant d'inquiétude, car son symbolisme glissait de plus en plus de la merveille vers le cauchemar technologique.

Hélène entra dans la roulotte, l'esprit accaparé par les réaménagements qu'elle devrait faire à l'horaire de sa journée pour rattraper son retard. Le docteur Moreau l'attendait, assis à son bureau, sur sa chaise. Elle serra les dents et se força à sourire.

— Ah ! enfin, la belle Hélène ! Comment vas-tu ?

— Très bien, merci, prétendit Hélène en enlevant ses bottes crottées et en les déposant dans le grand bac prévu à cet effet.

— Saint-Germain jure que tu es toujours à l'heure, et voilà qu'aujourd'hui, justement le jour où je te rends visite, tu as une demi-heure de retard ! Je commençais à désespérer !

Face au mur, Hélène ferma les yeux quelques secondes et pria silencieusement pour une dose supplémentaire de patience. Elle accrocha son imperméable et son châle humide sur le crochet à côté de la porte, puis se tourna vers le docteur.

— Elle a terminé très tard hier, la défendit Saint-Germain. Tout va bien ? Vous auriez pu prendre la matinée, Hélène.

— Je suis passée chez HEEI, expliqua-t-elle à Saint-Germain en ouvrant sa mallette.

Elle en retira une grande enveloppe et la tendit à son patron.

— Leclerc vous envoie les données concernant un cas de contamination aux métaux, survenue en Inde. Il croit qu'on pourrait s'inspirer de leur approche.

— Excellent ! Excellent ! Je devrais peut-être aller discuter de tout cela avec lui ? suggéra-t-il en haussant les sourcils.

— Ce ne sera pas nécessaire, trancha Hélène qui voulait éviter de rester seule avec le docteur. Je suis certaine que vous pourrez compléter les quelques détails qui vous manquent par téléphone et vous éviter le trajet. La route est dans un état vraiment épouvantable.

Saint-Germain s'étonna du ton un brin désespéré de sa secrétaire et s'assit à son bureau pour siroter son café.

Hélène arborait le sourire crispé qu'elle réservait aux gens qui l'irritaient. En attendant son arrivée, Moreau avait donné à comprendre à Saint-Germain qu'une attirance mutuelle grandissait entre Hélène et lui et qu'il espérait marquer des points en l'invitant à dîner. À voir l'attitude d'Hélène, Saint-Germain pariait plutôt que le projet du docteur tomberait à plat.

Hélène retourna à son bureau et se planta à côté de sa chaise en essayant de s'imposer de toute la hauteur de son mètre soixante-cinq. Moreau se leva et tint poliment le dossier pour elle.

— Sais-tu quel jour on est, Hélène ?

— Dimanche, l'informa-t-elle en continuant de classer ses papiers.

— Je sais que c'est dimanche, mais c'est un dimanche spécial. C'est le jour de la Fécondité.

— Pardon ?

— C'est une fête traditionnelle naotienne qui remonte à la nuit des temps. On célèbre la fécondité de la terre pour s'assurer d'une bonne récolte. Ces célébrations sont très importantes à Aldjanin.

Hélène se rappela que Mari avait mentionné quelque chose à ce sujet au cours de la semaine. Elle se tourna vers Saint-Germain qui opina de la tête.

— Eh bien ! Joyeux jour de la Fécondité, docteur Moreau. Maintenant, si vous voulez m'excuser…

— Écoute. Je sais que tu étais prise les autres fois où je t'ai invitée…

— Six.

— Mmm ?

— Les six autres fois, soutint Hélène en se demandant quand il comprendrait qu'elle n'était pas intéressée.

— Ah ! oui ? Eh bien, justement ! Cette fois, tu ne peux pas refuser parce que j'ai deux bonnes raisons : primo, je pourrais mal le prendre après tous ces refus, et secundo, j'ai mis la main sur un canard ! Ma cuisinière va le rôtir selon ma recette secrète. Un pur délice, je te jure ! Alors, je passe te chercher à dix-huit heures ? Hé ! Je ne te propose rien de plus qu'un excellent repas, après tout, question de participer à la fête.

Hélène l'observa un moment : sourire charmeur, regard coquin. Peut-être que si elle abdiquait pour cette fois, il se rendrait compte que leurs tempéraments ne s'accordaient pas et qu'il cesserait de la pourchasser de ses attentions.

— Très bien. Dix-huit heures, accepta-t-elle avec un sourire poli.

— Excellent. Salut, Saint-Germain ! À ce soir, Hélène.

Quand la porte se ferma derrière lui, Hélène leva la main.

— Pas un mot, ordonna-t-elle à son patron.

— Je n'ai rien dit ! protesta-t-il, amusé.

Elle tourna la tête vers lui et ils partagèrent un sourire entendu avant de se mettre au travail.

Si quelqu'un, un jour, lui demandait de résumer sa soirée avec le docteur Moreau, Hélène se contenterait de trois phrases : elle avait mal à la tête, le canard grillé était divin, Moreau lui tapait sur les nerfs. À leur arrivée, il avait allumé une dizaine de chandelles dans la salle à manger, et Hélène avait aussitôt su qu'elle avait commis une erreur de jugement en acceptant son invitation. Quand il avait commencé, après le repas, à lui suggérer plus ou moins subtilement de se mettre à l'aise, Hélène avait décidé qu'il était temps de mettre fin au supplice.

— Il commence à se faire tard, déclara-t-elle.

— Bientôt, il sera minuit, et le jour de la Fécondité commencera officiellement. Sais-tu que cette fête remonte à plusieurs milliers d'années ?

— Vous l'avez mentionné, soupira Hélène.

— Certains croient qu'elle aurait été empruntée aux Bacchanales. À cette seule occasion, les Naotiens permettent aux femmes d'aller au-devant de l'homme qui les intéresse et de tenter de le séduire en vingt-quatre heures. Si jamais un enfant naît de cette nuit, même hors mariage, il est béni, car c'est la personnification de la Terre mère. Penses-tu aller au-devant d'un homme, ce soir, Hélène ?

— Je ne crois pas, non.

— Parce que si c'était le cas, je me laisserais…

— Je suis fatiguée, docteur Moreau.

— Appelle-moi Michel.

— Docteur Moreau, répéta Hélène résolument, merci pour ce repas délicieux, mais je suis fatiguée et j'aimerais rentrer chez moi. Voudriez-vous me raccompagner, s'il vous plaît ?

— Si tu es aussi fatiguée, j'ai fait préparer une chambre pour toi…

— Non, merci. Demain, je dois me rendre très tôt au travail. Je préfère dormir chez moi.

Moreau étudia le visage déterminé de son invitée.

— Bon, d'accord, d'accord, grommela-t-il, contrarié.

Ils montèrent dans sa voiture. Une fine pluie se mit à tomber et, pour une fois, Moreau resta silencieux. Hélène se sentait déjà mieux à l'idée que, dans quelques minutes, elle ne serait plus en sa compagnie. En toute objectivité, il fallait reconnaître qu'il avait de grandes qualités, et plus d'une femme l'aurait enviée. Il était bel homme, compétent, énergique, sociable, avec un bon emploi et… et… il manquait totalement d'empathie, de discrétion, de subtilité, de délicatesse ! Hélène mit un frein à ses pensées et se força à retrouver son calme.

Quand ils se garèrent enfin devant chez elle, elle vit que la voiture de Pra Dan y était toujours malgré l'heure tardive.

— Tiens, Pra Dan est là. Il est resté très attaché à sa mère celui-là, on dirait.

Le médecin sortit de la voiture et vit le militaire qui arrivait de derrière la maison, des outils à la main. Moreau le salua d'un signe de la tête en allant rejoindre Hélène de l'autre côté du tout-terrain. Il ignora la main qu'elle lui tendait, la saisit aux épaules et lui plaqua un baiser passionné sur la bouche. Prise de court, il fallut quelques secondes à Hélène pour réagir. Elle voulut le repousser, mais réalisa que la façon dont il l'enlaçait emprisonnait ses bras. Elle devint rigide sous son étreinte ; les yeux ouverts, elle le fusillait du regard. Quand il sentit qu'elle levait un genou, il se recula un peu pour jauger son humeur. Remarquant sa colère pour la première fois, il crut prudent de lui saisir prestement les mains. Il réussit à déposer un baiser sur chacune, même si elle s'agitait pour se défaire de son emprise, et lui lança ce sourire charmeur qu'elle ne pouvait désormais plus supporter.

— Je t'appelle demain, claironna-t-il d'une voix forte qui étonna Hélène, jusqu'à ce qu'il monte dans la voiture et démarre, lui révélant ainsi le capitaine qui avait assisté à sa performance près de la maison.

Pra Dan paraissait sculpté de granit : son visage était impassible. Il avait vu le docteur mouler le corps d'Hélène au sien, sans remarquer aucune résistance de sa part.

Hélène soupira bruyamment, puis jura entre ses dents. Elle replaça son châle pour se protéger du crachin et essaya d'étouffer sa colère et son humiliation. Elle décida qu'il valait mieux qu'elle rentre et oublie au plus vite cette soirée.

Le capitaine Pra Dan s'arrêta près de sa voiture, à bonne distance d'elle. Il ouvrit la portière arrière, lança les outils sur la banquette, puis referma la porte d'un coup sec.

— Pardonnez-moi de vous avoir interrompus, madame Cournoyer. Bonsoir ! lança-t-il d'un ton mordant en montant dans son auto.

Cette remarque injuste fit bondir Hélène.

— « Bonsoir » ? C'est tout ce que vous avez à dire ? se récria-t-elle en traversant la cour à grandes enjambées pour se planter devant lui dans le halo des phares. On m'agresse sous vos yeux, et tout ce qu'a à dire le chef de la police, le responsable de ma sécurité en particulier, lâcha-t-elle, vibrante de colère, c'est... « Bonsoir » ?!

Pra Dan ressortit de sa voiture et claqua la portière. Il plissa les yeux et, la mâchoire rigide, se pencha vers elle, piqué au vif. Elle n'avait pas l'air d'être intoxiquée à l'alcool, c'était au moins ça.

— Votre sécurité, cracha-t-il, ne m'a pas paru en danger. Juste votre vertu, peut-être.

— Oh! s'étouffa Hélène. Vous croyez peut-être que la force a raison de tout?

— La force? Je ne le permettrais pas. Mais il semblerait qu'il suffit d'un canard pour surmonter vos résistances.

— Un canard?

Hélène, furieuse, croisa les bras sous sa poitrine, se doutant où il voulait en venir.

— Vous avez gentiment prévenu ma mère de ne pas vous attendre pour le souper, car le docteur Moreau vous avait invitée à manger du canard, rien de moins. Quand l'autre option est un bol de riz et de noix aux anchois, la décision est facile à prendre, c'est certain. Vous acceptez l'invitation d'un homme le jour de la Fécondité. Un médecin. De votre âge, de votre nationalité. Qu'est-ce qu'il est censé croire? Et qu'est-ce que, moi, je suis censé croire, quand je le vois vous embrasser passionnément?

— Holà! Le jour de la Fécondité ne signifie rien pour moi! Cette fête n'existe pas au Canada, et votre mère ne l'a mentionnée pour la première fois que cette semaine. Je n'en avais jamais entendu parler avant. Le docteur Moreau m'a offert un dîner, rien de plus, et j'ai pensé qu'accepter serait la meilleure façon pour qu'il cesse de me harceler!

— Un peu entortillé comme raisonnement. Un exemple de logique féminine, peut-être? Cela semble plutôt l'avoir convaincu du contraire!

— Ça n'était pas ma meilleure idée, d'accord ! Je vous le concède ! Mais je n'ai jamais envisagé que ça irait plus loin qu'un dîner, et c'est tout ce qu'il m'a proposé !

Pra Dan plongea son regard dans les yeux pétillants, francs et directs d'Hélène. Sous le coup de l'insulte, elle frémissait de la tête aux pieds. Elle disait la vérité. La colère fulgurante qu'il avait éprouvée l'instant d'avant s'apaisa un peu. Il aurait dû casser la figure à ce blanc-bec de docteur, comme il en avait eu l'envie dès qu'il l'avait vu embrasser Hélène.

— J'ai interprété erronément la situation. Pardonnez-moi, je vous en prie…

Hélène inspira, voulut continuer son explication, se racla la gorge et essaya de nouveau.

— Pra Dan Yel…

Hélène s'interrompit brusquement, cherchant à jauger son humeur changeante. Elle sentait les conflits qui habitaient le militaire, se pourchassaient comme des ombres dans ses yeux, et pourtant… Ils se regardèrent en silence. Hélène sentit sa bouche s'assécher, et une étrange faiblesse lui gagna les jambes.

— Pra Dan Yel ? Est-ce ainsi que vous m'appellerez, finalement ?

— Danyel ?…

Elle sourit avec difficulté, la gorge nouée par l'émotion.

— C'est sûr que ce serait plus simple pour moi. Je ne suis vraiment pas douée pour les langues. Mais avec de la pratique, je crois bien qu'un jour j'arriverai à prononcer…

Le militaire secoua la tête.

— Danyel sera le surnom que vous me donnerez. Vous serez la seule à m'appeler comme ça, et cette idée… me plaît.

Hélène posa la main sur la poitrine de Pra Dan. Sans rien brusquer, il l'entoura de ses bras. Dans une caresse, elle monta la main jusqu'à sa nuque, puis insista juste assez pour l'attirer vers elle. Hélène grimpa sur la pointe des pieds pour le rencontrer à mi-chemin et embrasser ses lèvres. Elle sentait la pression de ses larges mains au creux de son dos. Elle eut l'impression qu'un courant d'or liquide, brûlant et rayonnant de lumière, traversait son corps. Dans un baiser plein de magie, leurs langues se frôlèrent, imitant les caresses de leurs mains.

La main de Pra Dan monta jusqu'à la nuque d'Hélène ; il repoussa son châle et saisit une poignée de ses cheveux, dorés comme l'eau du lac au couchant, les fit glisser entre ses doigts, puis tira doucement dessus pour incliner davantage la tête d'Hélène vers l'arrière. Il voulait distinguer chaque émotion sur son visage. Le souffle court d'Hélène s'échappait par ses lèvres entrouvertes. Elle ouvrit lentement les paupières, révélant des yeux voilés par le désir. La vérité le frappa comme un coup de poing à l'estomac : bon sang ! qu'il avait envie de cette femme !

Il s'écarta brusquement de la voiture et ouvrit la portière. Décontenancée, elle le questionna du regard. Il hésita un instant avant d'abandonner la lutte.

— Monte.

Du côté conducteur, elle glissa sur le siège jusqu'au côté passager. Il se mit au volant et démarra.

Lehla, réveillée par l'arrivée de la voiture du docteur, avait vu toute la scène depuis la fenêtre de sa chambre. Bouleversée, elle tira les rideaux et retourna s'allonger silencieusement auprès de sa mère endormie.

Dans la pénombre de la voiture, Pra Dan chercha la main d'Hélène et la serra dans la sienne, juste pour s'assurer qu'il ne rêvait pas, ne devenait pas fou, ou si peu. Les phares découpaient la nuit épaisse autour d'eux.

— Où allons-nous ? demanda-t-elle.

— Nous serons plus tranquilles chez moi.

Il hésita avant de se forcer à la regarder. Et si elle ne voulait pas de lui ? Si la raison, et toutes les autres raisons pour lesquelles ils ne devraient pas être ensemble s'imposaient à elle ? Mais dans la lueur du tableau de bord, il vit qu'elle le dévorait des yeux, et son sourire débordait de la sensualité d'une femme sûre d'elle et de lui. Il relâcha son souffle, étonné de se rendre compte qu'il l'avait retenu. Il porta la main d'Hélène à sa bouche et chassa l'image de Moreau agissant de même quinze minutes plus tôt. Hélène l'imita et posa ensuite la main du militaire sur sa joue, la descendit jusqu'à son cou en une lente caresse.

Il gara la voiture devant la roulotte qui lui servait de logis et de lieu de travail. Une affiche semblable à celle d'Homo Sum, accrochée à côté de la porte, l'identifiait aussi comme le bureau de police. Il ouvrit la portière du côté passager avant même qu'Hélène ait eu le temps d'actionner la poignée, lui saisit la main et l'attira contre lui quelques secondes. Puis, il la fit pivoter et la guida vers l'entrée.

À peine eut-elle franchi le seuil qu'il la retourna vers lui et leurs lèvres se trouvèrent de nouveau. Le châle d'Hélène glissa sur le sol. Elle se débarrassa de ses souliers sans relâcher son étreinte. De son pied nu, elle remonta la jambe du pantalon de Pra Dan. Il explorait les plis de la jupe ample qu'elle portait et elle soupira de contentement lorsqu'enfin il toucha la peau de ses fesses. Il la souleva contre lui, elle l'enlaça avec ses jambes et il la porta jusqu'à sa chambre. Il s'assit sur le petit lit et elle resta debout entre ses cuisses. Il déboutonna la chemise d'Hélène et elle lui retourna la pareille jusqu'à ce qu'elle puisse glisser une main en dessous et caresser sa poitrine. La chemise d'Hélène tomba par terre. Elle ressentit avec délice la fraîcheur de la chambre sur sa peau brûlante. Il glissa les bretelles de son soutien-gorge sur ses bras, soupesa chacun de ses seins, frôla ses mamelons durcis, puis l'attira contre lui. Il s'allongea sans la quitter du regard, dans la pénombre de la pièce. Il retourna explorer sous sa jupe tandis qu'elle l'embrassait et goûtait la saveur de sa peau, la fermeté de ses épaules et de ses pectoraux. Il enleva sa culotte, elle baissa sa braguette. Elle ne put retenir un murmure d'appréciation en touchant le membre rigide de son amant. Cet homme remarquable, qu'elle trouvait beau comme un dieu, brûlait de désir pour elle ! Il lui tendit le condom qu'il avait extrait d'un coffret, par terre, à côté du lit, et elle le lui enfila après avoir caressé un moment la peau délicate et sombre. Il saisit sa tête entre ses mains, se redressa vers elle tandis qu'elle descendait lentement sur son sexe. Il se laissa retomber sur l'oreiller, les yeux clos, le souffle court. Elle était si chaude, si tendre. Hélène se pencha vers lui et commença à le chevaucher. Ils trouvèrent un rythme qui amplifiait chacune de leurs sensations. Hélène sentit un feu courir en elle, comme une lave ondulante qui enflammait tout sur son passage, et l'explosion la laissa sans force. Elle se blottit contre le corps de son amant, mais lui voulait l'emmener encore plus haut. Il intervertit leurs positions. De ses lèvres, de ses doigts, il goûta et explora chaque secret de sa peau, de la nuque cachée par sa chevelure soyeuse, à son aisselle et au galbe de son sein, jusqu'à son sexe. Hélène ne put réprimer un cri de délice. Elle bascula de nouveau dans le plaisir. Cette fois, rien sur cette terre n'aurait pu empêcher son capitaine de la suivre.

Sur sa montre, Pra Dan vit qu'il était un peu plus de quatre heures trente du matin. Hélène dormait toujours dans ses bras, ses cheveux frôlaient son épaule. Il avait l'impression d'enlacer un trésor, d'être l'homme le plus riche de la terre. Depuis son réveil, il observait la jeune femme endormie. Comment s'était-elle infiltrée au cœur de sa vie ? Et pourquoi ne pas l'avoir empêchée ? Jamais il n'aurait imaginé ainsi la femme de sa vie : étrangère, occidentale, et seulement de passage, en plus. Dans quelques mois, elle retournerait dans son pays, où il y avait l'électricité et toutes les commodités. Même l'eau potable, songea-t-il avec cynisme.

Bientôt, il devrait la réveiller pour la ramener chez elle, mais il voulait s'accrocher encore un peu à l'illusion qu'elle était sienne. C'était perdu d'avance pour eux, il le savait. Pourtant, la douceur d'Hélène, sa gentillesse, sa féminité, sa tolérance, toutes ses qualités agissaient sur son âme comme un baume. En même temps, elles réveillaient en lui ses instincts protecteurs : il voulait la préserver de tout ce qui pourrait ternir les bienfaits que sa seule présence suffisait à répandre. Cette nuit, il avait découvert que sa douceur ne l'empêchait pas d'être passionnée. Il était certain maintenant que le docteur avait sciemment tenté de le tromper par sa mise en scène, de l'amener à croire qu'il avait déjà conquis Hélène. Mais Hélène était une femme de cœur et elle les avait confondus tous les deux, Moreau et lui. Elle ne se sentait pas obligée d'aimer un homme comme Moreau parce qu'il représentait un bon parti, et elle ne renoncerait pas à un homme comme lui parce qu'il ne l'était pas. Un étranger à la situation précaire, vivant dans un pays à l'avenir incertain, voilà ce qu'il était. Même une Naotienne y penserait à deux fois avant de s'unir à un policier. La corruption des militaires de la vieille garde avait miné la confiance de la population. Mais Hélène ne l'entendait pas ainsi. Sa colère l'avait surpris et, curieusement, l'avait libéré du poids de sa conscience. Hélène ne s'attendait pas à être guidée ou tenue par la main, comme les femmes naotiennes. Elle savait ce qu'elle voulait et ne voulait pas. Elle le voulait, lui.

À cette pensée, il sentit son sexe se durcir, mais il était trop tard pour faire l'amour encore une fois. Le ciel commençait à s'éclaircir, et Hélène devait rentrer avant que sa mère ou les voisins ne se réveillent et les voient ensemble. Il aurait été impossible pour Mari de concilier l'honneur d'être l'hôte d'une volontaire d'Homo Sum avec le déshonneur de voir son fils s'enticher d'une étrangère. Mari avait espéré que Sou devienne sa bru, il le savait. Mais Sou était le produit de la plus pure tradition naotienne, et à mesure que les horizons de Pra Dan s'élargissaient, que ses rêves d'un Scynao indépendant se concrétisaient, il s'était mis à rechercher une femme qui saurait rêver avec lui de s'ouvrir sur le monde au lieu de s'accrocher aux coutumes du passé. Loin de lui l'idée de causer de la honte à sa mère, mais comme Hélène retournerait au Canada dans peu de temps, il était persuadé qu'il pouvait faire en sorte que Mari n'apprenne rien de leur idylle.

Hélène tourna son visage vers lui et il l'embrassa tendrement. Elle lui retourna son baiser avant de se décider à ouvrir finalement les yeux.

— Il est presque cinq heures. Je dois te reconduire.

— Mmm ?

— Ma mère se lève dans moins d'une heure. Il ne faut pas qu'elle sache que nous avons passé la nuit ensemble.

— Non ?

— Non, répondit-il en souriant devant la torpeur d'Hélène.

Il se leva et commença à récupérer leurs vêtements éparpillés autour du lit, tandis qu'Hélène se recroquevillait sous les couvertures pour retrouver un peu de chaleur.

— Hélène ?

Elle rouvrit les yeux. Pra Dan était accroupi à côté du lit, torse nu, ses cheveux noirs et drus en bataille. Dieu qu'il était beau ! Elle n'aurait changé de place avec personne au monde. Elle sortit un doigt de sous les couvertures et dessina sur sa peau dorée le contour des muscles de sa poitrine. Elle allait s'aventurer plus bas, mais il saisit sa main et la porta à ses lèvres.

— Il n'y a pas de temps à perdre.

Elle soupira et repoussa les couvertures. Au cours de la nuit, elle s'était retrouvée complètement nue. Elle s'assit sur le lit, face à son amant toujours accroupi, et sourit en voyant sa mâchoire se crisper et ses yeux s'assombrir en contemplant sa nudité. Son propre pouvoir de séduction ne lui avait jamais apporté une telle satisfaction auparavant. Il lui tendit sa culotte sur un doigt. Elle l'attrapa et s'habilla rapidement ; la fraîcheur insidieuse de la chambre achevait de la réveiller.

Ils montèrent dans la voiture. La bruine tombait toujours. Tout autour d'eux, la grisaille du petit matin paraissait vouloir les envelopper. La brume s'échappait de sous les branches basses des sapins et bouillonnait vers la route. Hélène avait elle aussi l'impression de flotter, comme si son corps ne lui appartenait plus complètement. Elle cherchait comment qualifier la nuit qu'elle venait de passer. Mémorable ? Sans aucun doute. Surprenante, à plusieurs points de vue. Et cette sensualité à fleur de peau, d'où lui était-elle venue ? Qui aurait cru que le formidable capitaine Pra Dan Yelvalsar… deviendrait son amant ? Peut-être aussi que, malheureusement, cette nuit serait unique, comme le jour de la Fécondité, car l'avenir de cette relation serait bien compliqué. Du tabou des relations interraciales à la menace de conflit international qui planait, les obstacles s'accumulaient autour d'eux. Hélène n'était certaine que d'une chose : au plus profond d'elle-même, elle n'avait aucun regret.

— Merci, Danyel. Je n'oublierai jamais ce jour de la Fécondité.

— Moi non plus. Même s'il ne s'est pas déroulé exactement dans les règles.

— Comment cela ?

— Mes ancêtres ont dû se marteler la tête en me voyant enfiler un condom.

Hélène gloussa.

— La version moderne pour un Scynao moderne ? proposa-t-elle.

Il lui lança un rapide coup d'œil. Ces mots d'esprit évoquaient si bien ses propres rêves. Il s'arrêta derrière un bosquet d'arbres qui dissimulait la voiture aux maisons voisines.

— Je te laisse ici pour que personne ne voie qui te ramène.

Ces cachotteries voilèrent un peu la joie d'Hélène, mais elle comprenait qu'elles étaient une nécessité. Une relation entre eux serait très mal vue par la majorité des Naotiens, et certainement par Mari. En outre, elle pourrait avoir des conséquences désastreuses pour la carrière du militaire. Hélène se tourna vers lui. Il passa la main sur la nuque de son amante, saisit une poignée de ses cheveux et l'attira vers lui pour lui donner un dernier baiser. La chaleur de ses lèvres alla droit au cœur d'Hélène. Elle sortit de la voiture et marcha lentement vers la maison. Le silence qui l'accueillit à l'intérieur la rassura, et elle se rendit directement à sa chambre.

Dans son lit, Mari sourit. Elle se rappelait les fêtes de sa jeunesse. Le docteur canadien pouvait bien lever le nez sur leurs traditions, ça ne l'empêchait pas d'en profiter, en tout cas.

Lehla lui tournait le dos dans le lit. Elle avait le cœur gros, rempli de doutes, de désirs et de regrets informulés. Elle se consolait en pensant que, au moins, son frère et Hélène avaient trouvé un peu de bonheur.

Quand Hélène se présenta au travail, Laurent Saint-Germain était au téléphone sur sa ligne personnelle. À son air sérieux et à ses réponses courtes, elle eut le pressentiment que de nouveaux ennuis se préparaient. Elle passa quelques coups de fil pour assurer le suivi de deux projets pilotes au nord, où Homo Sum testait un système compact de filtration de l'eau. Les résultats paraissaient encourageants, surtout que ces villages de montagne difficiles d'accès étaient peu populeux. Leur fournir de l'eau potable sur une longue période aurait représenté un véritable casse-tête. Homo Sum avait fait la différence là-bas, et Hélène en était fière.

Son téléphone sonna.

— Hélène ?

— Bonjour, Maxim ! Comment allez-vous ?

— Ça pourrait aller mieux, grommela-t-il.

Il aimait bien Hélène et s'efforçait d'être affable avec elle. Il se reprit.

— Et vous, ça va ?

— Oui, merci. Un peu fatiguée à cause du surcroît de travail et de... tout le reste.

Ayant épuisé sa réserve de civilités, Maxim se racla la gorge.

— Hélène, j'essaie de joindre Saint-Germain depuis une heure et je tombe toujours sur sa boîte vocale. Savez-vous où je peux le trouver ?

— Il est ici, mais il est sur une autre ligne. Puis-je lui transmettre un message ?

— Écoutez, Hélène, c'est très important.

Maxim soupira, puis ajouta :

— S'il est au téléphone depuis une heure, il est déjà au courant. Et vous ?

— Au courant de quoi ? Je viens juste d'arriver.

— Le Congrès des sages. Ils ont officiellement sommé le Gasbakstan de cesser la pollution et de payer pour la décontamination.

— Déjà ? Ils n'ont pas perdu de temps.

— Ils savent qu'ils ont un équilibre précaire à préserver avec ce voisin-là. Je crois qu'ils comptent aussi sur le fait que les États-Unis ont une base militaire et des intérêts commerciaux au Gasbakstan ; ils espèrent que les Américains vont débloquer des fonds pour couvrir les coûts et fournir du matériel.

— Le Gasbakstan n'en aura pas les moyens par lui-même, c'est certain. Mais son économie est presque entièrement fondée sur la transformation de matériaux industriels. Comment pourrait-il « cesser la pollution » ?

— Il ne le pourra pas. Ça plongerait le pays dans la faillite à très brève échéance.

— Maxim, c'est très sérieux tout ça. Quand le Congrès veut-il une réponse ?

— D'ici deux semaines.

— Et après ?

— Le Congrès ne nous a pas communiqué ce qui arriverait après. Il y a trop de scénarios envisageables. Je serais très surpris qu'ils en restent là. Le lac Baïkun est le joyau du Scynao, ils doivent à tout prix le protéger.

— Et en attendant ?

— HEEI entreprend la première phase de son protocole de retrait. Homo Sum devrait l'imiter, à mon avis.

— Monsieur Saint-Germain m'a parlé de cette possibilité. Mais ça me paraît encore bien hypothétique, et nous pouvons aider le Scynao à passer à travers la crise.

— Les choses pourraient se gâter très vite, ça ne coûte rien d'être préparé.

— Vous avez raison, Maxim. J'en parle à monsieur Saint-Germain dès qu'il se libère. Y a-t-il autre chose ?

— Non. À plus tard.

Hélène raccrocha et vit que son patron avait déjà terminé son appel et la questionnait du regard.

— C'était Maxim Leclerc. Le Congrès des sages a lancé un ultimatum au Gasbakstan.

— Oui. Tout ça va mal finir.

— C'est aussi l'avis de Maxim. Il croit que nous devrions nous préparer à partir.

— Éventuellement, oui, pas tout de suite. Nous devons nous assurer que notre plan d'évacuation est toujours viable, mais pour le moment, on reste. On vient de me contacter pour un nouveau mandat qui prend préséance. Le Scynao a demandé l'aide humanitaire de l'ONU. Le Canada a accepté d'envoyer une première vague de six cents Casques bleus.

— Quel sera leur rôle ?

— Nous en saurons plus dans deux semaines, selon la réponse du Gasbakstan. Ce n'est pas le travail qui manque. Les routes, l'eau contaminée, les soins médicaux, et j'en passe. Peu importe. Au bout du compte, les Casques bleus n'auront peut-être pas le choix et devront consacrer toutes leurs ressources à la frontière naotienne.

— Vous croyez que le Gasbakstan pourrait riposter ?

— Je crois que les Gasbaks vont tenter la voie diplomatique d'abord. Mais rappelez-vous que la diplomatie n'a jamais eu une grande place dans l'histoire de ce bout de continent. Il ne faut pas se faire d'illusions…

— Bon. Les Casques bleus vont débarquer. Comment cela va-t-il nous affecter ? Devrons-nous modifier nos projets, nos procédures ?

— En réalité, vous n'aurez essentiellement affaire qu'à un agent du SCRS…

— Le SCRS ?

— Le Service canadien du renseignement de sécurité. Le Canada nous enverra cet agent, une agente, pour être exact, d'ici une semaine. Sa tâche principale sera de repérer les menaces et de colmater les brèches dans la sécurité autour du projet hydroélectrique. Elle s'appelle Alexandra O'Neal. Elle est très compétente. Je crois que vous vous entendrez bien.

— Est-ce que je dois prendre des arrangements avec elle ?

— Non. Elle fait les choses à sa manière. C'est elle qui vous contactera. Mais elle voudra sûrement savoir précisément où sont postés nos membres.

— Je vais lui imprimer une carte à jour. J'appellerai aussi…

La sonnerie de téléphone l'interrompit. Hélène, agacée, voulait terminer son entretien avec son patron, mais il lui intima de répondre. Les cas d'urgence allaient se multiplier.

— Homo Sum. Ici Hélène Cournoyer.

— Bonjour, Hélène, c'est Michel.

— Docteur Moreau !

Les sourcils de Saint-Germain s'arquèrent. Hélène repoussa une mèche de cheveux derrière son oreille.

— Je n'ai vraiment pas le temps ce matin.

— Hélène, écoute-moi, ça n'a rien à voir avec hier. J'essaie de joindre le capitaine Pra Dan. Est-ce qu'il pourrait encore être chez sa mère ?

— Ça m'étonnerait. Il n'y passe que quelques heures après le travail. Je ne l'ai pas vu ce matin.

« Pas depuis le lever du soleil », précisa-t-elle intérieurement.

— Qu'est-ce qui se passe ?

— Sou vient de m'amener Rany, le filleul de Pra Dan. Il est au plus mal. Elle est hystérique. HEEI dit que son mari travaille dans un coin perdu et n'est pas joignable. Il faut absolument que Rany aille à l'hôpital au plus vite et moi, je suis pris ici : ma salle d'attente est bondée.

— Je donne quelques coups de téléphone et je vous rappelle. Dites à Sou de ne pas s'inquiéter. Je vais trouver un moyen de transport.

Hélène raccrocha, son esprit déjà accaparé par les démarches à tenter. Saint-Germain était passé de l'amusement ironique à l'attention soucieuse en voyant l'inquiétude d'Hélène.

— Un problème ?

— C'est le petit Rany, ce bébé malade dont je vous ai parlé. Le docteur Moreau dit qu'il doit être transporté d'urgence à l'hôpital. Mais le père est en reconnaissance en forêt pour HEEI et ne peut pas être joint. Le capitaine Pra Dan est son parrain et le docteur se demandait s'il pourrait s'occuper de son transport.

Saint-Germain secoua la tête.

— J'en doute. D'après moi, Pra Dan a du travail par-dessus la tête aujourd'hui, avec les médias et les militaires qui arrivent. Rappelez HEEI. Expliquez-leur la situation. Le père est sous leur responsabilité, après tout, et ils ont plus de véhicules à leur disposition que nous. Si ça ne donne rien, alors voyez avec nos propres services.

L'appel à HEEI fut plutôt décourageant. À cause de la phase initiale de retrait, ses employés étaient en pleine réorganisation sur le terrain : il fallait protéger les barrages et terminer au plus vite certains accès routiers. Aucun véhicule n'était disponible, mais on la tiendrait au courant. Ils confirmèrent aussi qu'il leur était impossible de contacter Gan Noc pour le moment. Même le radiotéléphone était inutilisable à cet endroit, encaissé trop profondément dans les montagnes.

Elle n'eut pas plus de succès auprès des transporteurs d'Homo Sum. Même les camionneurs privés qu'ils employaient occasionnellement avaient tous été réquisitionnés. Le message était clair : le sort d'un seul bébé ne pesait pas suffisamment lourd, dans les circonstances, pour justifier qu'on lui consacre autant de ressources. Finalement, quelques minutes plus tard, HEEI la rappela pour lui dire qu'un de ses camions partait pour la capitale dans une demi-heure et qu'il y restait de la place à son bord pour Rany et un accompagnateur. Mais il faudrait qu'elle se charge d'amener Rany de Tich à Aldjanin. Hélène rappela Moreau pour lui demander s'il pouvait se charger de ce transfert. Il lui répondit que ce serait très difficile pour lui avec tous les gens, effrayés par les dernières nouvelles, qui ne cessaient d'affluer à sa clinique. De plus, une pluie abondante venait de commencer et rendrait les routes hasardeuses : il ne pouvait tout simplement pas se permettre d'abandonner ses patients pour une longue période. Plusieurs, comme Rany, étaient réellement mal en point.

Hélène essaya de joindre le bureau de police, mais en vain. Elle s'apprêtait, en dernier recours, à contacter l'agence de presse pour voir si, en échange d'une histoire humanitaire, un journaliste accepterait de transporter l'enfant, lorsqu'une Occidentale, grande et mince, entra dans la roulotte après avoir frappé sèchement à la porte.

La nouvelle venue balaya le bureau du regard, puis toisa Hélène de ses yeux gris pénétrants. Hélène lui parut stressée, mais en contrôle. Elle tourna la tête vers Saint-Germain, assis à l'autre bureau. En discussion au téléphone, il était dans le même état que son adjointe, jugea-t-elle, mais le cachait beaucoup mieux. Il la salua de la tête et lui fit signe d'approcher.

— Puis-je vous aider ? demanda Hélène.

Cette femme dans la trentaine devait avoir l'habitude de travailler sur le terrain, car bien qu'Hélène ne la reconnaisse pas, Saint-Germain paraissait savoir qui elle était. Elle portait un anorak rouge ouvert sur un t-shirt blanc moulant, un jeans étroit et des bottes de randonnée. Ses cheveux noirs, qu'elle portait très court, encadraient un visage pâle aux traits délicats. Un sourire, et Hélène l'aurait décrite comme une femme d'une grande beauté, mais à cause de son air impassible et circonspect, « formidable » lui convenait mieux.

— Alex O'Neal, agent spécial au SCRS.

— Bonjour, je suis Hélène Cournoyer, l'adjointe de monsieur Saint-Germain. On nous avait prévenus de votre arrivée prochaine, lui dit-elle en lui serrant la main. Nous ne vous attendions pas si tôt.

— Je n'entre officiellement en fonction qu'à la fin de la semaine.

— Est-ce votre première visite au Scynao ?

— Non, je connais bien le pays. Mais cette fois-ci, ma mission est différente.

— Oui, soupira Hélène, tout s'est passé très vite.

Retournant à sa préoccupation pressante, elle porta la main à son front en essayant de se rappeler le nom du journaliste québécois qui s'était présenté la veille.

— Un problème ?

— J'essaie d'organiser le transport d'urgence d'un enfant malade, de Tich à Aldjanin, mais dans les circonstances, c'est très difficile. Je suis presque à court d'options.

— Je croyais qu'Homo Sum ne s'occupait pas d'urgences médicales ?

— C'est le fils d'un ingénieur de HEEI. C'est à charge de revanche.

— Je comprends. Je suis disponible.

— Vous ? Mais vous venez d'arriver ! Vous êtes certaine de vouloir vous impliquer ?

— Oui. C'est pour quand ?

— Le plus tôt possible. J'ai un transport d'Aldjanin pour l'hôpital de la capitale dans vingt-cinq minutes. Vous n'auriez qu'à aller chercher le bébé et sa mère à la clinique de Tich, un petit village au nord d'ici.

— Je connais. Ça ne me laisse pas beaucoup de temps. Vous ne pouvez pas retarder votre transport ?

— Ce n'est pas un des nôtres, c'est un camion de HEEI et ils sont débordés, paraît-il. Il semble que ce soit un miracle d'avoir cette possibilité, à les entendre.

Alex O'Neal opina de la tête sans rien ajouter.

Saint-Germain termina son appel et se dirigea vers elle, les bras ouverts. Au grand étonnement d'Hélène, il lui prit les épaules et les tapota plusieurs fois. Alex ne lui retourna pas l'accolade, mais lui sourit.

— O'Neal ! Quel plaisir de vous revoir ! s'écria-t-il en s'écartant un peu d'elle pour mieux l'observer.

— Pour moi aussi, monsieur.

— Qu'est-ce que vous devenez ? Vous avez fait la connaissance d'Hélène ? Une perle rare ! Je ne sais pas ce que je deviendrais sans elle.

— J'étais en formation à Alert à me geler les pieds, et j'ai sauté sur l'offre de venir plus tôt.

Elle montra Hélène du menton.

— Je pourrais l'aider pour son problème de transport.

— Vrai ?

— Tich n'est pas loin, et je suis là pour me faire une idée de toute façon. Je joindrai l'utile à l'utile, expliqua Alex en haussant les épaules.

— Parfait. Mais soyez prudente sur les routes, il y a beaucoup d'érosion à cause des fortes pluies.

— Les coordonnées ? jeta Alex à Hélène.

Celle-ci fut un peu rebutée par le ton de l'agent du SCRS, mais n'allait pas s'en formaliser. Elle lui permettait de régler très rapidement une situation qui lui tenait à cœur. Hélène lui écrivit le chemin à suivre pour la clinique, et Alex les quitta en les saluant de la tête.

— Elle n'a pas changé une miette, remarqua Saint-Germain en hochant la tête.

— Vous vous connaissez de longue date ? s'enquit Hélène.

— Ça remonte à une dizaine d'années. Ne vous laissez pas berner par son attitude un peu brusque. Vous vous entendrez bien, toutes les deux, affirma-t-il. Avec son expérience au Scynao, elle sera un atout majeur dans notre jeu si les choses s'enveniment.

Hélène était loin d'en être convaincue, mais était trop heureuse de s'en tirer à si bon compte. Elle rappela Moreau pour lui annoncer que le transport était en route.

Quand Moreau vit entrer Alex O'Neal près de quinze minutes plus tard, il crut qu'il était mort et avait été expédié au purgatoire, car seule une vengeance divine impitoyable pouvait être à l'origine de l'apparition de cet ange à la beauté infernale, alors qu'il devait la renvoyer aussitôt avec Rany et que son bureau était bondé. Sa conscience s'échauffait et tous ses instincts de mâle étaient au garde-à-vous. Il expliqua à Sou ce qu'elle devait surveiller pendant le voyage. Il s'évertuait à impressionner l'agent O'Neal par son professionnalisme, tout en cherchant frénétiquement ce qu'il pourrait tenter comme manœuvre pour la revoir. Ce n'était pas simple ! Sou était un peu calmée, mais son angoisse à fleur de peau commençait à lui porter sur les nerfs. La vérité, c'est qu'il avait peu d'espoir pour Rany, et que son temps serait mieux employé à aider les autres patients de sa salle d'attente, moins gravement malades, mais qu'il pouvait soulager.

— Avez-vous dîné ? demanda-t-il à Alex.

— Je ne dîne pas, mentit-elle.

— Souper, alors ? J'ai deux beaux magrets de canard, ma cuisinière va les préparer selon une recette secrète. Laissez-moi vous remercier de ce que vous faites pour Rany avec un petit repas tout simple, mais délicieux, je vous le garantis.

Alex le toisa quelques secondes, puis guida Sou et Rany vers sa voiture en réfléchissant. Ce docteur avait une perspective unique : employé de HEEI, il traitait à la fois le personnel et les habitants de la région. Et puis, il fallait bien qu'elle mange, et il serait toujours temps d'avaler du curry aux anchois, pensa-t-elle en réprimant une grimace.

— Dix-neuf heures ?

— Parfait !

Moreau ne pouvait croire sa chance : il travaillerait comme un forcené pour être à l'heure. Il devrait expédier plusieurs cas, mais il avait déjà hâte à la soirée.

Que la journée finisse ! Hélène n'avait pas d'autre souhait. La nuit précédente — mémorable ! — avait été bien courte. De plus, comme Alex O'Neal était déjà arrivée, Hélène avait mis les bouchées doubles pour mettre à jour les données sur tous les membres du personnel et écrire un résumé de leurs opérations. Frannie Wilcox tapait tout cela sur l'ordinateur avec efficacité, et Hélène l'en remercia chaleureusement.

On frappa à la porte et elle leva les yeux des épreuves finales qu'elle vérifiait. Alex O'Neal passa la tête par l'entrebâillement.

— Vous avez une minute ? demanda-t-elle.

— Bien sûr, entrez ! Merci encore pour le coup de main de ce matin. Vous êtes apparue juste au bon moment, alors que j'avais épuisé presque toutes mes ressources. Ce que vous avez fait, c'était très important pour moi. Je ne l'oublierai pas.

— Je voulais justement savoir… Comment va le bébé ?

Hélène s'approcha d'elle, sans lui cacher son inquiétude.

— Pas de nouvelles. L'hôpital refuse de nous informer de quoi que ce soit, sauf qu'il a été admis en pédiatrie. J'ai laissé plusieurs messages chez HEEI pour le père, mais là non plus, rien de nouveau.

— Bien. Merci.

Alex allait refermer la porte quand Hélène la rappela.

— Madame O'Neal ! Ne partez pas !

— Agent. Agent O'Neal, ou O'Neal. Par pitié.

— Agent O'Neal, excusez-moi. Nous avons presque fini le rapport de situation d'Homo Sum. Frannie est à compléter les cartes topographiques. Si vous nous donnez quinze ou vingt minutes, vous pourrez le consulter dès ce soir.

— J'ai déjà quelque chose de prévu ce soir. Vous avez l'air crevée. Allez vous reposer. Je passerai le chercher demain.

Frannie arrêta de taper et questionna Hélène du regard.

— Bon, Frannie, ça suffit pour aujourd'hui, concéda Hélène. Il faut nous garder un peu d'énergie pour le reste de la semaine.

— Et un peu de travail aussi ! blagua Frannie en sauve-gardant son document.

— Ma logeuse en saura peut-être plus à propos du bébé, dit Hélène à Alex. Mari garde Rany et sa sœur à la petite école en temps normal. Le fils de Mari, le capitaine Pra Dan, est le parrain du petit. Nous pourrions aller la voir, ce n'est pas loin.

Alex consulta sa montre ; elle avait encore un peu de temps devant elle. Elle acquiesça.

Frannie quitta rapidement les lieux, pressée de retrouver le calme de la petite roulotte qu'elle partageait avec une autre secrétaire.

Hélène mit un peu d'ordre dans ses papiers, enfila un manteau léger et ferma la porte à clé derrière Alex. Mari venait à leur rencontre. Hélène se chargea des présentations et expliqua à Mari le rôle d'Alex dans le transport de Rany.

— Avez-vous eu des nouvelles depuis ? Je m'inquiète pour lui, avoua Mari.

— Moi aussi, Mari. Je disais justement à l'agent O'Neal que l'hôpital se refuse à tout commentaire, sauf aux proches ; je n'ai rien pu apprendre. J'espérais que vous en sauriez davantage.

— Je n'ai eu aucune nouvelle depuis que vous êtes venue m'apprendre qu'il avait été transporté d'urgence.

— Si ça peut vous rassurer, je demande au docteur Moreau, intervint Alex.

— Comment cela ?

— Je dois le voir ce soir, il m'a invitée à souper.

— À souper ? répéta Hélène, surprise.

Mari, scandalisée, avait les yeux ronds. Si tôt après le jour de la Fécondité, le docteur invitait déjà une autre femme ?

— Rien de spécial. Du canard, mais…

Mari secoua la tête en faisant la moue. Du canard, en plus ! Elle ne pouvait s'expliquer la conduite volage des jeunes hommes d'aujourd'hui.

Hélène étouffa un rire et se mit à tousser. Décidément, ce docteur ne manquait pas une occasion de séduire une femme par son estomac, pensa-t-elle, ne fût-ce qu'avec des restes ! Alex la considéra d'un air sérieux.

— Ça va ? demanda-t-elle lorsque Hélène eut repris son souffle.

— Oui, merci. Je crois que j'ai… avalé une mouche. Le docteur est plutôt bel homme.

— J'ai dit oui au canard. Point.

Mari croyait avoir deviné la raison du trouble d'Hélène, et elle lui tapotait le bras pour lui exprimer sa sympathie. Hélène aperçut alors la voiture de Pra Dan et agita les bras pour attirer son attention. Mais c'était inutile car, de toute évidence, il se dirigeait vers elles. La voiture s'arrêta à leur côté. Pra Dan descendit, sans couper le moteur, les salua, puis se présenta à Alex.

— Alexandra O'Neal, agent spécial du SCRS. J'ai été invitée par les forces armées de l'ONU, dit-elle.

— Je vous dépose quelque part ?

— Merci, j'ai ma voiture et je suis attendue.

— À demain ! lui lança Hélène, tandis qu'elle s'éloignait déjà.

Alex lui fit un signe de la main sans se retourner.

Pra Dan aida sa mère à s'asseoir à l'avant de son véhicule, puis il ouvrit la portière arrière pour Hélène. Mari fulminait encore. Elle était convaincue que la pauvre Hélène avait failli montrer sa déception tant elle avait été bouleversée.

— Que se passe-t-il, mère ? Tu parais troublée, nota Pra Dan.

— C'est Rany, mentit-elle pour sauver Hélène de l'embarras.

— Son état s'est-il aggravé ?

— Oh ! Yelvat ! Rany a dû être hospitalisé de nouveau ! L'agent O'Neal nous a aidés à le transporter à l'hôpital ce matin. Sou est avec lui.

— Nous avons eu une rencontre préparatoire en prévision de l'arrivée de l'ONU, expliqua-t-il, je n'en ai rien su. Comment va Rany maintenant ?

— Nous l'ignorons, lui répondit sa mère.

— Le docteur Moreau me tiendra au courant, affirma Pra Dan.

Renfrognée, Mari expira bruyamment.

— Je n'ai pas trop confiance en cet homme, grommela-t-elle.

— Je croyais que tu admirais son travail auprès des petits de l'école ! s'étonna Pra Dan.

— Oui, mais depuis, il a perdu ma confiance, s'entêta Mari.

Sur la banquette arrière, Hélène évita de se mêler à la conversation. Pra Dan lui jeta un coup d'œil dans le rétroviseur, mais Hélène ignorait sincèrement les raisons du comportement de Mari. Le docteur avait remué ciel et terre pour le bébé.

Pra Dan conduisit un moment en silence avant de reprendre :

— Je lui fais confiance pour les questions d'ordre médical.

Mari hocha la tête plusieurs fois, consciencieusement. Pra Dan jeta un autre coup d'œil à Hélène qui sentit le rose lui monter aux joues. Elle remarqua le jeu d'un muscle sur sa mâchoire crispée par la jalousie. Hélène détourna la tête vers la fenêtre pour lui cacher son sourire.

Moreau était un hôte amusant, attentionné. Il avait allumé une dizaine de chandelles pour rendre la salle à manger plus attrayante.

Par contre, « le silence est d'or » était un proverbe dont il ignorait le sens. Il aimait communiquer. C'était tant mieux pour Alex, qui avait ainsi l'occasion d'en apprendre plus qu'elle ne l'aurait jamais espéré sur les maladies qui frappaient la communauté de Tich et des environs. Elle se concentra sur le magret de canard rôti qui, à tout le moins, était vraiment délicieux, et ignora le docteur tandis qu'elle faisait le point sur ce qu'elle avait appris durant les dernières heures.

La situation était sérieuse ici, beaucoup plus qu'à Aldjanin. Toutes les couches de la population étaient affectées. Le plus déchirant étant de voir les bébés tomber gravement malades les uns après les autres. L'allaitement, qui aurait pu sauver les nourrissons en d'autres circonstances, ne pouvait ici qu'empirer les choses en concentrant les toxines. Les jeunes mères, comme Sou, avec qui elle avait pu discuter durant le transport de Rany vers Aldjanin, étaient dépassées, blessées dans leur rôle de mère, hantées par la culpabilité d'avoir empoisonné l'enfant à qui elles avaient pourtant donné la vie. Les communautés tissées plus serré mettaient en commun les bouteilles d'eau potable, les systèmes de filtration et les efforts d'assainissement de l'environnement. Mais, çà et là, les tempéraments s'échauffaient et des escarmouches éclataient. Les pères, les hommes chargés d'une famille élargie, exprimaient leur colère nourrie par le désarroi de n'avoir pas su protéger les leurs. Le personnel de HEEI mettait les bouchées doubles pour terminer le projet Terre et Eau, mais la fatigue commençait à se faire sentir. Le docteur s'était jusque-là refusé à leur fournir autre chose que des vitamines et des suppléments alimentaires pour maintenir leur niveau d'énergie, ou des somnifères pour les aider à dormir lorsque le stress les affectait trop. Devant l'urgence de la situation, plusieurs s'adressaient à lui pour obtenir une forme d'aide plus musclée.

Ici, le docteur s'était interrompu brusquement avec un sourire gêné. Tiraillé entre les exigences de la direction de HEEI, l'importance de l'enjeu et son serment d'Hippocrate, il hésitait à avouer à un agent quels médicaments il était allé jusqu'à prescrire. Pour couvrir l'embarras de Moreau, Alex avait fait tomber l'étui qui lui servait de sac à main et s'était penchée pour le ramasser. Le crétin risquait la prison à perpétuité s'il se faisait prendre à vendre de la drogue au Scynao. Mais elle ne voulait pas qu'il se sente mal à l'aise et se referme. Selon son expérience, les militaires avaient souvent recours à des béquilles chimiques en période critique. Elle-même s'y était toujours refusée. Ces pratiques douteuses n'étaient pas du ressort d'Alex, et elle ne souhaitait pas donner suite aux révélations de Moreau. Enfin, pas tant que l'intégrité des barrages était maintenue. HEEI espérait sans doute qu'en mettant en marche la centrale hydroélectrique au plus vite, le mécontentement de la population s'apaiserait et la stabilité du pays en serait raffermie. Ça restait à voir mais, d'après les renseignements qu'Alex avait glanés jusqu'à présent, c'était certainement l'hypothèse la plus plausible actuellement : les travaux étaient presque terminés.

— Encore du vin ? proposa Moreau en lorgnant ses jambes.

Alex suivit son regard. La jupe étroite en denim qu'elle portait s'arrêtait juste en haut du genou. À le voir saliver, elle en conclut que le docteur paraissait en sérieux manque de sexe. Alex haussa le sourcil quand il la regarda finalement dans les yeux.

— Oh ! Votre croupe… votre coupe est encore pleine ! s'exclama Moreau avec un rire balourd. Vous préféreriez peut-être un autre alcool ?

— Essayez-vous de me soûler ?

— Non ! Voyons ! Jamais ! Je ne…

— Je ne bois jamais plus d'une coupe. Tout comme vous, je peux être appelée pour une urgence n'importe quand, et j'aurais alors besoin de toutes mes facultés.

Le docteur, qui se versait son quatrième verre, admit sans sourciller que, pour lui aussi, c'était une grande préoccupation.

— Cependant, il faut parfois relâcher la pression, dit-il, sinon on risque de craquer au pire moment, au moment précis où la vie d'une personne peut dépendre de notre prochaine décision, de notre prochain geste !

Alex rattrapa prestement le vase de fleurs que Moreau avait failli renverser dans son élan. Elle décida, avec regret, qu'elle devrait renoncer au dessert et partir : dans son état, le bon docteur ne lui serait plus d'une grande utilité, et elle avait encore beaucoup à faire.

— Vous avez parfaitement raison, docteur. Je sais que vous comprendrez si je vous dis que le travail m'appelle.

— Mais… le dessert…

— Oui, oui. C'est bien dommage, soupira Alex, réellement déçue.

— J'avais encore tant de choses à vous dire !

Alex gloussa en ramassant ses affaires.

— Ça, je n'en doute pas. En passant, avez-vous eu des nouvelles du bébé Rany ?

— Il est aux soins intensifs. Sans vous, il serait certainement mort à l'heure actuelle.

Moreau eut une nouvelle inspiration.

— Je ne pourrai jamais vous remercier assez pour ce que vous avez fait. Que diriez-vous d'un autre souper ?

Alex mit son manteau et glissa son étui dans sa poche.

— Vous n'êtes pas très bavarde, nota enfin Moreau.

— C'est vrai. D'un autre côté, commenta Alex en lui tendant la main, si je l'étais, vous n'auriez pas eu autant de plaisir à vous écouter parler.

Son hôte ouvrit la bouche, aucun son n'en sortit. Alex lui saisit la main, la secoua, puis referma la porte derrière elle.

Le docteur lâcha un long soupir. La plus belle femme qu'il avait jamais vue lui avait serré la main. Pathétique, mais hé! pas de panique! Ce n'était qu'un début…

Alex passa voir Hélène au travail le lendemain à la première heure. Elle portait encore un jeans, mais avec un t-shirt noir. Elle hocha la tête en réponse au bonjour d'Hélène. Elle balaya du regard la pièce : Saint-Germain était absent.

— Voici le rapport de situation d'Homo Sum, lui dit Hélène.

— Merci. J'ai eu des nouvelles de Rany.

— Oui ?

— Il était aux soins intensifs hier. Le docteur m'a laissé entendre qu'il pourrait ne pas s'en tirer.

— Oh !

Alex eut l'impression qu'Hélène se dégonflait sous ses yeux, comme si c'était l'espoir qui, une minute auparavant, lui avait donné forme.

— Je suis désolée. Vous le connaissez bien ?

— Non… mais il est si beau… si fragile, ajouta Hélène avec un triste sourire. Et je sais que ce serait un coup terrible pour la famille.

— C'est le premier fils, convint Alex. Et le père ?

— J'ai laissé plusieurs messages hier, mais on ne m'a pas rappelée. S'il fallait que Rany meure sans que son père ait été prévenu…

Elle secoua la tête.

— Peut-être que HEEI n'a pas saisi l'urgence de son cas. Je devrais les rappeler, poursuivit-elle.

— Les gens de HEEI ont compris ce qui se passe. Mais ça ne pèse pas lourd dans le contexte global, affirma Alex. Tenez-moi au courant.

Elle allait fermer la porte, mais une chose l'intriguait encore. Elle se ravisa et passa la tête par l'ouverture.

— Vous avez mangé du canard récemment?

— Très, répondit Hélène, énigmatique.

— Très récemment? voulut clarifier Alex.

— Oui.

— Mmm.

Dans la semaine qui suivit, le plan d'évacuation pour Homo Sum fut réévalué et certains correctifs devaient être approuvés. Depuis le jour de la Fécondité, Hélène n'avait revu Pra Dan que brièvement. Il n'avait pas eu une minute pour poursuivre la construction de la salle de toilette. Quand Hélène se couchait le soir, toutes sortes d'émotions contradictoires l'envahissaient malgré elle. Avait-il des regrets maintenant d'avoir fait l'amour avec elle, une étrangère? Devrait-elle agir désormais comme si cette merveilleuse nuit passée avec lui ne devait jamais avoir de suite? Comme s'il ne s'agissait que d'une aventure d'un soir entre deux adultes consentants? Elle détestait cette incertitude qui la poussait à douter de ses propres sentiments. Pourtant, elle n'arrêtait pas de penser à lui: son calme, sa force tranquille lui manquaient. Elle découvrait combien sa présence avait un effet apaisant sur elle. Malgré l'amitié qu'elle éprouvait pour Mari et Lehla, elle résistait à l'envie de partager ses soucis avec elles, de peur d'accroître leur anxiété. Ainsi, le jour, elle arrivait presque à oublier Pra Dan, mais la nuit, il s'emparait de ses rêves. Sans cesse, elle revivait cette nuit d'amour unique. Sans cesse, elle se revoyait en train de caresser du bout des doigts le contour de ses muscles, de goûter sa peau cuivrée, et elle finissait toujours par se réveiller, sa faim inassouvie, le cœur battant, le souffle court.

Quand Pra Dan entra dans la roulotte d'Homo Sum, un après-midi, elle interrompit sa discussion avec Frannie et Saint-Germain, ravie de sa visite. Son sursaut de joie se mua tout de suite en inquiétude. Pra Dan la regardait avec un sérieux qui l'aurait laissée perplexe au début de leur relation. Elle l'aurait cru froid et distant. Maintenant, des signes plus subtils retenaient son attention : le torse moins bombé, la tête moins droite, le regard plus fuyant. Par-delà son air impassible, elle devina une grande tristesse. Elle s'approcha de lui, silencieusement, sans le quitter des yeux, puis posa la main sur son bras.

Pra Dan s'attarda à la main longue et délicate, étonné que son cœur puisse encore s'animer à ce simple contact.

— Rany est mort ce matin, annonça-t-il d'une voix éteinte qu'elle seule put entendre.

Ne sachant comment lui témoigner autrement sa compassion, elle l'enlaça et posa la tête sur sa poitrine. Elle sentait sa rigidité, mais elle perçut derrière son immobilité la stupeur qui le paralysait. Toute la journée, il avait mis sa douleur en sourdine jusqu'à ce qu'il puisse s'accorder un moment de répit pour l'accepter et tenter de la surmonter. Après un moment, Pra Dan mit ses bras autour d'Hélène. Sa main chercha sa nuque et se glissa sous le foulard pour sentir la douceur de ses cheveux. Hélène relâcha son souffle et pleura doucement pour le bébé trop fragile et pour sa pauvre famille. Et, à travers elle, il pleura aussi.

Laurent Saint-Germain, qui contemplait la scène, en déduisit que le filleul du capitaine n'avait pas survécu. Les liens familiaux étaient très importants au Scynao, et la mort d'un enfant, particulièrement le fils aîné, frappait toujours durement. Il expliqua à voix basse à Frannie de quoi il retournait, puis offrit au capitaine ses condoléances. Il évita tout commentaire sur ce dont il venait d'être témoin entre le militaire et son adjointe. Saint-Germain savait pouvoir compter sur la discrétion de Frannie.

L'annonce de la mort de Rany avait jeté un voile de tristesse sur la maisonnée des Pra Dan. Hélène, Lehla et Mari s'étaient déjà attablées devant un bol de soupe au chou et au riz parfumée aux anchois et au citron lorsque le capitaine arriva, accompagné d'Alex. Comme le voulait la coutume, on ajouta deux couverts, et les invités furent accueillis avec empressement. Leur présence allégeait un peu l'atmosphère. En cette morne soirée, tout répit était bienvenu. Au début, Mari se montra un peu distante avec la militaire, car elle lui reprochait secrètement d'avoir détourné d'Hélène l'affection du docteur. Mais la simplicité et l'attitude franche et directe d'Alex l'amadouèrent bientôt. Et comment oublier ce qu'elle avait fait pour le petit Rany, elle qui ne le connaissait même pas ? Dans l'esprit de Mari, la question fut réglée ce soir-là : ce médecin était un coureur de jupons et Hélène en était bien débarrassée. Elle aurait aimé pouvoir, elle aussi, servir du canard, mais elle n'était pas peu fière de son curry de poulet, épicé à point.

Alex avait la larme à l'œil tant le curry lui brûlait la bouche. En voyant ses joues rougies, Hélène lui passa le bol de riz et Alex se servit avec un sourire reconnaissant. Ils attaquaient la salade quand Gan Noc arriva en trombe dans la maison. Alex, qui faisait face à l'entrée, porta subrepticement la main à sa hanche, et Hélène remarqua avec stupeur qu'elle portait un pistolet sous son blouson.

Pra Dan se tourna vers la porte et observa son ami. Les émotions se bousculaient sur son visage défait. Tout son corps était agité de soubresauts que la colère, la peine et la douleur alimentaient tour à tour. La violence à peine contenue de Gan Noc mit le militaire sur le qui-vive, mais il n'en laissa rien paraître.

Mari se leva et voulut prendre la main de Gan Noc pour le mener vers la table, mais, dans un geste d'une impolitesse sans précédent, il repoussa brutalement sa main et gifla accidentellement son hôtesse. Loin de s'en excuser, il s'approcha de la table. Pra Dan se leva lentement, avec la grâce d'un fauve aux aguets. Lehla alla serrer sa mère dans ses bras, puis elle la guida vers le comptoir de la cuisine. Elle appliqua une serviette humide sur la joue de Mari, qui pleurait sans bruit.

Un lourd silence tomba sur le groupe, comme si le couvercle d'une tombe s'était refermé sur eux. Gan Noc les observa tour à tour, puis fixa son attention sur Hélène.

— Mon fils est mort, annonça-t-il d'une voix brisée.

— Je sais, commença Hélène, je suis sincèrement désolée...

— Désolée ! Mon fils est mort, et c'est une secrétaire de HEEI qui me l'a appris ! Pas ma femme. Pas son parrain. Pas son éducatrice, martela-t-il en les fixant tour à tour, mais une secrétaire qui ne nous connaissait ni l'un ni l'autre !

— J'ai essayé de vous joindre..., tenta de nouveau Hélène, mais cette fois Pra Dan l'interrompit en lui serrant l'épaule.

— Et tandis que mon fils agonisait à l'hôpital, vous, poursuivit-il en la pointant du doigt, vous n'aviez qu'une idée en tête : me séduire !

— Quoi !?

— Le jour de la Fécondité ! s'exclama-t-il en prenant les autres à témoin. Elle m'a laissé de nombreux messages le jour de la fête, elle insistait pour que je la rappelle !

Il fixa chacun d'eux d'un regard rempli de haine.

— Tous, vous avez failli aux liens de confiance qui nous unissent. Mais vous, Hélène, vous n'avez pensé qu'à vous-même : vous me dégoûtez !

Profondément blessée, Hélène se leva subitement, les mots de protestation, d'indignation, prisonniers de sa gorge. Bouleversée, elle n'arrivait qu'à secouer la tête en signe de dénégation. Elle sentit sur ses épaules les mains de Pra Dan, qui la poussa lentement derrière lui. Alex en prit note. Ce geste éloquent n'échappa pas non plus à Gan Noc, et il explosa de colère : le parrain de son fils protégeait cette Occidentale dépravée !

— Pauvre fou ! Tu t'imagines avoir une chance avec elle, une étrangère ? ! Mais pourquoi aurait-elle voulu de toi quand elle se croyait capable de séduire un ingénieur appartenant à l'une des plus grandes compagnies ? Ce n'est qu'une p…

Le coup de poing de Pra Dan atteignit le Gasbak en pleine mâchoire et le projeta vers l'arrière. Pra Dan resta en place, protégeant Hélène de son corps. Il ne lâcha pas Gan Noc des yeux. Mari s'approcha de la table et se dressa dignement de toute sa petite taille, l'empreinte sombre sur sa joue témoignant de la force de la gifle qu'elle avait reçue plus tôt.

— C'est toi, le pauvre fou, si tu crois Hélène capable de pareille fourberie ! Parce que la douleur te fait perdre la raison, je ne te bannirai pas de nos vies, Gan Noc Stevanodilak, pour avoir insulté mon invitée et m'avoir manqué de respect sous mon toit. Mais à la condition que tu sortes de cette maison à l'instant, et sans ajouter un mot !

Gan Noc poussa violemment une chaise qui bascula par terre et partit en claquant la porte. Pra Dan se retourna vers Hélène, tremblante d'émotion. Il aurait voulu la serrer dans ses bras pour la rassurer, mais Lehla l'avait devancé et c'était aussi bien : sa mère avait déjà été suffisamment ébranlée. Elle n'avait nul besoin d'apprendre que les accusations de Gan Noc étaient partiellement fondées. Alex se dirigea vers la fenêtre et s'assura que le Gasbak quittait les lieux à bord de sa voiture. Ce n'est qu'alors qu'elle enleva la main de la crosse de son revolver.

Hélène était atterrée. Comment, avec les meilleures intentions du monde, avait-elle pu causer pareil gâchis ? Sa plus grande crainte était que Mari et Lehla puissent prêter foi à ces allégations. Comme c'était avec Pra Dan qu'elle avait passé la nuit de la Fécondité, elle était certaine que lui, au moins, ne croyait pas qu'elle avait tenté de séduire l'ingénieur. Mais comment en convaincre les femmes sans révéler sa relation avec lui ?

Le capitaine avait rejoint Alex près de la fenêtre et ils parlaient à voix basse.

— À quel niveau évaluez-vous ce danger ? lui demanda Alex.

Le capitaine regarda par la fenêtre pour s'assurer que Gan Noc était définitivement parti avant de lâcher :

— Faible.

Il soupira et se retourna vers Alex :

— Mais avec beaucoup de potentiel pour de sérieuses complications.

— Mmm.

Lehla et Mari s'assirent de chaque côté d'Hélène. Celle-ci effleura délicatement la joue meurtrie de Mari, puis laissa retomber sa main mollement en soupirant.

— Je suis désolée, désolée pour tout, balbutia Hélène, sa main volant dans l'air comme un oiseau blessé. Si jamais j'avais imaginé un seul instant que Gan Noc déduirait de mes appels que je courais après lui, je… Je savais l'homme qu'il était. Pra Dan m'avait mise en garde. J'aurais dû demander à Saint-Germain de s'en charger. Je suis une femme occidentale, je n'aurais jamais dû le contacter directement. Je n'ai jamais voulu briser son mariage, je vous le jure !

— Il est inutile de jurer, c'est évident pour nous ! s'exclama Mari en lui saisissant les mains.

— Il ne savait pas ce qu'il disait, renchérit Lehla, sinon il se serait rendu compte que cela était complètement insensé. Sa douleur est immense : il a perdu son premier fils. Il cherche un coupable et en veut à tout le monde, comme un loup blessé, au lieu d'admettre sa part de responsabilité. Hélène, vous n'avez rien fait de mal, ni mère ni moi non plus.

Le karma de cet enfant si doux et fragile a abrégé sa vie de souffrance…

La voix de Lehla se brisa. Hélène la serra dans ses bras et attendit qu'elle retrouve la maîtrise de ses émotions. Lehla avait passé tellement de temps à bercer Rany pour calmer ses douleurs.

— Vous n'avez rien à vous reprocher, reprit Lehla en saisissant le visage d'Hélène entre ses mains, rien de tout ce qui s'est passé pendant le jour de la Fécondité.

Hélène releva les yeux. Lehla la fixait d'un regard lourd, et elle eut le sentiment qu'à mots couverts elle lui parlait d'autre chose que ses appels téléphoniques. Lehla avait-elle deviné avec qui elle avait passé cette nuit-là ?

Quand Hélène se risqua enfin à jeter un coup d'œil à Pra Dan, elle constata qu'il paraissait soucieux, mais qu'au moins la colère l'avait quitté. À la demande de Mari, il fut décidé qu'il passerait la nuit avec elles au cas où Gan Noc reviendrait. Les murs extérieurs de la nouvelle salle de toilette étant terminés, on y installa, par terre, quelques couvertures pour lui. Alex retourna à sa base. Peu après, épuisées par les événements de la journée, les trois autres femmes se retirèrent dans leurs chambres.

Hélène se réveilla en sursaut au milieu d'un cauchemar. La lumière bleutée de la lune filtrait entre les rideaux fleuris. Elle prit conscience que quelqu'un lui massait doucement le dos et se retourna subitement. Pra Dan était agenouillé à côté de son lit, torse nu. Le menton appuyé sur ses bras croisés sur le bord du matelas, il l'observa. Ses yeux étaient plongés dans l'ombre.

— Jamais je n'aurais pensé aimer une étrangère, lui avoua-t-il à voix basse. Jamais. Quand j'ai étudié à Paris, et pendant mes voyages, j'ai vu de belles femmes, mais leur esprit, leur manière d'être et de vivre m'étaient presque incompréhensibles, trop… différents pour que j'aie même envie de créer des liens. Mais toi…, murmura-t-il en caressant sa joue et ses lèvres du doigt. Toi, il suffirait que je ferme les yeux pour que tu sois naotienne. Tu es si douce, si gentille. Ma mère t'adore, mais son esprit bute sur la forme de tes yeux et la couleur de tes cheveux. Pas le mien. Plus maintenant que je connais ton cœur. Je ne sais trop comment c'est arrivé. Mais quelle que soit la raison pour laquelle je t'ai laissée entrer dans ma vie, je suis sûr que ce n'était ni par dépit ni par arrogance, comme aurait voulu te le faire croire Gan Noc. Je voulais que tu le saches. Je ne voulais pas que tu vives avec ce doute une seule seconde de plus.

Hélène, pour tout commentaire, leva ses couvertures. Pra Dan se glissa tout près d'elle et ils s'enlacèrent tendrement. Elle posa sa joue sur la poitrine lisse et ferme de son amant. L'odeur de sa peau lui rappelait la verdure de la forêt de conifères qui les entourait. Le battement régulier de son cœur la berça jusqu'à ce qu'elle s'endorme paisiblement : dans ses bras, confiante, elle ne craignait plus rien.

Quand Hélène s'éveilla le lendemain matin, elle était seule dans son lit. Pra Dan avait déjà quitté la maison.

Au cours des jours suivants, le détachement militaire canadien, sous la direction de l'ONU, s'installa au nord-ouest d'Aldjanin, plus près de la frontière avec le Gasbakstan, comme l'avait pressenti Saint-Germain. Leur aide se faisait déjà sentir dans la construction de digues de sable et la canalisation des eaux usées. Alex n'était pas repassée par le bureau, mais Hélène savait qu'elle maintenait un contact téléphonique avec Saint-Germain. HEEI mettait les bouchées doubles et, si tout allait comme prévu, la centrale hydroélectrique commencerait à fonctionner sous peu et alimenterait l'artère principale d'Aldjanin et la majorité de ses centres de service.

Une usine d'ampoules fluorescentes avait été approchée et avait accepté d'en fournir une quantité importante en accordant un rabais substantiel. Hélène était particulièrement fière de cette réussite, qui cadrait tout à fait avec la politique environnementale du Scynao. C'était peu de choses dans la situation actuelle, mais Hélène s'accrochait au moindre événement positif, par ces temps plus que difficiles. La cérémonie funèbre pour le petit Rany avait été particulièrement déchirante ; Sou, éplorée, inconsolable, et Gan Noc, stoïque, mais le visage ravagé par la douleur.

Quand l'électricité arriva à Aldjanin pour la première fois de son histoire, la population, émerveillée, se promena toute la soirée dans les rues pour voir les bâtiments et les quelques lampadaires illuminés. Les cierges du temple clignotaient joyeusement dans les vitraux, joignant leur lueur à l'esprit de fête. HEEI avait demandé que chaque luminaire reste allumé toute la nuit, dans un but médiatique évident. L'entreprise tenait à redresser son image après les difficultés associées à son barrage.

La clinique du docteur Moreau avait elle aussi été raccordée au réseau. Grâce à ses nombreux contacts, il avait réussi à mettre la main sur une caisse de bouteilles de vin blanc d'une qualité plus qu'honnête et, dans un élan de générosité familière, il donna une réception dans les bureaux d'Homo Sum. La porte restait ouverte, les gens allaient et venaient, car le bureau était trop exigu pour les accommoder tous et la nuit était douce. Tout le village d'Aldjanin avait retrouvé l'espoir, conscient qu'un tournant important venait d'être franchi : un autre jalon était posé sur la route qui conduirait au nouveau pays dont tous rêvaient.

Hélène accompagnait Mari à la fête. Elle savourait le sourire émerveillé de la vieille dame comme le couronnement de nombreuses semaines de travail éreintantes. Il aurait été trop risqué auparavant pour une personne âgée de se promener par une nuit noire dans un terrain aussi accidenté.

Alex vint se joindre aux festivités dans le courant de la soirée. Elle détonnait un peu avec son pantalon de toile kaki et son t-shirt blanc, mais malgré ses vêtements masculins, le docteur Moreau eut du mal à réprimer un tressaillement de plaisir en la voyant entrer dans la roulotte. Il s'approcha d'elle et lui offrit une coupe de vin, mais elle refusa, arguant qu'elle était en service. Après quelques minutes en sa compagnie, Alex prit congé en expliquant qu'elle devait discuter avec Saint-Germain. Celui-ci remarqua sa présence et il lui fit signe de venir le rejoindre dans la petite pièce du fond. Souriant, il plaça son bras sur les épaules d'Hélène et l'entraîna elle aussi là-bas pour l'éloigner habilement des oreilles indiscrètes. Alex les suivit et ferma la porte derrière elle.

— Que se passe-t-il ? demanda Saint-Germain sans ambages.

— La réponse du Gasbakstan va être rendue publique demain matin.

— Ils ne feront rien, devina Saint-Germain.

Alex hocha la tête.

— Ils disent que la pollution du lac Baïkun est extrêmement regrettable, mais qu'elle est due aux pluies diluviennes des dernières semaines et à la rétention du barrage Terre et Eau.

— Ha ! La politique des demi-vérités ! s'exclama sans joie Saint-Germain. S'il n'y avait pas eu de barrage, leurs contaminants auraient été entraînés plus loin par la crue, et le Baïkun serait effectivement moins pollué. Le problème aurait simplement été déplacé en aval.

— Ils refusent catégoriquement de payer pour la décontamination.

— Je ne comprends pas. Une partie du Gasbakstan est approvisionnée en eau à partir du Baïkun, non ? argumenta Hélène. Ils doivent s'en préoccuper !

— C'est vrai, le barrage secondaire Baltraï contrôle la dérive du Baïkun vers le Gasbakstan. Mais cette eau sert essentiellement à alimenter les usines gasbakes. La pollution les affecte peu, expliqua Alex.

— Autre chose ? demanda Saint-Germain.

— Les États-Unis ont annoncé qu'ils vont envoyer un détachement supplémentaire au Gasbakstan pour afficher publiquement leur soutien à leurs « amis ».

— Ils veulent surtout protéger la conduite principale du pétrole de la mer Noire, ironisa Saint-Germain.

— En cas d'effondrement du Scynao, confirma Alex. C'est aussi notre opinion.

— D'effondrement ? ! s'étouffa Hélène.

Elle resta sans voix, mais le sérieux de son patron et de l'agent spécial la convainquit qu'il ne fallait pas négliger cette possibilité.

— Que peut-on faire ? reprit-elle, déjà prête à remuer ciel et terre pour éviter le pire.

— Rien de plus. Il faut attendre la réponse officielle du Scynao, lui expliqua Saint-Germain en se voulant rassurant.

— Ça ne devrait pas tarder, ajouta Alex.

Chapitre 6

Aldjanin, juin

De sa position sur le côté de la salle, Hélène observait les principaux chargés de mission d'Homo Sum, réunis au temple ce jour-là. Dans un geste exceptionnel qui traduisait bien leur inquiétude, les moines avaient mis la plus grande enceinte d'Aldjanin à la disposition des organismes humanitaires. Assis sur les tapis rouges, disséminés entre les imposantes colonnes bariolées, les gens discutaient. La lumière du jour entrait faiblement par de petits vitraux haut placés. L'odeur d'encens imprégnait tout. Hélène avait eu l'occasion de faire connaissance avec la majorité du personnel de direction d'Homo Sum. Plusieurs se doutaient de ce que leur directeur voulait leur annoncer, et l'appréhendaient.

Debout à l'arrière, le capitaine Pra Dan connaissait déjà les grandes lignes du discours de Laurent Saint-Germain, car ils en avaient discuté ensemble. Presque deux semaines s'étaient écoulées depuis qu'Hélène avait invité le Naotien à partager son lit dans la maison familiale. Depuis, ils avaient eu l'occasion de se voir professionnellement, mais jamais en privé. Hélène remarqua qu'il avait maigri. Ses traits tirés trahissaient son surmenage, mais il se tenait droit et fier, conscient de ce que son pays attendait de lui.

Quand Laurent Saint-Germain prit la parole, sous l'égide bienveillante d'un colossal Bouddha de bois, il échangea un regard complice avec Hélène : une nouvelle page de l'histoire du Scynao allait être écrite.

— Mesdames et messieurs, d'abord, merci d'être venus. Je sais combien les conditions routières difficiles ont compliqué le trajet pour certains d'entre vous, et j'apprécie vos efforts pour vous joindre à nous aujourd'hui. Je sais aussi que, pour tous, chaque minute compte et je serai donc aussi bref que possible.

Comme vous le savez, le 8 mai dernier, le Scynao a sommé le Gasbakstan de réparer les torts causés à son environnement par leurs contaminants, ajouta-t-il. Malheureusement, les Gasbaks ont nié toute responsabilité. Au cours des dernières semaines, les États-Unis ont renforcé leur présence au Gasbakstan, sur leur base militaire d'Almat et le long de la frontière, ce qui a eu pour effet de conforter les Gasbaks dans leurs positions. Le Congrès des sages nous a transmis le plan d'action qu'il mettra à exécution dans les prochaines semaines. Dans un premier temps, le Scynao fermera les écluses de la rivière Baltraï, privant ainsi son voisin de son approvisionnement en eau. On nous a confirmé que cet affluent alimente essentiellement les usines gasbakes. Cette décision ne devrait donc pas déclencher de crise d'un point de vue humanitaire à très court terme au sein de cette population.

Par contre, sans eau, les usines devront cesser leurs activités, et cela, nous croyons fermement que ni le Gasbakstan ni les États-Unis ne le permettront, poursuivit-il. Nous devons donc nous préparer au pire. Après consultation auprès de responsables d'autres organismes humanitaires, de la compagnie HEEI, de l'armée naotienne et de l'ONU, nous en sommes venus à la conclusion que notre situation au Scynao était désormais précaire. Nous entreprenons donc la première étape du retrait d'Homo Sum du Scynao.

À ces mots, plusieurs membres, dans la salle, échangèrent des commentaires. Saint-Germain laissa le calme revenir avant de reprendre.

— Vous avez reçu le protocole révisé il y a quelques semaines, nous le suivrons à la lettre. Le personnel affecté aux projets déclarés non prioritaires devra avoir quitté le pays d'ici une semaine. Si la situation évolue comme nous le craignons, le détachement de l'ONU pourra aider ceux qui resteront à conclure leur mission ou, tout au moins, à stabiliser la situation autant que possible avant leur départ. En ce qui concerne les projets cruciaux, l'ONU prendra carrément la relève.

Nous vous prions instamment de redoubler de prudence dans vos déplacements et dans vos agissements pour éviter de semer la panique dans la population et pour votre propre sécurité.

Je sais que plusieurs d'entre vous seront extrêmement déçus de partir en laissant la tâche inachevée, continua-t-il. Dites-vous bien que ce n'est qu'une question de temps avant que nous soyons de retour, et nous ferons tout pour que cette absence soit la plus brève possible. N'hésitez pas, en cas de problème, à communiquer rapidement avec madame Cournoyer ou avec moi-même. Nous voulons que cette première étape se passe le plus rondement possible. Merci à tous.

La clameur s'éleva de plus belle dans la salle, et la foule commença à se rassembler en petits groupes. Hélène rejoignit son patron sur la tribune et posa sa main sur son bras — pour appuyer Saint-Germain ou pour se rassurer elle-même, elle ne savait trop.

En observant son adjointe, Saint-Germain apprécia encore une fois sa simplicité, son calme, son humanité. Comment aurait-il pu lui avouer que cette première étape n'était rien comparée à ce qui les attendait ? Parce qu'Hélène débutait dans le travail humanitaire, elle ignorait qu'une situation de ce genre pouvait dégénérer épouvantablement en un claquement de doigts. Il posa sa main par-dessus celle d'Hélène et lui sourit : quoi qu'il advienne, il s'assurerait de la tenir à l'abri du danger.

Quelques jours plus tard, le capitaine Pra Dan se présenta au campement des forces de l'ONU, un regroupement de tentes et de constructions sommaires plantées en amont du barrage Terre et Eau, et demanda à parler à Alex O'Neal. Un soldat le dirigea vers le quartier général, un bâtiment utilitaire en préfabriqué. Alex le reçut aussitôt la rencontre de mise à niveau terminée. Le bureau, un peu plus spacieux qu'un placard, ne contenait que le strict minimum et Alex préférait qu'il en soit ainsi : elle était avant tout une femme de terrain. Elle s'était renseignée au sujet du capitaine depuis leur dernière rencontre : Saint-Germain appréciait sa culture générale, son sang-froid et son patriotisme. Naotiens comme étrangers le tenaient en haute estime. En fait, les seuls commentaires négatifs provenaient de l'ingénieur Gan Noc et de certains éléments de l'armée naotienne qui lui reprochaient sa trop grande ouverture et sa probité parfois excessive. S'il avait effectivement eu une aventure avec Cournoyer, comme le langage corporel de l'un et de l'autre le lui laissait supposer, cela ne pourrait que ternir son image. Somme toute, c'était un homme auquel elle avait décidé de se fier.

— Capitaine ?

— Bonjour, agent O'Neal. J'espère ne pas vous avoir éloignée d'affaires importantes.

— J'ai pensé qu'un capitaine de l'armée naotienne ne se déplacerait pas pour des riens.

— Ma requête a une motivation en grande partie personnelle, la prévint-il.

— Je vous écoute, dit Alex en s'asseyant sur le coin du bureau.

Il n'y avait qu'une chaise à roulettes, derrière le bureau. Pra Dan resta debout.

— En tant que policier, j'ai été appelé à investiguer sur un décès survenu dans la ville de Tich, tôt ce matin. Il s'agit de la femme de Gan Noc Stevanodilak. Vous avez rencontré cet homme chez ma mère l'autre jour.

— Le père de Rany. Est-il un suspect dans la mort de sa femme ?

— Non, c'est un suicide. Elle a revêtu sa plus belle robe et s'est jetée dans le Baïkun pour s'enlever la vie.

— Et vous avez tenu à m'apprendre cela parce que… ?

— Je dois assurer la protection des étrangers à Aldjanin. J'ai pensé qu'étant vous-même canadienne, et militaire, vous pourriez resserrer la protection autour d'Hélène Cournoyer. Vous connaissez personnellement les sentiments de Gan Noc à son égard.

Alex observa le capitaine, prise de court par sa demande. De prime abord, elle aurait dû refuser ; Hélène ne relevait pas directement de sa responsabilité, mais plutôt de celle de Saint-Germain. Alex, pour sa part, concentrait ses efforts sur la sécurité du barrage. Elle ne voulait pas non plus mettre un civil sous surveillance sans une raison plus valable. Elle hésita pourtant. D'abord parce qu'après l'éclat de Gan Noc, elle avait mené sa petite enquête sur lui aussi : cet homme était ingénieur, travaillait sur le Terre et Eau, savait manipuler des explosifs, et son caractère bouillant était bien connu chez HEEI. Et elle s'intéressait particulièrement à tout ce qui touchait le Terre et Eau, de près ou de loin.

Son hésitation tenait également au fait que le capitaine du régiment naotien basé à Aldjanin lui demandait une faveur, une faveur qui, de surcroît, devait lui coûter beaucoup d'un point de vue personnel. Aucun soldat n'aimait révéler ses faiblesses à un étranger. Il devait donc craindre sérieusement pour la sécurité de Cournoyer — à titre d'amante, d'invitée de la maison ? —, plus encore qu'il n'osait le lui révéler. Peut-être même cherchait-il à mettre Alex en garde contre Gan Noc d'une manière détournée. La mentalité naotienne était capable des acrobaties les plus tortueuses lorsque l'honneur ou la famille étaient en cause.

— Je vais la garder à l'œil quelque temps, décida-t-elle.

— Merci.

Le capitaine lui fit un salut militaire auquel Alex répondit nonchalamment, préoccupée par ce revirement. Pra Dan considérerait qu'il avait une dette envers elle. C'était un bon atout dans son jeu.

La réaction que Pra Dan appréhendait se produisit près d'une semaine plus tard. Hélène était au travail et achevait les arrangements pour l'évacuation des derniers membres du personnel non essentiel, selon la première étape de leur plan de retrait. Saint-Germain était au téléphone avec sa fille.

— Papa, qu'est-ce que tu penses de l'attitude des Américains dans tout ça ? À RDN, le responsable à la Défense a dit que c'était une crise interne. Les Américains, eux, veulent s'en tenir aux ententes antérieures avec les Gasbaks. Ils vont leur fournir du matériel de décontamination, en échange de leurs produits pétroliers.

— En réalité, il n'y a pas vraiment d'autre option. Le Gasbakstan n'a ni les moyens ni les ressources pour décontaminer ses sols lui-même. Si jamais il demandait l'aide d'un pays voisin, au pire un allié de la Russie, cela pourrait créer un précédent dont personne ne veut et déstabiliser gravement l'équilibre du pouvoir dans ce coin-ci du monde. Les États-Unis doivent absolument s'impliquer, et au moins, avec eux, on a une bonne idée de ce que chacun y gagne.

— Oui, mais papa, RDN dit que des troupes américaines armées ont quitté leur camp de base gasbak et se dirigent en ce moment même vers la frontière, et que des renforts pourraient être envoyés sous peu. Pourquoi est-ce que les États-Unis réagissent comme ça ? Je sais que c'est là où la contamination est la pire, mais... ça fait plutôt penser à une menace de guerre.

— Il faut bien que les Américains s'y rendent pour amorcer le travail. Ne t'inquiète pas. On ne se retrouvera pas avec un conflit armé, je te le garantis. Et toi, comment vont les affaires ? demanda-t-il pour changer le sujet.

— Oh ! Félicite-moi, j'ai enfin fini ma déclaration de revenus !

— En juin ? Mais elle n'était pas due pour la fin d'avril, cette déclaration ?

— Oh ! papa, je n'ai vraiment pas eu le temps ! Mon comptable était comme un dragon sur mon dos, à me menacer des pires calamités. Je me suis dépêchée, je te jure ! Je paierai des intérêts, c'est tout. Ce que je voulais que tu comprennes, termina-t-elle en grommelant, c'est que je suis contente que ce soit réglé.

— Eh bien ! moi aussi, concéda Saint-Germain, néan-moins soucieux. Peut-être que le moment est venu d'apprendre à déléguer. Pourquoi n'engagerais-tu pas quelqu'un ?

— Je fais déjà affaire avec un comptable, pour ce que ça m'épargne de stress... Et tu sais comme j'aime mon indépen-dance.

— Oui, mais de toute évidence, ça ne suffit pas ! Penses-y ! Tu pourrais consacrer ton énergie à ce que tu aimes au lieu de t'enliser dans la paperasse... que tu détestes !

— Oh ! Ça, c'est vrai ! Mais juste à l'idée de tout ce temps perdu à passer des entrevues...

Gan Noc entra à ce moment dans la roulotte. Son atti-tude mit tout de suite Saint-Germain en alerte et il coupa abruptement la communication.

Saint-Germain s'approcha d'Hélène sans quitter Gan Noc des yeux. À première vue, il ne portait pas d'arme. Son visage montrait les marques de la tragédie qui l'avait frappé. Il paraissait encore plus hagard qu'à la cérémonie funèbre de son fils, à laquelle Saint-Germain avait assisté. Celle de sa femme devait avoir eu lieu depuis, mais, trop sollicités par les préparatifs de l'évacuation, ni lui ni Hélène n'avaient pu se libérer pour s'y rendre.

— Ma femme est morte.

— Oui…, commença Hélène.

— Êtes-vous « désolée » pour elle aussi ?

Le venin de la question la saisit.

— Ou… oui, acquiesça-t-elle simplement. Je le suis sincèrement.

— Je voudrais ne vous avoir jamais connue, je voudrais que vous n'ayez même jamais posé les yeux sur aucun des miens. Je voudrais qu'Homo Sum ne soit jamais venu dans ce pays pour annoncer des miracles. Je voudrais que HEEI soit dans le ruisseau, comme elle le mérite !

Alex O'Neal se glissa silencieusement dans la roulotte, derrière Gan Noc. Saint-Germain mit rapidement la main sous son veston, mais se détendit en la reconnaissant.

— Je voudrais mourir, conclut Gan Noc, d'une voix lasse que seule Hélène entendit.

— Ça va, Hélène ? s'enquit Alex tout en détaillant Gan Noc pour tenter de voir s'il portait une arme.

— Oui, répondit-elle d'une voix mal assurée.

Pour s'approcher de Gan Noc, Hélène contourna son bureau et hésita avant de poser la main sur son bras. Il fixa la main pâle et délicate qui lui rappela celle de sa femme.

— Votre fille Tena va avoir grand besoin de vous. Vous pourrez vous soutenir mutuellement. Votre peine vous paraîtra moins lourde à porter si vous lui donnez un sens.

De cela, Hélène était convaincue, elle qui n'avait pu compter sur personne lors du décès de sa mère. Gan Noc releva lentement les yeux vers elle, des yeux froids et vides. Elle ôta sa main d'un coup. Elle déglutit avec difficulté, sa bouche soudain desséchée. Les mots de réconfort ne le touchaient pas, et ceux qu'elle aurait voulu ajouter prirent un goût amer dans son cœur. Gan Noc tourna les talons et repartit comme il était venu.

Alex jeta un coup d'œil à Saint-Germain. Il hocha la tête subtilement. Elle sortit et fila Gan Noc de loin.

Saint-Germain s'approcha d'Hélène et l'attira, tremblante, dans ses bras. Malgré sa peine, les larmes ne vinrent pas. Le choc était trop grand, la peur, trop intense.

Ce soir-là, l'atmosphère était empreinte de lourdeur à la maison. Lehla, qui avait toujours une chanson aux lèvres habituellement, lavait silencieusement la vaisselle, frottant d'un geste lent chaque plat. Hélène, à ses côtés, essuyait, perdue elle aussi dans ses pensées.

Le capitaine se présenta à la porte, à leur grande surprise. Il avait enfin reçu la cuvette de toilette et venait l'installer. Mari poussa des exclamations de joie et applaudit comme une enfant. Elle était déterminée à vivre le moment présent, comme le lui enseignait Bouddha. Elle sortit pour voir l'appareil et exulta de nouveau. Les deux jeunes femmes la suivirent et se laissèrent porter par le plaisir de leur aînée. Hélène avait déjà vu des toilettes plus sophistiquées, mais elle sourit en écoutant Pra Dan en vanter les caractéristiques écologiques : débit d'eau très réduit et double système d'évacuation à vortex. Par-dessus la tête de sa sœur et de sa mère, il regarda Hélène, un peu à l'écart sur la galerie. O'Neal lui avait raconté la visite de Gan Noc chez Homo Sum. Il avait voulu s'assurer par lui-même qu'Hélène allait bien. À sa façon, Pra Dan voulait lui faire comprendre qu'il croyait toujours au Scynao de demain, qu'il voulait qu'elle continue d'y croire aussi.

Hélène ne fut qu'à moitié surprise en entendant de petits coups à sa fenêtre, à la nuit tombée. Elle l'ouvrit et savoura quelques instants la vue de son amant baigné dans la lumière dorée de sa lampe à huile.

— Bonsoir, matelot, lui chuchota-t-elle avec un enjouement forcé.

Il haussa un sourcil, convaincu, en voyant son air tendu et fragile, d'avoir eu raison de venir à elle. Elle tassa le rideau pour l'inviter à entrer, mais il secoua la tête et lui fit signe que c'était elle qui devait le rejoindre. Hélène étouffa un rire nerveux, enfila une veste et enjamba la fenêtre. C'était aussi bien ainsi, pensa-t-elle, car la fenêtre était vraiment étroite, probablement trop pour que la carrure du militaire puisse y passer. Hélène n'eut pas à se tortiller longtemps pour la franchir : Pra Dan la saisit à la taille et l'emporta dans la forêt. Il avait dégagé un espace sous les sapins. Avec des branches de conifères et des fougères, il leur avait préparé une couche odorante. Il avait placé une couverture épaisse par-dessus, une lanterne sourde était posée par terre, à l'abri des regards indiscrets.

— Vous attendiez quelqu'un, matelot ? plaisanta Hélène comme il la couchait sur le sol.

Il n'avait pas envie de jouer.

— Que toi. Et depuis trop longtemps.

Pra Dan s'allongea sur elle et l'embrassa fougueusement, comme s'il était affamé de ses lèvres. Puis, de sa langue, il traça délicatement leur contour, goûtant leur saveur sucrée. Il replongea dans sa bouche, frôlant sa langue contre la sienne dans un rituel invitant. À nouveau, il partit explorer son visage. Ses mains souples positionnaient la tête d'Hélène, qui s'abandonnait à lui, pour baiser ses yeux, le pavillon de son oreille, sa gorge, le creux de son épaule. Toujours, il retournait vers sa bouche, tantôt gourmand, tantôt gourmet. Hélène se laissait faire, puis peu à peu cette valse érotique la tira de la torpeur distante dans laquelle les événements de la journée l'avaient plongée. Elle glissa les mains sous la veste de Pra Dan ; d'abord, elle les remonta, ses doigts tendus traçant des sillons dans son dos. Puis ses mains redescendirent, passant sous la ceinture du pantalon de son amant, se faufilant dans son sous-vêtement jusqu'à ce qu'elles puissent saisir ses fesses. Alors, Hélène le serra contre elle pour mieux sentir son sexe rigide. Elle huma à fond l'odeur particulière de sa peau, celle du sapinage que leurs ébats libéraient. Le désir montait en elle et délivrait son cœur blessé des émotions chaotiques des derniers jours. Il posa son front sur le sien et arc-bouta son dos de sorte que le seul autre contact soit au niveau de leurs hanches, qu'il faisait tanguer et rouler.

Hélène laissa échapper un gémissement, l'embrassa à son tour en plongeant dans sa bouche comme dans un havre. Elle détacha la fermeture de son pantalon et le glissa le plus loin qu'elle put en s'aidant de ses pieds nus. Puis elle entoura sa taille de ses jambes et le serra contre elle en croisant ses chevilles dans son dos. Il s'écarta d'elle un moment pour se protéger, puis renoua fermement les jambes d'Hélène autour de lui. Son sourire éminemment mâle et ses yeux brûlants achevèrent de la séduire en lui confirmant à quel point elle l'excitait. Il remonta les mains le long de ses jambes jusqu'à ses fesses, entraînant sa robe de nuit du même coup. Il ôta fiévreusement sa propre veste, embarrassé par la chaleur. Sans plus attendre, il écarta le gousset de la culotte d'Hélène et plongea au plus profond d'elle. Les veines saillirent dans son cou tendu quand il goûta pleinement ces premiers instants, aussi enivrants que dans ses rêves. Emportée par la passion, elle se mit à balbutier. Des mots de tendresse, de supplication, de menace, incohérents. Il les comprit tous et ajusta son rythme et ses caresses jusqu'à ce que l'orgasme la prenne et la traverse comme une vague de feu. Les yeux dans les yeux, il pénétra une dernière fois en elle et étouffa son cri de satisfaction dans le creux de son cou.

Il prit le visage d'Hélène et, chaviré, essuya de ses pouces les larmes qui glissaient l'une après l'autre le long de ses joues.

À son tour, elle saisit le visage de son amant entre ses mains et caressa ses lèvres, ses joues, ses sourcils de ses doigts. Tandis que son souffle revenait lentement à la normale, elle savourait chaque sensation de leurs corps enchevêtrés.

— Danyel…

Comment lui exprimer ce qu'elle ressentait ? Les changements qu'elle avait remarqués en elle-même récemment l'effrayaient. Sa douceur, sa gentillesse, ces qualités qu'il appréciait tant chez elle, elle les sentait s'éroder au fil des épreuves des derniers jours. Pourtant, l'homme extraordinaire qu'elle tenait dans ses bras avait perdu bien plus qu'elle, et d'autres dangers l'attendaient encore. Il trouvait quand même la force et la générosité de l'aimer, de la combler. Il la poursuivait dans les moindres recoins de son corps et de son âme pour l'obliger à se ressaisir, à retrouver l'essence même de sa féminité, puis à se donner tout entière. Comment lui dire sa reconnaissance ? Il lui avait montré que si l'amour peut blesser, il protège aussi tout à la fois.

— Danyel, je t'aime.

Il l'embrassa doucement.

— Hélène…, te voir triste me brise le cœur, lui avoua-t-il d'un ton grave.

Elle sourit. Une larme s'échappa du coin de son œil, qu'il essuya de nouveau en secouant la tête, son regard attendri plongé dans le sien.

— Je t'aime, répéta-t-elle, sûre d'elle et de lui, et elle l'enlaça tendrement.

— Que pensez-vous de cette histoire de représailles, Saint-Germain ? demanda Maxim Leclerc à brûle-pourpoint.

La roulotte d'Homo Sum ne paraissait pas assez grande pour contenir l'agitation de l'ingénieur. Saint-Germain considéra avec circonspection Leclerc qui arpentait pour une énième fois la distance entre son bureau et la causeuse.

— Le Congrès des sages nous ordonne de fermer le barrage Baltraï pour couper l'apport d'eau au Gasbakstan ! s'exclama Leclerc. Ça ne peut pas être sérieux ! Sommes-nous obligés d'obéir ?

— Je ne vois pas ce qu'on pourrait tenter de plus pour l'éviter. L'ONU a utilisé, et abusé, de tous les leviers imaginables pour arrêter l'escalade, ça n'a rien donné. Le Baïkun est trop important pour les Naotiens, et pas seulement d'un point de vue économique, mais d'un point de vue historique aussi. Ils vont le protéger coûte que coûte.

— Je n'aime pas ça, grogna Leclerc en se mordillant le bord d'un ongle. Et les conséquences, Saint-Germain ? Les conséquences ! Le Gasbakstan ne se laissera pas faire, et ça, c'est sans compter les pays en aval qui vont être privés d'eau !

— Allez-vous réussir à fermer complètement les écluses ?

— On aurait pu, mais on ne le fera pas. On a au moins réussi à négocier ça. Ça aurait trop d'effets rebond sur le niveau du lac et son bassin versant, et ça mettrait trop de pression sur les autres barrages, surtout le Terre et Eau, déjà que le niveau du Baïkun est encore très élevé après la crue du printemps et toutes les pluies des dernières semaines.

— Le Congrès a plié ?

— Le Congrès n'était pas content, mais on l'a convaincu qu'il aura quand même l'effet escompté : les usines gasbakes ne pourront pas tourner avec un si faible débit d'eau.

— Vous allez les fermer quand ?

— Le processus est enclenché, grimaça Leclerc en serrant ses cheveux à pleines poignées. J'ai l'impression d'avancer d'un pas et de reculer de dix. Ça me fait mal au cœur ! On commençait à peine à fournir l'électricité au Nord… En plus, ces écluses, ce ne sont pas des portes battantes ! Si le Congrès change d'avis, il faudra du temps et pas mal de doigté pour inverser le processus, si on veut éviter les dégâts en aval.

— Il faut surtout espérer que les Sages n'iront pas plus loin dans leurs moyens de pression.

— Je n'aime pas ça, répéta Leclerc.

Il fallut quelques jours avant que le processus de fermeture des écluses soit complété. Le Gasbakstan ne mit pas longtemps à répondre à l'affront, injustifié, selon lui, du Scynao. Dans les locaux de l'armée onusienne, Alex O'Neal et d'autres gradés apprirent du général responsable que le Gasbakstan avait interrompu le transfert de pétrole par oléoduc vers le Scynao. À cause de la topographie de la région, le Scynao dépendait entièrement de son voisin le plus accessible pour son approvisionnement.

Lorsque ce fut au tour d'Alex de partager le compte rendu de sa semaine avec ses collègues, elle ne mentionna pas l'esclandre de Gan Noc, dont elle avait été témoin. Elle souligna simplement que certains membres de HEEI, qui avaient les connaissances nécessaires pour nuire au projet, devaient être gardés à l'œil. Son supérieur était d'accord avec elle. L'expertise de ces employés pouvait jouer dans les deux sens, et la situation ne souffrirait aucun laxisme. Le général, à l'avant de la petite assemblée, continuait à énumérer les nouveaux ennuis auxquels il fallait s'attendre. Les responsables du ravitaillement planchaient déjà sur le problème de carburant pour leurs véhicules. La consommation d'eau potable devait toujours être strictement rationnée, jusqu'à nouvel ordre. On demandait surtout de limiter les douches le plus possible, idéalement à une fois par semaine. Avec la chaleur qui s'installait, ce ne serait pas facile à faire accepter. Et pas question de se baigner dans le lac.

Inconfortablement assise sur une chaise pliante, Alex relâcha sa concentration et laissa libre cours à sa réflexion. Le capitaine Pra Dan était tombé dans le mille avec Gan Noc. Même si aucune arme n'avait été utilisée, il avait un profil de suspect parfait. Et si Saint-Germain cautionnait en plus ses soupçons, c'était suffisant pour Alex. Le général termina son exposé, et Alex quitta discrètement les lieux sans adresser la parole à quiconque. Ça n'étonnait personne : son travail tombait dans une zone grise et, de toute façon, elle n'avait pas l'autorisation d'en discuter avec la majorité d'entre eux.

Comme Pra Dan s'y attendait, plusieurs avis de troubles, de manifestations impromptues et d'escarmouches avaient atterri sur son bureau depuis l'annonce du blocus pétrolier du Gasbakstan. La pénurie de pétrole frappait de plein fouet les nantis : ceux qui avaient une voiture ou se chauffaient à l'huile plutôt qu'au bois. C'étaient aussi ceux qui avaient tendance à lui casser les oreilles avec leurs revendications et leurs frustrations. Ils ne se gênaient pas, lorsque l'occasion se présentait, pour refiler la facture aux plus démunis en haussant — parfois démesurément — le prix des transports et des denrées. La décision du Congrès en avait inquiété plusieurs, mais la réponse du Gasbakstan suscitait une grogne généralisée. Convaincu de la légitimité de sa cause, le peuple naotien n'acceptait pas que son voisin cherche à corriger un tort par un autre. Déjà éprouvé par les pluies diluviennes et l'empoisonnement des eaux potables, il était à bout de patience.

Pra Dan avait ordonné à ses troupes de se montrer plus présentes tout en évitant d'attiser la colère des civils. Il avait sélectionné soigneusement certains soldats pour infiltrer les milieux plus problématiques. Cependant, lorsqu'il avait eu vent d'une réunion secrète convoquée par un membre influent du principal parti politique d'opposition, Pra Dan avait tenu à se charger de cette mission lui-même. Le rassemblement avait lieu dans un coin retiré de la forêt, mais les habitants de la région, qui allaient souvent s'y ravitailler en bois et en gibier, le connaissaient bien. Le capitaine avait revêtu des vêtements traditionnels et un chapeau mou pour mieux se fondre dans la foule.

Les gens avaient répondu à l'appel en grand nombre, certains par curiosité, d'autres, par souci de se faire une idée moins biaisée de la situation en découvrant le revers de la position officielle. Grâce à l'obscurité qui envahissait rapidement les frondaisons, Pra Dan, un peu à l'écart, pouvait observer son frère, Sokad, dans l'assistance sans attirer l'attention.

Selon le représentant du parti, il était urgent d'agir : déjà, des troupes américaines se massaient aux frontières du Gasbakstan et se préparaient à envahir le Scynao s'il ne revenait pas sur sa décision. L'orateur déclarait qu'il avait appris, de source sûre, que si le Scynao rouvrait les écluses, le Gasbakstan renverrait les armées et reprendrait l'approvisionnement en pétrole, mais que cette offre ne tiendrait pas longtemps. Aussitôt que le Gasbakstan se verrait obligé de fermer ses usines, le temps des négociations serait révolu et il passerait aux actes. Il forcerait la réouverture du barrage d'une façon ou d'une autre en envahissant le Scynao. Ce serait… la guerre !

Un tumulte sans précédent envahit la foule. Les femmes se mirent à pleurer et à se lamenter ; les hommes, en colère, brandirent le poing. Sokad criait et exhortait les autres autour de lui à l'action. Un mouvement dans la foule, près de Sokad, attira l'attention de Pra Dan. C'était Gan Noc. Sokad se jeta dans les bras du Gasbak pour une accolade. Pra Dan baissa la tête et soupira avec dépit.

L'orateur annonça qu'une marche vers le palais du Congrès des sages serait organisée pour le surlendemain. Déjà, Gan Noc protestait, arguant que le temps des manifestations pacifiques était révolu. L'orateur répliqua que le Congrès devait d'abord prendre conscience de l'ampleur du mécontentement de son peuple.

Pra Dan quitta discrètement les lieux avant que la séance ne soit levée.

Pra Dan se rendit au logis de Sokad, une cabane de bois d'une seule pièce, et l'attendit à l'intérieur, assis sur un rondin, adossé contre le mur. Comme toujours, ses sentiments à l'égard de son frère étaient contradictoires. Leur père était mort jeune, durant la guerre d'indépendance, et Pra Dan avait pris son rôle de frère aîné très au sérieux, soutenant sa mère du mieux qu'il le pouvait. Sokad, le benjamin, avait été protégé des privations par les membres de sa famille : grandir sans père leur avait paru représenter une épreuve suffisante pour un fils. Pra Dan pensait aujourd'hui qu'ils avaient peut-être exagéré dans l'autre sens en ne tempérant pas le caractère de Sokad ; sa colère, son orgueil et son ignorance l'éloignaient du chemin de l'Éveil. Pra Dan était convaincu qu'il était urgent d'agir, de tenter de raisonner son cadet par tous les moyens, sinon il courait droit à la catastrophe. Pourtant, malgré sa certitude, la peur le tenaillait, lui, un capitaine d'armée. La peur qu'il soit déjà trop tard. La peur que ce qu'il s'apprêtait à faire les séparerait pour toujours.

Sokad ne retourna à sa cabane que tard dans la nuit. Il avait trop bu et s'était égaré en chemin.

Quand il ouvrit enfin la porte, Pra Dan remarqua tout de suite que son frère était ivre et regretta que cette conversation ne puisse avoir lieu en de meilleures circonstances. Il songea d'abord à la remettre à plus tard, en feignant de s'être endormi sur le tabouret. Mais aussitôt, il s'en voulut de sa faiblesse. Dans un peu plus de vingt-quatre heures, au mieux, son frère participerait à une marche contre le Congrès. Au pire, il n'attendrait même pas jusque-là pour se rebeller et commettre une folie.

— Sokad !

Sokad se retourna maladroitement vers le coin d'où provenait la voix, essayant de discerner une forme dans l'obscurité. Pra Dan se pencha vers l'avant. L'autre ne cacha pas sa surprise en reconnaissant son visage dans le halo de la lampe à huile, posée sur la table de bois.

— Qu'est-ce que… tu fais là ?

— Ai-je besoin d'une raison pour visiter mon frère ? rétorqua Pra Dan. Tu as été très occupé ce soir.

— Ouais, on a fêté avec les copains… J'ai trop bu et je me suis un peu perdu.

Sokad pouffa de rire.

— Tes copains du parti d'opposition ? Ce sont bien d'eux que tu parles ?

— Aow ! Yelvat ! Tu… vas pas commencer ! Laisse-moi tranqu… ille, je sais ce que je fais.

— Lorsque tu restes dans les limites de la loi, je te le concède. Mais quand tu en sors, je n'en suis plus si sûr. Et je t'avoue même que j'espère que tu ne sais pas ce que tu fais.

— Rien de tout ça ne serait arrivé si on n'avait p… pas laissé les étrangers se mêler de nos af… faires. Le barrage, la pollution, les Américains au Gasbak… stan : les étrangers nous imposent leurs façons de faire, et après, ils nous laissent nous démerder avec les problèmes. Des problèmes plus grands que nous, plus grands que le Scynao tout entier ! Des problèmes qui débordent sur des tas de pays, une f… oule de gens…

— Les étrangers sont venus à « notre » demande pour nous aider à réaliser ce que « nous » voulions. Je ne veux pas revenir là-dessus encore une fois, nous en avons assez discuté. Je suis venu pour te mettre en garde, Sokad, et j'espère que tu n'es pas si soûl que tu l'auras oublié d'ici demain : ne franchis pas la ligne droite, car, même si tu es mon frère, je ne te protégerai pas.

— Eh bien ! c'est ça ! Ne me protège pas ! C'est ce que je veux depuis toutes ces années de toute façon. Arrête de me protéger ! Je te libère de ton rôle d'aîné ! claironna-t-il avec un grand geste théâtral.

Pra Dan se leva. Avant d'ouvrir la porte, il se retourna vers son frère et joua une dernière carte.

— Pense à notre mère et à notre sœur. Ne les force pas à choisir entre nous. Ne piétine pas leur amour en les déshonorant.

Pra Dan referma silencieusement la porte derrière lui. Sokad tomba assis sur sa paillasse. Il resta ainsi un long moment, à pourchasser des fantômes à travers les brumes de l'alcool.

— Papa ! Tu ne m'as jamais rappelée ! s'écria Claudia aussitôt que Saint-Germain eut décroché le téléphone.

— Claudia ! Ma fille chérie, je suis désolé. Nous sommes submergés de travail…

— Simon Desbiens d'Homo Sum Montréal dit que les premiers volontaires évacués devraient arriver à Montréal d'ici quelques jours.

— Simon Desbiens t'a téléphoné ?

— Non. Je l'ai appelé. Papa, quand est-ce que tu reviens ?

— Le capitaine est toujours le dernier à quitter le navire, tu le sais bien.

— Papa, ne dis pas ça, bredouilla Claudia, un trémolo dans la voix.

— Holà, ma puce ! Tu bâtis une montagne avec des riens ! Tout ça, c'est de la politique. On fait preuve de prudence, un point c'est tout. Il n'y a pas de chars d'assaut en vue, pas un seul coup de feu n'a été tiré, pas de soldats défilant dans les rues.

Saint-Germain fit abstraction des Casques bleus qui n'étaient là que pour assurer la paix.

— Et puis, comme l'eau potable est rationnée, en limitant le personnel, on évite d'épuiser les ressources locales.

Il continua de broder un peu, car il connaissait bien sa fille et son penchant pour les causes humanitaires. Il décida qu'il était temps de changer de sujet.

— Comment va Jean ? demanda-t-il, s'informant du conjoint de Claudia.

— Il va bien, répondit-elle, agacée par les faux-fuyants de son père. Il finit d'enseigner dans deux jours, et ensuite il part à Cuba pour une semaine.

— Seul ?

— Oui. Moi aussi, je suis submergée de travail, et lui, il a besoin de vacances, le défendit-elle. Papa, tu ne peux pas supporter Jean ! Je sais bien que tu me demandes ça seulement pour changer de sujet encore une fois !

Saint-Germain eut la bonne grâce d'émettre quelques protestations peu convaincantes. Claudia sourit malgré elle en l'imaginant, au bout du fil, à des milliers de kilomètres de là.

— Papa, tout ce que je veux dire, c'est... sois prudent. J'ai un mauvais *feeling* à propos de cette histoire.

Saint-Germain pensa à ménager de nouveau les sentiments de sa fille, mais son ton sincère l'en dissuada.

— Moi aussi, la situation m'inquiète. Je ne prendrai pas de risques, chérie. Je serai prudent.

Alex gara sa voiture et en descendit aussitôt. D'un pas rapide, elle remonta le sentier devant le bureau de police. Le capitaine Pra Dan en sortait au même moment et il l'attendit sur le pas de la porte.

— Capitaine, je peux vous parler ?

Quand elle fut arrivée à sa hauteur, elle mit les mains dans les poches arrière de son jeans et balaya rapidement les environs du regard.

— J'ai perdu Gan Noc de vue hier soir. Il n'est rentré chez lui que vers trois heures du matin.

Pra Dan garda le silence et attendit la suite.

— J'avais une réunion, reprit-elle. Je suis passée chez lui après. Je pensais le trouver bien tranquille avec sa fille, comme les autres soirs, mais ils étaient sortis. Vous n'auriez pas une petite idée de l'endroit où il aurait pu aller ?

— Je l'ai vu assister à une réunion secrète du parti d'opposition dans la forêt, au nord d'Aldjanin. Il a dû faire garder sa fille.

— Secrète ?

— Le Congrès des sages n'apprécierait pas que l'opposition mine l'image d'unité qu'il souhaite projeter vis-à-vis la communauté internationale. Même si le Scynao est une démocratie maintenant… il est préférable de continuer de faire preuve de circonspection.

— Et puis, les habitudes sont dures à perdre.

— Il y a un peu de cela aussi, sourit poliment Pra Dan.

— Qu'est-ce qui a été décidé, à cette réunion secrète?

— Elle avait pour but de prévenir les habitants qu'une marche de protestation nationale aura lieu demain.

— C'est le Congrès des sages qui va être content.

Alex passa la main dans ses cheveux, encore surprise de les sentir si courts sous ses doigts, alors qu'elle les portait plus longs quand elle était à Alert.

— Croyez-vous qu'Hélène Cournoyer soit toujours en danger? continua-t-elle.

— Entre vous et moi, je crois que nous sommes tous en danger.

Le lendemain, le temple était bondé pour une méditation de compassion. Le parti d'opposition s'était servi de ce prétexte pour réunir ses partisans sans attirer l'attention des autorités. Après la cérémonie, les manifestants marcheraient, probablement vers Tich. Il y avait sans doute eu des fuites, ou quelqu'un avait volontairement laissé filtrer l'information, car plusieurs journalistes étaient arrivés en vitesse dans les dernières minutes et s'étaient plantés à l'extérieur du temple, devant l'arcade encadrant le chemin d'entrée.

De la fenêtre de son bureau, Hélène les observait avec un mélange d'amertume et d'inquiétude. Pra Dan avait de nouveau cogné à sa fenêtre la veille, et ils étaient retournés s'allonger dans la forêt. Il lui avait avoué qu'il était très fatigué, car il avait peu dormi la veille. Il lui avait révélé ce qui se préparait pour le lendemain. Au lieu de faire l'amour, ils s'étaient enlacés, Hélène collée contre lui, l'oreille contre son cœur, mais la tête ailleurs. Dans cette position, elle avait observé rêveusement au-dessus d'eux les feuilles des différentes espèces d'arbres, aux textures et formes proches mais distinctes, et les camaïeux de verts, de la chartreuse au vert bouteille, en passant par l'olive des cèdres. Dans la nuit tombante, ces différences s'estompaient et peignaient un tableau très subtil. C'était un peu comme le Scynao, avait-elle pensé, avec sa courtoisie, sa politesse, son unité dans l'adversité. Mais le lendemain, si cette marche de protestation avait lieu, ses différences risquaient d'éclater au grand jour.

— Est-ce que tu dois absolument aller travailler demain ? lui avait demandé Pra Dan en explorant paresseusement sa nuque avec les doigts.

Hélène avait pouffé de rire.

— Non, pas absolument. C'est juste que si je m'absentais, il me faudrait une semaine pour réparer le fouillis que mon patron mettrait dans mes dossiers !

— Si tu dois absolument y aller, reste à l'intérieur jusqu'à ce que la marche soit finie. Promets-le-moi et je serai rassuré.

— Promis, avait-elle dit, troublée malgré elle par son insistance.

Du doigt, elle avait dessiné une petite croix sur le cœur de son amant.

Aujourd'hui, l'office achevait et, sans que Pra Dan le lui ait mentionné, sans qu'elle l'ait vu, elle savait qu'il était quelque part, qu'il s'acquittait de son travail, qu'il risquait peut-être sa vie. Les portes du temple s'ouvrirent et le gong résonna plusieurs fois. Aussitôt, l'édifice fut entouré de soldats naotiens. Sous l'effet de la surprise, Hélène étouffa un cri : elle ne les avait jamais vus s'approcher.

Les photographes s'animèrent aussitôt, mais déjà des soldats les repoussaient à une distance plus sécuritaire. C'est alors que Pra Dan sortit du boisé devant le temple et traversa la rue. Le cœur dans la gorge, elle le vit franchir l'arcade et se placer, désarmé, devant ses hommes. Il s'adressa à celui qui paraissait être l'organisateur de la marche. Par la fenêtre entrouverte, elle les entendait discuter dans leur langue sans rien comprendre de leurs échanges, mais le ton belliqueux du manifestant révélait clairement la nature de ses intentions. Saint-Germain s'approcha d'elle.

— Comprenez-vous ce qu'ils disent ? demanda-t-elle, morte d'inquiétude.

Saint-Germain écouta quelques instants, puis traduisit.

— Le capitaine Pra Dan explique que le Congrès des sages comprend et apprécie l'effort de courage, de confiance et d'abnégation qu'il exige de son peuple. Il est inutile et serait dangereux d'entamer cette marche de protestation. Le Congrès promet que chaque Naotien pourra fièrement parler à ses enfants et petits-enfants du jour où il a choisi de faire preuve d'unité dans l'adversité…

Saint-Germain s'arrêta tandis que le meneur répliquait avec véhémence.

— J'ai de la difficulté à suivre, grimaça Saint-Germain devant la rapidité des échanges. Il est question de vérité et de la nouvelle démocratie au Scynao. On peut imaginer le reste.

Pra Dan resta très calme quand le protestataire essaya en vain de l'écarter de son chemin. L'homme s'y reprit avec plus de force, à plusieurs reprises, avec guère plus de succès. Les soldats autour commençaient à s'agiter, mais attendaient un signe de leur capitaine. Quand l'homme voulut utiliser son bâton de marche comme arme, Pra Dan para le coup, dévia le bâton vers le bas et assena un coup de pied à l'arrière du genou de son assaillant. Les autres manifestants se ruèrent sur lui. Hélène poussa un cri et voulut courir à son secours, mais Saint-Germain la retint d'une main ferme. Il lui fit signe de regarder la suite.

Dans une sorte de ballet martial, les soldats étaient entrés dans le jeu. Il semblait à Hélène qu'ils utilisaient le karaté pour maîtriser la foule. Leurs coups étaient ponctués de cris gutturaux, mais aucune arme, hormis quelques bâtons, ne fut utilisée de part et d'autre. Un respect inné de la vie l'interdisait, pour la majorité des combattants. Peu à peu, les affrontements prirent fin et plusieurs hommes furent mis aux arrêts. On s'occupait déjà de quelques blessés, dont un, plus grave, qui semblait souffrir d'un malaise cardiaque et devrait être conduit à la clinique de Tich. Hélène soupira de soulagement.

Quand elle fit mine d'aller rejoindre Pra Dan, Saint-Germain la retint de nouveau. Il ne pouvait pas la laisser mettre en péril la carrière d'un homme qui avait autant d'importance pour lui.

— Pour ma part, ce que vous vivez avec lui, dans votre intimité, ne regarde que vous…, confia-t-il à Hélène.

— Vous désapprouvez cette liaison, l'interrompit Hélène, je le sais ! Je ne cherchais pas à tomber en amour, avec lui ou n'importe qui d'autre, je vous le jure. C'est arrivé comme ça !

— Si vous affichez votre relation interraciale devant ses hommes, poursuivit implacablement Saint-Germain, vous allez détruire sa carrière et vous le placerez dans une situation très précaire vis-à-vis de sa famille. Il serait soupçonné d'avoir abusé de vous alors que vous viviez sous son toit. Il perdrait tout, n'en doutez pas : le respect de ses hommes, sa position, sa fierté, probablement même le soutien de ses proches. Vous commettriez une grave erreur en minimisant l'ostracisme qu'exercent les Naotiens envers ceux qui se lient à des Occidentaux.

Pour la première fois, Hélène fut confrontée aux barrières érigées autour de son amour. Avant, leurs rencontres clandestines avaient quelque chose de magique, elles représentaient un secret connu d'eux seuls. Maintenant, les yeux brouillés de larmes, elle regardait Pra Dan diriger ses hommes et, comme anéantie par un coup de poing en plein cœur, elle comprit. Leur amour était prisonnier de la forêt enchantée, car nulle part ailleurs il ne pourrait s'épanouir et grandir.

Voyant qu'Hélène se pliait à ses arguments, Saint-Germain retourna sans entrain à son bureau.

De son poste d'observation, Alex avait suivi toute l'altercation. Les Casques bleus avaient été mis au courant, mais on leur avait ordonné de ne pas s'en mêler. En arrivant, Alex avait remarqué Hélène Cournoyer, déjà à la fenêtre de son bureau. Elle en avait conclu que la femme savait déjà où et quand la marche aurait lieu, même avant elle et les journalistes. La secrétaire avait peut-être des contacts dans l'opposition, mais il était plus probable, songea-t-elle, que Pra Dan l'avait prévenue. Il s'était bien gardé de faire suivre l'information jusqu'à elle. Alex claqua la langue, ennuyée. Il faudrait qu'elle remédie à ce problème de communication. Après tout, le capitaine devrait facilement comprendre qu'il ne pouvait espérer qu'elle assure adéquatement la sécurité d'Hélène Cournoyer sans disposer de toutes les données. Par contre, elle ne savait quoi penser de l'absence de Gan Noc à cette manifestation. S'il avait assisté à la réunion préparatoire comme le prétendait Pra Dan, pourquoi n'était-il pas venu en fin de compte ?

Le combat n'avait pas mis l'école en danger, mais lorsque Lehla et Mari avaient entendu les bruits trop familiers de bataille, elles n'avaient pris aucun risque et avaient rassemblé leurs protégés à l'intérieur d'un petit réduit. Mari et ses enfants avaient survécu à la guerre d'indépendance du Scynao, pas son mari. Même si elle s'efforçait de vivre dans le moment présent, les leçons du passé avaient été trop chèrement acquises pour qu'elle les oublie. En prévision de pareille circonstance, Lehla et Mari avaient entassé, pour les enfants et pour elles-mêmes, toutes sortes de jouets et quelques vivres dans une cave sous l'école. Elles dissimulèrent leur inquiétude aux petits en leur proposant cette étrange partie de cache-cache. Le retour au calme leur apporta un intense soulagement.

Un peu plus tard, à la maison, Hélène discuta avec Lehla et Mari au sujet des événements de la journée. Bien que ses amies aient, elles aussi, leurs doutes face au parti pris du Congrès, elles éprouvaient un si grand respect pour la sagesse de ses membres et avaient une telle confiance en Pra Dan qu'elles balayaient du revers de la main toute protestation.

— Le Scynao trouvera sa voie s'il reste sincère et honnête, et s'il respecte les enseignements des Sages, décréta Mari.

— Je ne sais pas si nous pourrons être jamais tout à fait nous-mêmes, intervint Lehla.

— Je crois que lorsqu'on essaie de vraiment comprendre l'autre et que l'on choisit sciemment de dialoguer plutôt que de se battre, alors, tous les espoirs sont permis, l'encouragea Hélène.

— Voilà ! s'écria Mari, souriante.

— Oui, concéda Lehla, songeuse.

Fatiguées par toutes ces émotions fortes, elles s'étaient retirées tôt dans leur chambre. Pra Dan avait promis de venir dormir à la maison, après le travail, pour les rassurer. Hélène avait passé une jupe, dont la taille élastique compensait le fait qu'elle avait perdu du poids, et une chemise simple et avait laissé de côté son châle pour une fois. Puis elle attendit, la joue appuyée contre ses bras repliés sur le bord de la fenêtre, espérant que Pra Dan la rejoigne. Elle ne serait vraiment tranquille que lorsqu'il serait là, qu'elle le tiendrait dans ses bras. Et puis, comme un fantôme, soudain il apparut devant elle. À demi agenouillé, il prit son visage entre ses mains et l'embrassa délicieusement. Mais, très vite, le corps en feu, il eut besoin d'assouvir ce sentiment de vide qui lui venait d'avoir été trop longtemps séparé d'elle. Hélène saisit son visage à son tour et le repoussa.

— Allons là-bas, chuchota-t-elle.

Là-bas, où elle pourrait lui montrer combien il lui avait manqué, combien elle s'était inquiétée pour lui ! Combien elle l'aimait !

Alex les observait dans l'ombre et les suivit de loin jusqu'à un éclaircissement dans le bois. Les fougères et hautes herbes étaient couchées, signe qu'ils ne fréquentaient pas cet endroit pour la première fois. Pra Dan enveloppa Hélène de ses bras, et la femme en Alex apprécia le mélange de douceur et de force avec lequel il la serrait tout contre lui. Par contre, le voyeurisme n'était pas son style. Elle tourna les talons et se fondit dans la forêt sans qu'on la remarque. Elle parlerait à Pra Dan de leur problème de communication quand il serait moins occupé.

Alex retourna à son campement et s'allongea tout habillée sur son lit. Mais elle ne parvint qu'à somnoler. Son esprit ne trouvait pas le repos. C'était la question de l'absence de Gan Noc à la marche de protestation qui la turlupinait. Elle avait mené une enquête approfondie à son sujet. Ses collègues le décrivaient comme un homme honnête, compétent, et capable de colères spectaculaires. La secrétaire de HEEI qui avait tardé à le prévenir de la maladie de son fils avait demandé un congé de quarante-huit heures pour choc nerveux.

— Perdu son fils, perdu sa femme… perdu les pédales ? se demandait Alex. Il assiste à la rencontre du parti d'opposition parce qu'il est contre la démarche diplomatique du Congrès… Oui… Il ne se laisse pas marcher sur les pieds, lui. Par contre, c'est un homme intelligent. Il veut savoir ce que les autres ont en tête ; il est prêt…, prêt à agir, prêt à se venger. Il est orgueilleux. C'est un loup blessé, dans son orgueil, dans son cœur. Un loup blessé…

En un éclair de douleur et d'illumination, Alex ouvrit les yeux, le souffle coupé. Elle se redressa aussi sec dans son lit. Elle plaqua la main droite en travers de sa taille, puis de sa poitrine comme pour contenir son cœur qui battait à tout rompre. Sa main glissa vers son bras gauche et y planta les ongles pour ne pas perdre le fil.

Un loup blessé ne marche pas.

Il attaque.

Chapitre 7

Alex sauta dans sa voiture et fila à vive allure vers le boisé d'Aldjanin où elle avait laissé Pra Dan dans les bras d'Hélène. À deux heures du matin, elle téléphona à son supérieur des Casques bleus et réussit à le convaincre d'envoyer quelques soldats en reconnaissance chez Gan Noc et aux bureaux de HEEI. Cela réglé, il fallait maintenant à tout prix qu'elle parle à Pra Dan. Il en savait peut-être plus que ce qu'il lui avait dit.

Quand elle dépassa le barrage Terre et Eau, elle aperçut soudain le ciel qui rougeoyait dans la nuit. Elle lâcha plusieurs jurons et accéléra vers le feu. Avec une angoisse croissante, elle dévala la route cahoteuse et s'accrocha aux virages en épingle à cheveux. De loin, elle entendit le gong du temple résonner pour réveiller les villageois et les prévenir d'un événement grave. Elle fut choquée, lorsqu'elle écrasa les freins, de constater que c'était la maison des Pra Dan qui brûlait.

Un voisin s'était risqué à l'intérieur. Il sortit, tenant dans ses bras une femme âgée, toute petite : Mari. Elle paraissait endormie, et ne présentait aucune trace de brûlure. Dans un naotien rapide, Alex demanda à l'homme s'il avait vu quelqu'un d'autre dans la maison. Il lui répondit qu'il n'avait vu personne dans les chambres, mais ne s'était pas rendu dans la nouvelle pièce. Soudain, des hurlements s'élevèrent.

Alex enleva son blouson de cuir, s'en couvrit la tête et entra, courbée, dans l'habitation en flammes. L'air brûlant lui coupa le souffle, la fumée lui brouilla la vue. Elle se dirigea à tâtons vers la gauche.

Soudain, Lehla se rua sur elle, fendant la fumée épaisse. Ses cheveux et sa robe étaient en feu. Alex la fit tomber sur le sol et étouffa les flammes aussi vite qu'elle le put avec son blouson, en la roulant par terre. Lehla se débattait, folle de peur et de douleur. Ses cris, ses gémissements effroyables déchiraient Alex. Aussitôt les flammes éteintes, elle la releva et tenta de l'entraîner vers l'extérieur, mais Lehla n'arrivait plus à marcher. Alex se pencha, appuya son épaule contre le ventre de la pauvre femme et la fit basculer sur son dos. Elle la sortit enfin de la maison et un homme l'aida à l'emmener en sûreté à côté de sa mère, allongée sur une bâche. Des ambulanciers des Casques bleus étaient arrivés entre-temps et leur prodiguèrent les premiers soins.

Pra Dan émergea de la forêt en courant. Il se fraya un chemin à travers les gens qui, déjà, faisaient la chaîne pour éteindre l'incendie et éviter qu'il ne s'étende aux maisons de bois voisines et à la forêt. Hélène arriva peu de temps après par un sentier différent, menant aux toilettes extérieures. Dans le brouhaha, seule Alex remarqua le stratagème, et elle apprécia qu'Hélène protège ainsi la réputation du militaire. Pra Dan se prit la tête à deux mains en hurlant. Il essaya d'entrer dans le brasier, mais un voisin l'en empêcha et lui expliqua qu'on avait réussi à évacuer sa mère et sa sœur. De la main, il lui indiqua la bâche sans avoir le courage de lui annoncer dans quel état elles étaient. Pra Dan courut vers les ambulanciers, Hélène sur ses talons.

Mari n'avait pas repris connaissance, et les ambulanciers s'affairaient à pratiquer la réanimation cardio-respiratoire. Lehla geignait d'une voix faible et aiguë. En la voyant, Pra Dan tomba à genoux et ses yeux s'embuèrent de larmes. Les cheveux de la jeune femme étaient collés sur sa tête par endroits dans un amas méconnaissable, son cuir chevelu noirci pelait et suintait de sang. Elle n'avait plus de sourcils, plus de cils. Ses mains et sa jambe droite étaient atrocement brûlées.

En sentant l'odeur écœurante de chair grillée, Hélène eut du mal à réprimer un haut-le-cœur. Ç'aurait pu être elle, allongée sur le sol, dans des douleurs atroces.

— Oh ! mon Dieu ! Oh ! mon Dieu ! balbutiait-elle, impuissante devant pareille tragédie.

Elle s'agenouilla en pleurant près de ses deux amies, incapable d'une pensée cohérente.

Les ambulanciers embarquèrent les deux patientes dans le camion. Ils allaient les conduire vers la clinique de Tich, beaucoup plus proche que l'hôpital, où, avec de la chance, leur condition pourrait être stabilisée. Jamais les soldats n'arrêtèrent leurs soins. Il ne fut pas permis à Pra Dan de monter avec elles, l'espace étant trop restreint. Il resta là, hébété, à regarder le camion s'éloigner.

Derrière lui, la maison achevait de se consumer. Malgré les efforts de nombreux villageois, il n'en resterait pas grand-chose. Au moins, les maisons voisines et la forêt étaient épargnées. Hélène était toujours agenouillée à l'endroit où, quelques minutes auparavant, les deux victimes gisaient ; elle avait la tête cachée dans ses bras, comme pour s'empêcher de sentir, d'entendre et de voir l'horreur environnante.

— Pra Dan ! cria Alex, pour couvrir le fracas.

Comme il ne réagissait pas, Alex courut vers lui, lui secoua les épaules et répéta plus fort :

— Capitaine Pra Dan !

Il détourna son regard lentement vers Alex. La douleur et l'incompréhension qu'elle y lut l'émurent un instant.

— Capitaine Pra Dan, j'ai besoin de savoir « maintenant » si vous croyez que Gan Noc est derrière ça, le somma-t-elle en montrant du menton les ruines calcinées et fumantes.

Comme il ne répondait pas, elle lui répéta sa question en naotien. Il secoua la tête en s'ébrouant comme un cheval, comme s'il espérait, l'espace d'un moment, balayer le spectacle de la mort et de la vie qui s'entre-déchiraient autour de lui.

— Pourquoi aurait-il fait ça ? intervint Hélène d'une voix lasse.

Ses yeux immenses semblaient vibrer dans son visage défait.

— Mari et Lehla prenaient grand soin de ses enfants. Mari est même allée veiller Rany à l'hôpital. Ça n'aurait pas de sens.

Pra Dan confirma d'un hochement de tête.

— Ce soir-là, dans la maison, il a dit que vous l'aviez tous trahi, objecta Alex.

— Il ne se vengerait pas comme ça ! s'écria Pra Dan. Pas comme ça…

— Comment alors ? le talonna Alex. Comment ?

Elle le secoua de nouveau. Parce qu'elle était grande, son visage était à la même hauteur que celui du militaire. Il se détourna d'elle et observa froidement les braises du logis familial, où il avait vécu toute sa jeunesse, puis il s'éloigna un peu du bruit et de l'activité entourant le site de l'incendie. Au loin, entre deux maisons, il fixait une portion du barrage Terre et Eau sans vraiment la voir, dans l'obscurité. Il reprit le contrôle de sa respiration. Il comprenait l'inquiétude d'Alex : elle craignait une escalade après la manifestation de la veille. Il fallait qu'il ignore ses sentiments, pour le moment, sinon il serait incapable de l'aider.

Hélène ne comprenait pas pourquoi Alex s'inquiétait tant à propos de Gan Noc, alors que ses deux amies avaient presque été brûlées vives. Elle n'arrivait pas à oublier le visage défiguré de Lehla.

— HEEI l'a congédié, le saviez-vous ? lâcha Pra Dan, sans détourner son regard du barrage.

— Oh ! non ! s'exclama Hélène, atterrée.

— Quand ? demanda Alex.

Pra Dan haussa les épaules.

— Je l'ai appris en fin d'après-midi.

— Vous ne m'en avez pas parlé, lui reprocha Alex, les mâchoires serrées.

— Ce n'est pas encore officiel. Il n'était pas à la marche non plus. Entre l'émeute, la surveillance accrue et…

Alex lança un coup d'œil en coin à Hélène, qui évita son regard.

— Je vous l'aurais dit ! se défendit Pra Dan, agacé. Et puis, il n'était pas à la marche ! J'ai pensé que sa mise à pied l'avait assommé.

Il pivota et revint sur ses pas.

— Il faut que j'aille à la clinique.

Alex lui bloqua le passage.

— Je suis désolée pour votre famille. Mais il se passe quelque chose de très grave, je le sens. Si des membres du parti d'opposition sont prêts à mettre le feu…

— C'était peut-être un accident ? intervint Hélène.

Pra Dan et Alex la regardèrent tous les deux, d'un air réservé.

— J'aurais préféré que ce soit un accident, se ravisa Hélène, résignée.

— Madame Cournoyer, il n'y avait plus de chauffage, tempéra le capitaine. Ma mère ne laisse jamais de lampe allumée la nuit. Non, quelqu'un a voulu me punir parce que je me suis opposé à la manifestation. Cette personne a vu ma voiture devant la maison…

La gorge serrée, il fut incapable d'ajouter un mot. Il cacha son trouble en écartant Alex pour aller vers sa voiture. Les siens avaient été cruellement blessés à cause de lui, c'était la seule explication. Sa culpabilité menaçait de l'étouffer. Il fallait qu'il aille à la clinique, tout de suite. Alex lui empoigna le bras et le força à la regarder.

— Laissez-moi ! gronda Pra Dan. Vous avez vu dans quel état sont ma mère et ma sœur ? ! Il faut que je les rejoigne !

Mais Alex s'entêta.

— Si des gens ordinaires ont cru bon de brûler la maison de votre mère, qu'est-ce qu'un type comme Gan Noc, qui a toutes les raisons du monde de péter les plombs, serait capable de faire ? Vous êtes un ami de longue date, le parrain de son fils. Mettez-vous à sa place et dites-moi : qu'est-ce qu'il va faire ?

D'un coup sec, Pra Dan dégagea son bras et se dirigea d'un pas rapide vers sa voiture. Alex lui emboîta le pas. Hélène avait l'impression d'assister aux manœuvres circonspectes de deux fauves qui se jaugent avant de s'attaquer.

— Je pense que, pour lui, l'affront personnel est plus important que la politique, déclara Pra Dan. C'est à HEEI qu'il en veut le plus. C'est là qu'il va frapper. Et il va frapper fort parce qu'il croit ses dirigeants responsables de la mort de son fils et de sa femme, et parce que HEEI l'a laissé tomber au moment où il avait le plus besoin d'aide.

Il ouvrit la portière de l'auto ; Hélène s'apprêtait à monter côté passager.

— Le barrage ? supposa Alex, avec une nouvelle certitude. Pra Dan, si c'est le barrage, vous devez m'aider. Des centaines de vies sont en jeu !

Sur le visage du capitaine, d'habitude si paisible, des émotions d'une intensité presque inhumaine se faisaient la guerre. Par-dessus le toit de la voiture, il plongea son regard dans celui d'Hélène. Sans qu'il ait besoin de prononcer un seul mot, elle comprit que, pour pouvoir continuer, il avait besoin d'elle, il avait besoin qu'elle assure la relève. Parce qu'elle était sensible et humaine, parce qu'elle aimait sincèrement sa mère et sa sœur, parce qu'elle était la seule en qui il avait confiance, il ne pouvait imaginer personne d'autre pour le remplacer auprès d'elles.

— J'y vais tout de suite. Je ne les quitterai pas une minute, lui promit Hélène.

Elle vint lui prendre la main et la serra quelques instants, gênée par les gens tout autour d'eux occupés à finir d'éteindre les braises. Elle n'osait en faire plus. Par ce contact, par l'intensité de son regard, elle espérait lui transmettre la force de son amour.

— Allons-y ! dit Pra Dan à Alex pour mettre fin à ses tourments.

Il donna les clés à Hélène, puis se dépêcha de monter dans le véhicule d'Alex. Ils démarrèrent en trombe vers le barrage Terre et Eau.

Hélène monta dans la voiture de Pra Dan. Le pare-brise et la lunette arrière étaient couverts de suie et de débris, elle n'y voyait rien. Malgré sa promesse de partir immédiatement, elle n'avait pas le choix : elle devait les déblayer avant de quitter les lieux pour se rendre à la clinique de Tich.

Alex composa un numéro sur son radiotéléphone, une main agrippée au volant.

— O'Neal, dit-elle lorsque Saint-Germain décrocha.

— Qu'est-ce qu'il y a ?

— La maison de la mère de Pra Dan a été incendiée. Deux civils blessés, dont un mort je crois.

À ses côtés, Pra Dan flancha et détourna le visage vers sa fenêtre.

— Pra Dan ?

— Il est avec moi. Nous sommes en route vers le Terre et Eau.

— Vous croyez la menace imminente ?

— Oui.

— Je vous reviens.

Alex éteignit le téléphone. Dans la voiture, le silence était lourd. Pra Dan se concentrait sur la tâche à accomplir, comme

il s'y était astreint déjà au cours de nombreux conflits auparavant. Mais il lui fallait puiser au plus profond de lui-même
pour oublier, même un instant, le visage calciné de sa sœur
et le corps inerte de sa mère. La sonnerie du cellulaire le fit
tressauter.

— O'Neal, répondit-elle.

— J'ai joint les principaux postes. On ne rapporte rien
d'anormal à aucun des barrages.

— Nous sommes presque arrivés au Terre et Eau. Je
vous rappelle.

Devant eux, elle aperçut un barrage routier. Son supérieur immédiat avait dû ordonner qu'on l'établisse au cours
de la nuit. Un militaire lui indiqua d'un geste de s'arrêter. Elle
obtempéra et lui montra son insigne.

— Depuis quand êtes-vous là ? lui demanda-t-elle.

— Deux heures vingt.

— Quelqu'un est passé ?

— Personne.

— Le barrage a été inspecté ?

— Même la section déminage est passée. Ils n'ont rien
trouvé.

— Mmm…

Alex fit demi-tour et repartit à vive allure.

— Où allons-nous maintenant ? demanda Pra Dan.

— À Tich. Je veux en avoir le cœur net.

Aussitôt arrivée à la clinique, Hélène demanda à voir Mari
et Lehla. Mais comme elle n'était pas de la famille, l'infirmière
de garde, qui habitait sur les lieux, refusa catégoriquement de
la laisser entrer et lui suggéra plutôt de s'asseoir sur le banc
de la salle d'attente. À bout de nerfs, Hélène allait protester
qu'elle était leur colocataire, quand elle vit le docteur Moreau
sortir d'une salle. Elle bondit vers lui malgré les récriminations
de la Naotienne.

— Comment vont-elles ? demanda Hélène.

Soucieux, Moreau la dévisagea distraitement. Il glissa son stéthoscope dans la poche de son sarrau.

— Ça va, Pui ! Je la connais, déclara-t-il à son aide.

Pui retourna, excédée, à sa chambre.

— Je suis désolé. Je n'ai rien pu faire pour ta logeuse. Elle était déjà décédée à son arrivée. La fumée l'a asphyxiée. Il y a au moins ceci de consolant, c'est qu'elle n'a pas souffert, elle ne s'en est jamais rendu compte.

Hélène ne fut pas vraiment surprise. Mari était restée immobile, même lorsque les ambulanciers s'acharnaient sur elle. Elle eut une prière pour ce petit bout de femme dynamique et enjouée qui lui avait ouvert sa maison et son cœur. Elle avait l'impression de perdre une mère pour la seconde fois. Comment pourrait-elle l'annoncer à Pra Dan ?

— Et Lehla ? se força-t-elle à lui demander.

Le docteur soupira. Il avait beau être fier de sa clinique, elle n'était pas équipée pour des cas aussi graves.

— Ses brûlures sont profondes et très étendues. Son état est critique, Hélène, et j'ai bien peu d'espoir de la stabiliser ou même qu'elle survive à ses blessures. Il faudrait prévenir ses proches s'ils veulent la voir une dernière fois.

Hélène croisa les doigts et les plaqua sur ses lèvres pour les empêcher de trembler. Elle déglutit péniblement et ferma les yeux un instant, dépassée par l'ampleur de la tragédie qui s'abattait sur eux. Elle s'obligea à inspirer profondément pour se calmer. Elle ignorait comment joindre Sokad. Ne restait que Pra Dan.

— Le capitaine est déjà au courant. Est-ce que je peux la voir ?

— Nous venons de lui administrer un calmant. Tu as quelques minutes, tout au plus, l'avertit-il en l'amenant dans la petite salle d'urgence.

Hélène hocha la tête en guise d'acquiescement. Elle avait encore en tête la peau calcinée de Lehla et fut soulagée de voir ses plaies nettoyées et pansées. L'arrière de la tête et la moitié du visage de son amie avaient été enveloppées de gaze, ainsi que ses mains et sa jambe droite. Lehla était allongée sur un lit à une place, les parties intactes de son corps couvertes par un drap blanc épais. Les murs de plâtre blanc étaient éclairés par la lumière crue d'un fluorescent ; la clinique avait l'avantage d'avoir été l'un des premiers bâtiments reliés au réseau électrique. Toute cette blancheur, propre et pure, paraissait presque obscène à Hélène qui savait ce qu'elle masquait. Elle avait du mal à garder sa contenance ; ses yeux se brouillaient de larmes. Encore une fois, elle essaya de se calmer en respirant profondément.

Moreau vérifia les signes vitaux et le soluté de sa patiente, puis les laissa.

Lehla ouvrit lentement les yeux. Ils étaient embrumés par la douleur et les sédatifs. Hélène s'approcha de son lit et se pencha au-dessus d'elle. Elle aurait aimé l'entourer de ses bras, lui toucher la joue ou la main, mais elle avait si peur de la faire souffrir qu'elle n'osa que la regarder avec compassion.

— Lehla, c'est Hélène, je suis là.

Elle glissa sa main sous celle de Lehla, posée sur le drap blanc, tout en guettant le moindre signe de douleur.

— Hélène…

— Oui. Le docteur vous a donné un calmant. Bientôt…

Hélène ravala un sanglot et détourna son visage vers son épaule pour cacher ses larmes, puis elle reprit :

— Très bientôt, vous n'aurez plus mal.

— J'étais… la toilette… fumée… ouvert la porte…, murmura Lehla d'une voix rauque, méconnaissable, puis elle gémit, son corps secoué de frissons.

— Ne parle pas, Lehla. Garde tes forces. Je vais rester ici, près de toi, toute la nuit.

Lehla ferma les yeux et sombra dans une sorte de demi-sommeil pendant une durée qu'elle aurait été incapable d'estimer.

Quand son amie rouvrit les yeux, Hélène fut surprise de retrouver un peu de son doux regard habituel. La douleur lâchait prise sous l'effet du calmant.

— Hélène...

— Oui ?

— Sommes-nous seules ? chuchota-t-elle.

— Oui, mais ton frère va venir dans quelques minutes, la rassura-t-elle en espérant dire vrai. As-tu besoin de quelque chose ?

Lehla ne répondit pas. Elle détaillait le visage d'Hélène d'un air rêveur, comme si elle voulait graver chaque trait dans sa mémoire pour son long voyage dans la nuit.

— Mon frère t'aime.

— C'est un homme extraordinaire, esquiva Hélène, qui craignait que Lehla ne désapprouve leur relation.

— Il a cherché longtemps. Je suis contente. Il t'a trouvée.

Hélène fut étonnée par cet élan de franchise de la part de Lehla. Comment avait-elle su ce qu'éprouvait son frère ? Mais l'heure n'était pas aux questions, car si la Naotienne parlait sans détour, c'est qu'elle croyait sa fin proche. Sentant l'urgence poignante du moment, Hélène lui ouvrit son cœur.

— Et moi, je croyais que le grand amour, ce ne serait jamais pour moi.

— Moi aussi, je l'ai cru.

— Tu trouveras un homme parfait pour toi...

Lehla ferma les yeux, excédée. Quand elle les rouvrit, elle observait Hélène avec une grande intensité, comme si elle voulait lui faire comprendre quelque chose.

— Qu'y a-t-il, Lehla ? Regrettes-tu que ton frère aime une Occidentale ? se força-t-elle à lui demander.

— Non..., comprends très bien.

Dans le regard de Lehla, d'habitude si réservé, Hélène voyait s'épanouir une telle lumière, une telle chaleur qu'elle en fut bouleversée.

— Moi aussi, je t'aime, avoua doucement Lehla en esquissant un pâle sourire.

— Je t'aime aussi, Lehla. Tu es comme la sœur que je n'ai jamais eue…

Lehla ferma les yeux de nouveau et bougea furtivement les doigts sur la main d'Hélène qui s'interrompit aussitôt.

— Je n'aurais rien dit, jamais pu… Juste toi et moi… Je veux que tu le saches, qu'au moins une personne sache… qui je suis.

Graduellement, Hélène s'immobilisa. Troublée et déconcertée, elle comprit entre les lignes ce que Lehla lui révélait. Cette lumière qui émanait de ses yeux, c'était celle de l'amour, mais pas l'amour d'une sœur, non : celui d'une amante. Hélène se mit à pleurer doucement, le souffle coupé par le courage de cette femme qui, au seuil de la mort, avait choisi de renoncer à toutes ses armures. Lehla n'aurait pas pu trouver une façon plus déchirante de lui prouver l'étendue de sa confiance et de son affection. Ses sentiments pour une femme, Occidentale de surcroît, auraient fait d'elle un paria dans son propre village s'ils avaient été connus. Elle savait qu'Hélène ne trahirait jamais cette confidence que, même maintenant, elle n'osait lui livrer qu'en termes voilés. Pourtant, Hélène ne pouvait se résoudre à lui mentir sur la nature de ses propres sentiments.

— Tu auras toujours une place dans mon cœur, Lehla.

— J'espérais seulement que tu ne te détournes pas de moi.

— Jamais ! jura-t-elle en essuyant ses larmes.

Lehla, apaisée, ferma les yeux. Sans se demander d'où lui venait cet élan, Hélène commença à prier. Mais ce qu'elle demandait à Dieu, elle aurait été bien incapable de le formuler en termes cohérents. Si Lehla survivait, ce serait au prix d'atroces souffrances. Si elle mourait elle aussi, comment Pra Dan pourrait-il jamais l'accepter et passer au travers ? Mais elle était reconnaissante pour au moins une chose : Dieu avait mis

Lehla sur sa route, pour qu'elle puisse la connaître et l'aimer. Comme une sœur.

Alex O'Neal couvrit la distance entre le barrage et la maison de Gan Noc en un temps record. Un Casque bleu était posté sur le chemin de terre et faisait le guet. Alex et Pra Dan présentèrent leurs pièces d'identification.

— Est-ce que Gan Noc est à l'intérieur ? demanda-t-elle.

— Oui, madame. J'ai pris mon poste vers deux heures trente. J'ai vérifié que Gan Noc Stevanodilak était sur les lieux, déclara le militaire.

Alex nota avec approbation qu'il avait à peine hésité sur le prénom.

— Une petite fille dort dans la chambre du fond. Le soldat Timmins est posté à l'arrière. Personne n'a bougé.

— Est-ce que la cible était éveillée à votre arrivée ? demanda Pra Dan.

Après s'être assuré d'en avoir l'autorisation auprès d'Alex, le militaire répondit :

— Non. Il était couché sur le dos, sur le tapis de la pièce principale.

— Vivant ? s'assura Alex.

— Il s'est tourné pendant que je le surveillais. Si je peux me permettre, madame, il était clairement soûl.

— Mmm… Merci, soldat.

O'Neal et Pra Dan retournèrent lentement vers la voiture.

— Vous voulez vérifier ? demanda Pra Dan.

— Inutile. Même s'il était revenu à la même vitesse que nous, il n'aurait jamais pu être ici à deux heures trente. Je me suis trompée.

— Et maintenant ?

— Je ne sais pas. J'ai toujours ce sentiment que quelque chose se prépare.

— Les cibles vulnérables d'Aldjanin sont bien protégées. Si quelque chose arrive, ce ne sera pas ici, à mon avis.

— Vous avez sans doute raison. Je vous dépose à la clinique ?

— Merci, je préfère marcher. Et vous devez être épuisée.

Alex ouvrit la portière.

— Je suis désolée. Pour votre famille. Merci pour votre aide.

Pra Dan hocha la tête et s'en alla. Alex le regarda marcher un moment avant de repartir chez elle, l'esprit soucieux.

Quand Pra Dan fut certain que l'agent O'Neal avait pris le chemin d'Aldjanin, il bifurqua vers la forêt par un sentier étroit. À l'est, le ciel commençait à s'éclaircir. Après une quinzaine de minutes de marche rapide, il arriva à la cabane de son frère. Il vit Sokad assis sur le bord de la petite galerie qui bordait le devant de la maison.

— Qu'est-ce que tu veux ? lui demanda Sokad.

Pra Dan s'arrêta devant lui et l'observa un moment avant de répondre. Tous les sentiments refoulés pendant les dernières heures bouillonnaient en lui comme une mixture empoisonnée qui aiguillonnait sa colère. Il savait que s'il s'y prenait mal, il pourrait définitivement se mettre son frère à dos et perdre le peu d'ascendant qu'il avait encore sur lui.

— À dire vrai, je l'ignore. As-tu eu des nouvelles de notre mère récemment ?

Sokad détourna son regard, et Pra Dan sentit comme une lame glaciale lui glisser sur la peau. Il maîtrisa son accès de rage avant de continuer.

— Quelqu'un a mis le feu à la maison. Notre mère et notre sœur ont toutes les deux été surprises par l'incendie. Je crois qu'il y a peu de chances qu'elles survivent.

Sokad prit sa tête entre ses mains. Devant son attitude prostrée, Pra Dan éprouva un bref élan de pitié pour lui.

— Je voulais que tu me jures, Sokad, que tu n'as rien à voir dans cette histoire, mais finalement, cela n'a pas d'importance. Je vois bien que tu étais au courant de leurs projets.

— Aucun tort ne devait leur être causé ! Toi seul…

— Moi seul… quoi ?

— Ils voulaient seulement te faire entendre raison !

— Alors ils ont mis le feu… chez ma mère ?

— Tu y étais, non ? Pourquoi ne les as-tu pas sauvées ?

— Je patrouillais dans les environs, mentit Pra Dan.

— Avec la Canadienne ? ricana Sokad. Nous vivons dans une démocratie. Nous avons le droit de manifester. Tu n'as pas le droit de nous en empêcher !

— En temps normal, je serais d'accord. Mais le Scynao est menacé de toutes parts. Pour avoir du poids, nous devons être unis avec le Congrès des…

— Le Congrès ne voit rien ! Le Congrès est tourné vers le passé !

— Dans le passé, un fils n'aurait jamais été prêt à sacrifier toute sa famille pour manifester pacifiquement ! C'est toi qui déraisonnes !

— Je n'ai rien fait ! Je n'étais même pas à Aldjanin !

— Tu n'as rien fait, et en ne faisant rien, tu as été comme le souffle léger qui attise la flamme !

— Tu ne comprends rien ! Tu ne veux rien comprendre ! Moi aussi, j'ai perdu ma mère et ma sœur. Ne vois-tu pas que j'ai du chagrin ?

— Tu as peut-être tort. À ce que je sache, elles ne nous ont pas encore quittés. Auras-tu le courage d'aller les voir dans leurs derniers moments et de les supplier de te pardonner ?

Sokad essuya ses mains moites sur son pantalon et se leva en se détournant de lui. Pra Dan ne pouvait accepter que son frère ait le sang bouillant et le cœur anémique. Il tenta le tout pour le tout.

— Le beau visage de notre sœur est presque calciné. Sa peau pèle, noire et friable ; on voit l'os de son crâne par endroits…

— Va-t'en ! Va-t'en, m'entends-tu ? Ne reviens jamais ! Tu n'existes plus pour moi ! Va-t'en ! hurla Sokad en pleurant, hors de lui.

La colère de Pra Dan s'effondra, ne laissant derrière elle qu'une amère dévastation. Peu de choses auraient pu le convaincre de pardonner à son frère, il le savait. Les sanglots de Sokad ne suffiraient pas, après qu'il avait admis que sa famille ne comptait pas pour lui. Pra Dan réprima ses larmes en pensant à la débâcle de la nuit. Il tourna le dos à son frère et partit aussi vite que le lui permirent ses pieds de plomb.

Pra Dan se rendit directement à la clinique. L'infirmière Pui lui confirma le décès de sa mère. Il demanda à voir Mari et l'embrassa une dernière fois sur le front. Elle paraissait dormir paisiblement, mais il sentait que l'énergie vibrante qui la caractérisait l'avait quittée. Il rejoignit Hélène au chevet de sa sœur, l'esprit engourdi de douleur. Hélène, assise sur un tabouret de métal au bord du lit, s'était assoupie, son bras replié lui servant d'oreiller. Lehla paraissait lui tenir l'autre main de sa main bandée. Il s'agenouilla du côté opposé du lit et observa tendrement sa sœur. Comme les bandages cachaient le pire de ses blessures, il arrivait maintenant à s'attarder à la délicatesse de ses traits. Il savait ce qu'elle souhaiterait en pareille circonstance. Même si elle n'était pas très pratiquante, Lehla croyait en une vie après la mort. Elle voudrait entreprendre cette pause dans le cycle de la vie sous la protection des bouddhas. Il demanderait aux moines d'entamer le rituel pour sa mère, mais il pouvait inciter l'âme de sa sœur à suivre sa lumière intérieure dans son long voyage.

Le cœur lourd, il commença à réciter doucement à son oreille la prière guide des mourants. Peu à peu, le calme et la paix revinrent dans son cœur parce que le destin lui avait accordé la possibilité, précieuse et unique, d'accompagner sa sœur dans son passage vers son autre vie.

Les paroles chantonnantes en naotien éveillèrent Hélène, elle ouvrit les yeux. Elle fut bouleversée par le visage défait, la tristesse empreinte de noblesse de son beau capitaine. De son attitude, elle déduisit qu'il récitait la prière traditionnelle pour libérer l'esprit du corps.

Le souffle de Lehla s'apaisa. Devint de plus en plus profond et sporadique.

L'aube venait de poindre lorsque son corps consentit enfin à laisser son âme s'envoler.

Chapitre 8

Le docteur Moreau était parti dormir chez lui. Pra Dan signa quelques papiers à la clinique et convint avec Pui des arrangements pour disposer des corps. Hélène l'entraîna ensuite dehors. Il lui parut trop affecté par les événements de la nuit pour conduire. Elle poussa gentiment Pra Dan du côté passager de sa voiture et elle se mit au volant. Perdu dans ses pensées, il se tenait, rigide et distant, à ses côtés. Ils revinrent en silence à Aldjanin. Le versant de montagne sur la rive opposée était plongé dans l'obscurité, mais le soleil filtrait entre les arbres sur la route.

Quand ils furent au village, Hélène hésita. Elle n'avait plus de toit et elle ne voulait pas laisser Pra Dan seul chez lui. Elle décida de se rendre au bureau d'Homo Sum, pour le peu de temps qu'il lui restait avant de devoir retourner au travail. Pra Dan pourrait profiter du lit d'appoint pour se reposer un peu.

Elle saisit sa main et le fit entrer. Ce contact sembla le sortir de sa transe. Aussitôt à l'intérieur, il attira Hélène vers lui. L'amour qu'il vit dans ses yeux déclencha en lui une sorte de fureur. Qu'elle puisse encore aimer après toutes les atrocités de la nuit lui semblait presque révoltant. Ne voyait-elle pas qu'à cause de lui, de son arrogance et de son manque de prévoyance, toute sa famille était détruite ? Il empoigna brutalement les cheveux d'Hélène à deux mains, plaqua sa bouche contre la sienne et l'embrassa avec force. Sa langue pénétra profondément, brutalement, entre ses lèvres. D'un geste sec, il remonta sa jupe, puis il souleva Hélène et la relâcha sur le bord de son bureau. Il écarta sa cuisse d'une main fiévreuse, la força à s'ouvrir complètement à lui jusqu'à ce qu'il puisse écraser son sexe contre le sien. Pourtant, à travers l'orage qui assaillait son esprit et son corps, il prit conscience peu à peu que la réaction d'Hélène n'était pas celle à laquelle il aurait pu s'attendre : elle n'avait pas peur du fauve en lui.

Hélène comprenait instinctivement son mélange de colère et de passion, son besoin de vengeance et d'amour ; sa souffrance et sa peine. Au lieu d'être effrayée par sa rudesse, de le repousser avec aversion, elle l'enlaça plus intimement encore, les jambes verrouillées autour de sa taille, les doigts ancrés dans ses cheveux drus. Elle écrasa sa poitrine contre la sienne, comme pour apaiser le feu dans ses seins lourds. Sa langue ripostait à celle de son amant, coup pour coup. Elle voulait lui montrer qu'elle n'était pas sa victime et qu'il n'était pas seul dans la tourmente.

Pra Dan lui tendit un condom et baissa sa braguette. Elle déroula maladroitement le préservatif tandis qu'il déboutonnait sa chemise brodée et détachait son soutien-gorge. Il prit ses seins dans ses mains, les embrassa, les suça tour à tour, et quand il fut à bout, il la pénétra d'un seul coup. Hélène cria son nom, le souffle coupé par le plaisir tourmenté qui la tenaillait. Il balança les hanches d'un mouvement saccadé. Elle s'agrippa à lui, les ongles plantés dans son dos pour coller à son rythme. Il gémit et s'arc-bouta, la tête projetée vers l'arrière, quand l'orgasme le traversa et emporta avec lui toutes les saletés, toutes les horreurs, toute la rancœur qui lui avaient empoisonné l'âme. De ses mains gourmandes, elle tira sa tête vers elle pour un dernier baiser.

Pra Dan serra tout contre lui le corps frémissant d'Hélène. Il glissa son cou sur le sien et respira à plein nez les effluves capiteux de leur union, les odeurs mêlées de leurs peaux, de leurs sexes, et le parfum d'Hélène, si caractéristique qu'il savait qu'il était à jamais buriné dans sa mémoire. Il se retira d'elle. Hélène grimaça un peu en se redressant. Les muscles de ses jambes étaient peu habitués à de tels exercices. Elle rattacha distraitement son soutien-gorge. Pra Dan lui tournait le dos ; elle le sentait encore soucieux, mais plus calme. Elle l'enlaça par-derrière, une main sur son cœur, et posa sa tête contre son omoplate. Il rajusta son pantalon et cacha le condom dans sa poche. Il savoura un moment la douce étreinte, puis embrassa les mains d'Hélène et se retourna vers elle. Il caressa tendrement son visage, puis il s'appliqua à reboutonner son chemisier.

— Je t'ai fait du mal.

Comme Hélène allait le contredire, il plaça un index sur ses lèvres, puis reprit sa tâche en cherchant comment exprimer ce qu'il ressentait.

— Pardonne-moi. J'étais fou. Je croyais que mon karma aurait raison de moi…, mais toi, tu es si forte… Tu me redonnes l'espoir quand je croyais avoir tout perdu, même la certitude d'un lendemain.

— Tu as toujours Sokad, lui rappela Hélène.

Il secoua lentement la tête.

— Mais, comment est-ce… ?

La tristesse et la résignation dans le regard de Pra Dan la saisirent. Ils s'enlacèrent de nouveau en silence. Les questions tourbillonnaient dans la tête d'Hélène : Sokad était-il dans la maison au moment du feu ? Quelque chose lui était-il arrivé pendant la manifestation ?

Deux coups brefs retentirent contre la porte. À cette heure, il était trop tôt pour une visite d'affaires. Pra Dan poussa Hélène derrière lui et, comme personne n'entrait, il demanda qui était là.

— Alex O'Neal, capitaine.

Il lui ouvrit. Alex entra, observa les lieux et salua Hélène. Une odeur musquée flottait dans la pièce. Même sans cela, l'air embarrassé d'Hélène et sa tête échevelée lui auraient suffi à tirer des conclusions évidentes.

— J'ai vu votre voiture dehors, annonça Alex sans ambages. Le barrage Targara a été la cible d'une bombe artisanale. Rien de très grave, les dommages sont mineurs. Maxim Leclerc estime qu'il faudra quand même abaisser le niveau d'eau du bassin de la Targara pour faire une inspection en règle et effectuer les réparations nécessaires. Il devra augmenter le débit des autres barrages pour compenser.

— Le Scynao va devoir rouvrir le barrage vers le Gasbakstan, conclut Pra Dan.

— Oui. Très pratique, n'est-ce pas ? ironisa Alex. Il y a d'autres incidents un peu partout. L'ambassade du Canada demande à tous ses ressortissants de quitter le pays.

— Quoi ? s'écria Hélène.

— Le danger est réel. La présence de civils, à ce moment-ci, ne pourrait qu'empirer les choses en fournissant autant d'otages potentiels.

— Au contraire ! Si nous partons maintenant, c'est exactement comme si nous abandonnions les Naotiens à leur sort !

— Pardon, madame Cournoyer, mais les Naotiens en ont vu bien d'autres et des pires. Ce genre de troubles est à prévoir dans un pays qui n'existait même pas il y a dix ans. Quand la situation sera stabilisée, Homo Sum pourra revenir si on l'y invite.

— Si on l'y invite ? Que voulez-vous dire par « si on l'y invite » ? s'exclama Hélène, au bord de la panique.

— Le Congrès des sages pourrait estimer que votre présence amène plus de tensions que de bienfaits. Ça n'aurait rien d'étonnant, dans les circonstances.

— Il n'est pas question que moi, je parte, en tout cas. Vous n'êtes sans doute pas au courant, mais Lehla et Mari sont toutes les deux décédées dans le courant de la nuit et la cérémonie…

— Je suis au courant, la coupa Alex, et je suis désolée, ajouta-t-elle, autant pour Hélène que Pra Dan. Mais ça n'y changera rien. Homo Sum va plier bagage le plus vite possible pour ne pas se mettre à dos les autorités du Scynao, et vous devrez suivre. C'est dans votre contrat.

Hélène ne pouvait tout simplement pas envisager de partir en laissant Pra Dan, surtout aussitôt après qu'il eut perdu toute sa famille si brutalement. C'était impensable, voilà tout. Sa décision arrêtée, Hélène retrouva son sang-froid.

— Je vous remercie de votre intérêt, énonça-t-elle sur son meilleur ton d'adjointe de direction. Je soumettrai vos recommandations à monsieur Saint-Germain dès que possible et nous aviserons.

Alex haussa un sourcil. Elle ne s'attendait pas à ce que Cournoyer, la si douce, si gentille Cournoyer, face preuve d'autant de détermination. Après ce qu'Hélène avait vu cette nuit, elle devait mesurer pleinement l'imminence du danger. Alex opta donc pour une autre tactique. Elle s'approcha de Pra Dan.

— L'avion-cargo nolisé part dans six heures de l'aéroport de la capitale, l'informa-t-elle, puis elle ajouta en naotien : Si vous l'aimez, ne serait-ce qu'un tout petit peu…

En un éclair, le regard du capitaine se glaça et se concentra calmement sur Alex, la mettant au défi d'exprimer à voix haute ce qu'elle avait deviné de la profondeur des sentiments qui l'unissaient à Hélène. Alex opta pour un repli stratégique et mesura toute la force de caractère qui avait permis à Pra Dan de gravir les échelons jusqu'au grade de capitaine. Il avait tout pour aller loin. Elle releva le menton et enfonça le clou.

— N'oubliez pas que c'est vous qui m'avez demandé de veiller sur elle, reprit Alex en naotien, en martelant la poitrine de Pra Dan de son index. Si vous l'aimez, vous ferez votre travail et vous vous arrangerez pour qu'elle se retrouve en sécurité à bord de cet avion !

Le capitaine accusa le coup. Comme Hélène allait protester, irritée d'être ainsi tenue à l'écart de la conversation, il saisit son bras, sans jamais quitter Alex des yeux, et le serra pour lui intimer silencieusement de se taire. Hélène fut le témoin impuissant de la lutte de leurs volontés. Finalement, Pra Dan hocha légèrement la tête une fois, et Alex, satisfaite, les laissa seuls.

Alex monta dans son tout-terrain et démarra en trombe, puis freina à fond pour éviter une voiture militaire, conduite par un Casque bleu à peine pubère, qui venait de lui barrer le chemin. Saint-Germain en sortit, et Alex redescendit de son véhicule pour aller à sa rencontre.

— Votre chauffeur aurait pu se contenter d'un coup de klaxon, monsieur.

— Il faut que jeunesse se passe, retourna-t-il en souriant. Le jeune a de l'énergie à revendre. Vous êtes au courant de l'ordre d'évacuation ?

— Je viens d'apporter la bonne nouvelle à Cournoyer.

— J'imagine qu'elle n'est pas en train de préparer ses valises ?

— Eh non ! Ça ne fait pas son bonheur, pour toutes sortes de raison.

— C'est une femme très dévouée. Elle prend très à cœur toute cette situation.

— Et elle prend très à cœur le capitaine Pra Dan aussi, ajouta Alex sur un ton sarcastique.

— Ainsi que la perte de la sœur et de la mère du capitaine, avec qui elle logeait et qui lui étaient devenues très chères, la reprit Saint-Germain.

— Sans doute, convint-elle. J'ai sommé le capitaine de la mettre à bord de l'avion, et il est d'accord.

— Vous avez « sommé » le capitaine Pra Dan ? répéta Saint-Germain d'un ton incrédule.

— Oui, je…

— Aïe ! Comment a-t-il réagi ?

— Il a… plié, grommela Alex, le rose aux joues, comme si elle parlait d'une barre à clous. Il a toujours l'air si calme que j'en oublie combien il peut être à cheval sur le protocole. Mais je voulais être sûre que Cournoyer ne mettrait pas en jeu sa propre sécurité à cause de lui.

— Vous l'aimez bien, alors, Hélène ?

— Comment ne pas l'aimer ? Je commence même à trouver qu'elle a du chien.

— Encore une fois, vous confondez douceur et faiblesse de caractère, objecta Saint-Germain en secouant la tête.

— Tomber amoureuse, c'était la pire chose qui pouvait lui arriver.

— Au contraire, l'amour l'aidera à survivre au pire.

— On verra bien.

Saint-Germain changea de sujet.

— J'ai été approché pour l'emploi d'expert-conseil auprès des forces de l'ONU.

— Félicitations !

— Vous me ferez un rapport sur les événements de la nuit et me direz où vous en êtes par rapport à Gan Noc ?

— Tout de suite.

— Non ! Pour l'instant, vous allez prendre quelques heures de repos. Si vous êtes trop sur les dents, vous pourriez commettre des erreurs plus coûteuses que d'offenser un capitaine naotien.

Alex accepta la critique de Saint-Germain sans protester. Elle était tellement fatiguée qu'elle n'en avait pas l'énergie, de toute façon. Elle le salua, et il lui rendit son salut.

Saint-Germain entra dans la roulotte. De toute évidence, Pra Dan et son adjointe étaient en grande discussion. Hélène paraissait mécontente, et le militaire avait l'air aussi flexible qu'une montagne naotienne. Saint-Germain soupira : O'Neal avait un excellent instinct, mais pas autant de doigté. Le visage d'Hélène s'éclaira quand elle le vit.

— Monsieur Saint-Germain ! Vous allez pouvoir expliquer au capitaine Pra Dan pourquoi il est impensable que nous partions aujourd'hui.

Saint-Germain secoua la tête et lui prit les épaules.

— Il faut partir, Hélène ; nous n'avons plus le choix. Depuis le début de cette crise, nous savions que les choses pourraient en arriver là. Un avion a été nolisé pour évacuer les derniers membres. D'autres organisations nous ont déjà demandé de leur faire signe s'il reste des places. Plus tard, ce sera extrêmement compliqué de sortir du Scynao.

— Quand partons-nous pour l'aéroport ? demanda Hélène, effarée.

— Je ne pars pas, déclara Saint-Germain. Je vais agir comme conseiller auprès de l'ONU.

— Vous aurez encore besoin d'une adjointe alors. Je resterai avec vous.

Saint-Germain secoua la tête de nouveau.

— Alex O'Neal a déjà été mon adjointe par le passé. C'est une militaire très bien entraînée. Si elle ne peut pas prendre ce poste, un autre militaire s'en chargera, mais certainement pas une civile sans aucune expérience des situations de conflit. Il faut des années avant de pouvoir réagir correctement en temps de crise. C'est trop dangereux pour vous, et vous me compliqueriez la vie par la même occasion.

— Alors, je démissionne ! Il n'est pas question que je parte !

— Soyons bien clairs, Hélène : il n'est pas question que vous restiez ! Que vous le vouliez ou non, vous monterez à bord de cet avion. Vous êtes sous ma responsabilité et je déciderai de ce qui adviendra de vous. Je vous ai donné le choix de partir ou non, il y a quelques semaines, mais vous n'avez jamais eu le droit de rester sans ma permission.

Hélène luttait pour ne pas crier, pour ne pas pleurer, pour trouver une porte de sortie. À ses côtés, Pra Dan se tenait droit, impossible. Il avait refusé de lui traduire la tirade d'Alex O'Neal en naotien mais, depuis, c'était comme s'il avait déjà commencé à s'éloigner d'elle, à l'abandonner. Alex avait dû jouer sur son honneur ou son sens du devoir, quelque chose du genre, fulminait Hélène, et elle-même ne pouvait rien contre ça : c'étaient précisément les qualités qui l'avaient attirée vers lui. Après tout ce qu'ils avaient traversé dans les dernières vingt-quatre heures, elle ne pouvait se résoudre à le perdre ainsi.

— Hélène, reprit Saint-Germain sur un ton plus paternel, cessez de vous torturer. Au cours des derniers mois, vous avez été à même de juger de l'étendue de mon influence.

Cette remarque attira l'attention du capitaine Pra Dan.

— Je ne vous permettrai pas de rester. Fiez-vous à mon expérience : votre place n'est plus ici. Le soldat Jennings est chargé de votre transport vers l'aéroport. Vous avez deux heures, tout au plus. Avez-vous besoin d'aide pour emballer vos affaires ?

Hélène ne pouvait pas croire ce qui se passait. Elle avait l'impression d'être dans un four ; la peau de son visage la brûlait. Les sons lui parvenaient, mais les mots lui étaient presque incompréhensibles.

— J'ai tout perdu dans l'incendie, lui rappela-t-elle d'une voix blanche en fixant Pra Dan.

Saint-Germain s'en voulut de son manque de tact.

— Votre passeport et votre visa aussi ?

Hélène secoua la tête, agacée :

— Ils sont dans le coffre.

— Bien.

Il partit aussitôt les chercher dans la pièce voisine. Hélène se tourna vers Pra Dan.

— Il semble bien que je n'aie pas d'alternative.

— Non.

— Tu ne viendras pas avec moi, affirma-t-elle sans le moindre doute, car elle connaissait trop bien son cœur.

— Le pays a besoin de moi.

Hélène hocha la tête encore une fois. Comment accepter, tolérer qu'il fasse passer le Scynao avant elle ? Les larmes lui montèrent soudain aux yeux sans qu'elle puisse les maîtriser.

— Moi aussi, j'ai besoin de toi !

— Hélène…

Il avait tellement envie de la tenir dans ses bras, de la rassurer, de la consoler. Mais par-dessus tout, il ne voulait pas risquer de voir un jour son visage calciné, il refusait qu'elle coure le danger d'être blessée ou tuée, alors il enfonça ses mains dans ses poches et serra les poings. Il n'avait pas su protéger sa famille ; il ne laisserait rien au hasard avec elle.

— Nous savions dès le départ que notre histoire était sans avenir, qu'un jour tu repartirais au Canada et que je resterais ici. Le moment est venu, et il faut l'accepter. Là-bas, tu pourras aider d'autres gens et tu seras en sécurité.

— Et toi ?

— Tu ne peux rien pour moi, trancha-t-il en détournant le sens de sa question.

— Veux-tu me faire croire que ce qu'il y a entre nous n'est pas quelque chose d'extraordinaire ? Que tu vas tourner le dos sans… Que tu ne tenteras rien pour me garder ?

Hélène, la gorge serrée, avait de la difficulté à parler, à respirer. Les larmes recommencèrent à couler sur ses joues. Elle les essuya d'un geste sec, maudissant sa faiblesse. Elle le regarda intensément. Elle vit sur son visage la fatigue des derniers jours ; les traces de suie de l'incendie ; la douleur, la culpabilité et l'amertume d'avoir perdu sa famille. Sa mâchoire rigide reflétait sa volonté de fer, sa décision inébranlable. Elle baissa les yeux et remarqua ses poings, cachés dans ses poches. Il n'était pas aussi imperturbable qu'il voulait le lui laisser croire, et cela l'apaisa un peu.

— Moi, je t'aime, reprit Hélène, plus calme. Et j'y crois. Je sais que, sur cette Terre, toi, tu es l'homme qui me complète.

Mais si tu ne fais rien…, notre histoire finira ici. Je ne vois pas comment l'empêcher…

Saint-Germain revint dans la pièce et s'approcha lentement d'eux : il leur avait laissé autant de temps qu'il le pouvait. Il tendit à Hélène ses papiers. Elle les glissa dans une mallette avec quelques autres objets personnels qu'elle gardait dans son bureau pour se dépanner. Quand elle fit mine d'aller vers les toilettes, le capitaine l'arrêta au passage.

— Moi, je suis sûr d'une seule chose : tant que je te saurai en sécurité là-bas au Canada, je garderai espoir.

Sur ces mots, il salua Saint-Germain. Dans un dernier regard, il chercha à graver chacun des traits d'Hélène dans sa mémoire. Il sortit du bureau, et de la vie d'Hélène, sans se retourner.

— Bonjour, Claudia. C'est ton père, la salua Laurent Saint-Germain au téléphone.

— Papa ? Qu'est-ce qui se passe ? Tu vas bien ? Il est deux heures du matin !

— Oui, je vais très bien. Mais écoute, les événements se précipitent ici et nous avons ordre d'évacuer.

— Enfin ! Quand est-ce que tu arrives ?

— Je ne pars pas. L'ONU m'a demandé de rester à titre de conseiller.

— Papaaa ! *Come on !* se lamenta Claudia.

— Tu n'as aucune crainte à avoir. Je serai bien entouré. Je t'appelle parce que j'aimerais que tu me rendes un service.

— Oui ?

— Mon adjointe, Hélène Cournoyer, prend l'avion tout à l'heure. Elle devrait arriver à Montréal dans cinq jours. Elle vient de traverser une bien mauvaise passe : son logement ici a été incendié hier et elle a perdu tous ses objets personnels.

— Mon Dieu ! Est-elle blessée ?

— Non, mais ce n'est pas tout. Deux de ses amies sont mortes dans l'incendie. Avec l'évacuation, elle a l'impression de me laisser, moi et tous les autres, en plan.

— Oui, je comprends.

— D'après ce que j'en sais, son appartement à Montréal est sous-loué pour la durée de son contrat qui devait se terminer fin septembre. Ses parents sont tous les deux décédés. Elle n'a donc nulle part où aller à son arrivée.

— Veux-tu que j'aille la chercher ?

— J'avoue que je serais grandement soulagé de savoir que quelqu'un l'attend. Pourrais-tu l'héberger le temps qu'elle retombe sur ses pieds ?

— Euh… pour aller la chercher à l'aéroport, je peux m'organiser, pas de problème. Pour ce qui est de l'héberger, il faudra d'abord que j'en parle à Jean.

— Ah ! oui, Jean, bien sûr, grimaça Saint-Germain en levant les yeux au ciel. Bon, alors voilà : si ça ne convient pas à Jean, parles-en à ta mère. La maison de Montréal est grande, et France n'aura pas d'objection. C'est juste que je pensais qu'avec quelqu'un de son âge, ce serait plus facile, mais je comprends. Dans deux mois au plus, elle pourra retourner dans son appartement.

— Écoute, ne te fais plus de souci, je te promets de bien m'occuper d'elle. D'une façon ou d'une autre, je vais lui trouver quelque chose.

— Merci. Je savais que je pouvais compter sur toi.

— Maintenant, papa, à propos de ta nouvelle mission…

— Claudia, pardon, le général Leclerc vient d'arriver. Il faut que je te laisse. L'aéroport Trudeau, lundi, 9 juillet à dix heures. Je t'embrasse, conclut en vitesse Saint-Germain avant de raccrocher.

— « Général » Leclerc ? répéta Maxim Leclerc avec un sourire amusé.

— Un ingénieur principal en hydraulique n'aurait pas suffi à dissuader ma fille. Qu'est-ce que je peux faire pour vous ?

Une camionnette de l'armée transportait les membres d'Homo Sum vers Aldjanin. Quelqu'un avait mis un sac de plastique dans les mains d'Hélène. Après réflexion, elle se rappela qu'il s'agissait d'Alex O'Neal. Dans la caisse, le bruit oppressant du moteur diesel abrutissait les voyageurs, entassés sur les banquettes longeant les parois. Tous se méfiaient des routes cahoteuses, s'accrochant au rebord du siège de peur d'être projetés sur un voisin ou au fond de la caisse. Le long trajet se déroula dans un silence relatif, personne n'ayant l'énergie de crier pour se faire entendre par-dessus les grincements du camion dans les pentes abruptes. Une part d'Hélène n'avait envie que de hurler, mais elle était sans force, au point où même respirer lui apparaissait comme une corvée.

À cause des fréquents contrôles routiers, le trajet prit plus de temps encore que prévu. À leur arrivée, des soldats se hâtèrent de diriger les ressortissants vers l'avion militaire et d'y transférer leurs bagages. L'appareil n'avait qu'une rangée de sièges qui longeait chacune des parois, et ils s'y entassèrent de nouveau côte à côte. On leur donna des bouchons pour les oreilles pour qu'ils soient moins incommodés par le vrombissement des moteurs. Un militaire vérifia que leur ceinture de sécurité était bien attachée. Le trajet les mènerait jusqu'à Pékin. De là, un autre avion les conduirait jusqu'à Tokyo où il leur faudrait attendre un transport pour Vancouver, peut-être via Los Angeles. Il y avait tant de gens à évacuer ! La priorité était de les sortir du Scynao. Après, c'était une question de temps et de disponibilité, tout cela au moindre coût possible.

Hélène ne se rappelait plus exactement si elle arriverait à Montréal un lundi ou un mardi. Avec le décalage horaire, les jours s'embrouillaient dans sa tête. Dans cet avion qui les ramenait, elle et ses compatriotes, au pays, elle avait la conviction profonde, dans son cœur, dans ses tripes, qu'elle ne serait plus chez elle nulle part désormais.

Sans famille et sans amis.

Une apatride arrachée, disloquée.

Une femme incapable de hurler.

Chapitre 9

Drummondville, lundi 9 juillet

Claudia Saint-Germain ouvrit paresseusement les yeux. Le soleil coulait à flots sous le store de sa chambre et animait le ballet gracieux de la poussière. Ses paupières se refermèrent d'elles-mêmes. Un sourire de satisfaction gagna son visage. Son père serait tellement content ! Elle avait soigneusement planifié chaque détail entourant le retour de son adjointe au Canada.

Claudia avait consulté les horaires de train pour Montréal et acheté les billets quelques jours plus tôt, sachant que lundi, le train s'arrêterait à Drummondville déjà bondé de cols blancs de Québec. Claudia détestait conduire, à Montréal plus que n'importe où ailleurs. Elle ne possédait même pas de voiture. Elle empruntait parfois celle de son conjoint, Jean, mais comme il en avait besoin cette journée-là pour faire les courses, Claudia avait opté pour le train sans aucun regret. Le trajet, de Drummondville au centre-ville de Montréal, durerait environ une heure, puis la navette la mènerait jusqu'à l'aéroport Trudeau en trente minutes. Elle arriverait avec une avance confortable de trois quarts d'heure.

La veille, avant de partir travailler, elle avait choisi ce qu'elle allait porter pour cette première rencontre et avait suspendu les vêtements dans la salle de bain pour détendre les quelques plis. Avant de se coucher, elle avait mis le réveil pour six heures, afin d'avoir amplement le temps de se préparer et de déjeuner. Et comme si le Bon Dieu lui-même était de son côté aujourd'hui, le soleil était au rendez-vous…

« Le soleil coule à flots sous le store de ma chambre ?! », pensa-t-elle en se relevant brusquement dans son lit.

Qu'indiquait le réveil ? Sept heures !!!

Le réveil n'avait pas sonné !

Elle se lamenta intérieurement en explosant hors du lit. Elle qui avait si bien tout préparé ! Quel bordel — encore ! —, mais cette fois dans une autre sphère de sa vie. Elle courut à la salle de bain et enfila ses vêtements en vitesse.

Elle s'était sans doute trompée en programmant le réveille-matin avant de s'affaler la tête la première dans son oreiller, quelques heures auparavant. Car Jean avait accepté de bonne grâce d'accueillir la secrétaire chez lui, mais seulement à la condition que Claudia finisse de peindre la cuisine avant l'arrivée de leur invitée.

En cherchant ses chaussures, Claudia admit en grommelant intérieurement qu'elle pouvait le comprendre. Il y avait déjà plusieurs semaines qu'elle avait entrepris de rénover la cuisine, portée par l'envie plus ou moins avouée de passer son énergie sur n'importe quoi sauf sur cette publicité qu'elle devait imaginer pour les nouilles Gusto. Le chantier s'éternisait et le contrat… aussi. Mais, comme elle tenait vraiment à rendre ce service à son père, qui lui demandait si rarement son aide, elle avait décidé de plier devant l'ultimatum de Jean. Vers deux heures trente du matin, elle avait rangé le dernier pot de peinture couleur « matin d'Irlande » dans son atelier, qui deviendrait la chambre d'Hélène Cournoyer pour quelques… quelque temps.

Il lui avait été impossible d'arracher à Jean un accord ferme sur la durée de son séjour. En repensant à la discussion qu'ils avaient eue à ce sujet, elle grimaça en mettant ses boucles d'oreilles. Jean voulait d'abord en savoir plus long sur cette femme que son « presque beau-père » leur imposait, avant de s'engager. S'il n'aimait pas les manières de leur locataire, Claudia avait consenti à lui demander de déménager chez sa mère qui, de toute façon, était prête à l'héberger. Jean ne comprenait pas pourquoi, dans ces conditions, Claudia s'entêtait à recevoir madame Cournoyer chez eux, surtout que la maison des Saint-Germain était beaucoup plus fastueuse que leur condo. Mais si cela pouvait enfin décider Claudia à finir la peinture, il était prêt à se montrer bon prince.

Alors, la cuisine enfin en ordre, Claudia, trop fatiguée, avait mal programmé le réveil et, ce matin-là, malgré toutes ses bonnes intentions et tous ses préparatifs, c'était encore le bordel. Claudia appela un taxi, puis attrapa une barre de céréales qu'elle engouffra à demi. En mâchant laborieusement le biscuit sec et dur, elle jeta pêle-mêle des papiers dans son grand porte-document. Elle croqua une autre bouchée et jeta le reste pour avoir le temps de se brosser les dents avant que le taxi n'arrive. Puis, elle saisit au vol son ordinateur portable. Elle comptait venir à bout du projet Gusto, si cela était humainement possible, d'ici l'arrivée de l'avion. Pas le temps de se maquiller, mais dans le taxi, elle se risqua à se mettre du rouge à lèvres.

Elle courut sur le quai pour monter dans le train en provenance de Québec. Le préposé ferma aussitôt les portes derrière elle et lui suggéra de se chercher une place dans les wagons à sa gauche. Le train se mit en branle. Son porte-document dans une main et son portable dans l'autre, elle dut s'appuyer contre la paroi de l'entrée pour éviter de tomber. Elle soupira, reprit son équilibre et avança dans l'allée. Il restait une place à côté d'un voyageur, mais ses longues jambes étaient étendues de biais dessus.

— Je peux ? lui demanda Claudia en indiquant le siège avec son portable.

L'homme, très grand et mince, mais large d'épaules, portait une casquette posée à l'envers, la visière contre la nuque, et des verres fumés. Elle eut l'impression de l'avoir réveillé, mais c'était difficile de l'affirmer tant ses lunettes étaient opaques. Il jeta un coup d'œil autour et vit qu'il n'y avait pas d'autres sièges libres. Il se redressa et entreprit de coincer ses jambes contre le banc devant lui.

Quand il avait ouvert les yeux, Dominick Metcalfe avait d'abord cru avoir affaire à une adolescente à cause de la petite taille de la passagère. Elle ne devait pas faire plus de cinq pieds deux pouces, estima-t-il. Tout en elle était féminin et courbe... sauf sa mallette. Elle essayait, en marmonnant entre ses dents, de la placer sur la tablette, très au-dessus de sa tête. Il avait une connaissance du français plutôt limitée, mais il en savait assez pour reconnaître quelques jurons bien sentis.

— Je peh ? répéta-t-il maladroitement en pointant la mallette, puis le rangement.

Claudia serra les dents, puis lui tendit l'objet embarrassant avec raideur.

— Merci ! lâcha Claudia. Je n'y serais jamais arrivée. Si j'avais dessiné cette tablette, le côté droit serait plus bas et...

Elle regarda avec intérêt le passager s'extraire de son siège, ses jambes et son corps se déplier tant bien que mal, puis ranger sa mallette sans même avoir à se redresser complètement. Puis il retourna à sa place en glissant les pieds sous le banc devant lui, avant de tasser les hanches sur son siège.

— Je suppose que nous avons chacun nos petits problèmes, souffla-t-elle, amusée.

Claudia s'assit et posa son portable sur ses genoux. Elle plongea aussitôt dans son travail. Ses premières esquisses pour les publicités des nouilles Gusto semblaient la narguer. Elle les regarda d'un air mauvais, frustrée par son incapacité à satisfaire à la fois son client et son propre sens artistique.

Jamais Dominick Metcalfe n'avait été ignoré avec autant d'aplomb. Enfin, pas au cours des dix dernières années. Les sourcils froncés, la mâchoire crispée, la jeune femme fixait son écran d'ordinateur comme si elle rêvait de le balancer par la fenêtre. Il remarqua qu'elle mordillait aussi de temps en temps sa lèvre inférieure. Voir ses petites dents blanches plantées dans sa lèvre charnue maladroitement maquillée lui fit un curieux effet, amusant et charmant à la fois. Il s'en étonna parce que ce petit bout de femme n'était pas du tout son type. Elle ne portait pour tout maquillage qu'un rouge à lèvres fuchsia dont l'application n'était même pas soignée. Il essaya de voir ses jambes, mais sa curiosité fut de nouveau déjouée : elle portait un pantalon violet. La couleur, surprenante, lui allait pourtant bien et s'harmonisait parfaitement à son chemisier de soie texturée et à sa veste en suède naturel. Une ceinture originale, ornée de turquoises, accentuait sa taille. D'ailleurs, la même pierre décorait ses boucles d'oreilles. Côté vêtements, il devait admettre qu'il n'avait rien à lui reprocher, malgré son curieux style : féminin, pratique, vibrant.

Une mèche de cheveux marron s'échappa d'une attache en suède, coordonnée à sa veste, et vint se lover contre sa mâchoire. Distraitement, elle lissa sa coiffure sans quitter l'écran des yeux.

Soudain, Claudia poussa un gémissement, ferma les yeux et se martela le front de l'index. Elle remarqua le mouvement de recul de son voisin.

— Excusez-moi ! Je crois que mon cerveau est encore endormi. Je ne sais pas ce que je donnerais pour un café !

Café ? Ah ! ça, Dominick comprenait ce que ça voulait dire ! Grâce à sa haute taille, il pouvait voir par-dessus les dossiers des sièges. Il fit signe à un employé du train qui vola aussitôt à son secours.

— Oui, monsieur ? Vous avez besoin de quelque chose ? *Do you need anything?*

Claudia regarda le préposé obséquieux d'un air estomaqué. Au cours de tous ses voyages, jamais elle n'avait vu un employé se précipiter ainsi vers un passager. Elle se tourna vers son voisin et le dévisagea. Sa tête lui rappelait quelqu'un, mais avec la casquette et les lunettes, elle avait de la difficulté à l'identifier.

— Café pour madame, demanda-t-il avec un fort accent anglais.

— Tout de suite, monsieur.

Le préposé s'éloigna après avoir lancé un regard entendu à Claudia. Elle se retourna vers le passager.

— Parlez-vous français ?

Il montra un espace d'à peine un centimètre entre le pouce et l'index. Claudia soupira en secouant la tête.

— Et moi qui vous parle en français depuis tout à l'heure ! s'exclama-t-elle en anglais, en souriant. Excusez-moi ! Après ce café, je devrais avoir les idées plus claires.

— Pas de problème, lui répondit-il dans la même langue.

Le préposé revint avec le café, mais quand Claudia voulut payer, elle se rappela que son portefeuille était dans son porte-document, si bien rangé, et hors de portée, au-dessus de sa tête. Elle fit mine de se lever, mais son voisin l'arrêta et sortit un billet de sa poche, qu'il tendit au préposé en lui indiquant de garder la monnaie. Claudia le remercia et se replongea dans son travail.

Metcalfe s'était attendu à tout sauf à ça. Comment ? Elle n'allait pas profiter de l'occasion pour entamer la conversation, ou même simplement pour lui demander son autographe ? Son déguisement sommaire visait plus à laisser les gens dans le doute qu'à passer carrément incognito. Mais elle, de toute évidence, ne l'avait pas reconnu.

— Avez-vous un problème avec votre portable ? lui demanda-t-il, piqué dans son orgueil.

— Non, non. Un problème au travail.

Claudia allait retourner à ses esquisses, mais elle eut l'impression que son voisin avait envie de discuter. Il lui était venu en aide et lui avait offert le café, après tout. Elle ne voulait pas paraître impolie.

— Mon client préfère une approche très traditionnelle, mais, au Québec, les sondages montrent que la stratégie la plus payante dans ce créneau serait plutôt de surprendre le consommateur. Des nouilles restent des nouilles. Alors, comment offrir un concept original tout en restant traditionnel ? Voilà contre quoi je bute chaque fois !

— Vous êtes dans la publicité ? demanda-t-il prudemment.

Metcalfe n'avait pas senti le besoin d'entreprendre ce court voyage avec son garde du corps parce qu'il était moins populaire au Canada qu'aux États-Unis et que les paparazzi y étaient moins voraces. L'expérience lui avait appris pourtant à ne jamais relâcher complètement sa vigilance.

— Oui, j'ai ma propre boîte, la Puce à l'oreille. Ce contrat est le plus important que j'aie décroché, il ne faut pas que je le perde, sinon ça paraîtra mal et mes autres clients risquent de filer eux aussi. Dans une petite ville, les mauvaises langues peuvent causer beaucoup de dégâts.

Metcalfe se tourna vers elle en carrant une épaule contre la fenêtre.

— Je sais exactement ce que vous voulez dire, fit-il.

— Vraiment ? demanda-t-elle, sceptique.

— Oui. J'ai le même problème, je crois. Mon… entourage croit que ce que j'entreprends ces temps-ci diverge trop de ce que j'ai l'habitude de faire et que cela va rebuter mon public. Les rumeurs courent déjà.

— Voilà ! s'exclama Claudia en le pointant du doigt. On me sert la même salade ! Mais un artiste se doit d'évoluer, et il n'a pas un contrôle absolu sur ce qu'il crée quand l'inspiration le prend ! Vous êtes un artiste vous-même ? ajouta-t-elle en notant son jeans bien coupé, enfilé dans des bottes courtes de cuir souple, et son chemisier blanc au col montant orné de boutons bleu métallisé.

— Oui, lâcha Metcalfe.

Après tout, il était un artiste aux multiples facettes.

— Je peins.

— Vous peignez quoi ? Je connais vos œuvres, peut-être ?

Sa question mettait Metcalfe mal à l'aise. Bien peu de gens savaient que la peinture était devenue plus qu'un passe-temps pour lui.

— Des nus érotiques ? le taquina Claudia devant son silence.

— Des paysages, avoua-t-il.

— Et qu'est-ce qui vous retient d'aller dans la direction qui vous intéresse ?

Metcalfe soupira.

— La plus banale des raisons : la peur de perdre son pain et son beurre, de devoir recommencer à zéro.

Claudia soupira.

— Je sais exactement ce que vous voulez dire, lui retourna-t-elle en appuyant sa tête sur le dossier, les yeux vers le plafond et vers son porte-document. C'est pareil pour moi.

Elle lança un œil mauvais sur le slogan « Spaghetti, si ! si ! si ! » dont son client ne démordait pas. Brusquement, elle rabattit l'écran de son portable.

— Pourtant, je sais que j'ai raison ! Que je pourrais proposer beaucoup mieux. Quelque chose de drôle, de surprenant et qui ferait saliver même les mères au foyer !

Metcalfe éclata de rire.

— Eh bien ! Moi, vous m'avez convaincu, en tout cas.

— Vous allez persévérer dans vos nouveaux paysages ? demanda-t-elle en prétendant mal comprendre sa remarque.

Metcalfe observa, le sourire aux lèvres, la jeune femme dont les yeux bleu clair pétillaient d'humour.

— Dans mes nouveaux horizons.

— Bravo ! Fonçons ! Suivons notre cœur et notre esprit ! Vous m'enverrez une invitation pour votre vernissage ? Zut ! Mes cartes professionnelles sont au-dessus de nos têtes…

Elle écrivit son nom et l'adresse de sa compagnie sur la serviette de table en papier qu'on lui avait fournie avec le café.

— Promis.

Il étira la hanche pour pouvoir ranger la serviette tant bien que mal dans une poche de son jeans. Claudia détourna le regard, embarrassée par l'image lascive que son geste anodin évoquait.

— Vous allez à Montréal pour affaires ? lui demanda-t-il.

— Pas cette fois. Je dois passer prendre quelqu'un à l'aéroport. Une personne qui revient du Scynao.

Elle lui lança un regard en coin, pour essayer de juger à quel point il était au courant des derniers revirements dans ce coin du monde.

— Cette personne a fui la guerre ?

— Ce n'est pas une guerre à proprement parler, le corrigea Claudia en se rapportant au dire de son père, mais oui. Madame Cournoyer travaillait pour Homo Sum, un organisme humanitaire.

— J'en ai entendu parler. Il offre du soutien technique, effectue des travaux routiers, ce genre de choses ?

— Oui, répondit-elle en souriant, surprise. Vous êtes bien renseigné.

— C'était dans tous les journaux, dit-il simplement.

— Quelque part dans le cahier F ! Le personnel a dû être évacué d'urgence, et comme ç'a été très difficile pour cette femme, mon père m'a demandé de l'accueillir et de prendre soin d'elle.

— Votre père ?

— Il était en mission là-bas.

— Alors, vous… vous n'avez jamais rencontré cette personne ? demanda-t-il, incrédule.

— Non, je ne l'ai jamais vue. Mais mon père m'a souvent parlé d'elle. D'ailleurs, le connaissant comme je le connais, je soupçonne qu'il l'a fait précisément en prévision d'une telle éventualité ! Mon seul problème sera d'identifier madame Cournoyer.

Metcalfe était impressionné de constater que l'affection que cette jeune femme portait à son père la poussait à aider spontanément une parfaite inconnue.

— Votre père sera-t-il du voyage aussi ? demanda-t-il, car cela pourrait expliquer la présence de Claudia à l'aéroport.

— Non. Il reste là-bas. L'ONU l'a sollicité.

— L'ONU ! Wow !

Claudia s'était rembrunie, et il comprit qu'elle s'inquiétait pour lui.

— Je suis sûr que tout va bien se passer, ajouta-t-il. Le président Waters a annoncé qu'il pensait libérer des fonds pour aider à la décontamination.

— Excusez-moi, mais je crois que le président américain contribue au problème et que, dans ce cas-ci, cela risque d'être trop peu, et surtout, trop tard.

— Vous êtes dure ! protesta Metcalfe, surpris.

— Pardonnez-moi, encore une fois. Il y a plusieurs enjeux en cause, et vous n'êtes probablement pas au courant de tout. Mon Dieu ! Ce que je viens de dire sonne tellement condescendant ! En réalité, si ce n'était des informations privilégiées que je reçois de mon père, je n'en saurais sans doute pas plus que vous. Mais Waters se débrouille très bien, à mon avis, pour déstabiliser ce bout de continent. Vous êtes Américain ? vérifia-t-elle.

— J'avoue ! acquiesça-t-il en laissant tomber sa tête sur sa poitrine dans une parodie d'acte de contrition.

— Oh ! Je suis désolée ! s'exclama-t-elle encore, puis elle s'étouffa dans un rire. Vous allez me prendre pour une vraie mégère !

— Pas du tout. L'histoire a démontré que mon pays a le tour de se mettre les pieds dans les plats en Asie. Mais je ne crois pas que nous soyons coupables cette fois : notre présence au Gasbakstan remonte à plusieurs décennies, après tout.

— Coupables, non, mais avec une part de responsabilité, ça, je n'en serais pas étonnée.

— J'espère que nous pourrons nous racheter, blagua-t-il.

— Je le souhaite sincèrement. Quand je pense à tous les efforts que le Scynao a déployés pour aller au bout de ses rêves, se désola-t-elle en hochant la tête, je trouve mes petites insécurités créatrices bien futiles.

— Vu sous cet angle, il est vrai que ni notre vie ni notre pays ne sont en danger.

— Ni l'avenir de nos enfants.

— Vous avez des enfants ?

— Non, mais j'aimerais bien en avoir un jour.

— Et cette personne d'Homo Sum que vous allez chercher, vous comptez en faire quoi ? demanda-t-il pour alléger le ton.

— Je me suis entendue avec mon conjoint pour qu'on l'héberge une semaine. Ensuite, on verra. Je ne sais même pas si elle va accepter notre invitation. Ça ne lui conviendra peut-être pas de s'installer à Drummondville.

Metcalfe ne fut pas vraiment étonné d'apprendre que Claudia avait quelqu'un dans sa vie. Elle devait être très attachée à son mari, et cela expliquait son attitude réservée à son égard. Metcalfe aussi était marié. Le ton purement amical de cette conversation lui convenait.

— C'est quand même très généreux de votre part.

À l'interphone, on annonça l'arrêt de Saint-Lambert et, peu de temps après, le préposé vint prévenir Metcalfe qu'il était arrivé à destination. Claudia se leva pour le laisser passer. Ses yeux arrivaient à la hauteur de sa poitrine qui, vue d'aussi près, lui parut très large. Elle se cassa le cou et recula d'un pas de plus pour pouvoir le regarder dans les yeux.

— Bonne chance ! lui dit Metcalfe.

— Bonne chance à vous aussi. Dans vos nouveaux horizons.

Ils se serrèrent la main et le passager suivit le préposé. Claudia se rassit et laissa courir son imagination sur cette brève rencontre.

— Excusez-moi, madame, lui demanda en anglais le voyageur de l'autre côté de l'allée, est-ce que c'était Dominick Metcalfe ?

— Mon Dieu ! Je n'en ai aucune idée ! avoua-t-elle, déconcertée.

Elle rouvrit son portable.

Et grinça des dents.

Hélène passa les douanes sans trop de problèmes. L'ambassade canadienne à Beijing avait aplani toutes les difficultés. Elle n'avait pour tout bagage que ses papiers d'identité, quelques objets du bureau, une trousse de courtoisie et un journal vieux de cinq jours que quelqu'un lui avait remis à son départ du Scynao. Elle l'avait gardé avec elle tout au long du voyage sans jamais en lire une seule ligne.

C'était la seule chose qu'il lui restait du Scynao.

Tout le monde s'émouvait d'apprendre la raison pour laquelle elle n'avait pas de valises. Les médias lui avaient pavé la route. Comparés à tout ce qu'elle avait perdu depuis cet incendie, ses vieux vêtements ne représentaient rien à ses yeux. Alors, paradoxalement, leur émoi la faisait se sentir encore plus isolée, incomprise. Hélène essuya machinalement une larme d'un geste las et se demanda, pour la millième fois, où elle pourrait aller et comment elle occuperait ses jours désormais. La colère et la frustration l'avaient portée pour un temps, mais maintenant, il ne restait que la lassitude et une peine vaste et plane.

À la sortie des douanes, Hélène remarqua son nom écrit en grosses lettres sur un papier collé sur un porte-document.

Une petite femme brune d'une trentaine d'années le tenait bien en vue des passagers arrivants, une autre mallette coincée entre les jambes de son pantalon violet.

— Êtes-vous Hélène Cournoyer ? lui demanda Claudia, qui avait noté son intérêt pour son affiche.

Hélène était beaucoup plus jeune que Claudia ne se l'était imaginé. La secrétaire portait des vêtements froissés, mais d'une élégance classique, et son air distingué était voilé de tristesse.

Hélène hocha la tête. Elle ne se rappelait pas avoir jamais rencontré cette femme. Pourtant, son visage ne lui était pas étranger.

— Je suis Claudia Saint-Germain. Mon père est…

— Laurent Saint-Germain, termina Hélène en reconnaissant les yeux de la jeune femme, identiques à ceux de son père.

Elle pouvait enfin donner un visage à la « fille chérie » de son patron.

Un éclair de joie traversa les yeux de la voyageuse, et Claudia resta saisie par la métamorphose. Hélène lui tendit la main. Claudia déposa sa serviette pour pouvoir la lui serrer. Elles se sourirent.

— Est-ce votre père qui vous a demandé de venir à ma rencontre ? demanda Hélène.

— Oui. Est-ce que ce sont là tous vos bagages ?

— Oui. Plusieurs personnes m'ont déjà fait la remarque.

— Dans le fond, une brosse à dents, un savon, un t-shirt, c'est tout ce dont on a vraiment besoin, n'est-ce pas ?

Hélène la regarda, étonnée.

— Mon père a eu à quitter un pays en vitesse plus d'une fois dans le passé, expliqua Claudia avec un sourire entendu.

— Lui avez-vous parlé récemment ?

Claudia reprit ses valises en main et se mit à marcher en direction de la sortie pour les taxis. Hélène lui emboîta le pas.

— Hier soir, enfin je crois que c'était aujourd'hui pour lui, fit Claudia en essayant d'insuffler un ton jovial à ses mots. Il voulait être certain que je ne vous oublie pas et vérifier si je pourrais vous accueillir chez moi.

— Oh ! Mais non ! Je n'oserais pas, voyons ! protesta Hélène en s'arrêtant net.

Claudia tira un peu sur son bras pour l'inciter à continuer de marcher.

— Vous savez, mon père est un fin psychologue. Dans son métier, c'est indispensable. Et s'il m'a demandé de venir vous chercher, c'est parce qu'il est convaincu que nous pourrons nous aider mutuellement, d'une façon ou d'une autre.

— Vous croyez ? hésita Hélène.

— J'en suis certaine. Il n'en serait pas à sa première manigance.

Hélène sourit et Claudia continua :

— Je vois que vous avez eu l'occasion d'en juger. Voilà ce que je vous propose : j'habite Drummondville, à une centaine de kilomètres d'ici. Je vous héberge chez moi pendant une semaine, le temps de vous remettre du décalage horaire et du reste, et ensuite, vous verrez. Qu'en pensez-vous ?

Hélène prit quelques instants pour réfléchir. Son appartement n'était pas disponible. Elle n'avait pas de parents proches, avait perdu contact avec ses amis depuis la maladie de sa mère et, de toute façon, ceux-ci n'attendaient pas son retour avant plusieurs mois. Elle se sentait encore trop fragile pour répondre à leurs questions, encore trop bouleversée pour raconter ce qui lui était arrivé. Claudia connaissait déjà une partie de l'histoire, sinon toute, par son père. Les portes de l'aéroport s'ouvrirent devant elles et Hélène vacilla sous la vague de chaleur d'une écrasante humidité. Claudia se mit en file pour attendre un taxi et Hélène la rejoignit lentement, presque à bout de forces. Claudia attendit calmement sa réponse. Cette attitude lui rappela tellement

Laurent Saint-Germain qu'elle ne put réprimer un sourire, un peu triste, mais un sourire tout de même.

— Je ne connais pas Drummondville, avoua Hélène en guise d'acquiescement.

— C'est une ville de taille moyenne, à mi-chemin entre Montréal et Québec. La rivière Saint-François la longe. Et...

Claudia lança un rapide coup d'œil à gauche, puis à droite, avant d'ajouter sur le ton de la confidence, en agitant les sourcils :

— ... le roi de la poutine habite à deux coins de rue de chez moi.

— Je croyais qu'il habitait Montréal ? fit Hélène, pince-sans-rire.

— Je tiens cette information de mon père ! s'exclama Claudia, faussement offusquée. Montréal, humpff ! C'était juste son pied-à-terre. Drummondville, c'est là qu'il a laissé son cœur !

— Son foie aussi, probablement, ironisa Hélène en montant dans le taxi.

Claudia pouffa de rire et s'engouffra à son tour dans le véhicule.

Chapitre 10

Il y avait près de deux semaines qu'Homo Sum et d'autres organismes non gouvernementaux avaient quitté le Scynao. Depuis leur départ, l'armée naotienne et les Casques bleus canadiens avaient pris la relève au mieux de leur habileté. L'expertise de l'armée pour transporter le matériel et réparer les routes n'était pas contestée. Mais le réseau de contacts humains qu'Homo Sum avait bâti au fil des ans manquait cruellement. Pour un peuple habitué à la guerre, faire confiance à des soldats étrangers relevait de l'absurde. La présence continue de Laurent Saint-Germain était le pont qui permettait d'éviter le pire : sa connaissance approfondie du peuple naotien, de son histoire et de ses coutumes était mise à profit pour faciliter le transfert des pouvoirs.

Les tractations diplomatiques, quant à elles, paraissaient sans espoir. Le Congrès des sages restait intraitable. Certains membres ultra-religieux mêlaient même le caractère sacré du lac Baïkun, source millénaire de vie et de santé, aux enjeux politiques et écologiques. Les États-Unis continuaient de masser leurs troupes à la frontière, affirmant vouloir simplement stabiliser cette région plus durement touchée par la politique unilatérale du Scynao. Leur offre d'assistance technique à la dépollution des berges avait été déclinée par les Sages, qui leur avaient cependant enjoint de commencer au plus vite les travaux au Gasbakstan. Mais rien n'avait encore été entrepris, car les Américains voulaient s'assurer que les Gasbaks endosseraient une part équitable des coûts faramineux de l'opération, dans le cadre de leur « partenariat ». Comment le Gasbakstan allait-il rétribuer son ami de longue date pour son haut fait humanitaire et écologique ? Voilà la question qui se retrouvait au cœur de la majorité des débats médiatiques.

De plus, il y avait les tensions internes, tout aussi décisives, attisées par le parti d'opposition naotien qui prônait l'alignement avec le Gasbakstan. Tout comme le Congrès des sages, l'opposition se méfiait des États-Unis, mais elle craignait de provoquer leur colère en adoptant une attitude trop radicale : le Scynao pourrait avoir besoin de ce géant pour repousser l'opportunisme des autres pays limitrophes.

C'était cette dernière situation qui préoccupait davantage Laurent Saint-Germain et Alex O'Neal pour le moment. Une guerre civile était la dernière chose à souhaiter. Elle ne pourrait que rendre plus criant le manque de ressources. Elle pourrait aussi donner envie au Gasbakstan de régler son problème à plus grande échelle en s'appuyant sur la présence des États-Unis et sur le soutien d'une partie de la population naotienne pour envahir le pays.

Pour tenter d'y voir plus clair sans attirer l'attention des autorités naotiennes, les deux Canadiens avaient convié le capitaine Pra Dan à une rencontre secrète dans un boisé situé au sud du village d'Aldjanin. La note d'O'Neal mentionnait simplement qu'ils devaient se rencontrer à l'endroit où il avait connu l'extase sous les étoiles. Si quelqu'un interceptait le mot, il penserait qu'il s'agissait d'un rendez-vous amoureux clandestin. Pra Dan, par contre, serait sans doute très préoccupé de savoir qui l'avait espionné jusque dans son intimité.

Lorsque Pra Dan avait aperçu Alex O'Neal, il avait d'abord craint d'être victime de chantage, mais en voyant que Laurent Saint-Germain l'accompagnait, il s'était ravisé. Le visage impassible, il s'approcha d'eux.

— Excusez l'audace de mon message, capitaine, et surtout, n'y voyez rien de personnel. Je voulais simplement éviter d'éveiller des soupçons.

— Me voilà rassuré, lâcha Pra Dan, caustique.

Saint-Germain, sachant qu'O'Neal avait un chic malheureux pour agacer le militaire, décida d'intervenir au plus tôt.

— Capitaine Pra Dan, nous avons eu l'occasion de nous côtoyer à plusieurs reprises au cours des dernières années. De nous jauger. Je vous considère comme un homme intègre, prêt à tous les sacrifices pour servir sa patrie.

Si l'un ou l'autre Canadien s'attendaient à une confirmation de sa part, ils furent déçus. Pra Dan avait hâte qu'ils en viennent au fait.

— Vous croyez probablement comme nous que le Scynao est dans une situation très précaire, que son existence même est menacée.

Cette fois, Saint-Germain attendit son hochement de tête avant de poursuivre.

— Nous voulons par-dessus tout éviter une guerre civile ou d'autres émeutes comme celle qui a pris pour cible le barrage Targara. Pour y parvenir, nous avons besoin de plus de renseignements sur les groupes rebelles. De renseignements de l'intérieur.

— Vous avez déjà la collaboration officielle de l'armée naotienne, rétorqua le militaire.

— C'est la collaboration de l'armée officieuse qui m'intéresse. Celle qui surveille les faits et gestes des éléments rebelles. Comme peut-être votre ami, Gan Noc Stevanodilak.

— Gan Noc n'a commis aucun acte répréhensible.

— Pourtant, vous avez demandé vous-même à l'agent O'Neal de l'avoir à l'œil.

Pra Dan lui avait aussi demandé de surveiller Hélène. C'était sans doute au cours de cette filature, pensa-t-il, que l'agent O'Neal avait découvert cet endroit, leur refuge d'amour.

— Pour des raisons personnelles. Je m'inquiétais pour la sécurité de votre adjointe, pas pour celle du pays.

Alex nota qu'il avait évité de prononcer le nom d'Hélène.

— Au début, oui, mais pas par la suite, le corrigea-t-elle en faisant allusion à leur escapade au Terre et Eau après l'incendie.

— Mes craintes se sont révélées non fondées sur tous les points.

— C'était un homme à bout que j'ai vu dans le bureau d'Homo Sum ce jour-là, objecta Alex. Encore aujourd'hui, je crois que nos soupçons étaient justifiés. Gan Noc a tout ce qu'il faut pour servir la cause des rebelles. Il est intelligent, compétent, a ses entrées chez HEEI...

— Avait, corrigea Pra Dan.

— ... et a connu beaucoup de malheurs, ces derniers mois.

— Selon vos critères, je serais moi aussi un parfait suspect.

— Vous le seriez si monsieur Saint-Germain ne répondait pas de vous.

Pra Dan s'approcha d'eux, et Alex remarqua pour la première fois la fatigue et la pâleur de son visage. Les derniers jours l'avaient affecté.

— Que voulez-vous de moi exactement ?

— Des renseignements. Rien de plus.

— Mon honneur plutôt, il me semble !

Saint-Germain ne fut pas surpris par sa répartie. En fait, elle le rassurait. Pour lui être utile, Pra Dan ne devait pas être à la botte des Américains ou des rebelles naotiens.

— En aucune façon, puisque vous demeurerez seul juge de ce que vous voudrez bien nous transmettre.

— Et de votre côté, qu'avez-vous à m'offrir ?

— L'échange de renseignements ira dans les deux sens, bien entendu. Après tout, nous avons le même but.

— Pardonnez-moi, mais je doute que vous puissiez m'apprendre quelque chose sur mes propres compatriotes, ironisa Pra Dan.

— Vous savez ce qu'on dit : parfois on préfère se confier à un étranger, philosopha Saint-Germain.

— Plutôt qu'à un militaire, compléta Alex. N'oubliez pas, nous vous avons déjà rendu des services auparavant, ajouta-t-elle en faisant allusion à sa surveillance d'Hélène. Ce ne serait qu'un juste retour des choses.

— Nous avons aussi des contacts au Canada, enchaîna tout en douceur Saint-Germain.

Pra Dan tourna lentement les yeux vers lui et le fixa en silence, toujours impassible. Hélène. Saint-Germain savait où était Hélène.

Alex promena son regard aux alentours. « Saint-Germain y va un peu fort », pensa-t-elle. Elle ne croyait pas nécessaire de monnayer ce dernier renseignement dans les circonstances. Devant Pra Dan, elle préféra cacher ses scrupules, mais elle en discuterait avec Saint-Germain en privé, si la situation s'envenimait.

— Si jamais je découvre une information qui puisse vous concerner, je m'assurerai que vous soyez mis au courant, énonça calmement le capitaine.

Il fit quelques pas dans leur direction et s'arrêta à un souffle d'Alex. Il plongea son regard dans le sien et elle fut décontenancée par la fureur qu'elle y lut. Elle ne put soutenir plus longtemps son assaut silencieux et baissa les yeux. Marchant d'un pas normal, il disparut ensuite par un chemin différent de celui d'où il était venu.

Drummondville

Avant de reprendre le train pour Drummondville, Hélène était passée par l'entrepôt où elle avait remisé ses affaires personnelles. Elle avait ainsi réglé ses ennuis de garde-robe. Même si le problème était banal, contrôler, ne serait-ce qu'un aspect de sa vie, l'avait un peu réconfortée. Le voyage s'était déroulé sans anicroche. Le conjoint de Claudia, Jean Déry, un bel homme dans la trentaine, les attendait à la gare de Drummondville. Depuis quatre ans, il enseignait le français à l'école secondaire. Son charme et son dynamisme devaient lui assurer une grande popularité auprès des jeunes.

Claudia avait installé Hélène dans son atelier, transformé en chambre d'ami. Pour le souper, Jean avait préparé son fameux poulet à l'orange. Hélène était touchée par l'empressement que Claudia et Jean lui témoignaient. Ils lui avaient posé maintes questions sur le Scynao, ses paysages, le lac Baïkun et ses barrages. Elle y avait répondu avec tout l'entrain qu'elle avait pu mobiliser. Toutefois, épuisée par les bouleversements de la dernière semaine, elle avait été incapable de faire honneur au repas et s'était finalement retirée très tôt en plaidant la fatigue accumulée et le décalage horaire.

Hélène avait soigneusement suspendu ses vêtements dans sa chambre, avait enfilé un pyjama léger, puis elle s'était allongée sur le lit. Elle avait aussitôt sombré dans un sommeil lourd et sans rêve, qui ne dura pourtant que quelques heures.

Lorsqu'elle ouvrit les yeux, sa chambre était plongée dans le noir et elle était complètement désorientée. Elle ne reconnaissait ni les sons ni les odeurs. Où était-elle ? Pas au Scynao, ni en Asie. Pas à Montréal. Drummondville. En quelques secondes, elle avait franchi des dizaines de milliers de kilomètres et des mois entiers. Le choc la laissa hébétée un moment.

Elle avait la bouche pâteuse, et elle se rappela avec confusion qu'elle avait oublié de faire sa toilette. Elle prêta l'oreille et, comme elle n'entendait aucun son, elle décida de ne pas risquer de réveiller ses hôtes en se brossant les dents. Elle se tourna sur le côté et essaya sans grand succès de retrouver le sommeil.

À son réveil, très tard le lendemain matin, Jean était déjà parti s'entraîner à la piscine municipale, mais Claudia s'était accordé la journée de congé. Après un petit-déjeuner très léger, Claudia emmena son invitée au parc Woodyatt, situé sur les rives pierreuses de la rivière Saint-François. Hélène mangea cette fois de bon appétit le pique-nique que son hôte avait préparé pour elles.

Claudia lui fit ensuite visiter les locaux de la Puce à l'oreille, au centre-ville. L'entrée, peinte dans des couleurs vives et chaudes, était accueillante, mais Hélène resta sans voix devant le fouillis de l'atelier de Claudia. Les appareils informatiques haut de gamme semblaient mener une bataille perdue d'avance contre les articles promotionnels des campagnes précédentes et le matériel d'art de toute sorte. Et cet éclat de plastique coloré, coincé entre l'imprimante laser et les manuels d'utilisation ? Ce n'était sûrement pas un sac de croustilles entamé !… Elle dut se rendre à l'évidence : pour ce qui était de l'ordre, la fille était encore pire que le père ! Cependant, son talent était indéniable, concéda Hélène en admirant quelques affiches réalisées par Claudia, dont l'une avait même été primée.

Hélène termina le tour du propriétaire, tandis que Claudia répondait à quelques courriels. Elle se sentait mal à l'aise de retarder la graphiste dans son travail. Quand elle lui fit part de ses réserves, Claudia balaya ses objections avec désinvolture. Comme Hélène insistait, elles convinrent d'un horaire pour le reste de la semaine : elles passeraient la matinée ensemble, mais l'après-midi, Claudia plancherait sur son contrat Gusto et Hélène en profiterait pour se reposer.

Au fil des jours, une belle complicité se développa entre les deux jeunes femmes, malgré leurs différences de caractère.

Hélène était enchantée par la créativité de sa nouvelle amie, son imagination singulière, son dynamisme, sa soif de vivre. Quant à Claudia, elle appréciait tout particulièrement de ne pas avoir à continuellement expliquer ou justifier ses idées. Au lieu de la confronter, la sensibilité et l'esprit pratique d'Hélène canalisaient plutôt son énergie et lui permettaient de démêler plus rapidement ses pensées.

Par contre, entre Hélène et Jean, les relations restaient distantes. Même s'il n'en soufflait mot, Hélène voyait bien que Jean souffrait de plus en plus d'avoir à partager son espace personnel avec une étrangère. Elle décida donc de ne pas s'imposer davantage et de ne pas prolonger son séjour chez lui.

En énumérant les différentes options qui s'offraient à elle, Claudia avait mentionné la maison fastueuse de ses parents à Montréal, mais, après la simplicité de Drummondville, le brouhaha de la métropole ne disait rien à la jeune femme désœuvrée. Hélène ne se sentait pas non plus d'attaque pour s'adapter à l'intimité d'une autre inconnue. Elle découvrit avec étonnement qu'après avoir tant craint la solitude, elle y aspirait désormais.

Hélène entreprit des recherches pendant ses après-midi de liberté et trouva une chambre à louer dans une résidence cossue de la ville. Le soir même, elle remercia Claudia et Jean de leur hospitalité et leur annonça son départ pour le lundi suivant. Le côté temporaire de cet arrangement lui convenait tout à fait. Malgré ses talents innés de planificatrice, elle devait reconnaître que, ces derniers temps, elle répugnait à s'engager pour plus d'une semaine à la fois.

Claudia l'aida à emménager le lundi soir, tandis que Jean regardait une importante partie de soccer à la télévision. La chambre était propre et grande, bien éclairée et meublée dans un style contemporain. Hélène partageait la salle de bain avec trois autres locataires. En regardant autour d'elle, Claudia dut admettre qu'Hélène serait très à l'aise ici, et le loyer était abordable. Cependant, son instinct lui dictait de ne pas laisser Hélène sortir complètement de sa vie pour autant. L'une des raisons était sans doute la grande facilité avec laquelle elle s'était liée d'amitié avec elle, et ce, bien qu'Hélène n'ait pas encore été parfaitement remise de ses épreuves, comme en témoignaient ses nombreuses siestes !

Claudia déposa une valise sur le lit. Dès le lendemain, elle recommencerait à travailler à temps plein. Il devenait risqué de retarder plus longtemps l'envoi de ses premières ébauches à Gusto et, si elle parvenait à remplir le détail de la facture, elle pourrait peut-être être rémunérée… à temps pour pouvoir payer les taxes commerciales !

— Aaaargh ! cria soudain Claudia en plantant ses doigts raides sur sa tête.

— Ça ne va pas ? fit Hélène, qui était en train de suspendre un manteau dans son placard.

Elle commençait à s'habituer aux envolées théâtrales de Claudia et ne s'inquiétait plus autant de ses cris de détresse.

— J'ai failli oublier l'échéance pour les taxes ! Il faut absolument que tu travailles pour moi. J'ai vraiment besoin d'une secrétaire.

— Ça, c'est certain, convint Hélène en frissonnant au souvenir du chaos régnant à la Puce. Mais je ne pourrais me contenter d'un emploi de secrétaire désormais. Avec mon expérience d'adjointe, je ne…

— Mais j'ai besoin de ça aussi !

Hélène sourit en accrochant son manteau.

— Une adjointe a plus de responsabilités, et aussi… un meilleur salaire.

— Ah ! Oui…

Cela freina un peu l'enthousiasme de Claudia.

— Et si tu travaillais à temps partiel ? Disons, seulement le matin.

Elle ne savait pas vraiment comment elle pourrait organiser la tâche d'Hélène, ni même, pour tout dire, comment elle pourrait lui payer un salaire adéquat. Mais son instinct la trompait rarement, et elle avait l'habitude de s'y fier.

— Adjointe à temps partiel ? répéta Hélène, perplexe, une robe sur un cintre à la main.

— Oui. On pourrait considérer cela comme... un retour au travail progressif ?

Hélène évalua sa proposition en suspendant la robe. Il faudrait bien qu'elle se trouve du travail. La succession d'Angela était réglée, le petit capital lui permettrait de voir venir quelque temps, mais elle préférait ne pas gruger ses économies. Il était hors de question d'aller quémander son ancien poste auprès de monsieur Bérubé. Et la seule idée de retourner travailler pour Simon Desbiens à Homo Sum Montréal ravivait son tumulte intérieur. Comment, alors, éviter la ronde épuisante des curriculum vitae et des entrevues ? Une offre d'emploi lui tombait du ciel, dans un domaine nouveau et intrigant, à mille lieues de l'humanitaire et des pays défavorisés, et avec un patron avec qui elle savait déjà qu'elle pourrait s'entendre. Pourquoi refuser ?

— D'accord, accepta-t-elle finalement.

— Eh bien ! On ne pourra pas dire que tu n'y as pas mûrement réfléchi ! s'exclama Claudia, ravie. Alors, à demain matin ?

— Sans faute, répondit Hélène en serrant la main de Claudia.

Dans son nouveau logement, Hélène dormit mal. Il n'y avait là rien de bien étonnant : elle ne se rappelait pas la dernière fois où elle avait eu une bonne nuit de sommeil. Ou plutôt si : c'était dans les bras de son capitaine, mais elle préférait ne pas y penser. Au moins, ici, elle était seule, et elle était chez elle. Elle avait croisé l'une des locataires, mais elle non plus n'avait pas cherché à créer des liens. Cet anonymat lui convenait. Ici, elle n'avait pas à faire bonne figure. Ici, au moins, elle pouvait pleurer tranquille si elle le voulait, sans avoir peur de déranger qui que ce soit. Mais le stade des larmes semblait derrière elle maintenant. Elle se sentait plutôt engourdie et fatiguée, comme si son cœur et son âme étaient en hibernation. Elle était revenue au point de départ, comme après le décès de sa mère.

Quand Hélène se présenta à la Puce à l'oreille le lendemain matin, sa patronne était déjà au travail. Après les habituels vêtements noirs et marine du Scynao, le chemisier indien bleu brodé de perles roses que Claudia portait par-dessus un jeans turquoise avait de quoi surprendre. Quand elle l'entendit arriver, Claudia enfila ses mules tan à la semelle rose, avant de s'extirper de son fauteuil à roulettes pour lui apporter une tasse de café. Il y avait un bureau dans l'entrepôt, et elle comptait sur Hélène pour l'aider à le transporter à l'accueil. Elle réquisitionnerait l'une des chaises de la salle d'attente pour compléter l'ameublement. Il n'y avait qu'un seul téléphone, branché dans l'atelier de Claudia, mais elle prêta son cellulaire à son adjointe en attendant qu'une nouvelle prise soit installée dans l'entrée. Claudia considérait qu'ainsi installée, Hélène serait en mesure de lui épargner une montagne de travail, de travail désagréable en plus, en remplissant le devis pour la facture et en commençant le rapport pour les taxes.

Hélène hocha la tête, incrédule. La cause du désordre à la Puce devenait évidente : sa patronne n'avait aucun sens de l'organisation ni du rangement. Hélène expliqua à Claudia qu'elle devait faire quelques courses pour compléter son installation. Elle visita quelques magasins de fournitures de bureau. Elle trouva chez un vendeur de meubles usagés des classeurs et une chaise à roulettes confortable à bon prix et en très bonne condition, et s'assura qu'ils puissent être livrés au plus tôt. Elle fit aussi le plein de stylos, surligneurs, fiches, dossiers, tout l'attirail avec lequel elle aimait travailler. Finalement, elle acheta un appareil téléphonique, afin qu'elle puisse au moins transmettre les appels à Claudia, au besoin ; la Puce était déjà équipée d'un télécopieur et d'une photocopieuse. Par souci d'économie, Hélène décida que cela suffirait pour le moment.

Alertée par le tintamarre dans l'entrée, Claudia faillit avoir une attaque en voyant les livreurs si lourdement chargés. Hélène lui tapota le bras, et sa patronne signa l'accusé de réception, l'œil vitreux, plus du tout sûre de son instinct.

Claudia rappela à Hélène d'un ton angoissé qu'avant de revoir l'aménagement du bureau, sa tâche consistait d'abord à s'occuper de « la » facture. Hélène ne releva même pas la remarque sur la décoration : elle choisit plutôt de lui expliquer patiemment qu'il fallait d'abord qu'elle retrace les dépenses encourues par l'agence pour ce contrat. Sur ce point, la confiance de Claudia était entière, car elle avait son propre système de classement : elle rangeait toutes les factures de ses contrats entre le moniteur et la tour de disques compacts. Hélène sourit gentiment, lui recommanda de ne s'inquiéter de rien, emporta les factures dans un panier et se mit à l'œuvre.

Elle fut agréablement surprise lorsque Claudia, rapidement remise de ses émotions, l'invita à dîner dans un petit café. Il n'était pas dans le tempérament de sa patronne de laisser les difficultés de la vie l'accabler bien longtemps. Et puis, Claudia devait reconnaître qu'elle éprouvait un immense plaisir à enjoindre à ses clients de contacter son adjointe pour fixer un rendez-vous : cela donnait une touche professionnelle indéniable à sa Puce à l'oreille.

Ayant abandonné à Hélène les tâches administratives qu'elle détestait, Claudia eut tôt fait de venir à bout du projet Gusto. Elle trouvait sa dernière proposition trop classique, mais le client était enchanté, et au royaume de la très petite entreprise, comme ailleurs après tout, le client était roi.

Hélène ne rechignait jamais à l'ouvrage. Pourtant, au fil des jours, Claudia commença à s'inquiéter pour elle. Au lieu de continuer à prendre du mieux, Hélène retombait dans la fatigue des premiers jours. Chaque après-midi, c'est presque avec gratitude qu'elle retournait chez elle et sombrait, hébétée, dans le sommeil. Claudia craignait qu'elle ne s'épuise à la tâche. Comme elle la connaissait encore mal, elle ne savait trop qu'en penser : Hélène était-elle malade ? Trop perfectionniste ? Cherchait-elle à oublier son passé récent en outrepassant ses limites ? Elle prit la décision d'éclaircir la situation. Comme Jean allait jouer au billard avec des amis, elle l'invita chez elle pour une soirée entre filles.

À la fin de la matinée, Hélène s'était montrée particulièrement vannée. Mais le soir venu, après une bonne sieste, elle avait meilleure mine lorsque Claudia lui ouvrit la porte de son appartement. Elles terminèrent ensemble les préparatifs du repas tout en parlant de choses et d'autres. Puis, mises en appétit par les arômes du poulet chasseur, elles passèrent à table.

— Maman a glané cette recette lors d'un séjour en Italie. Mon père y a occupé un poste quand j'étais adolescente. C'est une époque dont je garde de merveilleux souvenirs, et ce plat me les rappelle chaque fois.

— Ma mère est née à Rome, mais je n'y suis jamais allée, avoua Hélène.

— Mais tu es allée au Scynao ! Ce n'est pas un voyage ordinaire non plus ! Comment c'était ? Qu'est-ce que tu as préféré ? Les paysages ? Les montagnes ?

Un voile de tristesse passa fugitivement sur le visage d'Hélène. Claudia regretta de causer de la peine à son amie, mais elle sentait que le cœur du problème se trouvait là.

— Elles sont impressionnantes, c'est vrai. Il y en a tout autour, où que tu regardes. À Aldjanin, tu es toujours en train de monter ou de descendre, chaque fois que tu veux aller quelque part, confirma Hélène, puis elle ajouta, le regard pétillant : Tu adorerais le lac Baïkun, sa couleur : un gris métallique teinté de turquoise presque… surnaturel. Je n'ai jamais rien vu de tel.

— Et les routes ? Elles sont aussi abominables que mon père le dit ?

— Oh oui ! Avec des nids de… canards ! Des dos d'âne ! Des…

— Passages d'orignaux ? D'ours ?

— Peut-être d'élans ? Je n'en ai pas vu, en tout cas. Ton poulet était délicieux, ajouta-t-elle avec enthousiasme pour clore le sujet.

Elle rassembla ses ustensiles, mais Claudia l'arrêta.

— Et les gens ? poursuivit-elle sans se laisser distraire. Comment tu les as trouvés, toi ? On reproche souvent aux Asiatiques d'être trop polis, difficiles à lire.

Hélène serra les lèvres et fixa Claudia, heurtée par son insistance qui ne faisait que raviver des souvenirs douloureux.

— La politesse et la courtoisie sont très importantes, oui. Pour ce qui est des émotions…

Des images de Lehla sur son lit d'hôpital, de Gan Noc en crise, de Pra Dan lui revinrent.

— C'est parfois plus subtil… Ils ont plus à perdre que nous.

— La liberté d'expression.

— Ce n'est pas juste pouvoir publier un journal, comme on se l'imagine ici. Quel serait l'impact d'un journal dans un pays analphabète, de toute façon ? Ça va jusque dans l'intimité des gens. C'est… pouvoir vivre avec qui on l'entend, comme on l'entend.

— Je trouve ça génial qu'ils privilégient l'écologie. C'est dommage que le Gasbakstan ait tout foutu en l'air.

— Le Scynao semble condamné à devoir se battre pour chaque parcelle de progrès. J'admire ton père, qui supporte tous ces hauts et ces bas depuis si longtemps.

Hélène commença à ramasser les assiettes, mais Claudia resta immobile, le menton appuyé dans sa main, accoudée.

— Et où est-ce que tu habitais ? Dans une famille d'accueil ?

Cette question très personnelle rebuta Hélène. Devant la détermination de Claudia, elle renonça à éviter ce sujet difficile et adopta un ton plus direct.

— Qu'est-ce que ton père t'a dit à mon sujet ?

— Les grandes lignes. Que tu as perdu deux amies dans l'incendie de ta maison là-bas.

— Ma logeuse et sa fille, Mari et Lehla. Mari était toute petite. De ta grandeur, en fait.

— Humpfff.

— Avec de très longs cheveux poivre et sel et de petits yeux coquins. Elle dirigeait une école, qui servait aussi d'orphelinat et de service de garde. Elle n'a pas souffert quand elle est morte. C'est la fumée qui l'a intoxiquée.

— Et sa fille ?

— Elle aussi adorait les enfants. Elle travaillait avec Mari. Mais elle, elle a été grièvement brûlée…, souffla Hélène en détournant la tête.

— Je suis désolée. Peut-être qu'elle aussi, la fumée l'a endormie…

Hélène fit non de la tête, engloutie par les images de souvenirs atroces.

— Depuis que tu es revenue, est-ce que je me trompe ou tu n'as pas eu l'occasion de discuter de tout ça avec quelqu'un ?

— C'était au-dessus de mes forces. Même aujourd'hui, ajouta-t-elle avec un léger reproche dans la voix.

La gorge serrée, Hélène fut incapable de continuer. Elle mit les doigts sur ses lèvres tremblantes et une larme glissa sur sa joue. Claudia était bouleversée par sa détresse.

— Je ne veux pas te faire de peine, mais si jamais tu as envie d'en parler, sache que, moi, j'ai envie de t'écouter.

Mon père compte toujours sur ma mère pour décompresser, même après toutes ces années. Rien que d'en parler, ça le soulage. C'est comme... conjurer le mal. Comme si ça l'empêchait de contaminer tout le reste de sa vie... Tes souvenirs de là-bas ne peuvent pas être tous aussi douloureux, quand même ?

— Non, bien sûr...

Hélène se força à retourner en pensée à ses tout premiers jours au Scynao.

— Le prénom de Mari signifie « table » dans sa langue, se rappela-t-elle soudain, étonnée.

Elle eut un sourire mélancolique en se rappelant comment Mari s'était comportée pour la mettre à l'aise dès leur première rencontre.

— Table ? Qui voudrait appeler son enfant « table » ?

Amusée, Hélène secoua la tête en haussant les épaules.

— Tu prendras un café ?

— Je préfère les tisanes si tu en as, ou du thé même. Mais je ne veux pas te déranger.

— Regarde dans l'armoire de gauche.

Au grand soulagement d'Hélène, Claudia tourna son attention vers la boîte de la pâtisserie Ludovic. Elle avait réussi à briser un peu le mur de son isolement, et son inquiétude s'en trouvait apaisée pour le moment. Avec la révérence appropriée, elle sortit avec panache le gâteau aux trois chocolats.

— Oh ! soupira Hélène, l'eau à la bouche. Je n'aurais jamais imaginé que ces petits délices m'auraient tant manqué !

— Il n'y a pas trop de desserts au Scynao, n'est-ce pas ? s'enquit Claudia en distribuant des parts généreuses.

— Très peu. Et s'il y en avait, je crois que les Naotiens trouveraient le moyen de mettre des anchois ou du poivre de Cayenne dedans !

— Aïe, aïe, aïe ! frissonna Claudia. Tu peux bien être en manque. Personnellement, je crois qu'il n'y a rien de tel que de manger une petite pointe d'un million de calories pour se remonter le moral de temps à autre.

— Amen! approuva Hélène en savourant le chocolat fondant, les yeux mi-clos.

— Qu'est-ce que tu aimais le plus faire là-bas?

— Travailler. C'est vrai! se récria Hélène après que Claudia eut éclaté de rire. Monsieur Saint-Germain est un patron en or, tellement humain, avec une si vaste expérience. Tu n'as pas idée comme cela peut être valorisant de travailler pour quelqu'un d'aussi exceptionnel...

— Hum!

— Oh! pardon, rougit Hélène. Toi aussi, tu es une patronne...

— Du moment que ça reste dans la famille... Allons! Allons! Je te taquine! C'est de mon père que tu parles! Pas besoin d'explications, je sais ce que tu veux dire.

Rassurée, Hélène poursuivit:

— Là-bas, il y a tant à faire. Ce qui a demandé des centaines d'années ici, là-bas, n'en prend que quelques-unes. Tout est en accéléré. Les habitants ont des toilettes dans la cour arrière et un barrage à la fine pointe de la technologie. C'est tellement étrange! Cette année, Homo Sum a aidé à amener l'électricité dans ce village. Les gens n'avaient jamais vu ça. Jamais. Et moi, j'étais là, j'y étais un tout petit peu pour quelque chose et j'ai vu la première ampoule allumée. C'était un peu comme la première fois pour moi aussi.

— Wow!

Un silence convivial s'installa entre les deux femmes tandis qu'elles finissaient leur part de gâteau. Même si elle sentait que sa relation avec Hélène s'était renforcée, Claudia ne voulait pas laisser la soirée s'achever sans aborder le sujet qui la préoccupait.

— Moi aussi, j'adore mon travail, reprit-elle, et je ne sais même pas comment je pouvais me débrouiller avant ton arrivée. Par contre, je ne voudrais pas que tu en fasses trop, au point de te rendre malade. Il m'a fallu des années pour mettre pareil bordel dans mes affaires. Je ne m'attends pas à ce que tu en viennes à bout en deux semaines ! Alors, promets-moi de prendre ça plus *relax*. Donne-toi le temps de retomber sur tes pieds, après tout ce que tu as vécu.

— Promis.

Elles entrechoquèrent leurs petites cuillers pour sceller leur pacte.

Chapitre 11

Hélène observait distraitement par la fenêtre de son bureau les érables du parc situé en face de la Puce à l'oreille, en attendant que l'imprimante finisse d'éjecter une brochure en quadrichromie. Dans son atelier, Claudia préparait des boissons chaudes pour leur pause. Hélène repoussa une mèche de cheveux derrière son oreille, l'esprit perdu dans ses pensées.

Danyel.

Hélène n'avait pas le courage de parler de lui à Claudia. Certains jours où il lui manquait trop, elle en avait bien eu envie, mais malgré les encouragements de Claudia, elle hésitait encore à le faire. Ouvrir ainsi son cœur brisé à quelqu'un qu'elle ne connaissait que depuis quelques semaines n'était pas dans son tempérament. Claudia lui avait souligné qu'il y avait certainement eu d'autres bons moments au Scynao, et c'était vrai. Des moments merveilleux et passionnés. Avec le temps, elle arrivait à séparer les mauvais souvenirs des meilleurs, à penser à son stage au Scynao sans être aussitôt terrassée par l'enfer des derniers instants. Le problème, c'était que Danyel était étroitement lié au pire et au meilleur, aux moments qu'elle aurait voulu oblitérer autant qu'à ceux qu'elle chérirait à jamais.

243

Au moins, elle pouvait maintenant parler librement de certains aspects du Scynao avec Claudia. Cela l'avait soulagée, comme si le tunnel dans lequel elle avait le sentiment de s'être aventurée s'était percé d'une fenêtre par où filtrait la lumière. Inutile maintenant de s'acharner à construire une prison parfaitement hermétique autour de ses souvenirs : si parfois l'un d'eux remontait à la surface, elle ne se sentait plus aussitôt obligée de l'écraser de peur qu'il ne la submerge.

Par contre, même si elle avait le cœur un peu plus léger et qu'elle avait ralenti la cadence au travail, elle n'arrivait pas à retrouver son niveau d'énergie habituel et cela commençait à l'inquiéter. Peut-être avait-elle contracté une hépatite, comme l'adjointe précédente de Laurent Saint-Germain ? Cela expliquerait-il ses ennuis digestifs ?

Claudia apporta une tisane à Hélène et un café pour elle-même. Elle s'assit sur le coin de son bureau d'une propreté impeccable, et commença à siroter son expresso.

— Ça va faire quoi, presque un mois que tu es revenue du Scynao ?

— Depuis le 9 juillet, acquiesça Hélène en ouvrant le courrier.

— Tu ne trouves pas ça bizarre que tu sois toujours aussi fatiguée ?

— Bien… oui, admit Hélène. Je croyais me remettre sur pied plus vite. J'ai commencé à prendre des vitamines. Comme on mange très peu de viande là-bas, je manque peut-être de fer ? De toute façon, je te promets de finir la mise en page de la recherche pour le restaurant italien…

— Il ne s'agit pas de ça ! protesta Claudia. As-tu déjeuné ?

— Déjeuné ?

— Le repas le plus important de la journée : le déjeuner.

Claudia l'examinait avec suspicion, mais Hélène ne put s'empêcher de sourire. La reine du déjeuner en deux bouchées de barre tendre et trois cafés lui faisait la morale.

— Je n'avais pas faim, ce matin.

— Ah ha !

— Mais j'ai apporté une tranche de pain aux bananes et aux noix et un morceau de fromage, triompha Hélène en les sortant de son sac à main.

Elle ouvrit posément le sac de plastique et mâcha un bout du pain savoureux en crânant.

Claudia s'accorda un moment pour saliver, mais ne fut pas longtemps désarçonnée.

— Tu as peut-être attrapé un virus là-bas. As-tu pensé à ça ?

— Oui.

— Et ?

— Et si ça ne s'arrange pas d'ici quelque temps, j'irai consulter un médecin.

— Ça fait plus d'un mois que ça ne s'arrange pas.

Claudia attrapa une de leurs cartes professionnelles dans le présentoir. Elle chercha dans le carnet de téléphone informatique le numéro de son médecin et l'inscrivit à l'endos de la carte.

— C'est une femme médecin. Si tu appelles à la première heure le matin, avec de la chance, tu pourrais avoir un rendez-vous le jour même.

— Je...

— C'est moi le patron, la coupa Claudia.

— Demain à la première heure, abdiqua Hélène.

Il fallut plusieurs jours d'essai avant qu'Hélène ne réussisse à décrocher un rendez-vous avec le médecin. En fin de compte, elle ne le regrettait pas, car elle avait de plus en plus souvent des crampes à l'estomac.

Le docteur Julie Frenette avait la quarantaine. Ses cheveux blond platine bouclés, coupés très court, et ses vêtements seyants et griffés lui donnaient un air branché, mais un peu distant. Elle se montra très intéressée par le bref compte rendu que lui fit Hélène des derniers mois, et lui posa plusieurs questions d'ordre général sur la vie là-bas. L'air de rien, elle évaluait les différentes maladies auxquelles Hélène avait pu être exposée. Elle vérifia son carnet de vaccination, qui lui parut à jour, puis elle l'examina brièvement pour s'assurer, entre autres, qu'elle ne montrait pas de signes d'infection. Pendant qu'Hélène se rhabillait, elle remplit une ordonnance.

— Je vais vous faire passer quelques tests sanguins pour commencer. Il ne me paraît pas anormal, après tout ce que vous avez traversé, que vous ayez une baisse d'énergie, peut-être même une petite dépression, mais je ne penserais pas. Laissez-moi vous poser encore quelques questions pour compléter votre dossier. Votre âge ?

— Vingt-huit ans.

— J'ai votre poids et votre taille, commenta le docteur en transcrivant les mesures faites plus tôt. Quel est votre poids normal ?

— Cinquante-deux kilos.

— Vous en avez perdu presque six.

— C'est difficile de manger à sa faim là-bas.

— Je comprends. Vous ne prenez aucun médicament ?

— Non.

— La date de vos dernières menstruations ?

Hélène eut l'impression de frapper un mur de béton invisible.

— Vers la mi-juin…

— Et vous êtes régulière d'habitude ?

Hélène sentit une certitude glacée lui descendre le long du dos. Elle se força à avaler et se concentra sur le docteur.

— Assez.

— À quand remontent vos dernières relations sexuelles ?

— C'était… le 3 juillet.

— Quand vous étiez au Scynao ?

— Oui.

Le médecin posa lentement son crayon et regarda Hélène avec compassion. Elle n'avait jamais aimé poser ce genre de question.

— Était-ce de votre plein gré ?

— Pardon ?

— Le pays était au bord de la guerre civile…

— De mon plein gré, oui. Deux adultes consentants. Mais nous n'avons jamais eu de relations non protégées, insista Hélène qui refusait d'entendre son intuition.

— Très bien. Nous allons quand même vérifier ça aussi. Quand vous aurez passé les tests, il faudra attendre tout au plus quelques jours pour obtenir les résultats, et alors, nous serons fixées.

Hélène remercia le docteur et quitta la clinique d'un pas mesuré, le corps noué par la panique.

Le lendemain, Claudia était plongée dans la création d'une maquette sur l'ordinateur lorsqu'elle entendit la clochette de la porte d'entrée. Comme elle n'attendait pas de client, elle supposa qu'il s'agissait d'Hélène, même si elle ne devait venir que dans l'après-midi ce jour-là.

— Hélène ? cria-t-elle. Donne-moi une minute, je te fais une tisane.

Quand elle arriva dans le hall d'entrée, une tisane et un café à la main, elle vit Hélène assise à son bureau, accoudée sur le portable, le front appuyé dans les mains.

— Mais qu'est-ce qui t'arrive ?

Claudia se précipita vers elle. Elle déposa les boissons chaudes à la hâte et tourna la chaise d'Hélène vers elle pour mieux l'examiner.

— Tu es blanche comme un drap !

— J'ai la tête qui tourne !

— Penche-toi, ordonna Claudia en lui poussant sans ménagement la tête entre les jambes.

— Hé ! doucement ! gémit Hélène.

Elle ferma les yeux et réprima un haut-le-cœur.

— J'ai vu quelqu'un faire ça à la télé. Tu te sens mieux ?

Hélène prit quelques respirations avant d'acquiescer d'une petite voix. Le menton calé sur les genoux, elle ouvrit les yeux sur ses chaussures noires et le tapis poussiéreux.

— Il va falloir que j'aie une petite discussion avec le nouveau préposé à l'entretien ménager.

— Laisse faire le ménage ! protesta Claudia. Dis-moi plutôt ce qui t'arrive !

Hélène se redressa précautionneusement, mais le malaise semblait passé.

— Ce matin, on m'a fait des prises de sang. Je devais être à jeun.

— Ah ! souffla Claudia, soulagée. Moi aussi, ça me met à l'envers, je déteste ça. Alors, tu as vu le médecin hier ? Qu'est-ce qu'elle a dit ?

— Rien de précis. Elle veut attendre les résultats des tests. Elle dit que je souffre peut-être d'une dépression.

Claudia émit un son disgracieux avec son nez.

— C'est ridicule ! Elle ne t'a pas vue travailler.

Elle fut soudain alertée par le silence d'Hélène.

— Quoi ? Qu'est-ce qu'elle a dit d'autre ? Qu'est-ce que tu me caches ?

— Rien de grave ! Elle m'a posé plusieurs questions et certaines m'ont… interpellée, c'est tout.

Exaspérée, Claudia se passa les mains dans la figure. Elle connaissait suffisamment Hélène maintenant pour savoir qu'il ne lui servirait à rien d'exploser, mais cette situation lui laissait une fantastique impression de déjà-vu, comme cette fois où, avec une patience d'ange, elle avait réussi à faire avouer à sa nièce de trois ans où elle avait caché sa souris. Sa souris d'ordinateur sans fil. Et comme cette fois-là, elle pressentait que la réponse serait aussi désastreuse que « le bol de graines à chat ».

Comme Hélène avait ouvert son portable et commençait à vérifier ses courriels, Claudia sut qu'elle devait prendre les choses en main. Elle referma le couvercle de l'ordinateur.

— Oui. Alors, elle t'a posé des questions qui t'ont interpellée, du genre…, quoi ? la pressa-t-elle d'un ton plus sec qu'elle ne l'aurait voulu.

— La date de mes dernières menstruations.

— La date de…

Hélène hocha la tête.

— Et ça t'a… interpellée parce que… ça remonte à plus d'un mois ? compléta elle-même Claudia.

Hélène hocha de nouveau la tête.

— À plus de deux ?

Hélène dodelina de la tête en se mordillant les lèvres. Le silence se faisait pesant dans le petit local.

— Mais tu sais, ça ne prouve rien, reprit Claudia. Ça pourrait être la fatigue, tout l'énervement des derniers mois, le stress…

— Oui !

Hélène ouvrit le couvercle du portable. Claudia le referma.

— Il y a eu quelqu'un là-bas, quelqu'un dont tu étais amoureuse.

— Avec un grand A, admit finalement Hélène.

— Et ?

— Et rien ! De toute façon, nous avons toujours été prudents, révéla-t-elle, embarrassée.

— Eh bien, voilà ! Ça doit être autre chose alors. Et ce gars, tu comptes le revoir ?

— Je ne crois pas.

— Pourquoi ? Il t'a dit qu'il ne voulait plus te revoir ?

— Non, il m'a dit qu'il gardait espoir. C'est fini entre nous pour une foule d'autres raisons. Il faut que je me remette au travail…

— Une foule d'autres raisons, comme par exemple... ?

Hélène soupira, exaspérée. Puis elle énuméra sur ses doigts :

— C'est un militaire qui travaille à l'autre bout de la Terre. Dans un pays au bord de la guerre civile. D'un conflit international. Et avec un sérieux problème de déchets toxiques !

— Oui, bon, évidemment, mais est-ce qu'il est marié ?

Hélène leva les yeux au ciel, souleva les mains et les laissa lourdement retomber. Comme Claudia paraissait sérieuse, elle s'empressa de la détromper :

— Non ! Jamais je ne...

— C'est au moins ça. Bon, ce ne sera pas évident, mais les militaires ont des permissions.

— En plus, sa famille n'aurait jamais approuvé, continua Hélène sur sa lancée.

— Religion différente ?

— Oui, ça aussi.

Claudia tendit la tisane à Hélène, et elles burent ensemble dans un silence lourd.

— Bon, mais puisque vous avez été prudents, comme tu dis, on s'énerve probablement pour rien. C'est peut-être juste une petite dépression et c'est tout.

Hélène soupira. Qu'elle souffre ou non de dépression, à la manière dont les choses s'organisaient, ce pourrait n'être qu'une question de temps avant que le docteur Frenette lui en diagnostique une de toute façon...

Le docteur Frenette joignit Hélène chez elle au téléphone quelques jours plus tard pour lui communiquer ses résultats.

— Vous faites un peu d'anémie, lui annonça-t-elle, mais rien de bien grave, rassurez-vous.

— Et c'est tout ? demanda Hélène, sur les dents.

— Non. Vous êtes enceinte. Avez-vous pensé à l'avenir de votre grossesse ?

— Je n'ai pensé qu'à ça !

— Qu'avez-vous décidé ?

— Je ne sais pas !

— C'est tout à fait normal. D'un point de vue purement médical, deux choix s'offrent à vous. Il vous reste encore quelques semaines pour un avortement sans complications, mais ne tardez pas pour vous décider, car plus la grossesse est avancée et plus les risques augmentent. Si vous choisissez de garder l'enfant, je vous prescrirai une diète et des suppléments, et je pourrai même suivre votre grossesse si vous le désirez. Vous êtes jeune, en bonne santé : il n'y a aucune raison pour que tout ne se passe pas bien. Vous comprenez ?

— Oui.

— Discutez-en avec votre conjoint, ajouta distraitement le médecin. Peu importe votre décision, prenez rendez-vous avec ma secrétaire dès que possible.

Hélène ne se présenta pas au travail le jour suivant. Même si Claudia était préoccupée à son sujet, elle décida de lui donner de l'espace et de ne pas lui téléphoner.

Puis elle décida qu'Hélène avait sans doute davantage besoin de soutien que d'espace.

— Où vas-tu ? lui demanda Jean.

— Je vais voir Hélène. Elle n'était pas là aujourd'hui et je n'arrive pas à la joindre au téléphone. Je m'inquiète pour elle.

— Celle-là, dès le début, je m'en suis douté : c'est le genre de fille que les ennuis suivent partout. Tu ne devrais pas t'en mêler. Déjà que tu lui donnes un emploi…

— Je ne lui ai pas « donné » un emploi, je l'ai « engagée ». Elle a sauvé ma santé mentale et elle abat du boulot comme quatre. Ce n'est pas pour rien que mon père l'adore.

— Ah ! Eh bien, si ton père l'adore, je n'ai pas un mot à dire !

Claudia ouvrit le placard et enfila son manteau bleu. Cette tension entre son père et Jean frisait le ridicule. Elle évalua sa toilette d'un œil critique dans le miroir de la porte : le style du manteau n'allait pas avec son jeans.

— Je vais juste me rassurer, puis je reviens. J'en ai pour quinze minutes, pas plus, promit-elle en changeant le manteau pour un blouson de cuir.

— Tu vas manquer le début de la partie de soccer.

— Je sais, reconnut distraitement Claudia en fouillant dans les poches de son manteau bleu pour trouver les clés de la voiture. Une chance que tu l'écoutes. Comme ça, tu pourras me dire le pointage à mon retour.

Elle lui donna un baiser rapide sur les lèvres et Jean, amadoué, lui sourit.

Dix minutes plus tard, elle était chez Hélène. Elle frappa deux coups, puis trois autres ; sa voisine de chambre, outrée, vint vérifier qui chahutait ainsi à cette heure de la soirée. Claudia lui sourit innocemment et frappa trois autres coups. Hélène ouvrit finalement la porte, un petit bol à la main : elle était dans un état lamentable, et Claudia se hâta de fermer la porte derrière elle.

— Mais qu'est-ce qui t'arrive !? J'ai essayé de te joindre toute la soirée, mais tu ne réponds pas au téléphone.

— Quand je n'ai pas de nausées, j'ai mal au cœur, et quand je n'ai pas mal au cœur, je…

— Ça va ! Ça va ! *I get the picture !* Tu as peut-être une intoxication alimentaire. As-tu eu les résultats de tes prises de sang ?

— Oui, confirma Hélène en retournant se coucher dans son lit.

— Et ? poussa Claudia qui prenait l'habitude de ce genre de conversation.

— Ce n'est pas une petite dépression.

Claudia accusa le coup en enlevant machinalement le bol des mains de son amie.

— Qu'est-ce que tu vas faire ?

— Mais pourquoi est-ce que tout le monde me pose cette question ? ! s'exclama Hélène, larmoyante.

Elle sentit venir un haut-le-cœur et Claudia lui tendit le plat. Hélène secoua la tête.

— D'accord, d'accord, désolée. Qui te pose cette question ?

— Le docteur et…

Hélène agita la main dans les airs et éclata en sanglots. Claudia lui tapota l'épaule, lui offrit un mouchoir de papier et lui murmura mille gentillesses. Quand la crise fut passée, Hélène se moucha copieusement.

— Pardon. Je ne me reconnais plus.

— Ce sont les hormones, elles font mauvais ménage avec les émotions. Ma belle-sœur était pareille quand elle était enceinte de sa première.

— Je dois décider d'ici la fin de la semaine. Après…, après, je n'aurai plus le choix.

— Il reste l'adoption.

— Tu ne comprends pas : ça, ce serait hors de question. Avoir un enfant, de cet homme-là, en d'autres circonstances, ça me rendrait folle de joie ! Mais… il est là-bas, je suis ici, s'énerva Hélène en hoquetant. Je ne sais même pas s'il est toujours vivant !

— Mais bien sûr qu'il est vivant ! s'écria Claudia pour couper court à une nouvelle crise de larmes.

Hélène, surprise, la regarda sans comprendre.

— Mon père me le répète sans cesse : ça paraît pire que ça ne l'est à la télé parce que les médias condensent tout en quatre-vingt-dix secondes.

— Mais ton père te ment ! révéla Hélène, sidérée, comme si sa patronne n'avait plus toute sa tête. Il raconte ça pour te rassurer.

— Comment peux-tu me dire ça ? Tu veux que je meure d'inquiétude ?

— Je suis désolée ! Pardonne-moi, chevrota Hélène, les yeux pleins d'eau.

— C'est oublié ! lança Claudia en se levant d'un bond. Voilà, on n'y pense plus ! Tiens, j'ai une idée. Ton mec est un militaire et mon père a déjà été militaire. Il pourrait peut-être le retracer à travers ses anciens collègues. Qu'en penses-tu ? Ça vaut la peine d'essayer, je crois.

— D'accord. Demande-lui si mon capitaine est toujours en vie. Mais, pour l'amour du ciel, ne dis pas à ton père que je suis enceinte !

— Ben, voyons !

Chapitre 12

Scynao, mi-août

— O'Neal ? Saint-Germain. Vous avez eu des nouvelles du capitaine Pra Dan récemment ?

Alex coinça le radiotéléphone dans son cou le temps de manœuvrer le véhicule utilitaire dans une courbe avant de répondre.

— Pas depuis qu'il est parti en mission d'infiltration, monsieur. Et vous ?

— Non. En un mois, j'aurais cru qu'il nous aurait relayé des renseignements.

— Peut-être à son retour. Sa mission vous tracasse ?

— Non. Il est particulièrement doué pour ce genre de tâche.

Néanmoins, quelque chose préoccupait Saint-Germain, et il n'avait toujours pas révélé à Alex la raison de son appel. Elle le relança :

— Un soulèvement me paraît inévitable.

— Oui.

— Le parti d'opposition joue la carte du spectre de la guerre à fond.

— Il accuse le Congrès de s'enliser dans les conflits du passé.

— Il excite le désir du peuple de gouverner seul son territoire.

— Le plan du Congrès n'est pas sain, affirma Saint-Germain après un silence.

— Et que voulons-nous, nous ?

— Officiellement, le Canada soutient le Congrès des sages, démocratiquement élu…

— Officieusement…, stabiliser le Scynao au plus vite ?

— Ce serait plus sage, sans jeu de mots. Nous devons également rester ouverts à la décision du peuple naotien, bien entendu, ajouta Saint-Germain, distrait.

Il réfléchit quelques secondes avant de demander :

— O'Neal, quand êtes-vous censée retourner au Canada ?

— Il va y avoir bientôt trois mois que je suis ici. Le SCRS devrait commencer à « suggérer » que je rentre au pays.

— Que diriez-vous de ne pas les faire attendre plus longtemps ?

Alex, étonnée, se demanda quel rapport il y avait entre Pra Dan et le Canada. Et n'en trouva qu'un seul.

— Est-ce que la ministre des Affaires étrangères exige des explications sur mes dépenses de restaurant ? demanda-t-elle plutôt.

Saint-Germain pouffa de rire.

— Depuis quelques semaines, ma fille me tient au courant d'une situation particulière.

— Votre fille travaille pour vous ?

— Non. Mais ma fille est génétiquement incapable de garder un secret.

— Elle ne peut tenir ça que de sa mère.

— C'est à propos d'Hélène Cournoyer. Vous vous souvenez d'elle ?

— Bien sûr.

— Il semble qu'elle soit bien mal en point. Elle a dû être hospitalisée.

— C'est dommage, mais je ne vois pas…

— Elle est enceinte.

Alex absorba rapidement la nouvelle et en considéra les ramifications.

— Vous…

— Pas de moi ! Quel esprit tordu ! C'est un signe que vous exercez ce métier depuis trop longtemps, vous savez.

— C'était seulement pour éliminer une possibilité. Je ne vous jugeais pas.

— Elle serait enceinte de notre ami, le capitaine. Ce bébé pourrait nous servir de levier si jamais Pra Dan se montrait trop réticent à collaborer avec nous. C'est une carte que j'aimerais garder dans ma manche, avec votre aide.

— Je ne suis pas médecin.

— Il ne s'agit pas de ça. Apparemment qu'Hélène est convaincue que son capitaine est mort, ou que c'est tout comme.

— Sa famille a été brûlée vive, on peut la comprendre.

— Si Hélène croit Pra Dan mort, elle ne gardera probablement pas le bébé. Elle se méfie de ce que ma fille ou moi lui disons.

— Est-ce que je ne vous avais pas averti que cette fille commençait à avoir du chien ?

— Mais si vous affirmiez à Hélène que vous avez retrouvé le capitaine, que vous lui avez même parlé, vous, elle vous croirait, je pense.

— Vous voulez que je retrouve Pra Dan pour lui annoncer qu'il sera peut-être papa ? vérifia Alex, incrédule.

Saint-Germain réfléchit un instant.

— Non. Je préfère garder cette information secrète pour le moment. Si elle perd le bébé, nous nous serons exposés inutilement, et nous ne pouvons prévoir, à ce moment-ci, comment il réagirait.

— Je briserais donc la couverture de Pra Dan pour lui apprendre… que je passais par là ?

— Vous avez raison, mauvaise idée. Oubliez ça. Il vaut mieux rester à distance. C'est juste que si un enfant attendait Pra Dan au Canada, nous aurions un argument majeur pour négocier avec lui.

« Et Pra Dan, une raison majeure de rester en vie », pensa Alex. Elle soupira.

— Je comprends… Monsieur, je ne mettrai pas la vie du capitaine en danger pour m'assurer qu'il est vivant : ce serait absurde, et Cournoyer ne me le pardonnerait pas. Je veux bien essayer de la convaincre que Pra Dan va passer au travers de la crise au Scynao. Mais je ne crois pas qu'informer Pra Dan de l'existence du bébé soit approprié pour le moment : si Cournoyer avorte ou perd l'enfant, la question ne se posera plus… et ce serait vraiment trop cruel pour Pra Dan, après tout ce qu'il a déjà enduré.

— Très bien. Procédons ainsi. Appelez-moi dès que vous serez fixée.

Drummondville, hôpital Sainte-Croix, Centre famille-enfant
Six jours plus tard

Au lieu d'un vol commercial, Alex avait fait le trajet de Junianne à Montréal dans un avion de l'ONU. Le nom de Laurent Saint-Germain ouvrait encore bien des portes, même plusieurs années après qu'il avait officiellement quitté les rangs des forces armées. Un hélicoptère militaire avait transporté Alex de Montréal à l'aéroport régional de Drummondville, via Saint-Jean-sur-Richelieu. Un pilote privé de Drummondville, qui rentrait à son domicile en voiture, lui offrit gentiment de la déposer à l'hôpital en passant. Alex refusa cependant sa proposition d'aller boire un verre.

La porte de la chambre d'Hélène était entrouverte. Alex épia la jeune femme, couchée sur le côté, dos à la porte. Les stores étaient tirés malgré le soleil de l'après-midi ; il faisait chaud et sombre. Alex entra sans bruit, au cas où Hélène serait endormie, mais, en s'approchant, elle l'entendit respirer par la bouche et renifler discrètement à plusieurs reprises. Hélène se retourna pour prendre un mouchoir sur sa table de nuit et poussa un cri strident en voyant une silhouette dans l'ombre.

— Qui est là ? s'enquit-elle d'une voix forte dont le ton nasillard minait l'effet.

— C'est Alex, Alex O'Neal, la rassura celle-ci en s'approchant lentement du lit.

— Alex ? Mais qu'est-ce que tu fais ici ?

— Je pourrais te retourner la question, riposta Alex, en la tutoyant spontanément elle aussi.

Hélène haussa les épaules avant de se moucher délicatement.

— J'ai dû attraper un virus gastro-intestinal. Je n'arrêtais pas de vomir, et comme mon médecin avait déjà diagnostiqué une carence en minéraux, elle a décidé de m'hospitaliser quelques jours.

— Tu es là depuis quand ?

— Cinq jours, je crois.

— Tu vas mieux ?

— Oh ! oui. On m'a prescrit un anti-nausée. J'aurai mon congé bientôt, peut-être demain.

Alex s'assit au pied du lit et croisa une cheville sur le genou.

— Alors, le fait que tu sois couchée, les rideaux tirés, par un après-midi ensoleillé, ça n'inquiète pas ton médecin ?

— Non. J'ai besoin de repos, je reprends des forces.

— Et si j'allumais la lumière ? suggéra Alex en s'étirant le bras vers la lampe, à la tête du lit.

— Non !

Alex se rassit sans avoir touché à la chaînette.

— C'est vache, ce que tu as fait là, murmura Hélène après un moment.

— On a toujours été honnêtes l'une envers l'autre, je crois. Pourquoi t'inventer une maladie pour me cacher que tu pleures ?

— Tu ne comprendrais pas.

— Essaie toujours.

Hélène se redressa dans son lit. La pénombre les enveloppait, et Alex attendait, patiemment. Elle savait déjà presque tout et avait probablement deviné le reste, se résigna Hélène. Alex n'était pas la fille la plus empathique, ni même la plus sympathique qu'elle connaissait, mais curieusement, ce recul, cette réserve faisaient en sorte qu'Hélène se sentait moins vulnérable auprès d'elle. Elle pouvait lui parler de ses secrets, de ses craintes, sans avoir peur d'être submergée par eux.

— Quand Mari et Lehla ont été surprises par l'incendie…, j'aurais dû être là, moi aussi.

— Tu préférerais être morte ?

— Si j'avais été dans ma chambre, j'aurais peut-être senti la fumée, j'aurais peut-être pu les sauver. Quand j'y repense aujourd'hui, je crois que c'est ça, le pire : si je suis en vie, c'est parce qu'au moment même où le feu les entourait, je bafouais l'une de leurs règles les plus strictes, à cinquante mètres de là.

— Cet attentat avait le capitaine Pra Dan pour cible. Sa voiture était garée dans la cour. Les terroristes croyaient que Pra Dan était à la maison, mais ils ne pouvaient pas ne pas savoir que sa mère et sa sœur étaient là aussi. Les Naotiens ont un grand respect pour la vie. Peut-être qu'ils comptaient sur la vigilance du capitaine pour sauver tes amies, mais malgré tout ce que ces femmes ont fait pour leur communauté, ça ne les a pas arrêtés. Pour eux, le destin a décidé de leur sort. Pour eux, si elles sont mortes dans cet incendie, c'est parce que cela faisait partie des épreuves que Mari et Lehla devaient traverser dans cette vie. Leur conscience est tranquille. Tu aurais pu être du nombre, ça n'aurait rien changé. Ils voulaient mater Pra Dan ; à la rigueur, ils voulaient l'atteindre, et ils étaient sûrs d'y arriver en s'attaquant à sa famille. Même si tu avais réussi à réveiller tes amies, je ne suis pas sûre qu'ils vous auraient permis de sortir indemnes.

Alex la laissa méditer quelques instants. Elle avait appris il y a longtemps à ne pas se sentir coupable d'être vivante. Mais pour Hélène, c'était la première fois, et elle comprenait son tourment.

— Mais il n'y a pas que ça, reprit Alex en inclinant la tête vers son épaule, pour encourager Hélène à lui avouer le reste.

— Je suis enceinte.

— De Pra Dan ?

— Oui.

— Pas de virus gastro-intestinal, alors ?

Hélène grimaça.

— L'un n'empêche pas l'autre apparemment.

— Et les condoms ?

— Ne viennent pas avec des garanties ! Je ne suis pas une idiote irresponsable ! Je n'ai pas voulu cette situation. J'ai rencontré un homme à l'autre bout de la Terre, et j'en suis tombée totalement amoureuse. J'aurais tout quitté pour lui, mais… ce n'était pas réciproque.

— Et maintenant ?

— Et maintenant…, maintenant, qu'est-ce qu'il me reste de tout ça, à part cet enfant ? Que me reste-t-il de cet homme-là, l'homme de ma vie, qui m'a tourné le cœur à l'envers ? Il est toujours là-bas. Je suis ici. Toujours aussi occidentale, et lui, oriental. Y a-t-il la moindre possibilité que notre couple se reforme ?… Quelle vie aurait cet enfant ? Il serait un métis, à jamais interdit de séjour au Scynao où il serait méprisé ou persécuté. Et ici ? Je serais une mère célibataire, sans appartement, sans emploi stable…

— Qui a dit qu'il ne serait pas stable ? demanda Claudia en entrant dans la chambre.

— Eh bien…, toi ! Tu es toujours en train de me répéter que ce n'est que jusqu'à ce que je retombe sur mes pieds !

— Oh ! C'était avant, ça. Je ne pourrais plus me passer de toi. Fiou ! Il fait sombre ici ! s'exclama Claudia.

Elle se dirigea d'un pas vif vers les fenêtres et ouvrit les stores.

— Tiens ! Tu ne savais pas qu'il faisait beau soleil, je parie. Bonjour ! dit-elle à Alex en lui tendant la main, je suis Claudia Saint-Germain.

— Alex O'Neal, répondit-elle en se levant pour lui serrer la main, tandis qu'Hélène passait une débarbouillette humide sur son visage.

La fille de Saint-Germain lui arrivait à l'épaule.

Claudia contempla Alex, la tête penchée sur le côté, en notant les magnifiques yeux gris, les cheveux de jais, la taille élancée.

— Vous êtes une amie d'Hélène ?

— Nous nous sommes connues au Scynao, répondit obliquement Alex.

— Vous connaissez peut-être mon père alors ? Laurent Saint-Germain ?

— Elle travaille pour lui, confirma Hélène.

— C'est curieux, je crois qu'il ne m'a jamais parlé de vous.

— Je suis sous ses ordres depuis peu.

— C'est sans doute ça. Vous l'avez vu récemment ? Comment est-il ?

— En pleine forme.

— Bien. Et comment va notre petite malade ?

— Mieux. J'ai bien déjeuné et je n'ai pas eu de nausées depuis hier, fit Hélène.

— Ah ! *Progress !* J'ai parlé à l'infirmière et elle pense que tu auras ton congé demain. C'est super, non ? Je t'ai apporté un petit quelque chose, ajouta-t-elle en fouillant dans son immense fourre-tout à l'imprimé écossais.

— Des carrés aux dattes ! s'étonna Hélène en ouvrant la petite boîte de carton blanc enrubannée.

— Il paraît qu'ils sont riches en fer, en fibres et en silice, énuméra Claudia.

— Mange-les quand même, coupa Alex.

Hélène pouffa de rire.

— Un éclat de rire ! Maintenant, je suis sûre que tu vas mieux ! s'exclama Claudia. Dites-moi, Alex, resterez-vous longtemps à Drummondville ?

— Impossible. Je dois aller faire mon rapport à Toronto.

— Pourquoi ne pas vous rendre au Homo Sum de Montréal ?

— Je ne travaille pas pour Homo Sum. Je repasserai tôt demain matin avant de partir, si tu veux, Hélène.

— Ce serait avec joie, accepta-t-elle, mais faire un tel détour après un voyage si long…

— À demain. Contente de vous avoir rencontrée, Claudia.

Alex passa la nuit à l'hôtel. Avec les années, elle avait développé l'art de dormir n'importe où et n'importe quand. Elle n'en était plus à un décalage horaire près. Elle se leva tôt le lendemain matin et savoura un petit-déjeuner à l'américaine, une diversion appréciée après des semaines de riz. Il n'était pas encore sept heures du matin quand elle se faufila discrètement dans la chambre d'Hélène.

Sentant une présence, la future maman ouvrit lentement les yeux et tiqua à peine en reconnaissant la militaire. Elle attrapa aussitôt la bassine sur sa table de nuit et vomit. Puis, elle se rinça la bouche avec de l'eau tiède et ouvrit un petit paquet de craquelins.

— Désolée. On ne parle pas de ça à Claudia, d'accord ? marmonna Hélène, embarrassée.

— Que tu es accro aux biscuits soda ? Ça te regarde.

— Je croyais que les visiteurs n'étaient pas admis avant quatorze heures. La sécurité t'a laissée passer ?

— Je serai déjà loin cet après-midi, éluda Alex. Nous avons été interrompues hier. Est-ce que Claudia est au courant de tout ?

— Dans les grandes lignes.

— Je n'en étais pas sûre. Hier, tu m'as parlé de ta situation. Je crois fermement qu'une femme a le contrôle de son propre corps, mais…

— Mais ?

— Je crois aussi fermement que le futur peut être totalement différent du passé. Et particulièrement dans le cas du Scynao. Qui aurait cru, il y a dix ans ou même cinq, que ce pays aurait déjà fait tout ce chemin ? C'est vrai que ton enfant n'aurait pas eu de place dans le Scynao d'hier, mais dans celui d'aujourd'hui, dans celui de demain… qui sait ?

— Que ferais-tu à ma place ?

— Je n'en ai aucune idée. Je me fierais à mon instinct.

— Cet enfant n'aurait pratiquement aucune famille : je suis fille unique, mes parents sont morts, ceux du capitaine aussi…

— Mais Pra Dan est vivant.

Hélène releva la tête et observa attentivement Alex. O'Neal était d'une franchise directe, presque brutale. Elle ne lui mentirait pas, même pas pour la protéger, comme les autres le faisaient.

— Une travailleuse sociale est venue me voir à quelques reprises depuis mon hospitalisation, dit Hélène en suivant du regard son doigt qui lissait un pli dans ses couvertures. Elle a mon âge, ou plutôt, l'âge que j'avais il y a six mois, avant que le Scynao ne me donne un coup de vieux. Je ne me suis pas forcée pour lui raconter ce que j'ai vécu, seulement l'essentiel, pour qu'elle me laisse tranquille. Mais pas ce que j'ai ressenti, pas l'intensité de ce qui a bouleversé ma vie. Je ne suis plus celle que j'étais il y a six mois.

— Tu es plus forte.

— Oui. Beaucoup moins naïve aussi. Mais surtout, je sais que l'homme de ma vie existe et je sais qui il est. Si je t'avoue ça, c'est pour que tu comprennes combien la certitude que Danyel est vivant est importante pour moi, car c'est à peu près la seule chose qui me retienne à cet enfant.

— Danyel ?

— Je veux dire... Yelvart... saykarath.

— C'est comme ça que tu l'appelles ? fit Alex, amusée. Danyel ? Un capitaine naotien ?

— Je n'ai pas ton talent pour les langues.

— Eh bien, oui, Danyel est vivant. Il a l'air aussi hagard que toi, mais il est en vie. Il fait ce qu'il a à faire.

— Tu n'es pas venue par hasard, n'est-ce pas ?

— Non.

— C'est monsieur Saint-Germain qui t'envoie ?

— Il s'inquiète pour toi.

— Claudia lui a dit, soupira-t-elle, pas vraiment étonnée. Est-ce que tu vas retourner là-bas, au Scynao ?

— Dans deux mois, peut-être trois.

— Si tu vois le capitaine Pra Dan..., commença lentement Hélène.

Elle s'arrêta et réfléchit, les yeux perdus dans le petit matin gris, à la fenêtre.

— Surtout, ne lui dis pas que je suis enceinte. Je ne veux pas qu'il se sente responsable de quoi que ce soit et qu'il croie devoir faire la chose honorable.

— Je lui dis de s'accrocher ?

Hélène plongea les yeux dans ceux, clairs et francs, d'Alex avant de répondre. Sous le coup de l'émotion, Hélène était agitée d'un fin tremblement. Elle gardait peu d'espoir de revoir Danyel un jour. Mais cet enfant était le fruit de leur amour, et tant qu'elle savait son père vivant, elle était incapable d'y renoncer.

— Oui.

— Saint-Germain.

— La situation est stable. La livraison est prévue pour la mi-mars.

Alex coupa sèchement la communication. Saint-Germain utiliserait cette information comme il le voudrait. Pour sa part, elle refusait de manipuler Hélène davantage. Il lui restait un peu moins d'une heure avant que l'avion n'atterrisse à Toronto. Elle abaissa le dossier de son siège. Une minute plus tard, elle était endormie.

Scynao

Après le départ des organismes humanitaires, l'armée avait réaffecté le capitaine Pra Dan au service de renseignements. Il avait choisi quatre hommes personnellement, avec soin. Ils avaient tous déjà participé à des missions d'infiltration, et il les savait fidèles au Congrès des sages. L'étau semblait se resserrer sur le Scynao, et le capitaine craignait que tout ne craque sous la pression. Un peu partout dans le pays, les manifestations se multipliaient et la distribution d'eau potable tournait parfois à l'émeute. Il y avait eu une tentative d'attentat contre un membre ultraconservateur du Congrès et une autre contre la filiale naotienne d'une compagnie gasbake prospère. Même ceux, habituellement pacifistes, qui approuvaient les revendications du Congrès commençaient à douter et à s'impatienter devant la mauvaise foi du Gasbakstan et les complications qu'entraînaient, quotidiennement, les pénuries d'eau potable et d'essence.

Quand Pra Dan avait obtenu d'un indicateur la confirmation qu'un chargement d'armes devait franchir la frontière pour entrer au Scynao, il n'avait pas hésité. Il n'était pas question d'aggraver la situation en donnant l'occasion aux groupes rebelles de s'armer, pas s'il pouvait l'empêcher. Deux de ses hommes étaient allés en reconnaissance au campement des trafiquants, jouant les bûcherons à la recherche d'ouvrage. Pra Dan et les deux autres s'étaient dispersés dans la zone et avaient fait du repérage. Lorsqu'ils s'étaient tous retrouvés au point de rendez-vous, leurs rapports étaient troublants. Des rumeurs couraient selon lesquelles un chargement avait déjà atteint Tich. Les trafiquants d'armes semblaient utiliser les mêmes hommes que pour transporter la drogue. La traversée des montagnes, sans aucune véritable route à ces endroits, était loin d'être aisée et l'expérience des passeurs valait à elle seule son pesant d'or.

Pra Dan décida qu'ils les surprendraient à la nuit tombée en utilisant la couverture de mercenaire d'un de ses hommes. Le passeur avait cru rêver lorsque ce grand gaillard au torse musclé, habile avec un couteau, l'avait approché. Peut-être, cette nuit, ferait-il un dernier cauchemar.

Pra Dan et ses hommes prirent leurs positions. Au signal de la taupe, ils attaquèrent. Le passeur n'opposa aucune résistance, mais les trafiquants, rassurés par leurs armes, se jetèrent dans la mêlée. Un soldat placé en surplomb les força à chercher couvert. Pra Dan avança furtivement le long de la paroi pour surprendre l'un d'eux. Sa victime sentit sa présence au dernier moment et pirouetta vers lui. Pra Dan sentit une lame lui transpercer le flanc, puis lui-même perfora d'un coup de couteau le poumon de sa proie. D'un air abasourdi, il regarda l'homme écroulé à ses pieds, avant de sombrer dans l'inconscience.

Drummondville

Maintenant que sa décision était prise, Hélène se sentait un peu mieux dans sa peau. Les nausées s'espaçaient et les suppléments vitaminés accroissaient son niveau d'énergie. Elle était la première surprise de découvrir combien son nouvel emploi la captivait. N'ayant jamais travaillé dans le domaine artistique, le défi la stimulait. Entre l'effervescence de la création et les sueurs froides des dates de tombée et des marges de crédit gonflées, ses journées ne sombraient jamais dans la routine. Claudia l'avait aidée à se trouver un appartement, pas très loin du sien, dans une construction datant d'une quinzaine d'années. Le balcon, à l'ombre d'un érable, avait été son coup de cœur. Elle s'accommoderait sans trop de mal des deux petites chambres, car le reste du logement était bien ensoleillé.

Avec la voiture de Jean, Claudia et elle étaient allées chercher ses derniers effets dans le garde-meuble à Montréal la fin de semaine précédente et, pour la première fois depuis des semaines, Hélène sentait enfin un début d'appartenance à sa résidence. Elle en avait aussi profité pour résilier le bail de son appartement de Montréal. Elle n'y retournerait pas : elle ne pouvait concevoir d'y élever un enfant seule.

Elle s'émerveillait encore de la facilité avec laquelle elle s'était adaptée à la routine de Claudia. Peut-être était-ce parce que, sous plusieurs aspects, l'attitude de Claudia ressemblait à celle de son père. Avoir pour la première fois une femme pour patronne y était peut-être aussi pour quelque chose. De toute façon, le dynamisme et la joie de vivre de cette petite boule d'énergie ne toléraient aucune mélancolie… ni réserve. Hélène faisait naturellement preuve de circonspection avant de s'ouvrir à des étrangers, mais avec Claudia, c'était impossible !

Comment aurait-elle pu résister à quelqu'un qui offrait à son futur bébé un pyjama orange imprimé de girafes jaunes tachetées de bleu, portant cravate ou tutu ? Hélène se rendit dans la chambre d'enfant et ouvrit le tiroir de la commode. Il n'y avait, pour l'instant, que ce seul pyjama qu'elle déplia et regarda en souriant. Elle savait bien que ceux qu'elle achèterait par la suite seraient plus sobres et moins coûteux, mais celui-là, joyeux, pimpant et original, garderait une place spéciale dans sa mémoire parce qu'il était si typique de Claudia. Elle pressa le petit vêtement tout doux contre sa joue. Il y aurait toujours, quelque part, un pays en guerre ou sur le point de le devenir. Mais la vie avait sa façon bien à elle de tracer son chemin, parmi les événements les plus chaotiques, les terres les plus inhospitalières. Elle ferma les yeux et fit une prière sincère pour que, où qu'il soit, Danyel ne l'ait pas oubliée ; qu'il trouve un chemin jusqu'à elle et leur enfant ; pour qu'il soit vivant ; pour qu'il le reste.

Le cœur serré, elle rangea le pyjama et s'en alla vers l'entrée. Elle jeta un dernier coup d'œil à son corsage avant de partir au bureau. Le tissu commençait à tirer sur sa poitrine plus voluptueuse, remarqua-t-elle avec un brin de satisfaction ironique. Il faudrait qu'elle revoie sérieusement sa garde-robe pour les prochains mois…

Chapitre 13

Scynao, septembre

Le capitaine Pra Dan était allongé, torse nu, parfaitement immobile, sur le lit de son ancienne chambre à la caserne de police. L'infection et la perte de sang avaient ravagé son corps. Son esprit battait la campagne. Il n'était pas mort. Son karma lui réservait une autre fin. Et de la souffrance apparemment, encore et toujours. Il aurait droit à une autre semaine de convalescence, le temps de se remettre du coup de couteau du trafiquant d'armes, avant de retourner au front. Les yeux grand ouverts, les mains croisées sous la nuque, il attendait que la nuit s'achève.

Minute par minute.

Encore cette nuit, il savait que le repos ne viendrait pas. Bien qu'il ressentît une certaine torpeur, il n'arrivait jamais à se détendre complètement. Son esprit n'arrêtait pas de s'agiter. Quand il avait fait le tour d'un problème, il passait simplement à un autre, dans une ronde sans fin.

Les incidents se multipliaient aux frontières, au point où il commençait à envisager que ses efforts puissent être vains. Il pensait, cynique, que pour reprendre le contrôle, il faudrait construire un mur de barbelés, ou une muraille, comme en

Chine, tout autour du Scynao, et emprisonner du même coup tous ses habitants. Ou encore, comme les Américains l'avaient entrepris au Gasbakstan dernièrement, raser la forêt sur deux cents mètres de profondeur, tout le long du périmètre à risque.

Le pays était déchiré entre tellement de factions ressurgies du passé qu'il devenait très difficile de mettre au point une riposte concertée. Les Naotiens radicaux en voulaient au Gasbakstan, et aux Américains qui le soutenaient, pour l'empoisonnement de leur eau potable et l'intoxication dont les leurs étaient victimes. Ils exigeaient compensation.

Les plus conservateurs craignaient les représailles du Gasbakstan et, par-dessus tout, de retomber en guerre avec un pays à l'allié tout-puissant qui ne manquerait pas de s'ingérer dans la bataille. Ils exigeaient l'arrêt ou, à tout le moins, l'adoucissement des moyens de pression.

Malgré les craintes liées à la répression des anciens gouvernements, les manifestations contre le Congrès des sages se multipliaient. L'armée avait augmenté la sécurité autour du parlement et de chacun de ses membres. Tant que tout ça restait dans les limites de la démocratie, le capitaine ne pouvait que serrer les dents et espérer que ses compatriotes fassent preuve de retenue. Même le Congrès menaçait de sévir contre cette démocratie à tout crin. L'automne commençait à s'installer, le froid et la pluie apaiseraient peut-être les ardeurs.

Et toujours aucune nouvelle de Sokad. Excédé, Pra Dan passa les mains dans ses cheveux drus.

Combien de temps le Gasbakstan allait-il rester sur ses positions avant d'adopter des mesures plus radicales ? Même si l'ouverture partielle du barrage Baltraï avait rétabli un certain courant d'eau, le Gasbakstan n'avait pas levé pour autant son embargo sur le pétrole, prétextant la précarité de la situation. La mesure comme telle touchait directement bien peu de Naotiens, car la majorité n'espérait même pas posséder une voiture un jour, et le chauffage au bois, combustible plus économique et disponible en abondance, prédominait. Mais elle compliquait singulièrement la tâche de l'armée et de l'ONU. Des camions-citernes pouvaient approvisionner la capitale et les villes principales, mais le piteux état du système routier et la topographie escarpée l'interdisaient presque partout ailleurs. Cela impliquait de prioriser les missions, d'augmenter les déplacements de troupes à pied et de prévoir plus de moments de repos.

Et puis, il y avait tous ces vautours qui gravitaient autour du Scynao. Pra Dan s'essuya la bouche du revers de la main comme pour chasser un goût amer. Les trafiquants d'armes, de drogue, de pétrole, d'eau potable même, fournissaient les uns et les autres, fondant sur chaque opportunité, chaque faiblesse, à l'affût de la moindre occasion de faire des profits.

Que restait-il du beau rêve de pays souverain, de pays démocratique au milieu des dictatures de tout ordre ? Que restait-il de l'espoir d'un pays parfaitement respectueux de l'écologie, quand la nappe phréatique était polluée pour des générations ?

Que restait-il de l'avenir ?

Presque contre sa volonté, il glissa la main dans la poche de son pantalon en évitant d'accrocher son pansement au passage. Il ressortit une enveloppe vide de condom. C'était tout ce qui lui restait d'Hélène. Pas de photo, pas de lettre. Pas de cadeaux échangés. Rien qu'elle aurait oublié : tous ses objets personnels avaient flambé avec la maison. Même le condom n'était pas d'elle, l'armée en fournissait gratuitement aux soldats. Mais il lui rappelait les moments passés ensemble, des plus simples aux plus passionnés. Aux plus doux. Aux plus terribles.

Pra Dan s'assit brusquement au bord de son lit, et la douleur cuisante qui transperça son flanc le ramena avec soulagement au présent. Ne pas penser au passé.

Il remit l'enveloppe dans sa poche et marcha lentement jusqu'à la fenêtre. Il imagina Hélène au Canada. Ses cheveux comme de l'or fondu entre ses doigts, la douceur de sa peau, le contraste de sa main claire sur son membre. Des images gravées dans son esprit, à la fois douloureuses et réconfortantes.

Le regard perdu dans la nuit opaque, les poings crispés dans les poches, ses pensées se cristallisèrent et s'élevèrent vers le ciel comme un mantra : « Elle est saine et sauve. Elle est saine et sauve. Au moins, là-bas, Hélène est saine et sauve. »

Il devait absolument s'en convaincre, sinon il ne se pardonnerait jamais de l'avoir si impitoyablement repoussée.

Drummondville

Hélène eut juste le temps de se rendre posément à la salle de bain, située entre l'atelier de Claudia et la réception, avant de vomir. Claudia toussa exagérément pour couvrir le bruit et attira l'attention de son client vers l'illustration sur le grand carton-mousse.

— Docteur Bilodeau, je conçois que cette publicité est un peu plus audacieuse que ce que vous aviez imaginé. Par contre, j'ai respecté à la lettre vos exigences quant à vos objectifs, au choix de couleurs et au logo. Mais cette petite touche d'originalité, c'est ce qui caractérise la Puce à l'oreille, vous comprenez, et c'est ce qui captera l'attention de votre clientèle.

— Mais… une salamandre ?

— Une salamandre sombre des montagnes, précisa Claudia en hochant consciencieusement la tête. Gris bleu métallique, très *in*, si on se fie à la nouvelle collection automne-hiver de Gondolfo et Stark. Notez le souci dans le design de notre Créateur, dans les pattes écarlates. Une vraie beauté : racée, élégante. Musclée.

Claudia pataugeait dans les adjectifs.

— Je ne suis pas convaincu. Vous êtes sûre que ce soit une bonne idée ? Je fais de la chirurgie reconstructrice et esthétique, j'avoue que je ne vois pas très bien le rapport avec une salamandre, fût-elle issue des…

— Montagnes. Ah ! Mais voilà ! Peut-être ignorez-vous ces deux particularités de la salamandre. Premièrement, bien qu'elle passe son enfance dans l'eau, à l'âge adulte, elle n'habite plus que sur terre, souligna-t-elle d'un ton appuyé, elle change complètement de style de vie, de milieu.

— Oui, oui… Continuez.

— Et deuxièmement, ajouta Claudia en ménageant son effet, au besoin, elle peut se défaire de sa queue.

— Se défaire de sa… ?

— Couic ! illustra Claudia en cisaillant l'air de ses doigts.

— Oh ! Ooooh ! Oui !

Un grand sourire sur le visage du docteur Bilodeau témoigna enfin de sa compréhension du concept de la pub que Claudia voulait lui vendre. De la petite salle de bain adjacente vint un second bruit de jet liquide, suivi d'un faible râle. Claudia échappa une grimace qu'elle essaya de faire passer pour un sourire aux yeux de son client.

— Quand je parle de queue, je parle de l'appendice qui lui sert à… chasser les mouches, improvisa-t-elle, et non pas de celui qui lui sert à fonder une famille, mais il me semble que cela est assez explicite, sans pour autant risquer d'offusquer une clientèle moins… avertie. Ça nous permettrait d'utiliser le même concept pour une pub télé aux heures de grande écoute. Prenez le temps de relire le texte pour vérifier si vous aimeriez y apporter des modifications. Je vous laisse quelques minutes et je vous présenterai ensuite le *storyboard* pour le « trente secondes télé ». Excusez-moi, je reviens tout de suite.

Claudia se dirigea prestement vers la salle de bain. Elle cogna discrètement à la porte.

— Hélène ? chuchota-t-elle. Hélène, c'est moi. Est-ce que ça va ?

Hélène ouvrit la porte et Claudia se glissa rapidement à l'intérieur. Le teint légèrement vert de son adjointe ne présageait rien de bon.

— Désolée ! fit-elle à voix basse. Je n'ai pas eu le temps de...

Elle chercha une tournure élégante, puis y renonça.

— ... vomir avant de partir.

Elle réprima un nouveau haut-le-cœur.

— Quoi ? Ne me dis pas que tu vomis encore tous les matins ? !

Elle hocha la tête.

— Régulièrement ?

— Comme un réveille-matin.

Hélène ferma les yeux.

— Et les craquelins ? Tu as essayé les craquelins ? Les Plentys à la crème sure, au bacon, au chedd...

Hélène agita la main pour lui signifier d'arrêter l'énumération. Claudia lui avait remis plusieurs échantillons qu'elle avait reçus pour le lancement d'une nouvelle ligne.

— Je n'y arrive pas. Juste l'odeur...

Elle frissonna.

— Oui, je sais. Quand j'avais la vingtaine de boîtes dans l'atelier, l'odeur était absolument écœurante à la fin de la journée.

Hélène serra les lèvres et respira profondément par le nez.

— Pardon ! Pardon ! Alors, si tu n'as pas besoin de moi ici, j'y retourne. N'oublie pas : ce soir, je te sors si je décroche le contrat de la clinique TransSexe. Bilodeau n'est pas très chaud, mais il a un bon sens de l'humour : je crois que c'est dans la poche ! Dans la poche... Hé ! Ça pourrait être le *follow-up* ! Un kangourou ou une autre de ces bibittes qui ont une poche sur le ventre... Qu'est-ce que tu en penses ?

— Des marsupiaux.

Hélène s'épongea précautionneusement le visage avec une débarbouillette fraîche.

— Oui… il y a quelque chose là, je le sens…, songea tout haut Claudia, excitée, en retournant auprès de son client. Tu m'y referas penser plus tard.

Hélène se brossa les dents, se gargarisa et retoucha son maquillage. Elle vérifia que son apparence était impeccable. Avec tous ses ennuis digestifs, son ventre restait plat, mais son médecin lui avait dit de ne pas s'inquiéter, que son corps avait traversé plusieurs importants bouleversements, mais se replaçait tranquillement.

Certains matins, elle aurait aimé avoir un travail, une vie, un peu plus ordinaire où les Plentys au bacon, les salamandres sombres et les chirurgies de réassignation de genre ne se côtoieraient pas d'aussi près. De toute façon, elle vomissait tous les matins avant neuf heures, peu importe ce qu'elle faisait au bureau. Si elle avait su tout ce que cette nouvelle étape de sa vie exigerait d'elle, ses décisions auraient-elles été différentes ?

Hélène détestait se tourmenter avec des si et des peut-être. Il y avait déjà bien assez d'inconnu dans sa vie. Elle quitta discrètement la salle de bain, d'un pas de plus en plus déterminé. Dans un tiroir de son bureau, elle avait exactement ce qu'il lui fallait maintenant pour calmer son petit creux…

Chapitre 14

Bientôt, Pra Dan devrait partir en renfort avec ses troupes, vers le nord-est. Des espions avaient mis au jour un important trafic d'armes là-bas, et le colonel Kar Phan comptait sur son expertise pour essayer de le contrer. Avant de partir, il avait voulu revoir Gan Noc et sa fille, Tena. Il était sans nouvelles d'eux et de Sokad depuis la terrible nuit de l'incendie. Peut-être apprendrait-il quelque chose sur son frère à travers lui, car Pra Dan savait combien ils étaient proches.

La maison traditionnelle en rondins paraissait en bon état. Les plates-bandes, que Sou avait garnies de vivaces, avaient été nettoyées et ratissées et étaient prêtes pour l'hiver. Le noisetier, planté au coin de la galerie pour y maintenir une ombre fraîche durant l'été, était maintenant dénudé, mais aucune de ses feuilles ne jonchait le sol.

Tena était assise sur la marche donnant accès à la galerie. Plongée dans la lecture d'un livre de classe aux pages jaunies et écornées, elle releva la tête en entendant le gravier crisser sous les pas de Pra Dan. Son visage s'éclaira et elle courut vers lui, les bras grand ouverts. Pra Dan se pencha, l'attrapa au passage et la fit tournoyer dans les airs. Avec un pincement au cœur, il sentit les os sous la peau délicate et s'inquiéta silencieusement de la trouver si amaigrie. Elle riait à gorge déployée, son visage lumineux dans le soleil d'automne. Ainsi éclairée par une joie insouciante, elle ressemblait tellement à sa mère ! Pra Dan la serra un instant contre lui, puis la reposa par terre. Il la fit pirouetter sur elle-même pour mieux l'admirer et la complimenta sur son apparence.

Il se rappela qu'il trimbalait toujours dans sa sacoche des carrés nutritifs de céréales et de noix et, après avoir fouillé ostensiblement dans les profondeurs de son sac, il offrit à la fillette la collation sucrée. Tena poussa un cri de délice et s'en saisit aussitôt.

Gan Noc arriva par l'arrière de la maison, alerté par les cris de sa fille. Son visage se ferma un peu en voyant la cause de la joie inhabituelle de Tena, mais il tendit quand même la main au militaire.

— Il y a bien longtemps, Yelvat.

— Trop. Comment vas-tu ?

— Bien, comme tu le vois. La récolte du potager a été bonne. La maison est prête pour l'hiver. J'ai amplement de bois de chauffage pour nous garder au chaud, prédit-il en montrant les bûches soigneusement cordées sous un appentis.

Pra Dan sourcilla en voyant la pile : il y en avait amplement, en effet, suffisamment pour trois hivers rigoureux. Sans emploi, Gan Noc avait cherché à passer son chagrin comme il avait pu. Steva invita Yelvat à venir s'asseoir sur les marches de l'escalier, mais ne lui offrit rien à boire, même si son visiteur était venu à pied.

— Tu n'es plus basé à Aldjanin ?

— Nous sommes en route vers le nord. La troupe campe à Tich aujourd'hui, et nous reprendrons notre marche d'ici un jour ou deux. L'armée a toujours besoin d'hommes capables…

— J'ai un emploi, il ne faut pas compter sur moi.

— Ah ?

— Tu n'étais pas au courant, vraiment ? J'ai du mal à le croire. HEEI m'a réengagé. Je ne suis plus que contremaître au dixième de mon salaire, cracha Gan Noc avec amertume. Par contre, je n'ai plus autant de bouches à nourrir.

— Ce n'est qu'une question de temps avant que tu ne retrouves ta position, j'en suis certain. Les besoins pour du personnel qualifié sont trop grands.

— Non, c'est fini. J'ai prouvé que je réagissais mal sous la pression.

— Avec ce genre de pression, n'importe qui aurait...

Gan Noc secoua la tête et balaya les excuses de Pra Dan du revers de la main.

— Je crois qu'ils ont peur de moi maintenant. Pourquoi m'ont-ils réengagé ? Voilà ce que je ne comprends pas. Et toi ? Tu n'en sais rien, vraiment ? J'ai accepté pour assurer une bonne qualité de vie à Tena et parce que les emplois sont rares, rien d'autre. Sinon, tu peux être certain que, leur offre, j'aurais craché dessus.

Ayant du mal à contenir sa colère, Gan Noc se releva brusquement, descendit la marche et tendit la main à Tena. Pra Dan n'eut d'autre choix que de les rejoindre pour continuer la conversation.

— Ne t'inquiète pas de nous désormais, Yelvat. Nos destins ne se croiseront sans doute plus.

Pra Dan caressa doucement les cheveux de la petite fille, avant de saluer Gan Noc et Tena, triste et résigné. Il repartit sur le chemin de gravier.

— Yelvat !

Pra Dan se retourna vers son ancien ami.

— Ta mère était une femme très bonne, dit Gan Noc.

Le militaire opina de la tête et continua son chemin. Comme il ne s'était jamais attendu à ce que Gan Noc s'excuse d'avoir giflé Mari, Pra Dan n'était pas déçu, juste las de toutes ces épreuves qui rompaient, les uns après les autres, les liens qui l'attachaient à ceux qu'il avait aimés.

Quelques heures plus tard, le capitaine frappa quelques coups brefs à la porte des anciens bureaux d'Homo Sum. Le sigle avait été couvert par une bannière à l'effigie de l'ONU. Ce ne serait pas facile d'oublier tous les souvenirs d'Hélène rattachés à ce lieu. Un militaire lui ouvrit la porte et, comme d'autres auparavant, vérifia ses accréditations et le but de sa visite avant de le laisser passer. Saint-Germain était en réunion, mais demanda une pause quand il vit le capitaine, et il lui suggéra d'aller prendre l'air. Il enfila un blouson et sortit, passant devant Pra Dan. La table de travail d'Hélène avait été déplacée, elle était maintenant perpendiculaire au mur, face à la porte. Cela n'empêcha pas Pra Dan de s'imaginer, durant une fraction de seconde, Hélène assise dessus, les cuisses ouvertes pour lui, et ses yeux bruns assombris par la passion. Le capitaine se détourna et emboîta le pas au Canadien qui l'attendait sur le côté de la roulotte, un peu à l'abri des regards.

— Est-ce encore une bonne idée de vous afficher ici, ouvertement ? lui demanda sans ambages Saint-Germain. Vous ne craignez pas qu'on vous reproche vos relations avec des organismes étrangers ?

— Le Congrès des sages a sanctionné la présence de l'ONU. Il est normal que je collabore avec vous. Le contraire soulèverait des interrogations sur l'objet de ma loyauté.

— Très bien. Que me vaut l'honneur de cette visite, alors ?

— Je viens d'aller voir Gan Noc Stevanodilak.

— Des problèmes ?

Le capitaine haussa les épaules.

— Sa situation est difficile, particulièrement pour un homme orgueilleux et rancunier. Il s'étonne d'avoir été réembauché et, franchement, moi aussi. Je ne peux m'empêcher de penser que vous y êtes pour quelque chose.

— Homo Sum travaillait étroitement avec HEEI : il est naturel que j'aie des contacts là-bas, répondit obliquement Saint-Germain.

— Et que ces contacts aient des faveurs à vous retourner ?

— Cela aussi, répondit-il en souriant. Je n'ai fait que souligner l'injustice de son renvoi et les risques de poursuite judiciaire.

Pra Dan renâcla.

— Vous voyez beaucoup d'avocats par ici ?

— Non, mais des journalistes en quête d'une histoire humaine bien juteuse, il y en a à profusion.

— Touché. Cependant, je ne suis pas sûr que vos intentions, toutes charitables qu'elles soient, démontrent beaucoup de clairvoyance.

— Ça n'arrive pas tous les jours que vous perdiez votre fils et votre femme coup sur coup. Le congédier n'a fait que priver l'entreprise de ses compétences dont on m'a assuré qu'elles n'étaient pas en cause.

— Sauf votre respect, nos fils meurent tous les jours. Je crois plutôt que vous espériez ainsi le contenter, l'occuper et le garder à l'œil, par ricochet.

— Cela aussi.

— Vous croyez toujours que l'agent O'Neal a raison de s'intéresser à lui ?

— Vous êtes suffisamment inquiet pour venir me voir, ce qui ne peut qu'achever de m'en convaincre.

— Quand revient-elle ?

— Vous saviez qu'elle était partie ?

— C'est un excellent agent de renseignements, mais c'est aussi une femme d'une grande beauté. Les hommes remarquent sa présence… et son absence.

— Vers la mi-novembre. Je suis pour ma part censé passer les fêtes de Noël en famille. Comment va Gan Noc ?

— Il affronte son chagrin et veille sur sa fille et sur sa maison. Le tumulte de son esprit ne lui permet pas de faire davantage d'efforts. Son ressentiment est intense, il a de la difficulté à se résigner à son sort. Il ne souhaite plus me revoir.

— Il veut faire une croix sur le passé.

— J'ai été autrefois le soupirant de sa femme, et il n'a plus de femme. J'étais le parrain de son fils, et il n'a plus de fils. Plus rien ne nous lie et vivre dans le moment présent apaisera sa souffrance. Il me sera difficile de vous renseigner sur son compte désormais, mais vous vous êtes assuré que d'autres yeux me remplacent, n'est-ce pas ?

— Un bon chef ne sous-estime pas les instincts de ses meilleurs éléments.

— Vous avez raison.

— Vous partez bientôt en mission ?

— Pour la riposte contre les trafiquants d'armes, au nord.

— Des Russes pourraient-ils être derrière tout ça, selon vous ?

— Je ne crois pas. Le gouvernement russe n'aime certainement pas voir les Américains affirmer de plus en plus leur présence par ici. Mais, depuis quelques années, la filière extrémiste ukrainienne est particulièrement active à la frontière nord. Ce sont eux, les principaux acheteurs d'armes automatiques. Pour les petits revendeurs de la région, il ne s'agit que d'une transaction commerciale, pure et simple, sans visées politiques. Les récoltes n'ont pas été bonnes là-bas à cause des pluies trop abondantes. Les revenus supplémentaires leur permettent de tenir le coup pendant l'hiver.

— Peu importe, nous les avons à l'œil. Bonne chance, capitaine.

Drummondville

— Je ne peux pas croire que tu m'as demandé de t'accompagner pour ton échographie ! Ça me touche tellement !

se réjouit Claudia, dans la salle d'attente du département de radiologie de l'hôpital Sainte-Croix.

Au dernier moment, Hélène avait été pétrifiée d'angoisse à l'idée de voir toute seule son enfant pour la première fois, et avait embrigadé sa patronne pour la soutenir. Ce premier rendez-vous avec son bébé, c'était la confirmation de son existence. Ce serait la première fois qu'elle le caresserait des yeux. Elle avait le sentiment qu'après ce matin elle ne pourrait plus jamais lui tourner le dos. Mais en aurait-elle jamais eu la force ? Peu lui importait maintenant, puisque son accès de panique s'érodait, lentement mais sûrement, sous les assauts répétés de l'enthousiasme de Claudia.

— Ton rendez-vous n'était pas à dix heures ? vérifia celle-ci en consultant sa montre.

— Oui, le radiologiste a du retard.

— Près de quarante minutes ! Ça n'a pas de sens.

Hélène sourit. Son amie avait été exceptionnellement ponctuelle pour ce rendez-vous.

— Tu n'as pas froid dans ta jaquette d'hôpital ?

— Non, mais ma vessie pourrait me lâcher d'un instant à l'autre, répondit-elle stoïquement.

— Madame Hélène Cournoyer, salle 2, annonça une voix à l'interphone.

Claudia bondit et partit au-devant d'elle, à la recherche de la salle d'examen.

— C'est ici, jubila-t-elle en se retournant vers Hélène, figée dans le couloir.

Pauvre Hélène ! pensa-t-elle, frappée soudain par sa pâleur et sa rigidité. Depuis le début de sa grossesse, la future maman donnait l'impression de perdre du poids plutôt que d'en prendre. La jaquette flottait autour d'elle, laissant à peine deviner la rondeur naissante de son abdomen. À ses yeux ronds, Claudia sut en un éclair que les fantômes de la dernière année étaient revenus la hanter : la mort de sa mère, son séjour au

Scynao qui avait fini en cauchemar, et cet amoureux qui l'avait mise enceinte et dont elle ne parlait plus jamais.

Claudia s'élança vers elle et la serra dans ses bras.

— Qu'est-ce que j'ai fait ? Qu'est-ce que j'ai fait !… lui souffla Hélène, tremblante. Je ne connais rien aux enfants, je suis fille unique ! Je ne serai jamais une bonne mère, impossible, non, pas avec celle que j'ai eue…

— Hé ! Regarde-moi ! lui dit doucement son amie. Tout va bien aller. Je suis là, tu n'es pas toute seule. Oui, tu es une fille unique, mais dans le sens d'exceptionnelle. Tu vas être une merveilleuse maman. Je te le jure sur ma tête, et même sur le contrat Gusto. Tu sais qu'il n'y a rien de plus solide que ces nouilles !

Cette promesse idiote lui arracha un sourire piteux.

— Madame Cournoyer ? appela une infirmière, devant la porte de la salle 2.

Hélène essuya le coin de ses yeux du bout des doigts, puis prit une grande respiration. Peu importe la raison, elle ne regrettait pas d'avoir demandé à sa patronne de l'accompagner.

Tout compte fait, elle ne regrettait rien du tout.

Émue, elle entra dans la salle et s'allongea sur la table d'examen. Et pouffa de rire en entendant Claudia, derrière elle, chuchoter à l'infirmière :

— Pourrez-vous me dire le sexe ? Je sais qu'Hélène veut se réserver la surprise, mais moi, je ne serai jamais capable d'attendre encore quatre mois…

Chapitre 15

Drummondville, novembre

— Salut ! C'est Alex. Je ne t'appelle pas trop de bonne heure ?

— Non ! Non, ça va maintenant, répondit Hélène en s'épongeant la figure avec une débarbouillette fraîche. D'où m'appelles-tu ?

— Toronto. Je repars dans quelques heures pour le Scynao. Je ne pourrai pas passer te voir comme je le pensais. Je dois devancer mon départ.

— Est-ce que les choses empirent là-bas ? s'inquiéta Hélène, aussitôt sur le qui-vive.

— Personne n'a envie que ce conflit s'éternise, rien de plus.

— Pourtant, on ne parle presque plus du Scynao aux bulletins de nouvelles.

— Les foutus journalistes, râla Alex. Au moins, les putes de l'information sont parties, ce n'est plus assez payant. Il ne reste que les vieux roublards, les correspondants qui ont couvert la guerre du Scynao il y a dix ans. Eux savent que c'est loin d'être terminé. Le Canada va soutenir le gouvernement naotien pour encore au moins un an. Ces temps-ci, toute l'énergie passe à sécuriser les frontières.

— Pourquoi ? Est-ce que le Scynao risque d'être envahi ?

— Pour l'instant, c'est surtout le trafic d'armes qu'il fallait stopper, et il semble que ça avance bien.

— Tant mieux !

— Les réparations sur le barrage Targara sont presque complétées. Il pourra reprendre du service incessamment.

— Mais ce sont d'excellentes nouvelles !

— Mmm.

Après un silence chargé, Hélène voulut se rassurer.

— Ce sont d'excellentes nouvelles, n'est-ce pas ?

— Le barrage Targara est un élément clé du projet, et c'est certain que HEEI doit pousser un soupir de soulagement. Cependant…, la position du Congrès des sages n'a pas changé.

— Vous ne croyez tout de même pas qu'il va ordonner de refermer les écluses du Baltraï ?

— C'est une possibilité.

— Et c'est pour ça que tu es rappelée plus tôt.

— Je suis rappelée pour mon expertise…

— Non ! S'il te plaît, épargne-moi les salades pour femme enceinte, elles ne passent pas !

— Désolée.

— Tu m'appelais pour me prévenir, c'est ça ?

— Pour prendre de tes nouvelles aussi.

— Eh bien ! soupira Hélène en s'obligeant à revenir dans son petit monde, j'ai un appartement, avec un balcon, dans un petit édifice pas très récent de trois étages, et la chambre du bébé se concrétise. Le frère de Claudia m'a prêté plusieurs choses : des meubles, des vêtements, une poussette. Leur benjamine va avoir trois ans.

— Et ta santé ?

— Ça va mieux. Les matins sont encore… indigestes, mais il paraît qu'il y a des femmes pour qui c'est comme ça tout au long de la grossesse.

— Je ne te le souhaite pas !

Hélène prit son courage à deux mains.

— Tu as eu des nouvelles du capitaine Pra Dan ?

— Non, mais j'étais en permission. Tu écoutes RDN ?

— Chaque jour avec Claudia.

— Bon. Je pense que s'il s'était passé quelque chose au sujet du capitaine en particulier, Saint-Germain t'aurait appelée. Il l'a pris sous son aile, en quelque sorte. Je m'arrangerai pour que tu aies des nouvelles de Pra Dan, d'une façon ou d'une autre. Promis.

— Merci, Alex. Bon voyage. Sois prudente.

Aldjanin, deux jours plus tard

Les vols, le décalage horaire, les attentes de transferts et la dernière étape en camion militaire : au bout du compte, Alex avait mis près de trente-six heures à rejoindre son poste à Aldjanin. Laurent Saint-Germain ne l'attendrait pas avant le lendemain matin. Il préférait que ses agents soient un peu remis du choc du voyage avant d'entrer en poste. De toute façon, il était à Junianne pour affaires.

Alex avait hâte que sa prochaine mission débute, mais ce n'était pas pour ça qu'elle contemplait le plafond de contreplaqué de sa chambre sans pouvoir dormir. Voyager plusieurs heures dans le cube d'un camion, suffoquée par les vapeurs de testostérone concentrée de quinze recrues à peine majeures, l'avait mise sur les nerfs. Encore adolescente, elle avait appris à la dure à rester sur ses gardes. Ses expériences personnelles au fil des ans n'avaient fait que le lui confirmer. À ses débuts, elle carburait à l'adrénaline, tout comme eux. Aujourd'hui, elle ne recherchait plus le frisson de la mort et, paradoxalement, peu de choses la stimulaient encore dans la vie. Elle s'en allait vers une zone neutre. Une sorte d'état de mort vivant.

Elle renâcla. Bientôt, elle ne vaudrait plus rien comme agent.

Alex enfila un manteau chaud et léger, une tuque et des gants et sortit du baraquement pour respirer l'air sec et froid et se dégourdir les jambes. Cela l'aiderait à oublier son léger mal de tête. La nuit était déjà tombée, même s'il n'était pas encore dix-sept heures.

Elle devrait peut-être envisager un changement de carrière. À trente-quatre ans, elle commençait à se faire vieille, à se sentir vieille. Pourtant, elle se savait compétente, et ses supérieurs reconnaissaient aisément que son expertise au Scynao était inestimable. Il y avait encore, à l'occasion, ce sentiment de satisfaction viscérale quand elle dénouait une situation critique, ou l'excitation de flairer une piste…

Derrière elle, une voiture militaire tourna le coin sur deux roues et s'arrêta net devant le quartier général. Le passager, un officier canadien, débarqua et s'engouffra à l'intérieur du bâtiment en préfabriqué. Alex pivota et se dirigea vers le chauffeur.

— Qu'est-ce qui se passe ? lui demanda-t-elle en lui montrant son badge, mais elle aurait pu s'en abstenir car le soldat l'avait déjà reconnue.

— Encore une manifestation qui risque de tourner à l'émeute. L'armée naotienne est débordée, elle a demandé notre aide pour protéger le Terre et Eau.

— Pas le Targara ?

— Terre et Eau. C'est un beau bordel, mais, apparemment, les écolos, les pro-Gasbakstan et les opposants au Congrès se sont mis d'accord pour que le Terre et Eau soit le symbole de toutes leurs emmerdes. Des milliers de personnes s'en viendraient par ici. On les attend à l'aube.

L'officier ressortit du QG. Constatant le manque de discrétion de son chauffeur, il monta, furieux, dans la voiture en lançant un regard noir à Alex. Le conducteur démarra en trombe sous ses remontrances colorées.

Alex soupira. Ces tensions mesquines avec l'armée régulière l'irritaient. Elle aurait préféré ne pas avoir raison de s'inquiéter pour « son » barrage. Elle consulta sa montre. Lorsqu'il serait mis au courant de ce dernier revirement, Saint-Germain ne tarderait pas à rappliquer. Elle pouvait l'attendre dans la roulotte.

Elle pouvait aussi profiter des prochaines heures pour se mettre à jour, prendre le pouls, contacter ses indics, offrir un fromage à un ou deux renards.

Ou encore, piquer un petit somme.

Son choix ne fut pas difficile à arrêter ; Alex n'avait jamais aimé attendre. Elle pourrait peut-être du même coup tenir sa promesse. Comment s'appelait ce roublard qui traînait toujours à la cantine ? Frank… Pagé ? Pageau ! L'envoyé spécial de RDN serait sûrement intéressé par sa proposition, et qui sait s'il n'aurait pas quelque information pour elle.

Drummondville

Claudia était assise à son bureau, figée devant l'écran de la petite télévision ; sa tasse de café oubliée refroidissait dans ses mains crispées. RDN diffusait en boucle des reportages sur la manifestation monstre autour du barrage Terre et Eau. Le Congrès des sages avait convoqué les médias dans une rare sortie pour justifier sa position.

Les forces armées de l'ONU avaient installé précipitamment un périmètre de sécurité autour du barrage. Les routes d'accès avaient été barrées par les forces naotiennes pour limiter les déplacements en masse.

Mais devant l'ampleur du mouvement, l'armée n'avait pas eu d'autre choix que de riposter. Les gaz, les balles de caoutchouc, mais surtout les matraques de bois, plus économiques, avaient une fois de plus tourné la manifestation en scène de combat, puis de désolation.

Incapable de joindre son père, Claudia avait téléphoné à sa mère qui l'avait rassurée à son sujet : il assistait à une réunion au sommet à Junianne depuis le début de la semaine et n'était donc pas sur les lieux.

Pas sur les lieux, mais certainement consterné par ces derniers développements. Elle connaissait suffisamment son père pour savoir qu'il ne voudrait pas suivre l'évolution de la situation d'aussi loin.

À la télé, Frank Pageau, l'envoyé spécial de RDN, interviewait un Casque bleu canadien. Derrière lui, un militaire naotien surveillait une unité de soldats qui montait dans un camion. L'officier canadien expliquait posément le but des mesures mises en place depuis l'aurore. Elles visaient essentiellement à empêcher la prise de contrôle du barrage et des infrastructures hydroélectriques par les manifestants. L'armée n'avait aucune raison de croire que le barrage pourrait être la cible d'un attentat à ce moment-ci, mais elle préférait jouer de prudence. Quand le journaliste lui demanda ce qui, selon lui, avait motivé pareille mobilisation, le soldat refusa de se prononcer en expliquant que son travail visait uniquement à sécuriser la ville, et plus particulièrement le Terre et Eau, et non à faire de la politique.

Derrière elle, Claudia entendit une inspiration, brève et sifflante, et se retourna.

Hélène, blanche comme neige, fixait l'écran ; une télécopie achevait sa valse sur le sol. L'entrevue prit fin, et l'animateur présenta un reportage à propos de la position américaine dans le conflit et des répercussions qu'elle avait sur le prix du baril de pétrole.

Hélène courut vers le bureau et farfouilla, parmi les tasses vides, les disquettes et les papiers, pour trouver la télécommande, mais il était déjà trop tard pour enregistrer.

— Hé ! Qu'est-ce qui se passe ? s'écria Claudia.

— C'était lui ! Je crois que c'était lui !

— Lui ? Qui ça, lui ? De quoi tu… Tu veux dire : Lui !

— Je crois que c'était lui, Danyel, mais j'ai à peine eu le temps de le voir.

— Tu n'en es pas sûre ?

— Je n'arrive pas à le croire…

— Écoute, assieds-toi, tu es toute pâle, s'énerva Claudia en éteignant le téléviseur. C'est mauvais pour le bébé.

Elle saisit Hélène par les épaules et la poussa dans sa chaise de bureau. Elle essaya de se rappeler un détail particulier, un signe distinctif du soldat canadien qui aurait pu l'identifier, mais en vain. Ç'aurait pu être n'importe qui.

— On se calme et on pense à tout ça froidement, statua-t-elle, électrisée. Si c'est lui, il est toujours vivant et c'est une bonne chose. Si ce n'est pas lui, euh…, il peut toujours être en vie ! Alex O'Neal t'a dit qu'elle te donnerait des nouvelles, non ?

— Qu'elle s'arrangerait pour que j'aie des nouvelles, corrigea Hélène.

— Eh bien ! quand elle appellera, tu seras fixée.

Hélène secoua lentement la tête avec le début d'un sourire.

— Elle n'appellera pas, comprit-elle. Elle savait que je ne serais convaincue que si je le voyais de mes yeux. Elle m'a demandé si j'écoutais RDN.

— Tu crois qu'elle a demandé au journaliste de le filmer ? s'exclama Claudia, incrédule.

— Parfaitement.

— Mais pourquoi ?

— Je ne sais pas du tout !

Hélène éclata de rire.

— Elle déteste les journalistes !

Chapitre 16

Drummondville, décembre

Hélène fut la première à arriver au restaurant gastronomique où Claudia l'avait invitée pour le souper. La maison ancestrale était décorée à l'ancienne, de vigne, de chandelles, de rubans et de fruits séchés. C'était la soirée de Noël de la Puce à l'oreille. Les affaires allaient bien, et sa patronne avait l'esprit à la fête.

Hélène portait une robe en lainage indigo ornée d'un col carré en dentelle blanche ; la simplicité de la robe détournait l'attention de son ventre arrondi. Elle consulta sa montre : Claudia avait près de vingt minutes de retard. Les borborygmes de son estomac auraient suffi à l'en informer. Le sympathique serveur lui avait apporté un panier de pain artisanal, à la croûte bien croustillante et à la mie moite parsemée de morceaux d'olives noires. Elle beurra copieusement une autre tranche de fougasse et savoura goulûment chaque bouchée pour tromper sa faim.

Le bébé lui asséna soudain plusieurs coups rapides, et elle changea de position en grimaçant. Chaque fois qu'elle s'installait tranquillement pour lire ou se reposer, il se mettait à danser la claquette. Hélène se remémora la première fois qu'elle avait senti, hors de tout doute possible, le bébé bouger.

Claudia avait posé la main sur son ventre et s'était mise à roucouler, l'œil humide.

Sa patronne avait deux nièces qu'elle gâtait impunément. Hélène s'étonnait que cette femme qui aimait tant les enfants n'ait pas encore fondé une famille. Elle savait que son conjoint, Jean, et elle étaient ensemble depuis plusieurs années. Leurs revenus combinés leur assuraient un train de vie plus qu'agréable. Ce n'était donc pas une question financière. Peut-être quelque chose de physique alors, un empêchement chez l'un ou l'autre. La question revenait de plus en plus souvent à son esprit, à mesure que sa grossesse avançait et que Claudia s'intéressait chaque jour davantage à la naissance prochaine. Pourtant, Hélène n'osait pas aborder ce sujet très intime avec elle.

Hélène sourit en la voyant arriver enfin, accompagnée de Jean. Claudia attirait les regards avec sa tenue des fêtes. Le pantalon en lainage rouge père Noël ne laissait pas sa place au boléro scintillant en brocart or, rouge et noir qui l'accompagnait. Pour ne pas surcharger son look, elle ne portait qu'une seule boucle d'oreille : un pendant en or en forme d'étoile qui frôlait son épaule. Claudia posa par terre son sac dernier cri de vinyle rouge et noir avant d'embrasser son amie sur les joues. Elle s'assit devant Hélène, et Jean, à côté de sa compagne. Il était, lui aussi, très élégant dans son complet noir et sa chemise bleue, sans cravate.

Tous trois se plongèrent, l'œil gourmand, dans la lecture du menu. Jean, après avoir choisi, tourna son attention vers la carte des vins.

— Il y a un excellent bordeaux rouge, remarqua-t-il.

— Je préférerais un vin blanc. Est-ce qu'il y en a un bon ? demanda Claudia.

— Je vais prendre le bison. Un vin blanc, ça n'irait pas, commenta Jean en attirant l'attention du serveur.

— Et toi, Hélène ?

— Merci, mais je ne bois pas pendant ma grossesse. L'eau me suffit.

— Eh bien, ça règle la question, décida Jean en se frottant les mains. Nous prendrons donc le bordeaux rouge. Ça va être un vrai délice.

Hélène but un peu d'eau pour cacher son malaise. Elle observa à la dérobée Claudia qui était toujours plongée dans l'examen du menu. Jean n'avait fait aucun cas de la préférence de sa conjointe, mais celle-ci ne paraissait pas s'en formaliser.

— Que penses-tu commander ? lui demanda Hélène.

— Je penchais pour la truite, mais le bison m'ira très bien.

— Oh ! « Le bison m'ira très bien ! » singea Jean. C'est leur spécialité ! En plus, au prix qu'ils demandent, tu peux être sûre que la cuisson a besoin d'être parfaite.

— Qu'est-ce que tu vas prendre, toi ? demanda Claudia à Hélène.

Celle-ci resta surprise de voir que Claudia ne réagissait pas au subtil dénigrement de son conjoint.

— La truite, décida Hélène, par boutade.

— La truite ? s'indigna Jean. Mais tu peux manger de la truite dans n'importe quel restaurant maintenant, tandis que le bison…

— Jean, l'estomac d'Hélène est plutôt capricieux pendant sa grossesse. Le poisson sera plus facile à digérer.

— Ah ! oui. Sa grossesse.

Jean goûta le vin d'un air boudeur mais, rasséréné par l'excellence de son choix, il donna son accord au sommelier en souriant.

— Je voudrais faire une annonce, lança Claudia en levant son verre de vin. Jean, tu as pu juger du succès de la Puce à l'oreille ces derniers mois, depuis qu'Hélène s'est jointe à moi. Sans son soutien, son expertise, jamais je n'y serais arrivée, et avant que quelqu'un d'autre ne devine le secret de ma réussite…, je voudrais t'offrir, Hélène, de devenir ma partenaire dans la Puce.

— Quoi ?! s'exclama Jean.

— Quoi ? bredouilla Hélène.

— Tu prends déjà la majorité des décisions administratives maintenant. Je ne fais qu'officialiser la chose. Allez, dis oui.

— Je ne sais pas quoi répondre… Je ne m'y attendais pas du tout… Mais est-ce que tu peux seulement te le permettre financièrement ?

— Ouais, grommela Jean, c'est ce que je voudrais bien savoir, moi aussi.

— En réalité, tu es la plus à même de répondre à cette question, ma chère, mais d'après moi, avec le contrat des cliniques TransSexe et celui des biscuits Plentys dans la poche, notre avenir est assuré ! s'exclama Claudia avec optimisme.

— Deux contrats, et elle se voit déjà recevoir le prix de l'entrepreneure de l'année ! ironisa Jean.

— Deux contrats « de plus » ! précisa allègrement Claudia. Qu'en dis-tu, Hélène ? Veux-tu « m'associer » ? ajouta-t-elle à la blague.

Hélène pouffa de rire, puis répondit solennellement :

— Oui, je le veux.

Elles entrechoquèrent leurs verres et burent à la prospérité de leur nouvelle aventure. Jean se contenta de savourer son vin, renfrogné. Claudia ne l'avait jamais consulté avant de prendre cette décision.

— J'ai une autre grande nouvelle à annoncer, poursuivit Claudia dans sa lancée. Mon père sera parmi nous pour les fêtes !

— C'est vrai ? se réjouit Hélène. Oh ! Tu dois être tellement soulagée !

— C'est sûr ! Ma mère part à ses devants : ils vont passer une semaine à Paris. C'est tellement romantique, après trente et un ans de vie commune, tu t'imagines ? Après, nous fêterons Noël en famille.

Hélène sursauta en réalisant que sa seule famille à elle n'était pas encore née et que, pour la première fois, elle n'aurait personne avec qui célébrer.

— Tu seras la bienvenue, Hélène, bien sûr.

— Je te remercie, mais j'ai déjà une petite escapade de prévue, mentit son amie, peut-être dans les Cantons-de-l'Est. Ça va me changer les idées.

— Bien, bien. Tu me préviendras si tes projets changent.

Le serveur apporta les entrées, et les trois convives tournèrent leur attention vers les délicieuses créations du chef.

Junianne

Maxim Leclerc ne serait jamais reconnu pour son entregent. Il détestait être bousculé, et le travail sous pression le mettait de méchante humeur. En contrepartie, ses collègues concédaient aisément qu'il était le plus consciencieux de tous.

Laurent Saint-Germain avait appris à mieux le connaître, au gré des collaborations entre HEEI et Homo Sum. En le voyant debout dans le hall de l'hôtel Targara, à sa sortie d'un comité d'organisation, il ne s'étonna pas de voir sa mine taciturne, mais elle lui parut pire que d'habitude. Saint-Germain s'excusa auprès du secrétaire et alla à sa rencontre. Aussitôt, Leclerc l'entraîna un peu à l'écart.

— Vous êtes au courant du dernier coup des États-Unis ? demanda-t-il d'emblée.

— Tout dépend de quel coup vous voulez parler.

— Ils reviennent à la charge avec leur « offre » d'expertise pour décontaminer le sol naotien.

— Oui, je suis au courant.

— Et vous en pensez quoi ?

— Leur savoir-faire est indéniable et, d'un point de vue politico-économique, les avantages sont évidents.

— Qui va payer pour ça ?

— L'entente qu'ils ont est essentiellement avec le Gasbakstan. Les Américains veulent que la situation se règle le plus vite possible sans reconnaître officiellement les torts de leur allié. Ils endossent en quelque sorte le rôle du médiateur bienveillant qui donne des petites tapes sur les doigts avant d'aider à ramasser les pots cassés. Vous n'êtes pas à l'aise avec ça ?

— Qu'est-ce qui va arriver à mes barrages ?

— Bien, il me semble que vous êtes le mieux placé…

Leclerc claqua sèchement la langue et balaya le commentaire d'un geste agacé.

— Je vous parle des manifs. Je vous parle des menaces, des attentats, merde ! Si les Américains, tout pro-Gasbakstan, anti-Congrès et anticommunistes qu'ils sont, arrivent avec leurs gros sabots pour prendre le contrôle du grand nettoyage et, par la bande, du plus grand complexe hydrologique de ce coin de planète, je vous le demande : qu'est-ce qui va se passer dans la tête des Naotiens, et qu'est-ce qui risque d'arriver à mes barrages ?!

Comme le ton de Leclerc montait regrettablement, Saint-Germain l'entraîna encore un peu plus à l'écart, à l'abri des oreilles indiscrètes.

— Ils vont peut-être penser qu'enfin la situation se débloque ? Il est clair que le Gasbakstan n'a pas les moyens de procéder seul à la décontamination. Les Américains en ont les moyens et l'expertise. Pourquoi le Gasbakstan demanderait-il une soumission à un autre pays quand il traite avec les États-Unis depuis belle lurette ? En outre, l'ONU et l'armée naotienne connaissent bien les enjeux. Elles ont redoublé la protection sur les barrages et toute l'infrastructure hydroélectrique. Que vous faut-il de plus ?

— Rien. Si ce n'était de cette petite explosion ratée au début de juillet, qui a reculé l'échéancier de cinq mois, juste pour réparer les dégâts et revoir de A à Z toute la sécurité, je me sentirais parfaitement confiant en l'avenir, moi aussi !

— Du calme, Leclerc !

— En plus, il paraît que vous nous plantez là avec nos petits problèmes ?

— Vous savez très bien que, sans ces circonstances exceptionnelles, j'aurais pris des vacances beaucoup plus tôt. Vous devriez peut-être y songer, vous aussi. Vous me paraissez à bout de nerfs.

— Ce n'est pas comme ça que HEEI fonctionne. Quand ils ont un problème, ils veulent que leur meilleur destrier s'y attelle, et là, c'est moi.

Saint-Germain observa Leclerc quelques instants. Il lut dans son visage le pessimisme et la méfiance habituels, mais, derrière la fatigue accumulée des derniers mois, il vit aussi un réel souci pour ce projet humanitaire et technologique grandiose. Maxim Leclerc était un des piliers du concept. Ce serait un joyau sur sa carte de visite, assurant sa renommée, sinon son immortalité. C'était sans compter les politicailleries qui non seulement risquaient d'empêcher le parachèvement du projet, mais qui étaient à la limite de lui faire porter le chapeau d'un désastre écologique. Pas étonnant qu'il soit sur les nerfs.

— Écoutez, je peux vous affirmer sans aucune inquiétude que les militaires et les civils qui gravitent autour de ce projet forment une équipe d'élite. Je pars pour plusieurs semaines, mais mon adjointe, elle, est revenue. Elle assurera la transition auprès de celui qui me remplacera entre-temps. Si vous avez un problème, n'hésitez pas à lui en parler ; je la préviendrai de vos inquiétudes. Vous l'avez peut-être déjà rencontrée : Alexandra O'Neal ?

Maxim Leclerc secoua la tête d'un air renfrogné, mais résigné.

— Non, n'est-ce pas ? Si vous l'aviez vue, j'imagine que vous ne l'auriez pas oubliée. En ce qui me concerne, je n'ai d'yeux que pour ma femme, mais peu d'hommes lui restent indifférents.

— Attendez, attendez : cheveux noir jais, très courts, yeux gris… Porsche ?

— Gris Porsche, hein ? Je vois que vous la connaissez, après tout. Elle est extrêmement compétente et possède une solide expérience au Scynao. Vous pouvez vous fier à elle. Vous mènerez ce projet à bien, même si pour cela vous deviez engueuler vous-même le personnel de sécurité.

— Passez le bonjour à Hélène de ma part.

— Si je la vois, je n'y manquerai pas.

Leclerc renâcla et retourna au boulot. Là au moins, il avait l'impression d'avancer.

Drummondville, fin décembre

Dieu merci ! Noël était enfin passé. Le travail allait recommencer à la Puce à l'oreille, et Hélène saurait quoi faire de ses journées, plutôt que d'angoisser sur le sort de Danyel et l'avenir de son enfant.

Son magasinage de Noël avait été vite bouclé : elle avait donné à Claudia une broche d'argent et d'ambre créée par une artiste locale au style très original, pour laquelle elle avait eu un coup de cœur. Claudia lui avait offert un livre sur la maternité et les soins du bébé, et un chèque-cadeau pour un séjour dans un spa. Hélène l'avait utilisé juste après Noël pour un massage qui lui avait un peu remonté le moral.

Et voilà pour Noël. Les vagues projets de voyage dans les Cantons-de-l'Est ne s'étaient jamais concrétisés. Elle ne voyait pas l'attrait de conduire sur des routes glacées et enneigées, par une température de vingt-cinq degrés en dessous de zéro. Si elle tombait en panne, si elle avait une crevaison, comment se débrouillerait-elle avec son ventre rebondi ? Comment cela affecterait-il le bébé ? Elle savait bien que ces idées noires étaient exacerbées par ses hormones, mais le bon sens lui dictait qu'il y aurait d'autres Noëls et que, si elle n'en avait pas plus envie que ça, ça n'en valait pas la peine.

Laurent Saint-Germain passa à son appartement un après-midi. Elle était contente de le revoir. D'un accord tacite, ils évitèrent soigneusement d'évoquer des souvenirs douloureux, et il lui brossa un tableau optimiste de la situation actuelle au Scynao. Comme elle l'avait déjà entendu abuser Claudia de la même manière, à l'époque où elle était son adjointe, elle prit ses dires avec un grain de sel. Il ne mentionna pas Alex non plus et, sans savoir pourquoi, elle ne le questionna pas à son sujet. Hélène se doutait bien qu'Alex et lui étaient en étroit contact. Peut-être voulait-elle préserver l'illusion que ses problèmes intimes ne concernaient en rien son ancien patron.

Saint-Germain lui confirma qu'Homo Sum n'était pas près de retourner au Scynao. Avec l'aval résigné des Sages, des compagnies américaines avaient approfondi leur étude des sites contaminés. Leur présence était entourée d'une sécurité accrue qui servait à la fois à les protéger d'éventuelles attaques et à encadrer leurs agissements. Les Sages avaient beau parler d'un pas dans la bonne direction, ils n'oubliaient pas que les Américains étaient des alliés du Gasbakstan, et la crainte d'une invasion n'était jamais loin dans leur esprit.

En fait, le gouvernement naotien subissait tellement de pressions de toutes parts, et ses décisions étaient remises en question par tant de ses partenaires, que le déclenchement imminent d'élections paraissait inévitable. Les avis étaient partagés sur l'opportunité d'élire un nouveau président : cela entraînerait-il plus d'instabilité dans le pays ? Les divergences d'opinions seraient-elles exacerbées ? Saint-Germain, quant à lui, s'annonçait confiant, car les Naotiens étaient maintenant familiers avec l'organisation électorale, mais cette perspective rendait Hélène plutôt anxieuse.

Pour alléger un peu le ton de la conversation, Hélène annonça qu'elle suivrait sous peu des cours prénataux et que Claudia s'était engagée à être sa partenaire. Laurent ne put imaginer sa fille donnant calmement des instructions à Hélène pendant son accouchement, mais il choisit de s'en réjouir avec elle. Comme son ancienne adjointe, il se demandait pourquoi Claudia n'avait pas encore d'enfant, mais il s'en félicitait secrètement : selon lui, Jean n'était lui-même qu'un enfant gâté.

Dans un mois ou deux, selon l'avis de son médecin, Hélène prendrait un congé de maternité qui serait sans doute de bien courte durée. La Puce à l'oreille ne pourrait tout simplement pas la soutenir bien longtemps, quoi qu'en pensât Claudia.

Hélène n'osa pas demander à son ancien patron des nouvelles de Pra Dan. Était-ce par peur, par pudeur, mais les mots qui la torturaient ne franchirent pas ses lèvres, et son patron, diplomate, suivit son exemple. C'était comme si le départ abrupt d'Hélène du Scynao et les conséquences qu'elle subissait toujours aujourd'hui se dressaient entre eux comme un feu dont ils n'osaient s'approcher ni l'un ni l'autre, de peur de se brûler.

— Avec le recul, Hélène, je crois que Simon Desbiens avait raison et que ce projet était trop risqué pour une novice du travail humanitaire. Je n'aurais jamais dû tant insister…

— Je vous remercie de l'avoir fait, monsieur Saint-Germain, l'interrompit Hélène. Je ne regrette rien. Ç'a été et ça restera l'expérience la plus significative de toute ma vie.

Saint-Germain la serra dans ses bras avec émotion avant de partir. Quand il referma la porte derrière lui, Hélène eut l'impression qu'il avait clos, du même coup, la porte sur le Scynao.

Chapitre 17

Scynao, février

La campagne électorale battait son plein. Les membres du Congrès des sages s'étaient partagé le pays, et chacun arpentait maintenant son comté dans le but d'amener le peuple à appuyer sa position et celle du président en poste, qui avait choisi de n'assumer qu'un rôle purement symbolique durant toute la durée de son mandat. À Aldjanin, une foule de partisans de différentes allégeances s'était assemblée sur la grande place du temple pour écouter le discours de l'un des Sages. Celui-ci avait les cheveux gris, coiffés en une longue tresse qui lui frôlait les reins. Il signifiait de cette façon son attachement à ses ancêtres chinois. Mais ses propos, eux, étaient farouchement patriotiques. Il scandait avec vigueur les slogans les plus populaires du parti. Ce n'était pas le membre le plus influent des Sages, mais ses exemples empreints de leçons de l'histoire étaient fort appréciés de son auditoire.

— Nous savions que la route serait tortueuse, qu'il faudrait se défier à la fois du torrent et des montagnes, expliquait l'élu, mais jamais nous ne perdrons espoir ! Quand nous regardons vers le passé, nous voyons le dur labeur de nos ancêtres, la difficulté de faire respecter nos choix. Mais quand nous regardons dans nos cœurs, c'est l'avenir que nous voyons, car déjà nous pouvons amener nos ennemis, même ceux qui viennent des plus puissantes nations, à reconnaître notre juste cause ! Les États-Unis ont accepté de venir purifier, de toutes les souillures de nos voisins, notre mer intérieure. Aussitôt leur tâche terminée, ils repartiront comme ils sont venus et témoigneront de notre détermination dans tout l'Occident !

— On n'aurait jamais dû menacer le Gasbakstan ! cria un homme dans la foule.

— Voyez ce que cela nous a apporté ! Maintenant les Américains sont partout ! Pra Suh Do n'aurait jamais toléré cela ! l'harangua un autre.

— Quand repartiront-ils ? Ils sont ici depuis presque deux mois déjà, et rien n'a changé !

— Bientôt ! Très bientôt ! s'interposa le Sage pour essayer de reprendre le contrôle de l'assemblée. Il faut d'abord bien comprendre comment le mal s'est insinué dans le cycle de l'eau avant de pouvoir l'en extirper. Le poison est un nouveau genre d'ennemi pour nous, mais nous avons l'habitude de nous défendre. En restant vigilants, il ne nous en coûtera qu'un peu de temps et de patience.

— Les Américains sont ici depuis trop longtemps ! Ils entrent comme des serpents dans notre pays avec leurs belles promesses. Ils se faufilent partout, même dans les endroits les mieux gardés !

— Ils sont toujours encadrés par l'ONU.

— Jamais ils n'ont été invités ici. Jamais on n'a voulu d'eux. Vous avez laissé le serpent entrer dans notre demeure et vous le regretterez ! cria l'homme en lui lançant une pierre. Vive Pra Suh Do !

Plusieurs militants l'imitèrent, enflammés par la rage et la méfiance. Sokad lança une pierre lui aussi, en scandant le nom du candidat de l'opposition. Dans un mélange de fièvre et de consternation, il suivit des yeux le projectile tandis qu'il fendait l'air vers le vieil homme.

Alex sentait que son niveau d'énergie était à la baisse. Elle mettait cela en grande partie sur le dos du remplaçant provisoire de Laurent Saint-Germain, le lieutenant-général Bruno Murdoch. Formé dans l'une des meilleures universités militaires, Murdoch comptait plusieurs missions de stabilisation réussies à son actif en Afrique. Malheureusement, il ne connaissait rien de rien des us et coutumes du Scynao. Avec sa mentalité typiquement occidentale, ouverte, directe et agressive, il était en train de se mettre à dos les autorités naotiennes de tous niveaux. Jamais il n'essayait de déchiffrer leurs sous-entendus. Jamais il ne leur permettait de sauver la face, jamais il ne manquait une occasion de souligner qu'il était là pour les tirer d'un beau pétrin.

Ce blondinet prognathe avait une mentalité aussi rigide que sa posture. Sa devise devait être : toute vérité est bonne à dire. Alex avait bien essayé de lui donner un cours accéléré en diplomatie naotienne, mais après qu'il avait eu le front de lui rétorquer, l'œil lubrique, qu'il aimait les femmes de caractère, elle avait décidé de le laisser se débrouiller tout seul avec son propre merdier. Après tout, Saint-Germain devait reprendre ses fonctions dans une petite semaine tout au plus. Le septième jour, elle irait elle-même le chercher s'il le fallait, se promit-elle, excédée.

Elle remonta la cagoule de son anorak pour se couvrir la tête. Les températures glaciales de janvier étaient du passé, mais l'humidité générée par les chutes du barrage imprégnait tout, et la jeune femme sentait le froid s'insinuer traîtreusement jusque dans ses os. Les soldats n'étaient pas aussi bien vêtus qu'elle pour supporter le froid, et elle avait pitié de ceux qui gardaient les installations des heures durant.

Depuis le début de la campagne électorale, les rassemblements plus ou moins survoltés, les manifestations, les émeutes la maintenaient sous tension presque vingt-quatre heures sur vingt-quatre. Bien sûr, son précieux barrage se retrouvait toujours, d'une façon ou d'une autre, au milieu des revendications. Mais sa plus grande crainte était qu'un groupe terroriste se mette en tête d'utiliser la confusion pour s'en prendre au Terre et Eau sous prétexte d'une cause ou d'une autre. Plusieurs déjeuners avec Maxim Leclerc n'avaient fait que préciser ses inquiétudes. Il avait été enchanté de découvrir qu'elle s'inquiétait autant que lui pour le barrage. Si elle avait presque réussi à le convaincre qu'elle savait ce qu'elle faisait, en retour, il lui avait détaillé précisément toutes les catastrophes qui menaçaient leur bébé de béton armé. Alex était désormais mieux préparée, comme ses nuits d'insomnie pouvaient en témoigner. Elle qui se targuait naguère de pouvoir dormir n'importe où !

Par ce petit matin gris, froid et humide, l'absence de contact avec le capitaine Pra Dan depuis plusieurs semaines la tracassait. Bien sûr, l'armée naotienne avait fort à faire ces temps-ci. Mais ce qu'elle avait appris d'un homme arrêté lors d'un rassemblement public qui avait mal tourné la laissait soucieuse.

L'individu avait accepté de collaborer avec la police en échange de sa libération conditionnelle : les prisons du Scynao dataient de l'esprit sinon de la lettre des Barbares.

— Je n'ai pas lancé de pierre, avait-il répété d'un ton buté à Alex. Mon frère, Ven, et ses amis Roubaï et Kessof, oui, et ce boutefeu de Sokad. Celui-là, il s'agite toujours plus pour prouver qu'il n'est pas à la solde de son frère, mais personne ne le croit.

— Son frère ? avait demandé Alex.

— Sokad pourrait être le plus valeureux des combattants. Qui ne s'étonnerait pas de voir le grand capitaine si bien renseigné ?

— Le capitaine… ?

— Pra Dan.

Bien sûr, personne n'aurait juré de la fiabilité d'un délateur capable de dénoncer frère et amis. Alors, Alex avait poussé sa petite enquête sur Sokad. Rien de probant n'en avait résulté : un jeune homme incapable de garder un emploi plus d'un an, mais ayant un domicile fixe, vivant pauvrement, même chichement, et aucune condamnation à son dossier. Peut-être le grand frère avait-il quelque chose à voir dans cela, mais connaissant le capitaine, Alex l'imaginait plutôt aller en prison à la place de son frère que tomber dans l'illégalité. Question d'équilibrer les plateaux de la justice.

Alex voulait approfondir la question. Elle venait d'apprendre que le détachement de Pra Dan avait été relevé de ses fonctions pour quelques jours de permission. Elle espérait pouvoir l'intercepter et lui parler sans trop attirer l'attention.

Elle le remarqua la première : il discutait avec deux autres militaires devant une caserne nouvellement installée. Leur conversation terminée, il salua les soldats et se dirigea vers elle, en contournant un petit troupeau de chèvres. Elle l'attendit sous un conifère dont les longues branches touffues la protégeaient de la bruine.

— Vous avez un air épouvantable, capitaine, constata-t-elle.

— Je suis trop courtois pour vous retourner le compliment. Que puis-je pour vous ?

— Votre blessure vous gêne ? demanda-t-elle en pointant son flanc du menton.

— Non. Votre voyage s'est bien passé ?

— Oui. Le retour est plus dur que prévu. J'ai hâte que le jour des élections soit passé et, en même temps, j'ai peur de ce qui arrivera le 6 mars au matin, quand les résultats seront connus.

— Vous n'êtes pas la seule. Est-ce pour cela que vous êtes venue jusqu'ici ?

— En partie. J'ai eu des nouvelles troublantes concernant votre frère Sokad.

— Sokad ne me considère plus comme son frère.

— Désolée de l'apprendre, fit Alex, prise au dépourvu.

Elle n'ignorait pas combien les attachements familiaux étaient importants au Scynao, et elle ne confondit pas la résignation du militaire avec de l'indifférence. Seule une faute très grave de la part de Pra Dan aurait pu causer cette rupture de Sokad avec l'aîné de la famille.

— Avez-vous gardé un œil sur lui ? reprit-elle.

— Aurais-je dû le faire ?

— On le soupçonne d'avoir participé à une émeute qui a envoyé l'un des Sages aux soins intensifs, il y a deux jours.

— Je l'ignorais.

— Nos bons reporters en ont bien parlé pourtant : flambée de violence, durcissement des positions…

— Je ne savais pas que Sokad était impliqué, clarifia Pra Dan.

— Il « pourrait » l'être, en fait. Il n'a pas été arrêté, mais son nom a été mentionné. Il ne s'est pas présenté au travail depuis et personne ne l'a vu à son domicile non plus… Si je comprends bien, il n'est pas un de vos informateurs ?

— Mon frère n'est pas l'homme pour lequel j'ai le plus d'admiration, mais il est toute la famille qui me reste, et même cela, il me le dénie. Il est hors de question que je cherche à le manipuler ou à ternir son honneur en le poussant à trahir ses amis.

— Et vous n'avez jamais été un informateur pour lui ?

Un muscle pulsa dans la mâchoire du capitaine et son regard se durcit.

— Était-ce une question ? articula-t-il lentement.

— Certains pourraient croire qu'un grand frère voudrait protéger le seul petit frère qui lui reste, même si c'est une tête forte, et utiliser les moyens à sa disposition pour le soustraire à la police.

Pra Dan se pencha pour lui chuchoter à l'oreille :

— Certains cherchent à protéger même leurs supérieurs incompétents. D'autres, non, ajouta-t-il avec un sourire narquois. J'étais en mission quand ces événements ont eu lieu. Permettez-moi de rectifier vos présomptions : d'abord, mon frère serait fier d'être emprisonné pour une cause à laquelle il croit, et ensuite, si j'ai jamais eu une quelconque influence sur lui par le passé, maintenant…

Pra Dan haussa les épaules, désabusé.

— Vous ne m'aviez jamais parlé de lui. Ne me faites-vous pas encore confiance ?

— Vous vous méprenez. Vous êtes une femme d'honneur. J'ai le plus grand respect pour vous, mais regardez autour de vous, fit-il en indiquant d'un bref coup de tête les installations militaires et paramilitaires naotiennes et étrangères, le va-et-vient apparemment chaotique des gens et des véhicules de toutes sortes.

— Vous ne faites totalement confiance à personne.

Il opina de la tête.

— Je ne peux me le permettre.

— Je comprends. Mais, vous, comprenez ceci : chaque fois que vous me cachez quelque chose, vous rendez mon travail plus difficile et, selon mon expérience, les emmerdes ont le don de se précipiter, dans ces cas-là.

— « Les graines de la violence donnent des fruits amers », cita Pra Dan avant de soupirer. Je garde espoir qu'un jour il sera aussi facile pour moi de ne rien vous cacher que ce l'est pour vous… aujourd'hui. La paix nous y aidera assurément. D'ici là…, agissons pour le mieux.

Le militaire la salua avant de retourner vers ses officiers. Encore une fois, Alex se demanda pourquoi ils n'abordaient jamais le sujet d'Hélène. Le capitaine venait-il de lui signifier, à sa façon tout orientale, qu'il voulait qu'elle taise ses secrets tant que la paix ne serait pas revenue dans son pays ? Elle n'en savait trop rien. Chose certaine, elle devrait faire mieux, assurément, pour ne plus éveiller son hostilité à chaque rencontre…

Drummondville

— Inspirez ! Inspirez ! Maintenant, bloquez votre respiration quelques secondes. Expirez un peu et bloquez ! Expirez un peu, bloquez !

Hélène essayait de se concentrer sur les instructions de la monitrice de cours prénataux, mais son ton nasillard lui sciait les nerfs. Claudia et elle s'étaient entendues pour qu'elle finisse la semaine avant de prendre son congé de maternité. Il était temps, car Hélène se sentait particulièrement fatiguée, et plus aucune position ne semblait lui convenir pour dormir ou s'asseoir. Son bébé prenait un malin plaisir à s'agiter à la minute où elle s'accordait un peu de repos. Elle aurait préféré rester chez elle, dans sa chemise de nuit légère et vaste comme une tente, à manger de la crème glacée pour se rafraîchir, mais Claudia, avec son enthousiasme pesant, n'avait rien voulu entendre ; elle ne manquerait pas un seul cours. Alors, Hélène inspirait, bloquait et fulminait intérieurement.

Puis, le professeur les invita à adopter une position confortable pour pousser.

« Hou ! gronda silencieusement Hélène. Qu'elle essaie donc d'être confortable, pliée en deux, avec un éléphanteau acrobate qui lui écrase la colonne vertébrale ! »

— Pauvre toi ! Tu es en nage ! compatit Claudia.

— Mais non, je n'arrive même pas à forcer, j'ai trop mal au dos, grimaça Hélène.

— Mais oui, regarde : mes mains sont moites et le bas de ton chandail est mouillé… trempé ! As-tu perdu tes eaux ? Oh ! mon Dieu ! Elle a perdu ses eaux ! s'écria Claudia.

— Quoi !?! s'exclama Hélène. Mais non, je dois accoucher seulement dans un mois, voyons !

— Doucement, doucement, intervint la monitrice.

Après avoir vérifié que le travail était effectivement commencé et que tout allait bien, elle installa confortablement Hélène qui, cette fois, apprécia pleinement la gentillesse et la compétence de l'intervenante, puis elle termina le cours avec les autres futurs parents. Tous savaient bien que le travail pouvait durer de nombreuses heures.

Claudia, l'œil humide, se pencha vers son amie.

— C'est aujourd'hui que ton enfant va naître, qu'on va enfin faire sa connaissance...

Elles se prirent les mains en riant et en pleurant tout à la fois. Un peu plus tard, les premières contractions commencèrent, et un taxi les emmena à l'hôpital. Claudia était trop énervée pour conduire. Hélène avait l'impression que la douleur jouait le *Boléro* de Ravel avec son dos.

— Est-ce que ta contraction est finie ?

Hélène acquiesça en marmonnant.

— Elle a duré plus longtemps cette fois, presque une minute et demie. Elles sont espacées aux quatre minutes maintenant. Tu te débrouilles comme une pro ! La prochaine fois, essaie d'expirer plus longtemps, sinon tu vas devenir étourdie, je pense.

— Je ne veux plus respirer ! se lamenta Hélène. J'ai tellement mal au dos !

— Attends, je vais te masser un peu. Est-ce que ça te soulage ? C'est le bébé qui tourne en descendant. Tu te souviens, le docteur t'avait prévenue. À la prochaine contraction, tu inspireras, et après je vais compter pour être certaine que tu expires assez longtemps, c'est tout. Ne t'inquiète de rien. Voilà l'hôpital ; je vais m'occuper de la paperasse et je reviens tout de suite.

— Non !

— Tu as une contraction ?

Hélène opina furieusement.

— Bon, inspire, inspire ! Et maintenant, expire : un, deux, trois...

— Non ! J'ai trop mal !

— Hélène, tu vas y arriver, je le sais ! la cajola Claudia. Inspire...

— Non !

— Tu vas faire ce que je te dis !

— Non !

— Inspire, sinon tu vas le regretter !

— Quoi !? Tu me menaces quand je suis en train de... Aaaah ! cria-t-elle, tordue de douleur.

— Je te chargerai du dossier des biscuits Plentys ! Respire !

— Tu ne ferais pas ça ! pouffa Hélène.

Puis elle inspira.

— Et comment ! Des présentoirs Plentys partout dans ton bureau à ton retour, si tu n'expires pas comme il faut. Un, deux, trois...

— C'est dans mon bureau que je vais expirer ! Mmm, c'est presque fini, soupira-t-elle.

— Super ! Tu continues comme ça, et on se retrouve dans deux petites minutes.

Aux urgences, une infirmière prit Hélène en charge, et Claudia courut régler son admission. Même si le bébé arrivait quelques semaines en avance, Claudia avait confiance. Tout irait bien.

— Vous avez une petite fille ! annonça fièrement le docteur Frenette.

Quand Claudia la vit, elle faillit se trouver mal.

— Ça ne va pas, Claudia ? demanda la médecin, aussitôt aux aguets, devant son teint blême. Voulez-vous vous asseoir ?

— Non, non... C'est juste que... j'étais tellement sûre que tout irait bien... Je n'avais jamais envisagé la possibilité..., balbutia-t-elle d'une voix blanche.

— Quoi ? dit Hélène, un peu soucieuse.

Elle embrassa tendrement le duvet noir clairsemé sur la tête du bébé, si doux et si paisible, et tous ses soucis s'envolèrent.

— La possibilité que ce soit une fille ?

— Voyons, tu ne remarques rien ? Qu'elle ne soit pas… enfin… normale.

— Pas normale ? Comment ça, pas normale ? Quoi ? Qu'est-ce qu'elle a, ma fille ? paniqua Hélène.

Elle examina le bébé, puis dévisagea la médecin pour qu'elle lui explique ce qui lui échappait.

— Comment ça, pas normale ? répéta calmement la docteure, déconcertée. Je l'ai examinée, cette enfant est parfaite. Elle est née avant terme, c'est vrai, mais elle a un beau teint, de bons réflexes, un bon poids… Ce bébé va très bien, je vous assure !

— Mais… ses yeux ! Elle a les yeux bridés comme les enfants…

— Asiatiques. Même si la mère est occidentale, il ne faut pas s'en étonner, Claudia, puisque le père est asiatique.

— Comment ça, le père est asiatique ? Mais jamais de la vie !

— Je l'ai connu au Scynao ! Qu'est-ce que tu t'imaginais ? interjeta Hélène.

— Je l'ai vu à la télé !

— Oui ! C'était celui qui supervisait le camion. Le capitaine Pra Dan Yelvat..xaykarath.

— Dan-Yel… Alors, il ne s'agissait pas du Casque bleu qui donnait l'entrevue ?

— Mais non ! Mon Dieu ! Tu m'as fait une de ces peurs ! J'espère que ça ne change rien ? demanda Hélène, soudain terrifiée à l'idée que Claudia puisse être raciste. Tu ne la trouves pas jolie ?

— Quoi ? Bien sûr ! Elle est adorable ! Mais mets-toi à ma place : moi aussi, j'ai eu la peur de ma vie ! Après tout ce que tu as traversé, avoir un bébé trisomique ou…

— Tu es une idiote ! pouffa Hélène.

— Contente que tu aies retrouvé ta bonne humeur ! grommela Claudia, bon enfant.

Jamais Laurent Saint-Germain n'aurait cru Claudia capable de déployer pareils trésors de patience, de détermination, d'enthousiasme et de manipulation. À des milliers de kilomètres de là, dans l'avion qui le ramenait au Scynao, il se remémorait avec un brin de nostalgie la naissance de sa fille. Il avait eu l'impression que ses pieds ne touchaient plus terre quand l'infirmière l'avait mise dans ses bras. Cette fois, il planait réellement entre la Terre et les étoiles lorsque Danielle Cournoyer vit le jour, le 24 février.

Chapitre 18

Les élections avaient eu lieu le 5 mars sans accrochages majeurs, mais dans un climat tendu. Il avait fallu deux jours pour dépouiller tous les bulletins, pendant lesquels les forces militaires étaient restées sur le qui-vive. Le vote semblait avoir apaisé les humeurs, comme si chacun considérait que les dés étaient jetés. Maintenant, le peuple naotien attendait les résultats, presque serein, croyant profondément qu'il ne servait à rien de s'inquiéter pour ce qu'il ne pouvait plus changer. En cela, les mentalités orientales et occidentales s'opposaient clairement.

Alex remerciait les cieux cléments qui avaient permis à Laurent Saint-Germain de revenir en poste quelques jours plus tôt que prévu. Bruno Murdoch avait été muté aux approvisionnements, où son style strict et autoritaire serait plus approprié.

Elle avait appris par Saint-Germain la naissance avant terme du bébé d'Hélène. Claudia avait appelé son père aux premières heures du matin pour le lui annoncer : c'était une fille. En temps normal, Alex se serait contentée du courriel de félicitations classique, mais cette fois, le goût d'envoyer un cadeau plus significatif lui trottait dans la tête. Elle se surprenait à imaginer cet enfant, à se demander comment Hélène s'en tirait. Et si jamais le père en connaîtrait un jour l'existence et reviendrait vers elles. Alex aurait préféré mettre cette situation de côté et passer à autre chose, mais force lui était de constater que, pour une raison ou une autre, elle se souciait du sort d'Hélène. Elles étaient toutes deux si différentes ! Hélène, si féminine, si élégante, si… gentille ! Mais quand elle l'imaginait avec son preux capitaine ou en train de jongler avec toutes ses responsabilités d'adjointe à Homo Sum, c'était facile de voir ce qu'elle appréciait chez elle : son souci d'excellence, son honnêteté, sa farouche obstination à faire le bien. Dans le métier d'Alex, c'étaient des qualités qu'on rencontrait rarement et qui laissaient surpris, parfois même méfiants, lorsqu'on côtoyait soudain quelqu'un qui les possédait. Chez Hélène, aucun doute n'était permis.

Elle achèterait un pyjama de nouveau-né, ou quelque chose du genre, à sa prochaine visite à Junianne, décida-t-elle pour ne plus avoir à y penser. Un pyjama naotien pour un bébé à demi naotien, voilà qui se justifiait parfaitement. Le soulagement qu'elle ressentit lui arracha une grimace. Elle devait se rendre à l'évidence : bien malgré elle, elle considérait maintenant Hélène comme une amie.

Laurent Saint-Germain entra dans le bureau avec près d'une heure de retard. Avec le dégel qui s'amorçait, les routes devenaient de moins en moins praticables, et le trafic accru des camions lourds de l'armée ne faisait qu'empirer les choses. Il avait l'air reposé : ses vacances lui avaient fait du bien. Au début, Alex s'était souvent demandé comment son mariage pouvait survivre aux longues périodes de séparation. Depuis, elle avait tout simplement accepté que sa femme, France, et lui avaient trouvé la recette secrète du mariage à distance. Saint-Germain, d'un geste, enjoignit à Alex d'approcher son fauteuil du bureau. Il ferma la porte, puis rangea son manteau et ses gants dans une petite armoire.

— Le gouvernement naotien nous a transmis les premiers chiffres pour le dépouillement des votes, commença Saint-Germain. Si la tendance se maintient, O'Neal, le gouvernement va être renversé. Ce ne sera pas une défaite écrasante, mais ça va certainement changer la donne pour nous.

— Le parti d'opposition a joué sur les peurs des Naotiens : la présence des États-Unis et l'impact du projet hydroélectrique.

— On peut les comprendre : les États-Unis ont obtenu des résultats peu reluisants en Asie ces dernières années. Quant aux coûts de la décontamination, si le Gasbakstan refuse de payer, l'endettement du Scynao grimpera en flèche. Sauriez-vous où est rangé le rapport du comité d'approvisionnements ?

— Sous « A » ? suggéra spirituellement Alex.

Elle n'était guère plus douée que Saint-Germain pour l'administration, et malgré toute leur bonne volonté, l'allure du bureau commençait à s'en ressentir.

— Les forces armées de l'ONU vont devoir prendre les devants maintenant et se dissocier clairement des États-Unis. « Nous agissons en collaboration avec le Scynao et nous appuyons avec confiance le gouvernement démocratiquement élu », ce genre de salades. Aussi, ça ne nuirait pas d'augmenter les quotas de matériel et de vivres : eau potable, nourriture, question de mieux disposer la population à notre égard. Oh ! et amélioration de l'état des routes ! insista Saint-Germain en appuyant ses dires d'un *staccato* de l'index sur une pile de dossiers, car, après avoir été malmené pendant son voyage de retour, son coccyx vieillissant ne serait plus jamais le même.

— Dans le genre : « Qu'est-ce que vous feriez sans nous ? »

Saint-Germain dodelina de la tête.

— Ce serait un peu trop hautain pour nos amis asiatiques. Plutôt : « Voyez comme nous pouvons vous être utiles d'une foule de façons. » Si le nouveau gouvernement exige notre départ, Dieu sait quand nous pourrons revenir. Et le Scynao est trop vulnérable pour qu'on pense à des sanctions économiques.

— Et chez HEEI ? Sont-ils déjà au courant ? Est-ce qu'on devrait prévenir Maxim Leclerc ?

Saint-Germain saisit une pile de dossiers et commença à les trier :

— Qu'en pensez-vous ?

— La sécurité des barrages est déjà au max. Le changement de gouvernement ne va pas rassurer Leclerc, c'est certain. Mais qu'est-ce qu'il pourrait faire de différent pour l'instant ?

— Effectivement. Et si nous les prévenons, le nouveau gouvernement risque d'interpréter ça comme de la partialité, ou à tout le moins comme la preuve d'une trop grande complicité entre l'ONU et une multinationale. Il vaut mieux afficher un maximum de neutralité pour le moment et laisser le soin à la presse de les mettre au courant en temps et lieu, décida Saint-Germain.

— Autre chose ?

— O'Neal, je m'excuse d'insister, mais j'ai vraiment besoin de ce dossier.

— Oui, monsieur.

Chapitre 19

Drummondville, avril

Durant les premiers jours de son retour à la maison, l'humeur d'Hélène avait alterné constamment entre la panique totale et l'émerveillement absolu. Elle savait qu'elle s'était bien préparée à la naissance de Danielle, qu'elle avait acheté ou emprunté tout le matériel suggéré dans le livret de la clinique. Mais rien ne l'avait préparée à l'impuissance déchirante qu'elle ressentait lorsque son bébé pleurait et qu'elle avait épuisé toutes les suggestions du livret en question. N'ayant ni frère ni sœur et sa mère étant décédée, Hélène se sentait isolée et démunie. Elle-même fille unique, Angela avait-elle ressenti la même chose à son égard ?

Petit à petit, entre les conseils de Claudia, de sa belle-sœur, de l'infirmière du Centre famille-enfant et de son médecin, elle acquit de l'expérience, de l'assurance et se sentait de plus en plus confiante. Une sorte de paix tranquille s'installait maintenant en elle et semblait imprégner l'appartement. Chaque geste attentionné, chaque souffle d'émotion avait transformé peu à peu son logement en foyer.

Une routine apaisante s'était établie entre elle et sa fille le matin. Hélène savait qu'elle avait le temps de boire une tisane avant que Danielle ne s'éveille. Puis, elle allait la chercher dans son lit, la changeait et l'allaitait dans la berceuse, sous les premiers rayons du soleil printanier.

Claudia passait régulièrement, après sa journée de travail, pour discuter, lui changer les idées ou lui permettre de sortir un peu. Hélène avait trouvé une femme de son âge, prête à venir garder le bébé à son domicile. Tout était fin prêt pour son retour au travail et, même si cela lui brisait le cœur, elle voulait en finir avec les tergiversations.

Vers sept heures quinze ce matin-là, la sonnerie de la porte retentit. Hélène venait de changer la couche de Danielle et elle alla ouvrir, son enfant dans les bras.

— Bonjour, madame Simard ! dit-elle à la gardienne. Vous avez décidé d'arriver en avance pour votre premier matin ? Je suis comme vous...

Madame Simard secouait la tête.

— Il y a un problème ?

— Non, non ! En réalité, c'est une bonne nouvelle : ils m'ont appelée ce matin à la manufacture de sièges d'auto, et je commence à huit heures. Je voulais vous prévenir pour que vous vous inquiétiez pas en me voyant pas arriver.

— Quoi ?... À huit heures... ce matin ?

— Oui, dans une demi-heure. Il me reste pas beaucoup de temps ! Hé ! Un dollar de plus que le salaire minimum pour commencer ! Ma sœur en gagne pas autant, et ça fait deux ans qu'elle travaille dans le même magasin, imaginez ! J'étais assez contente !

— Oui... Félicitations...

— C'est une belle petite poulette que vous avez là, avec ses beaux petits yeux pincés. J'aurais aimé m'en occuper, mais je peux pas laisser passer cette chance-là.

— Non, bien sûr...

— Bon, bien, bonjour, là ! conclut madame Simard en tournant les talons.

— Bonjour…

Hélène referma la porte. Ce qui venait de se produire lui paraissait tellement surréaliste qu'elle n'arrivait pas à l'absorber. Il lui restait à peine une demi-heure pour se rendre au travail. La main chancelante, elle replaça une mèche de cheveux derrière son oreille, puis jeta un coup d'œil paniqué à sa fille, inconsciente du petit drame qui venait de se jouer. Une grosse bulle décorait sa bouche en bouton de rose, et ses yeux noirs « pincés » pétillaient de joie.

Hélène hoqueta de rire, puis se laissa franchement gagner par l'ironie de la situation. Madame Simard pouvait se détendre : ni elle ni Danielle ne s'inquiéteraient pour elle. Et bon débarras !

Pour une fois, Danielle accepta sans pleurer d'être vêtue d'un manteau et d'un bonnet en laine polaire. Hélène finit de s'habiller en vitesse, appliqua du rouge à lèvres par habitude et fila vers le bureau, le bébé dans la poussette. La journée était belle, il ne restait presque aucune trace de neige et Hélène couvrit la distance rapidement. Il n'était pas question cependant de gravir la volée de marches avec la poussette. Il lui fallut exécuter quelques acrobaties pour détacher Danielle et la caler dans le creux de son bras. Elle replia ensuite la poussette de l'autre main et la glissa sous son autre bras, tout en tenant son fourre-tout du bout des doigts. Elle supposa en grommelant qu'il devait y avoir une façon plus simple de s'y prendre, et elle se promit bien de la trouver à la première occasion.

Sur son bureau, un bouquet de tulipes rouges, orange et jaunes l'attendait. Elle n'avait pas besoin de lire la carte pour savoir qu'il s'agissait d'un cadeau de bienvenue de la part de Claudia.

— Le café est presque prêt ! lui cria celle-ci depuis son atelier.

Hélène coucha Danielle dans sa poussette, derrière son bureau.

— Sais-tu que notre entrée n'est pas très pratique pour les clients à mobilité réduite ? lança Hélène en finissant de se déshabiller.

— Tu as raison. J'ai choisi l'espace parce que mon local est très lumineux et que le prix est raisonnable, mais si je reçois plus de clients ici, ça pourrait poser problème. Qu'est-ce qui t'a fait penser à ça ? demanda Claudia en arrivant avec une tasse de café et une tisane.

— La poussette, avoua Hélène avec un sourire gêné.

— Oh ! Oh ! Tu n'as pas été capable de te séparer de ton petit amour ce matin ? demanda Claudia en chatouillant Danielle.

— Non, ce n'est pas ça. Je trouve ça difficile de la faire garder si jeune, mais je m'y suis résignée. Non, ma gardienne m'a laissée tomber.

Hélène lui raconta la visite impromptue de madame Simard. Claudia, éberluée, avait la mâchoire un rien pendante, mais elle retrouva rapidement son aplomb.

— Franchement, cette madame Simard n'a pas tort : tu es chanceuse qu'elle se soit trouvé un job ailleurs. « Des yeux pincés » ?

— Ce sont ses mots, je le jure !

— Wow… Écoute, on peut remettre ton retour d'une journée ou deux, le temps que tu te trouves une nouvelle gardienne.

— J'y ai pensé, mais je suis rendue, et si Danielle s'en tient à sa routine habituelle, elle devrait faire un beau dodo de deux heures, ce qui me laissera le temps de me mettre à jour dans plusieurs dossiers. Après on verra, d'accord ?

— D'accord, c'est toi qui décides. De toute façon, ça devrait être plutôt tranquille aujourd'hui. J'attends seulement une visite de mon copain Jean-François de chez Orient Design, qui veut me montrer de nouvelles polices de caractères. Crie au secours si tu as besoin de moi ! blagua Claudia.

Jean Déry monta l'escalier de la Puce à l'oreille vers midi. Une panne d'électricité majeure avait forcé la direction à fermer l'école pour le reste de la journée. Il voulait en profiter pour surprendre sa belle et l'emmener dîner au restaurant. Ces derniers temps, elle était accaparée par tous ses nouveaux contrats. Cela lui paraissait l'occasion rêvée pour qu'ils se retrouvent un peu.

Il fut un peu étonné de constater qu'Hélène n'était pas à son bureau. Elle avait dû prendre sa pause de dîner à l'avance pour son premier jour au travail. Sa surprise fut à son comble quand il entra dans le bureau de Claudia et vit celle-ci en train de chanter une berceuse idiote à un bébé qui l'écoutait avec une adoration évidente.

— Est-ce que je me suis trompé d'étage ? Je croyais que c'était un bureau de graphisme avant-gardiste ici, mais on dirait plutôt une garderie.

— Jean ! Quelle bonne surprise !

Claudia l'embrassa rapidement sur la bouche.

— Hélène a dû aller acheter du matériel de classement sans lequel elle ne pouvait tout simplement pas vivre, et Danielle s'est réveillée plus tôt que prévu. Je la fais patienter.

— Elle ne devait pas avoir une gardienne à domicile ?

— Oui, mais madame Simard l'a laissée tomber ce matin même, tu te rends compte ?

— Ce dont je me rends compte, c'est que tu ne peux pas travailler dans ces conditions.

— Elle vient juste de se réveiller. Et puis, le processus créatif n'a pas besoin d'un cadre rigide. Ça mijote quand même là-dedans, assura-t-elle en tapotant sa tempe. Qu'est-ce qui me vaut l'honneur de ta visite ?

— Une panne d'électricité à l'école. Je venais t'inviter à dîner, mais je crois que c'est foutu, bougonna-t-il en montrant le bébé d'un geste impatient.

— Es-tu pressé ? On n'a qu'à attendre qu'Hélène revienne ; elle ne devrait plus tarder. Et puis, Jean-François doit passer aussi.

— Jean-François n'a jamais été à l'heure de toute sa vie.

— Mais cette fois, il est à peine en retard ! intervint une voix dans son dos.

— Bonjour, Jean-François ! s'exclama Claudia. Ne fais pas attention à Jean, il fait une petite crise d'hypoglycémie.

Claudia avait rencontré Jean-François dans un congrès d'informatique, et le jeune homme dans la vingtaine, assez grand et solide, lui avait tout de suite plu. Elle sourit en remarquant sa nouvelle coiffure : ses cheveux noirs très courts et drus tranchaient avec son visage doux, presque enfantin. Il portait un blouson de toile avec son éternel pantalon kaki.

— Je ne fais jamais attention à Jean, rétorqua Jean-François dont le sourire démentait le commentaire.

Il lui serra la main. Il sentait néanmoins de la tension dans l'air et préféra rester sur le seuil de la porte pour pouvoir plus facilement s'éclipser s'il le jugeait nécessaire.

— J'ai tes polices.

— Merci !

Claudia posa le CD à côté de son ordi.

— Tu recrutes du personnel de plus en plus jeune, à ce que je vois.

— Oh ! Mais où ai-je la tête ? Jean-François, je te présente Danielle. Elle va avoir deux mois le 24.

Jean-François remarqua tout de suite les traits asiatiques de la petite fille.

— C'est une beauté ! Comment s'est-elle retrouvée dans tes bras ? Pensez-vous à adopter ?

— Parle pas de malheur ! s'exclama Jean.

Claudia tressauta, froissée par cette remarque inconsidérée. Elle tenta de son mieux de cacher son malaise sous un air faussement méprisant.

— Ha. Ha. Ha. C'est le nouveau-né de mon associée, Hélène Cournoyer. Tu ne l'as pas encore rencontrée, elle était partie en congé de maternité quand tu es revenu de ton stage à L.A. Tu es encore bronzé, d'ailleurs. Chanceux, va !

Pendant ce temps, Hélène s'était dépêchée de finir ses courses, mais la circulation l'avait retardée. En entendant les voix de Claudia et Jean dans l'atelier, elle se dirigea aussitôt vers eux avec les achats pour Claudia. Elle vit, dos à elle, un homme grand, de bonne carrure, aux cheveux courts noir jais, en pantalon kaki, dans le cadre de la porte. Danyel !

Jean-François se retourna brusquement en entendant le fracas derrière lui. Hélène avait laissé tomber ses sacs et s'élançait vers lui. Elle essaya de s'arrêter en ne reconnaissant pas son visage, mais son élan l'emporta et Jean-François dut l'attraper au vol.

— Bonjour ! Hélène Cournoyer, je présume ? demanda-t-il en cherchant à mieux voir le visage caché par une longue frange de cheveux blonds.

Hélène se donna quelques secondes pour reprendre le contrôle de ses émotions. Elle releva la tête vers lui, mais ses yeux bridés pleins de gentillesse ne firent qu'amplifier sa déception. Elle s'affaira à ramasser ses emplettes.

— Excusez-moi, je vous en supplie, je vous ai confondu avec quelqu'un d'autre, finit-elle par articuler, honteuse.

Bien sûr que ce n'était pas Danyel : il ne savait même pas où elle habitait !

— *Lucky guy*, murmura obligeamment Jean-François.

— Hélène, tu ne connaissais pas encore Jean-François N'Guyen, intervint Claudia, décontenancée. Il travaille…

— … chez Orient Design, termina Hélène avec un sourire empreint d'autodérision.

Elle lui serra la main. En sentant la présence de sa mère, Danielle se mit à pleurer.

— Oh ! Chérie, je ne t'ai pas trop fait attendre, j'espère ?

Hélène serra le bébé dans ses bras et la petite se calma un peu. La faim commençait à la tenailler.

— Elle s'est réveillée il y a environ une heure, expliqua Claudia.

— Tu m'as juré que ça ne faisait pas longtemps ! accusa Jean.

— Sa couche était pleine, continua Claudia avec un regard appuyé à son conjoint. Je l'ai changée, mais elle n'a pas voulu se rendormir. Elle est restée bien tranquille à sucer ses doigts et à regarder partout.

Et Claudia avait savouré chaque moment de son exploration silencieuse.

— Je suis désolée ! s'excusa Hélène. Un train de marchandises s'est arrêté en plein centre-ville et a bloqué la rue Lindsay pendant un quart d'heure.

— Tout s'est très bien passé, il n'y a pas eu de problème.

— Bon, alors, on peut y aller maintenant ? demanda impatiemment Jean. Jeff, tu viens avec nous ? J'étais venu inviter Claudia au nouveau resto Le Feuilleté.

— Veux-tu nous accompagner, Hélène ? demanda sa patronne, ignorant Jean qui levait les yeux au ciel.

— Merci, mais je crois que Danielle et moi, nous allons retourner sagement à la maison. Je vais emporter la pile de courrier accumulé, glissa-t-elle à l'intention de Claudia qui eut la grâce de rosir : elle n'avait même pas ouvert les enveloppes. Je vais régler les détails à la maison. Y a-t-il autre chose dont tu voudrais que je m'occupe ?

— Pourras-tu te trouver une gardienne ?

— Je me mets au téléphone dès cet après-midi.

— Je me disais qu'il y a une tante de Jean qui serait peut-être intéressée.

— Quelle tante ? demanda-t-il, soupçonneux.

— Ta tante Odette. Elle n'a jamais eu d'enfant, mais c'était son rêve, et Danielle est si adorable.

— Ma tante ne voudra jamais, voyons. Elle doit avoir soixante ans !

— Mais non, ta mère a soixante ans et Odette est sa plus jeune sœur. Mais ce n'est pas ça, l'important. Ce qui importe, c'est qu'elle s'entende avec Hélène et Danielle. Et pour s'en assurer, il n'y a qu'à les présenter l'une à l'autre.

— Mon oncle ne voudra jamais d'un bébé qui braille tout le temps dans la maison !

— Claudia, Jean semble convaincu que ça ne marcherait pas…, glissa Hélène.

— Elle n'a qu'à aller garder chez Hélène ! s'exclama-t-elle. Ce serait plus pratique de toute façon, tout le matériel est là.

Claudia se tourna vers elle.

— Je vais l'appeler et je t'en donnerai des nouvelles, d'accord ?

Hélène, mal à l'aise, ne voulait surtout pas être la cause d'une dispute entre Claudia et Jean, mais elle avait vraiment besoin d'une gardienne de confiance, et rencontrer cette dame ne l'engageait en rien.

— D'accord, tu l'appelles, mais tu n'insistes pas ! De mon côté, je vais éplucher les petites annonces, juste au cas.

— Je n'insiste jamais, voyons.

Hélène se retint de lever les yeux au ciel. Elle répondit au sourire timide de Jean-François N'Guyen lorsqu'il partit dîner avec ses deux amis.

Junianne, Palais présidentiel

Pra Suh Do avait de grands projets de réforme pour le gouvernement naotien. Depuis son élection, il avait le vent dans les voiles. Il avait opposé son *veto* à tous les projets impliquant des puissances étrangères en sol naotien : les barrages et la décontamination des sols, bien sûr, mais également tous les projets d'aide humanitaire. Même Homo Sum, dont la présence ici remontait à plusieurs années et dont l'expertise avait toujours été appréciée, avait été refoulé. Les troupes de l'ONU étaient encore tolérées parce que Pra Suh n'écartait pas la possibilité d'un soulèvement, mais il voulait modifier le mandat de l'armée naotienne pour mieux encadrer les Casques bleus. En tant que nouveau président, il avait juré à ses électeurs de reprendre le contrôle du pays.

Après tant d'années d'efforts et de sacrifices, le pouvoir dont il avait toujours rêvé lui tombait du ciel, et, qui plus est, avec l'aval de ses compatriotes. C'était sûrement un signe qu'il avait réussi à se libérer du karma qui le reléguait au rôle d'éternel second. Il se redressa et leva le menton. De ses yeux noirs, il jugea de l'effet de son nouveau costume de cérémonie dans le miroir. Le couturier lui avait assuré que la coupe ajustée soulignait sa prestance, et qu'ainsi, personne ne remarquerait sa petite taille. La couleur marine accentuait son teint très cuivré. En ajoutant une casquette d'apparat, il gagnerait encore quelques centimètres…

Il aurait bien voulu, pour que son autorité ne soit jamais contestée, démanteler le Congrès des sages. Mais une telle initiative, dans l'état d'agitation actuelle, aurait risqué de mettre le feu aux poudres. Sa campagne électorale n'avait jamais porté sur la refonte complète de l'organisation politique du pays. Et s'il en imposait trop, trop vite, il craignait de se faire accoler l'étiquette de dictateur, ce qu'il aurait trouvé fâcheux.

Pra Suh venait d'une longue lignée de dirigeants ; des chefs tribaux ancestraux aux directeurs d'entreprises internationales plus ou moins légitimes. Le leadership coulait dans ses veines comme une soif jamais étanchée. S'il avait choisi d'ignorer son instinct, la vague unanime de réprobation à la suite de l'attentat contre l'un des Sages du Congrès en février l'avait convaincu de faire preuve d'une certaine retenue.

Donc, le Congrès des sages restait. Pour le moment. Mais pas question de voir ses moindres décisions contestées. Non, il cantonnerait désormais le Congrès dans un rôle consultatif ; la réflexion siérait mieux à leur expérience et à leur grand âge, pensa cyniquement le président de cinquante et un ans. Lui était un homme d'action. Ceux qui n'étaient pas avec lui…

Justement, au lendemain de son élection, il fallait penser à remercier ceux qui l'avaient épaulé, ceux qui avaient rendu tout cela possible. Le colonel Kar Phan Wey, en particulier, car Pra Suh Do savait pertinemment que sans l'appui de l'armée et ses ressources financières plus ou moins licites, jamais il n'aurait pu l'emporter : la situation politique était trop délicate pour que les Naotiens élisent un président qui ne paraissait pas pouvoir contrôler l'armée. Kar Phan avait accepté de jouer le jeu, en échange d'une promotion.

Il attendait ce moment depuis si longtemps ! Il poursuivait son idéal depuis tant d'années, s'était présenté tant de fois, certain de remporter la victoire, seulement pour la voir lui filer entre les doigts à la dernière minute ! Au début de sa carrière, il avait attaqué de front les traditionalistes, et cela lui avait coûté les élections. Au fil des ans, il avait appris de ses erreurs. Cette fois, il avait bien joué ses cartes ; il avait réussi même là où son père avait échoué. Rien ne se mettrait plus en travers de sa route. Il ne le permettrait pas.

Rien, ni personne.

Le nouveau commandant des forces onusiennes, le colonel Peter Rioux, se présenta sans cérémonie devant les représentants des groupes militaires, paramilitaires et non gouvernementaux, réunis d'urgence dans la capitale. Grand et mince, ses yeux verts dominaient son visage pâle. La déviation évidente de l'arête de son nez lui donnait un air volontaire.

— Mesdames, messieurs, voici la situation. Le président élu Pra Suh Do nous a transmis à l'instant sa toute dernière liste « définitive », plaisanta-t-il avec un soupir contrarié. Elle stipule toutes les exigences du gouvernement en ce qui a trait aux représentants étrangers au Scynao. Pour le moment, nous n'avons pas la réponse de l'ONU ni celle du G10, mais nous sommes d'avis que la majorité de ces exigences sera respectée, et ce, pour quelques raisons bien simples : aucune ne va à l'encontre des droits de l'homme, aucune ne prône des représailles agressives contre un pays voisin et, finalement, nos experts estiment que la contestation de la première décision officielle du nouveau gouvernement par la communauté internationale risquerait de fragiliser sa position, malgré sa majorité confortable, et de bouleverser la nouvelle accalmie.

J'aimerais attirer votre attention sur l'une de ces exigences en particulier, celle qui, je crois, aura le plus de répercussions sur la majorité d'entre vous, continua-t-il. Après avoir fait le ménage dans le personnel des différents ministères, le gouvernement Pra Suh poursuit cette fois en destituant ou rétrogradant tous les officiers haut gradés qu'il soupçonne de ne pas avoir appuyé sa candidature. Nous craignons que s'attaquer aussi ouvertement à l'armée ne témoigne d'un durcissement de la position du gouvernement face aux événements passés. Comme le général Kar Phan Wey ne proteste pas contre cette ingérence, il nous apparaît clair que cette purge se fait avec son aval. Autrement dit, notre opinion, c'est que Pra Suh prévoit exercer un contrôle beaucoup plus rigide du pays.

Les plus aguerris d'entre vous savent combien il a fallu d'efforts pour gagner la confiance de ces officiers au cours des années, combien de patience et de doigté ont été investis pour les convaincre de notre bonne foi, enchaîna-t-il. En les retirant, Pra Suh remet les pendules à zéro en ce qui nous concerne.

Dans un souci de transparence, nous vous recommandons de vous plier à cette réorganisation et de convenir de nouveaux protocoles au plus tôt. Par contre, nos conseillers militaires s'accordent sur la nécessité d'annuler pour l'instant la mise en branle de tout nouveau projet, pour éviter d'exacerber les tensions.

Soyez avisés que toute mesure coercitive ou incitative — et je songe ici à la corruption qui pourrait faire un retour en force —, peu importe que vous en soyez la cible ou l'auteur, pourrait se retourner contre nous et offrir l'opportunité au gouvernement de nous expulser du pays.

Je ne vous cache pas que la situation est extrêmement volatile, conclut-il. Nous aurons besoin de toute votre expertise pour passer au travers des prochains jours, des prochains mois. Je vous invite maintenant à écouter le compte rendu du lieutenant-général Bruno Murdoch, aux approvisionnements... »

Le capitaine Pra Dan Yelvatxaykarath se tenait au garde-à-vous aux côtés du capitaine She. Sous la tente, trois autres gradés venaient comme lui d'apprendre de la bouche du général Kar Phan Wey, nouvellement promu, que l'armée n'avait plus besoin d'eux. Après dix-sept ans de loyaux services, à gravir les échelons, à mettre sa santé et même sa vie en péril, son supérieur venait de piétiner son passé et de lui arracher son avenir. Pire que tout cela, c'était comme si le président Pra Suh lui-même mettait en doute son honneur et sa capacité à le servir. Rien dans sa posture ne trahissait son désarroi, mais, en observant discrètement She, Pra Dan se demanda si son regard était aussi vide que le sien. Pourtant, She n'avait été que rétrogradé, lui.

Kar Phan leur ordonna de disposer, après leur avoir expliqué à grands traits ce qu'on attendait d'eux. Les militaires se tournèrent, hésitants, les uns vers les autres, ne sachant plus trop s'ils devaient saluer, si le protocole militaire était toujours en vigueur dans ces conditions. Le général héla Pra Dan pour le retenir. L'espace d'un instant, Pra Dan eut l'espoir fou que l'officier venait de reconnaître son erreur, mais le visage dur de celui-ci le détrompa.

Kar Phan attendit que les autres aient quitté les lieux avant de s'adresser à lui.

— J'étais votre lieutenant-colonel à vos débuts. Déjà, à l'époque, vous ressortiez du rang. Je voyais en vous des qualités de chef : courageux, loyal, avec la confiance de ses pairs. Aujourd'hui, je suis extrêmement déçu de vous, car il est clair que quelque chose vous échappe. Vous n'avez pas la clairvoyance nécessaire pour assurer votre avenir. Je ne serais pas étonné que vous vous demandiez encore pourquoi l'armée vous disgracie ainsi. Vous avez suivi scrupuleusement les ordres ; votre dossier est sans tache et comporte même quelques hauts faits de bravoure. Mais ce que vous avez imposé à votre famille…

— Ma famille ?

— Votre frère, Sokad, était recherché pour participation à un attentat. Qu'avez-vous à déclarer à ce sujet ?

— Je reconnais ne pas avoir fait preuve de l'autorité nécessaire en ce qui concerne Sokad. Si j'avais été à Tich au moment de l'émeute, j'aurais tenté de le raisonner, mais j'étais en mission. Je ne vois pas comment j'aurais pu…

— Rien ne vous obligeait, à votre retour, à indiquer au capitaine She certains endroits où il aurait pu se terrer.

— J'ai été mis au courant de la situation et, peu après, le capitaine She m'a fait savoir qu'il voulait le questionner.

— Votre frère est un loyal partisan de notre président, Pra Suh. Il a lutté pour que la supériorité de sa candidature soit reconnue. Le capitaine She a été rétrogradé et peut s'estimer heureux de ne pas passer en cour martiale pour trahison. Et vous, en tant que collaborateur.

— Pardonnez-moi, général, mais mon frère n'était pas recherché à cause de ses opinions politiques, mais pour voies de fait graves.

— Vous n'étiez pas présent lors de l'attentat et vous n'avez pas eu de contact avec votre frère depuis. Vous ne pouviez donc en aucun cas être tenu responsable de ses actes. Dans ces circonstances, vous n'aviez pas à vous avancer pour aider le capitaine She. Vous avez mal évalué les répercussions d'un tel agissement et, pour un militaire, un tel manque de discernement peut s'avérer fatal. Un officier se doit de toujours garder l'œil ouvert et de s'adapter aux événements. Par exemple, je saurai me montrer clément si vous vouliez vous racheter.

— Me racheter ? Comment ?

— En vous montrant généreux. Très généreux.

Pra Dan ravala sa déception : Kar Phan voulait un pot-de-vin.

— Je n'ai que mon honneur, général. Ma solde de soldat suffisait à peine à remplir mes obligations en tant que fils aîné auprès de ma famille.

— Vous manquez cruellement de souplesse, Pra Dan.

Un muscle de la mâchoire du capitaine bondit.

— Suis-je libre de vous révéler le fond de ma pensée ?

Le général acquiesça.

— La souplesse nécessaire pour plier devant des criminels ne pourrait que finir par me briser le dos. Quant à vous, général, continuez de fermer les yeux, et vous éviterez de voir ce qu'il advient de notre pays. La ligne de conduite que vous prônez n'avantagera jamais que vous.

— Cette conversation est terminée, lui cracha-t-il au visage. Monsieur !

Comme son supérieur l'avait escompté, Pra Dan reçut comme une gifle le titre de civil. Envahi par la colère, blessé dans son orgueil, il débattit intérieurement de l'attitude à adopter. Dix-sept ans dans l'armée ne s'effaçaient pas en un claquement de doigts. Il était fier de porter l'uniforme, mais Kar Phan représentait tout ce qu'il détestait de la vieille garde avec sa morale inexistante et sa soif de pouvoir immodérée. Pas question de plier devant lui. Pra Dan tourna les talons sans saluer Kar Phan.

Et se surprit à y trouver un certain humour.

Chapitre 20

Drummondville, mai

Dans la vie d'Hélène, les choses semblaient vouloir se calmer. La tante de Jean, Odette Déry, d'abord étonnée par la proposition de Claudia, était vite tombée sous le charme de Danielle. Hélène se félicitait d'avoir aussi aisément trouvé quelqu'un en qui elle pouvait avoir toute confiance pour s'occuper de son trésor. Madame Déry récitait, elle aussi, ses petites prières, car s'occuper de ce bébé toute la journée comblait les aspirations maternelles auxquelles elle avait renoncé depuis longtemps.

Au travail, Hélène avait, grâce à son sens de l'organisation, repris le dessus sur les détails qui avaient le don d'échapper à l'attention de Claudia. Toutes deux projetaient de s'offrir de nouveaux ordinateurs dans le courant de l'année.

Curieusement, c'était le soir, lorsque Hélène avait allaité son bébé pour la dernière fois et que ses tâches ménagères étaient terminées, lorsque tout était calme et bien rangé, que le vague à l'âme l'envahissait. Sa vie actuelle, avec un bébé en santé, dans un appartement confortable — avec salle de bain intérieure complète et eau potable ! — était à des milliers de kilomètres de l'existence qu'elle avait menée au Scynao.

Après tout ce temps, elle ne croyait plus vraiment à une hypothétique réunion avec Pra Dan, son beau capitaine. Le gouvernement Pra Suh ayant expulsé presque tous les organismes étrangers de son territoire, elle ne pourrait pas retourner au Scynao de sitôt. Sa raison lui dictait de tourner la page. Elle n'écoutait plus les nouvelles internationales, trop déprimantes, et depuis le dernier incident à la télévision, Claudia évitait de lui en parler.

Toutefois, inutile de se le cacher : depuis qu'elle avait vu Jeff N'Guyen, tout avait changé. Elle n'avait pas à chercher plus loin l'origine de son cafard. Quand elle l'avait mépris pour Danyel, c'était comme si elle avait ouvert une brèche donnant directement accès à son cœur. Tous les châteaux de sable qu'elle s'était construits depuis des mois s'étaient écroulés sans tambour ni trompette. Il ne lui restait que la vérité toute simple : elle aimait toujours Pra Dan. Même à des milliers de kilomètres, même si maintenant elle avait passé plus de temps sans lui qu'avec lui, même si cela signifiait qu'elle devrait élever seule leur enfant, et même si sa raison lui dictait de tourner la page.

N'Guyen était revenu à la Puce à l'oreille à plusieurs reprises et ils étaient allés dîner ensemble quelques fois. Finalement, Hélène lui avait avoué qu'il n'y avait pas de place dans son cœur pour plus qu'une amitié. Jeff avait été déçu mais, réaliste, il comprenait qu'avec tout ce qu'elle avait vécu dans la dernière année — et Hélène ne lui en avait révélé que les grandes lignes —, elle n'était pas prête à s'engager.

Cependant, N'Guyen était un homme patient, très patient.

Malgré la sympathie qu'il éprouvait pour elle, Jeff ne soupçonnait pourtant rien des idées noires qui assaillaient Hélène la nuit, lorsqu'elle analysait chaque ligne du plafond comme pour y lire l'avenir. Elle avait l'impression alors qu'elle pouvait maintenir Danyel en vie, l'attirer à elle par la seule force de sa volonté, et que si elle arrêtait de penser à lui, il se dissiperait en fumée à l'autre bout de la terre. Certains jours, sa conviction était si forte qu'elle avait peur de s'endormir. Et les cernes qu'elle camouflait au matin sous son maquillage pouvaient en témoigner.

Elle aurait aimé pouvoir parler de tout cela à Claudia, mais son associée, si dynamique, toujours tournée vers l'avenir et prête à relever de nouveaux défis, ne comprendrait jamais qu'elle laisse ainsi le passé paralyser son présent.

Scynao

Alex O'Neal avait mis plusieurs semaines à retracer Pra Dan après qu'il avait été réformé. Même ses tâches de maintien de l'ordre et d'agent de liaison à Aldjanin lui avaient été retirées. Il avait perdu du même coup son logement dans le bureau de police. En ajoutant à cela le fait que presque toute sa famille avait péri dans le conflit, Alex ne s'étonnait pas qu'il ait préféré disparaître. Mais c'était arrivé si vite qu'elle n'avait pas eu le temps de réagir.

Car, malgré les recommandations du colonel Peter Rioux, il apparaissait clairement à Alex et à Laurent Saint-Germain, depuis le début, que Pra Dan, capitaine ou pas, était un atout qu'ils ne pouvaient laisser filer.

Bien sûr, en tant que Naotien, son apparence physique et sa connaissance du pays et des différents dialectes lui permettaient de s'infiltrer facilement. De plus, l'Occident était familier à Pra Dan : ses études en France lui avaient permis d'apprendre le français et aussi de se frotter à une tout autre mentalité. Et, plus rarissime encore, après avoir connu l'Occident, il avait quand même choisi de retourner dans son pays et de garder des liens étroits avec sa communauté. Cet amalgame particulier d'aptitudes et d'expériences en faisait une personne-ressource particulièrement précieuse.

Alex l'avait déniché dans l'une des nombreuses petites entreprises illicites qui exploitaient les ressources forestières au nord du pays. Il travaillait essentiellement comme bûcheron. Depuis la dernière fois qu'elle l'avait vu, il avait encore perdu du poids. Ses anciens vêtements flottaient maintenant sur lui. Ses loques cachaient mal sa maigreur et pas du tout sa saleté, car, ici, l'eau était encore plus rare, et donc plus précieuse, qu'ailleurs. Ce qui l'avait surtout frappée, c'était le vide de son regard, comme si plus rien n'avait d'importance pour lui. Alex soupçonnait qu'il avait perdu espoir pour son pays. Pourvu qu'elle ne soit pas arrivée trop tard !

Elle n'avait pas eu à insister pour qu'il vienne rencontrer Laurent Saint-Germain. Bien que son emploi ne l'attendrait plus à son retour, Pra Dan se disait, désabusé, qu'il pourrait facilement en trouver un autre offrant des conditions aussi pitoyables.

Alex avait conduit jusqu'à Junianne, où Laurent Saint-Germain avait désormais son pied-à-terre. Le gouvernement conseillait fortement aux étrangers en mission de s'y confiner autant que possible, pour leur propre sécurité. C'était également un moyen peu subtil de contrôler leurs allées et venues. À l'approche de la ville, Alex arrêta la voiture sur le bas-côté de la route.

— Êtes-vous en état de conduire ? demanda-t-elle à son passager, qui n'avait à peu près pas soufflé mot de tout le voyage.

Attentif, Pra Dan opina de la tête.

Alex sortit et s'assit sur la banquette arrière. Pra Dan la regarda pour s'assurer qu'il avait bien saisi l'intention de la jeune femme, puis se glissa derrière le volant.

— Où allons-nous ?

— À l'hôtel Targara.

Parce qu'Alex l'observait attentivement dans le rétroviseur, elle vit l'éclair passer dans ses yeux. Elle détourna la tête pour qu'il ne remarque pas son sourire.

— Pourquoi cette mise en scène ?

— Nous attirerons moins l'attention. Un Naotien escorté par un agent des Services canadiens, ça n'irait pas. Mais un chauffeur naotien, oui. À ce moment-ci, ma priorité est d'éviter les questions.

Pra Dan se transforma subtilement sous ses yeux : comme si sa colonne vertébrale s'affaissait un peu, comme si son calme imperturbable laissait place à plus de nervosité. Il conduisait trop vite et, au moment où Alex allait le lui reprocher, elle se rendit compte qu'il ne faisait que s'adapter au style de conduite naotien.

Ils passèrent sans anicroche les postes de vérification de la ville et s'arrêtèrent devant l'hôtel, où un préposé s'empressa d'aller garer leur voiture. Alex guida Pra Dan jusqu'à la chambre où Saint-Germain les attendait. Pra Dan entra. La porte se referma aussitôt derrière lui et il se retourna, subitement aux aguets.

— J'ai demandé à l'agent O'Neal de nous laisser seuls pour cet entretien. J'ai pensé que vous seriez plus à l'aise en tête-à-tête. À tout hasard, j'ai commandé un déjeuner pour deux. Vous joindrez-vous à moi ?

Pra Dan ne fit même pas semblant d'y réfléchir. Un bon repas était un luxe qu'il avait appris, ces derniers temps, à ne pas laisser passer. Ils s'assirent face à face.

— Parlez-vous anglais, capitaine Pra Dan ?

— Pas couramment. J'ai eu l'occasion de m'y exercer un peu avec les spécialistes en décontamination américains.

Laurent Saint-Germain lui versa un grand verre d'eau fraîche et commença tranquillement à lui exposer son projet.

Quoi que Pra Dan ait pu imaginer pendant les quelque trois heures de route pour arriver à l'hôtel Targara, ce projet-là ne lui était même jamais venu à l'esprit.

Drummondville

L'avenir de Claudia s'annonçait bien. Plus de clients avec moins de démarchage, des revenus plus réguliers et suffisants pour voir venir, une associée hors pair qu'elle considérait en plus comme une amie… et dont la petite fille était mignonne à croquer ; elle adorait la cajoler.

Alors, pourquoi ces nuits de plus en plus fréquentes, passées à détailler les jeux d'ombres sur le plafond de sa chambre à coucher ? Qu'y avait-il dans sa tête qui chassait le sommeil ?

Elle essayait de penser à ce qui pourrait tromper son insomnie, mais aucune idée ne lui venait. Elle consulta l'écran lumineux de sa montre en soupirant. Avec le décalage horaire, son père était peut-être de retour du travail. Silencieusement, elle enfila ses pantoufles et alla dans le salon pour l'appeler sans réveiller Jean.

— Papa ? s'étonna-t-elle quand la communication fut rapidement établie.

— Claudia, ma fille chérie ! Comment vas-tu ?

— Bien, et toi ?

— Très bien. Ce n'est pas le milieu de la nuit, chez vous ?

— Oui. Il y a si longtemps que je ne t'ai pas parlé que les remords me gardaient éveillée, blagua-t-elle.

— Mmm. Eh bien ! Je vais bien, tu vas bien, ta mère va bien. Jean va bien, je présume ?

— Oui, oui.

— Tout le monde va bien alors. Et Hélène ?

— Ça va très bien, je pense, et sa fille aussi.

— Bien.

Saint-Germain laissa le silence s'étirer.

— Sauf que…

— Oui ? demanda-t-il.

— Je n'arrive pas à mettre le doigt dessus. Sa fille est pétante de santé. Hélène est très satisfaite de sa gardienne : c'est Odette, la tante de Jean. Elle est sortie dîner quelques fois avec nous, et avec un de nos copains…

— Mais ?

— Elle a recommencé à perdre du poids.

— C'est normal après un accouchement, non ?

— Elle se maquille davantage…

— Là, tu me perds !

— C'est pour cacher les cernes jusqu'à la mâchoire.

— Son bébé ne doit pas encore faire ses nuits.

— Je crois que quelque chose la ronge, dit-elle en se rappelant l'incident avec Jeff. Tu as connu son amoureux, n'est-ce pas ?

— Oui. Tu crois qu'elle pense encore à lui ?

— J'en mettrais ma main au feu. Tu as eu des nouvelles de lui récemment ? Allô ?

— Je suis toujours là. Tu sais que l'armée naotienne a fait le ménage dans ses rangs. Il a perdu son poste.

— Alors, plus rien ne le retient là-bas ! Il pourrait venir au Canada !

— Ce serait sa décision. Rien ne nous prouve que Pra Dan soit resté attaché à Hélène.

— Tu ne pourrais pas lui dire qu'elle l'aime toujours ? Qu'elle a eu un enfant de lui, pour l'amour du ciel !

— Non. Leur relation a déjà connu suffisamment d'embûches. S'il décide de s'expatrier, de quitter le pays pour lequel il a sacrifié la moitié de sa vie, et d'assumer la responsabilité d'un enfant, il faut que ce soit d'abord parce qu'il aime Hélène.

— Mais papa !…

— Fais-moi confiance, Claudia. Je connais cet homme et je connais Hélène. L'honneur et le devoir priment par-dessus tout pour lui. Mais pour Hélène, ce ne sera pas suffisant, elle ne voudra jamais qu'il lui revienne seulement parce qu'il se sent moralement responsable envers leur fille. Leur séparation a été tellement brutale… Pour qu'elle croie en son amour, il va falloir qu'il traverse la moitié de la terre juste pour la revoir, elle. Jamais elle ne voudrait être une charge pour lui.

— Oh ! Ça, ça, c'est bien Hélène ! Mais je m'inquiète pour elle. Et elle ne veut jamais en parler.

— Elle n'a pas voulu m'en parler à Noël non plus. Hélène est une personne réservée. Mais ne crains rien : son bon parrain veille… Bonne nuit, chérie. Va dormir maintenant.

Songeuse, Claudia resta quelques minutes assise sur le sofa, les genoux repliés sous le menton. Bien sûr, son père ne pouvait pas tout lui révéler de la situation là-bas. Mais au moins, il lui avait confirmé de manière indirecte que le père de Danielle était toujours en vie. Et qu'il pourrait venir au Canada. Hélène serait folle de joie ! Il n'en fallait pas plus pour que l'optimisme naturel de Claudia prenne le dessus. Les histoires qui finissaient bien étaient ses préférées.

— Qu'est-ce que tu fais là ? demanda Jean en entrant dans le salon.

— Je n'arrivais pas à dormir, alors j'ai appelé mon père.

— Tu aurais dû me réveiller, je connais un moyen très agréable pour évacuer le stress.

— Jean, tu ne voudrais pas me faire un enfant ?

— Non, dit-il en éteignant la lumière, mais je veux très certainement te faire l'amour.

— Oh ! Mmm…

Chapitre 21

Il avait fallu près de cinq jours, partagés entre un petit avion de brousse, un avion-cargo militaire et un vol commercial, pour conduire Pra Dan de Junianne à Toronto. Deux officiers l'y avaient accueilli et l'avaient escorté à la base de Borden. Le voyage et la disette des derniers mois l'avaient beaucoup affaibli. Un examen médical avait révélé la présence de parasites intestinaux et de carences en vitamines et minéraux, qui exacerbaient ses symptômes.

À Borden, on attendait de lui qu'il donne un cours détaillé en anglais, sur la situation au Scynao, aux militaires en formation. Mais il s'était vite rendu compte que, pour la majorité des soldats, la mentalité naotienne était dénaturée par un mur de préjugés, de demi-vérités et d'incompréhension. Quand il l'avait mentionné à l'officier responsable, celui-ci lui avait aussitôt proposé d'étendre le contenu de ses présentations pour couvrir l'histoire et la sociologie du pays.

Grâce à ces brèves heures d'enseignement, Pra Dan espérait que de nombreuses frictions pourraient être évitées.

Peu après, il avait reçu la visite d'Alexandra O'Neal, de retour au pays pour son compte rendu périodique. Bien que

Saint-Germain ait arrangé le transfert de Pra Dan du Scynao au Canada, O'Neal était son point d'attache. En son for intérieur, le capitaine savait que, avec toute son expérience sur le terrain, O'Neal était tout aussi qualifiée que lui en tant qu'expert-conseil militaire, mais Saint-Germain prétendait que sa nationalité naotienne lui donnerait un peu plus de crédibilité auprès des officiers supérieurs. Pra Dan avait choisi de le croire.

Comme son anglais était plutôt approximatif, O'Neal lui avait suggéré d'offrir ses services à la base militaire de Saint-Jean, au Québec. Il avait suivi son conseil, et son projet avait été accepté. Les besoins étaient tellement criants qu'il se savait utile. De plus, si les Casques bleus s'intégraient mieux à la société naotienne, le gouvernement Pra Suh trouverait moins de prétextes pour les évincer du pays.

Encore sous le choc de son arrivée subite en terre inconnue, Pra Dan ne regrettait pourtant pas sa décision de venir au Canada. D'abord, son travail lui permettait de tenir le coup, de se concentrer sur le présent, de ne pas penser à l'avenir. Évoluer de nouveau dans un cadre militaire lui apportait sa part de satisfactions. La vallée laurentienne manquait cruellement de relief, mais le climat du Québec n'était pas si différent de celui du Scynao, et la langue lui rappelait vaguement son séjour en France. Malgré tout, il évitait de se mêler aux activités du milieu, préférant s'isoler pour panser les plaies de son âme.

Lorsqu'il était basé en Ontario, Hélène n'était encore pour lui qu'un souvenir douloureux et indélébile. Mais, ici, à Saint-Jean, en meilleure santé de corps et d'esprit, et à moins d'une cinquantaine de kilomètres de Montréal, où elle habitait, il n'arrivait plus à contrôler ses rêves et elle revenait hanter son esprit. Peut-être la croiserait-il par hasard dans les jardins chinois du Jardin botanique, ou sur les sentiers pédestres longeant le Vieux-Port ? Dans ses rêves, elle était toujours aussi belle. Elle l'aimait toujours. Ils s'embrassaient fiévreusement. Il serrait son corps brûlant et gracile tout contre le sien.

Puis il se réveillait en sueur, le cœur dans la gorge.

Et là, il se rappelait qu'il ne l'avait pas revue depuis près d'un an, qu'il avait froidement ignoré ses supplications, qu'il l'avait repoussée pour la convaincre de partir, et qu'elle avait probablement oublié jusqu'à son visage pour refaire sa vie.

Drummondville

Hélène croyait devenir folle.

Déjà, la vie d'une mère monoparentale n'avait rien d'une partie de plaisir. Ne pas pouvoir se fier à son conjoint, au milieu de la énième nuit blanche, pour changer la couche. Ne compter que sur un seul salaire pour toutes les dépenses, et prévoir aussi celles à venir. Ne jamais pouvoir se laisser aller ; aucun moment de vraie liberté, parce que c'était peut-être à ce moment-là que la gardienne choisirait une nouvelle carrière ou que le bébé percerait une dent à trois heures du matin, un jour de semaine. À quatre mois, Danielle était toujours un petit ange et dormait maintenant durant six heures la nuit, Dieu merci. Cependant, certains soirs plus difficiles, la responsabilité d'être mère parvenait presque à étouffer Hélène. Il lui arrivait même d'avoir envie, comme Angela, que quelqu'un prenne soin d'elle, à l'occasion.

Et il y avait le travail. Claudia s'occupait du côté créatif, mais elle se reposait entièrement sur Hélène pour le côté administratif. Commandes de matériel, rendez-vous, réservations, facturations, suivi auprès des clients : elle s'acquittait de tout cela sans difficulté, même si elle détestait tirer l'oreille des mauvais payeurs. Et Claudia ! Ses attentions, son empressement constant finissaient par l'exaspérer. Et ses sourires mystérieux, son optimisme inébranlable !

Hélène cacha son visage dans ses mains. Tout ça, c'étaient des irritants, rien de plus. Ce qui la rendait nerveuse et inquiète, ce qui la faisait douter d'elle-même, c'était l'impression qu'elle avait, depuis une ou deux semaines, d'être suivie.

En allant au travail, en revenant chez elle, elle sentait parfois peser sur elle le regard d'un étranger. Mais lorsqu'elle se retournait, elle ne remarquait personne de suspect.

Quelques jours plus tôt, elle était partie se promener avec Danielle dans sa poussette, mais elle avait oublié d'emporter la lotion antimoustiques. En faisant demi-tour, elle avait vu un homme en jeans, grand et maigre, aux cheveux noirs, qui attendait l'autobus au bout de la rue. Lorsqu'elle était ressortie de l'appartement, il n'était plus là. Pourtant, l'autobus n'était pas passé : elle l'aurait entendu, elle en était certaine.

D'autres incidents du même genre s'étaient produits et, considérés isolément, ils pouvaient tous être facilement expliqués : l'homme pouvait avoir renoncé à prendre l'autobus, ou encore une connaissance, passant en voiture, lui avait peut-être offert de monter à bord.

Mais son instinct était en alerte. Il lui dictait qu'il y avait là quelque chose d'anormal, sinon de dangereux. Peut-être s'agissait-il d'un pervers qui voulait s'en prendre à Danielle ? Un voleur qui épiait ses allées et venues avant de passer aux actes ? L'homme se tenait toujours à bonne distance et ne portait jamais les mêmes vêtements, mais elle avait l'impression qu'il s'agissait toujours de la même personne. Quoi faire ? À qui se confier ? Claudia avait bien vérifié par la fenêtre à quelques reprises, mais elle n'avait rien remarqué et, finalement, Hélène avait conclu qu'elle s'inquiétait pour rien. Sa raison ne lui fournissait-elle pas une explication plausible pour chaque événement ?

Mais son instinct lui dictait le contraire.

Et, selon Alex, il ne fallait jamais ignorer son instinct.

Avant de repartir en mission, Alex s'arrêta à Saint-Jean et invita Pra Dan à aller boire une bière dans une brasserie du coin. Saint-Germain avait été très clair, et elle comprenait ses motifs. Mais il ne serait pas dit qu'elle ne donnerait pas une ultime chance à cette tête de mule naotienne.

Ils s'assirent, côte à côte, au bar et commandèrent chacun un bock de bière pression.

— La dernière fois que je suis venue au Québec, c'était en août, déclara-t-elle à Pra Dan. J'aime revoir la famille. C'est plus difficile de garder des amis. La distance, le travail, les obligations finissent par venir à bout de tous, sauf des meilleurs. Vous ne trouvez pas ?

— Je n'ai plus de famille et, étant donné le statut que j'ai désormais dans mon pays et le coût du voyage, il y a peu de chance que je puisse jamais y revoir mes amis.

Pra Dan avala une longue rasade de bière. Alex ne se rappelait pas l'avoir vu boire avant. Elle se frotta le sourcil, l'air songeur.

— Depuis toutes ces années à superviser les organismes humanitaires, vous n'avez gardé contact avec personne ?

— Non. Ce comportement n'était pas sanctionné par l'armée.

— Mais vous n'êtes plus dans l'armée maintenant.

— Non.

Pra Dan scruta le fond de son verre, le front barré par l'amertume. Alex reconnut tout de suite qu'elle avait commis là une erreur stratégique : si l'armée l'avait soudainement congédiée après une quinzaine d'années, elle aussi aurait préféré qu'on évite de le lui rappeler. Elle fit signe à la serveuse de servir une autre bière à Pra Dan. L'alcool abaisserait peut-être ses réserves.

— « Les graines de la violence donnent des fruits amers. » Vous rappelez-vous, O'Neal, quand je vous ai appris ce proverbe ?

— En février, au camp de base…

— Vous m'avez dit que ma méfiance compliquait votre travail.

— C'était vrai. Mais la confiance est une denrée rare dans mon milieu. Je m'adapte.

— Je sais ce que vous essayiez d'accomplir.

— Ah oui ?

— Vous cherchiez à remplacer les graines de la violence par celles de la collaboration. Je vous en remercie.

— Il n'y a pas de quoi, finit-elle par répondre, déconcertée.

Alex racla de ses doigts ses cheveux encore plus courts qu'à l'habitude. Elle était loin de manier la diplomatie avec autant de finesse que Saint-Germain, et elle se demanda si la conversation n'allait pas déraper vers des cogitations philosophiques alimentées par l'alcool.

— Écoutez, Pra Dan. Vous pouvez compter sur moi en cas de pépin, c'est sûr, mais…

— Il y a bien quelqu'un dont j'aimerais avoir des nouvelles.

Alex but une gorgée de bière pour camoufler son sourire.

— Ah oui ?

— Peut-être sauriez-vous comment joindre Hélène Cournoyer à Montréal ? Vous avez insinué que cela vous était possible, déjà, et je vous serais reconnaissant de vous renseigner.

— Non, répondit la jeune femme avec désinvolture.

Déçu, Pra Dan accusa le coup et Alex leva son verre, rassurée par son désenchantement.

— Elle habite Drummondville maintenant. À seulement une centaine de petits kilomètres d'ici.

Elle rit doucement de l'air estomaqué du capitaine. Il n'avait pas l'habitude des jeux de mots. Elle fit tinter son verre contre le sien, avec un sourire plein d'assurance.

À la première occasion, Pra Dan emprunta une voiture et se rendit à Drummondville. O'Neal lui avait donné l'adresse d'Hélène et lui avait révélé qu'elle travaillait pour une compagnie de publicité, mais avait refusé de lui en dire davantage.

Arrivé là, la peur et l'incertitude le rivèrent à son siège. Hélène avait-elle quelqu'un dans sa vie ? Avait-elle tourné la page sur le Scynao, sur lui ? Était-ce pour cela qu'O'Neal se montrait si avare de détails ? Hélène et lui ne s'étaient ni vus ni même parlé depuis un an. La première fois qu'il la vit, il en eut le souffle coupé, comme si, d'un violent uppercut, elle lui avait renvoyé au visage toute sa beauté, sa passion et leurs souvenirs.

Quand il revint quelques jours plus tard, elle poussait un landau, et il se prit à rêver que l'enfant qu'il abritait était peut-être le sien, malgré les précautions qu'il avait prises. Le désir de voir le visage de l'enfant lui arracha presque le cœur. Quelques heures plus tard, il vit Hélène sortir de l'édifice à logements avec une femme plus âgée, mais lorsqu'elles se séparèrent, la vieille femme partit avec la poussette, et il ne sut plus que penser.

Le surlendemain, il décida de la suivre de loin, de l'autre côté de la rue, mais elle fit demi-tour. Il tourna les talons et partit aussitôt, démoli, convaincu qu'elle l'avait oublié, car elle l'avait remarqué, il en était sûr, mais elle ne l'avait pas reconnu.

Pourtant, ce soir-là, il repensa à l'enfant dans le landau et décida qu'il devait en avoir le cœur net. Il était près de devenir fou. Même s'il n'avait plus sa place dans la vie d'Hélène, elle accepterait peut-être de lui laisser une place dans la vie de ce bébé s'il était le leur.

Drummondville, une semaine plus tard

Pra Dan arriva tôt le samedi matin. Il savait que, la fin de semaine, Hélène avait l'habitude de partir en promenade avec le bébé. Il n'eut pas à attendre longtemps.

Elle était magnifique ! Le soleil du matin d'été caressait doucement sa joue. Elle avait laissé pousser ses cheveux. Malgré ses traits fatigués, sa queue de cheval dansait au rythme d'une comptine qu'elle fredonnait en faussant. Le souvenir de sa voix glapissante lui arracha un sourire.

Il la suivit à une bonne distance, presque ivre d'émotion. Il ne savait trop comment il allait s'y prendre pour l'aborder. Il espérait qu'elle irait au parc voisin. Elle s'y installerait peut-être avec le bébé, sur une couverture étendue sur le sol, comme Mari le faisait parfois à la garderie, et alors, il… Tout ça n'était que tergiversations. Il manquait simplement de courage.

Hélène avait le cœur qui battait la chamade. Elle croyait avoir reconnu l'homme qui la surveillait depuis quelque temps au coin de la rue. Elle chantonnait pour paraître insouciante, mais les paroles s'embrouillaient sans cesse dans sa tête. Cette fois, elle voulait s'en assurer : elle n'en pouvait plus !

Du coin de l'œil, elle vit qu'il traversait la ruelle qu'elle avait franchie une minute auparavant. Quand elle entendit ses pas résonner sur le trottoir loin derrière elle, elle se retourna brusquement vers lui.

— Vous n'avez pas fini de me suivre ? s'écria-t-elle, en colère. Je vais prévenir la police !

Pra Dan pivota immédiatement et prétendit vouloir traverser la rue au carrefour.

— Danyel ? chuchota-t-elle aussitôt, saisie par un espoir fou.

Il n'était pas question qu'elle se ridiculise encore une fois en se jetant au cou d'un Asiatique inconnu, mais, durant le bref instant où elle avait croisé son regard, elle avait cru reconnaître ses yeux, l'angle de sa mâchoire, sa bouche. Avait-il une cicatrice au sourcil gauche ? Elle avança de quelques pas vers lui : la maigreur et les vêtements occidentaux inhabituels la faisaient douter. Quels détours du destin l'auraient conduit ici de toute façon ? Pourtant, la taille, la carrure des épaules…

— Capitaine ? demanda-t-elle d'une voix plus forte.

Il traversait la rue sans demander son reste. Le cœur battant, elle voulut le rattraper, mais Danielle, agacée par l'immobilité subite de la poussette, se mit à pleurer à pleins poumons. Hélène jeta un coup d'œil affolé au bébé, puis à l'homme qui fuyait. Elle revint en hâte vers la poussette, puis cria à son poursuivant :

— Pra Dan ?

Mais il ne se retourna pas.

— Danyel !… Danyel ?

Pra Dan continua d'un pas mesuré son chemin, déchiré par sa propre lâcheté.

La gorge serrée, les yeux brouillés de larmes, Hélène se pencha vers son enfant.

— Ma pauvre chérie ! Chhhhut ! Ta maman devient folle ! articula-t-elle en essayant de contenir sa peine.

Elle cacha son visage dans ses mains pour ne pas troubler davantage sa petite. Elle avait le cœur brisé. Une douleur si insoutenable monta en elle qu'elle fut incapable de la contenir. Dans un gémissement irrépressible, Hélène éclata en sanglots. Le fantôme de Danyel hanterait-il donc le reste de ses jours comme une déchirure inguérissable ?

Rien de tout cela ne pouvait calmer Danielle, qui avait l'habitude de s'endormir pendant la promenade, et elle se remit à pleurer.

— Te voir triste me brise le cœur.

Hélène releva brusquement la tête. Au travers des larmes qui roulaient sur ses joues, le beau visage de Danyel ondoyait. Les difficultés des derniers mois avaient clairement laissé leur trace sur le corps et le visage de son capitaine. Mais cette voix et ces mots si doux à entendre, comment aurait-elle pu les oublier ?

— Danyel !

Il se pencha vers elle, saisit ses épaules. L'instant d'après, ils étaient dans les bras l'un de l'autre. Hélène ne pouvait s'arrêter de pleurer, et lui, la gorge nouée, la serrait de toutes ses forces. Il aurait voulu absorber en lui chaque forme, chaque effluve, chaque respiration et chaque larme de la femme qu'il tenait si férocement contre lui. Chacun était comme une douce pluie qui ramenait son âme desséchée à la vie.

Il prit le visage d'Hélène entre ses mains et y lut ses propres épreuves : la fatigue, l'inquiétude, le doute, la solitude. Il embrassa ses larmes, ses yeux, puis sa bouche tendrement.

Hélène mit ses mains par-dessus les siennes et sentit les os sous la rugosité de la peau gercée. Il avait changé, mais son cœur l'avait déjà reconnu et la force de son amour ne pouvait la tromper.

Danielle les fixait maintenant, interdite : tout cela était hautement inhabituel, et elle ne savait trop comment réagir. Ses yeux grand ouverts les regardaient sans cligner, comme pour ne rien manquer.

Hélène se libéra de l'étreinte de Danyel et releva le voilage qui tenait les moustiques éloignés de son petit trésor. Il se pencha lentement vers Danielle, puis tomba à genoux, incapable d'articuler un seul mot. Il caressa du bout des doigts ses cheveux drus et noirs, doux comme de la soie, sa joue lisse et dorée. Dans cet amalgame de lui et de la femme qu'il n'avait jamais cessé d'aimer, il y avait tout l'amour de la terre. Et cette fois, il ne put retenir ses larmes devant une beauté aussi pure.

— Je te présente Danielle.

Le prénom le fit sourire malgré lui.

— C'est ta fille, ajouta-t-elle, hésitante, car, même si elle avait rêvé de prononcer ces mots des milliers de fois, elle n'arrivait pas à prévoir sa réaction.

Il prit l'enfant tendrement sur son bras et enlaça Hélène de l'autre. Il cacha ses larmes dans les cheveux dorés comme le soleil couchant de son amante. Puis il hoqueta d'un rire joyeux. À eux deux, ils avaient fait le tour du monde pour se trouver et se retrouver.

— Toute ma vie a été un combat. Mais toi…

Il secoua la tête et sourit.

— Tu as une telle force, une force tout en douceur… Malgré la guerre, les milliers de kilomètres qui nous séparaient…

Il la regarda, éperdu.

— … tu as eu Danielle malgré tout…

Elle mit un doigt sur ses lèvres.

— Je t'aime. Ne cherche pas d'autre explication, soutint-elle, soulagée.

Il l'embrassa, puis continua, incapable de se taire.

— Comment ai-je pu survivre même un instant sans cet amour qui t'éclaire, t'illumine ? Je t'aime, Hélène. Je t'aime depuis si longtemps, et je te remercie à genoux d'avoir protégé précieusement cette enfant pour nous.

Hélène embrassa les deux amours de sa vie, enfin réunis. Elle tenait son monde tout entier dans ses bras.

Enfin, elle était chez elle.

RECYCLÉ
Papier fait à partir
de matériaux recyclés
FSC® C021757

Marquis imprimeur inc.

Québec, Canada
2011

Imprimé sur du papier Silva Enviro 100% postconsommation
traité sans chlore, accrédité Éco-Logo et fait à partir de biogaz.